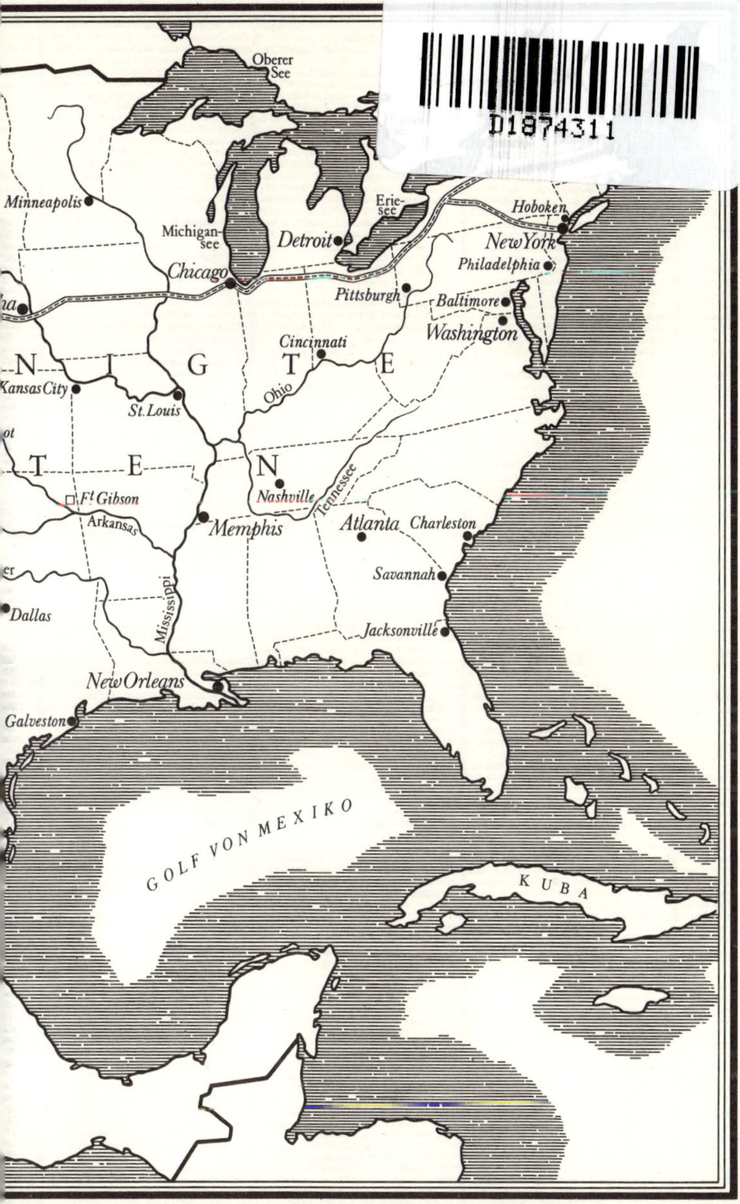

Oberer See
Michigan-see
Erie-see
Minneapolis
Detroit
Chicago
Hoboken
New York
Philadelphia
Pittsburgh
Baltimore
Washington
Cincinnati
N I G T E
Kansas City
St. Louis
Ohio
T E N
Nashville
Tennessee
Ft Gibson
Arkansas
Memphis
Atlanta
Charleston
Savannah
Dallas
Mississippi
Jacksonville
New Orleans
Galveston
GOLF VON MEXIKO
KUBA

KARL MAY

WINNETOU
und der Detektiv

KARL MAY

WINNETOU
und der Detektiv

Herausgegeben, kommentiert
und für diese Ausgabe bearbeitet
von S. C. Augustin und Walter Hansen

nymphenburger

in der F. A. Herbig Verlagsbuchhandlung GmbH, München.
Der Roman erschien erstmals 1878
unter dem Titel »Auf der See gefangen«.
Herausgegeben, kommentiert und für diese Ausgabe bearbeitet von
S. C. Augustin und W. Hansen.

Schutzumschlag: Bernd und Christel Kaselow, München
Schutzumschlagillustration: Michael Hellmich, Bielefeld
Satz: MPM, Wasserburg
gesetzt aus der 10/12 Punkt CG-Garamond
Druck: Jos. C. Huber KG, Dießen
Bindung: Großbuchbinderei Monheim
Printed in Germany
ISBN 3-485-00738-2

Inhalt

Vorwort

Das war Karl Mays große Chance: Im Jahre 1878 erhielt er den Auftrag, einen Zeitschriftenroman zu schreiben — seinen ersten selbständigen Roman.

Vorher hatte er sich als Geschichtenschreiber und zeitweise als Redakteur durchs Leben geschlagen. Einmal durfte er sogar den Zeitungsroman eines anderen Autors weiterführen, doch sein episches Talent lag brach, sein ersehnter Durchbruch als Romanautor war nicht in Sicht. Torschlußpanik befiel den Sechsunddreißigjährigen.

Da gab Bruno Radelli, Dresdner Verleger des Familienblattes »Frohe Stunden«, ihm den Auftrag: Schreiben Sie mir einen Roman — und treiben Sie damit die Auflagenzahlen hoch.

Karl May wußte wohl, daß der erste Fortsetzungsroman, den er allein zu verantworten hatte, über seine Zukunft als Autor entscheiden konnte — über Karriere oder Untergang.

Die Leserschaft eines Familienblattes hatte ihre Tücken, sie war nicht berechenbar wie das Bücherpublikum, sondern kaum durchschaubar, zusammengewürfelt aus verschiedenen sozialen Schichten, beeinflußt von höchst unterschiedlichen Interessen und Geschmacksrichtungen.

Und dieses Publikum, das schwer genug in den Griff zu bekommen war, mußte auf Teufel komm raus von einer Fortsetzung in die andere verführt werden. Denn: Ob ein Zeitschriftenroman erfolgreich war, ließ sich — anders als beim Buch — sofort ablesen an den steigenden Auflagenzahlen, von denen Bruno Radelli sprach. Sanken die Auflagenzahlen, dann flog der Roman von heute auf morgen aus dem Blatt. Ein solcher Roman-Abbruch sprach sich herum in der Verlagsbranche und stigmatisierte den Autor als Versager. Damit war er erledigt. Alles oder nichts.

Karl May nützte seine Chance. Aus jeder Zeile ist herauszulesen, wie er um die Gunst des Lesers kämpfte. Er wollte einen Roman für jeden Geschmack schreiben, ein Werk von noch nie dagewesenem Spannungsreichtum, einen Mordsroman gewissermaßen, der gleich fünf Romangattungen in einem bot: Kriminalroman, Indianerroman, Seeräuberroman, Gesellschaftsroman, Liebesroman. Entsprechend vielfältig war das Panoptikum seiner Romanfiguren: Mörder und Detektiv, Indianer und Trapper, Matrosen und Piraten, Prinzen und Käuze, adelige Frauen und eine Femme fatale. Als Schauplätze wählte er ein sächsisches Schloß, das Großstadpflaster Berlins, die Prärie des Wilden Westens, indianische Kriegslager, geheime Trapperverstecke, den Hafen von San Franzisko, eine Gangsterkaschemme, eine Seemannskneipe und ein Kaperschiff. Ungeniert mischte er Kriminalstory, Indianersaga, Winnetou-Mythos und Seeräuberromantik mit drei Liebesgeschichten und der Heimkehr des verlorenen Sohnes.

Dieser Cocktail, gemixt aus nur allen denkbaren Ingredienzen der Spannungsliteratur, verzauberte das Publikum. Die Auflage stieg. Das Vabanquespiel war gewonnen. Es hagelte Aufträge von Zeitschriften- und Heftchenverlegern.

Karl May schrieb und schrieb, vor allem Romane, aber auch Erzählungen und Kurzgeschichten, Zeile für Zeile, mit heraushängender Zunge gewissermaßen, denn er wurde nach Zeilenhonorar bezahlt, und das war miserabel zu dieser Zeit.

Wie extrem verlegerischer Gewinn und Autorenhonorar damals auseinanderklafften, zeigt beispielhaft eine Abrechnung seines Kolportageromans »Waldröschen«: Von fünf Millionen Mark Umsatz erhielt Karl May knapp dreitausendfünfhundert Mark. »Mays Schreiben mußte aus ökonomischen Gründen lange Zeit unter dem Gesetz größtmöglicher Quantität der Produktion stehen«, (Helmut Schmiedt, Karl-May-Handbuch). Daß es ihm als Kolportageautor trotzdem gelang, spannende und mitreißende Romane zu schreiben, beweist sein episches Talent, sein »langer Atem«, der kennzeichnend ist für jeden großen Romancier.

Erst 1892, als seine Romane als Bücher erschienen und Karl May mit Tantiemen an raketenhaft emporschießenden Auflagen beteiligt war, wurde der vielgelesene Autor auch ein reicher Autor. Und er wurde, wie Hermann Hesse 1919 sagen wird, »der glänzendste Vertreter eines Typs von Dichtung, der zu den ganz ursprünglichen gehört und den man etwa ›Dichtung als Wunscherfüllung‹ nennen könnte«.

Doch merkwürdig genug: Sein erster großer Roman, so spannend und literaturhistorisch interessant er auch sein mochte, wurde zwar zehn Jahre nach dem Erstdruck in der »Deutschen Gartenlaube« wieder veröffentlicht — doch als Buch erschien er zu Lebzeiten Karl Mays in Deutschland nie, und auch in die Gesammelten Reiseerzählungen wurde er nicht aufgenommen. Nur Teile daraus sind aus dem Kontext herausgelöst und verarbeitet.

Die Karl-May-Gesellschaft gab im Jahre 1971 die Zeitschriftenseiten als Reprint in minimaler Auflage heraus, allerdings nur für Forschungszwecke und nur für einen begrenzten Kreis spezieller Interessenten. Die große Gemeinde der Karl-May-Leser konnte nicht beliefert werden.

Grund genug, Karl Mays ersten großen und eigenständigen Roman endlich als Hardcover zu veröffentlichen, nachdem schon 1982 von denselben Herausgebern ein heute vergriffenes Taschenbuch auf den Markt gebracht worden war.

Zur Edition ist folgendes zu sagen: Karl May war 1878 vorübergehend Redakteur der »Frohen Stunden«. Deshalb ist anzunehmen, daß er seinen Roman selbst redigiert hat.

Der Roman hieß bei der ersten Zeitschriften-Veröffentlichung »Auf der See gefangen« und bei der zweiten »Schloß Wildauen«. Karl May nannte sein Werk einen »Criminalroman«. Winnetou spielt eine wesentliche Rolle darin und kommt zusammen mit dem Detektiv sogar nach Deutschland. Mithin schien es angemessen, für die neue Buchausgabe den Titel »Winnetou und der Detektiv« zu wählen.

Dem Lesebedürfnis unserer Zeit war es dienlich, die Orthographie des Originaltextes dem heutigen Stand anzugleichen, einige Unstimmigkeiten zu bereinigen und wenige, heute schwer verständliche Passagen neu zu formulieren oder durch Fußnoten zu erklären. Derlei Bearbeitungen geschahen mit größter Behutsamkeit, um den stilistischen Reiz von Karl Mays erstem großen Roman zu erhalten.

W. H.

Beim »alten Knaster«

Der Reiteroberst a. D. Prinz Otto Victor von Schönberg-Wildauen stand am geöffneten Fenster, gehüllt in eine undurchdringliche Tabakswolke, die sich unter den kräftigen Zügen, die er aus der langen, holländischen Tonpfeife tat, immer mehr vergrößerte, so daß sie endlich das ganze Zimmer erfüllte und das Erkennen der darin befindlichen Gegenstände wirklich und allen Ernstes erschwerte. Durch diese Rauchmasse, die die liebste Atmosphäre des alten, wackeren Degenknopfes war, ertönte zuweilen ein kurzes, grimmiges Knurren, dem bald ein anhaltendes, mehrmaliges Räuspern und endlich ein lauter, zorniger Ruf folgte: »Heinz!«

Es erschien niemand.

»Heeeeeiiiiinz!!«

Kein Mensch wollte hören.

Der Prinz trat zur Tür, ergriff den Klingelzug und schellte in einer Weise, als ob das ganze Schloß in Brand geraten sei. Da erhob sich draußen auf dem Korridor ein Lärm, als sei ein ganzes Heer von Holzpantoffeln in Bewegung gesetzt worden, es stampfte und donnerte näher, und unter dem geöffneten Eingang erschien ein Mann, dessen steifgewichste und rabenschwarze Schurrbarthälften wie zwei unter der Nase befestigte Lanzenspitzen zu beiden Seiten des außerordentlich gutmütigen Gesichtes hinausragten. Er hatte nur ein Bein, das andere wurde durch einen Stelzfuß ersetzt, und in der Hand hielt er den derben Knotenstock, mit dessen Hilfe er sich das beschwerliche Gehen erleichterte. Es war der Leibdiener des Prinzen, Heinrich, von diesem aber kurzweg Heinz genannt. Beide hatten die Befreiungskriege mitgemacht und seit jener Zeit nicht wieder voneinander lassen können.

»Heinz!«

»Was denn, Dorchlaucht?«

»Ich bin nicht Durchlaucht, sondern Offizier! Weißt du das?«

»Zu Befehl, Herr Oberst!« antwortete der Angedonnerte mit einem besorgten Seitenblick, der es aber nicht vermochte, den konsistenten Tabaksqualm zu durchdringen. Er wußte, daß sein Herr und Gebieter stets bei schlimmer Laune war, wenn er von dem Prinzen nichts wissen wollte und an dessen Stelle den Offizier herauskehrte.

»Wo steckst du denn in aller Welt? Ich habe gerufen, daß mir die Lunge platzen möchte, du aber hörst es nicht! Wo bleibt denn die Jungfer Adeline wieder einmal mit dem Kaffee?«

»Die Krakehline, Dorchlaucht? Ich war soeben bei ihr und habe ihr ganz gehörig den Marsch geblasen. Die Sahne ist ihr wie gewöhnlich übergelaufen, nun riecht's auf Wildauen wie in einem Rinderstall, und der gnädige Herr Oberst müssen auf den Kaffee warten. Soll ich ihr vielleicht eins mit dem Stock geben?«

»Das laß nur sein, denn du verdienst es selber! Wo sind die Pfeifen, die du mir zu stopfen hast?«

»Sie liegen ja alle in Reih und Glied hier auf dem Tisch, Herr Oberst!«

»Ach so!« klang es etwas besänftigter. »Die Luft hier ist so dick und gesund, daß man die Pfeifen wahrhaftig fast nicht sehen kann. Steck mir eine neue an!«

Der Diener folgte dieser Aufforderung, nahm die ausgerauchte holländische in Empfang und reichte dem Prinzen eine in Brand gesetzte neue Pfeife entgegen.

»Heinz!«

»Was denn, Dorchlaucht?«

Der neue Tabak hatte einen so trefflichen Geruch und einen solchen Wohlgeschmack, daß der Unmut des Rauchers gleich bei den ersten Zügen zu schwinden begann. Darum war er mit dem Titel, den er vorhin nicht hören wollte, jetzt völlig einverstanden.

»Weißt du, was heute für ein Tag ist?«

»Was denn für einer, Dorchlaucht?«

»Sinne einmal nach!«

»Hm, Dorchlaucht, das Denken und Sinnen ist meiner Gesundheit niemals zuträglich gewesen, ich habe nicht die rechte Übung darin. In meinem ganzen Leben hat es nur eine einzige kurze Zeit gegeben, wo ich zuweilen nicht gewußt habe, wohin mit all den Gedanken, die ich mir machte, das Draufgehen und Dreinschlagen ist mir sonst immer lieber gewesen. Diese Gedanken hatte ich nämlich damals anno Vierzehn, als Sie mit mir in Frankreich standen. Wir lagen bei einer jungen Wittfrau in Quartier, die ganz verteufelt hübsch war und ein Auge auf mich geworfen hatte. Ich habe von dem Weibsvolk niemals viel gehalten, und die Jungfer Krakehline ist die Schlimmste von allen, aber damals war ich doch nahe daran, den dummen Streich zu machen und mich zu verschamerieren. Denn eines schönen Tages stehe ich unter der Tür und putze grad mein Lederzeug — der Herr Oberst waren damals noch Leutnant und eben auf Ordonnanz geritten —, da kommt sie die Treppe herauf und stellt sich mit einer Miene vor mich hin, daß ...«

Er wurde unterbrochen. Es klopfte mit höflich auseinander klingenden Schlägen an die Tür.

»Herrrrein!« befahl der Prinz.

Der Eingang wurde vorsichtig geöffnet, und unter diesem erschien eine weibliche Person, deren Leibesumfang so bedeutend war, daß es zu ihrem Einlaß eigentlich einer ansehnlich breiteren Tür bedurft hätte. Als es ihr glücklich gelungen war, sich hereinzudrängen, rauschte sie, das wohlgeordnete Kaffeebrett in den fetten Händen, mit wehendem Morgenkleid und fliegenden Haubenbändern auf den Prinzen zu.

»Guten Morgen, gnädiger Herr! Ich erlaube mir, Ew. Durchlaucht den Kaffee zu servieren.«

»Laß Sie nur Ihre ›Durchlaucht‹ beiseite, ich bin Offizier, und da wird Sie wohl wissen, wie Sie mich zu nennen hat!« entgegnete ihr der sich wieder auf seinen Zorn besinnende Gebieter. »Sie steht nun fast zehn Jahre in meinem Dienst, aber an die gehörige Ordnung wird Sie sich wohl niemals gewöhnen können. Ich werde mir eine andere Wirtschafterin engagieren müssen. Weiß Sie, wann Sie den Kaffee zu bringen hat?«

»Ja, Herr Oberst, um acht!«

»Ja, Herr Schuster, und ja, Herr Schneider, oder meinetwegen auch ja, Herr Kesselflicker! Einem ehrenvoll verabschiedeten Kavallerie-Obersten gegenüber gebraucht man dienstlichere Ausdrücke, Sie aber wird sich so etwas im ganzen Leben nicht merken. Heinz, sage ihr, wie es heißt!«

»Zu Befehl, Herr Oberst, um acht Uhr!« donnerte es mit der tiefsten Baßstimme unter dem gewaltigen Schnurrbart hervor.

»Hat Sie es verstanden, Jungfer?«

»Zu Befehl, Herr Oberst!«

»Schön! Also, warum kommt Sie um volle fünf Minuten zu spät?«

»Weil mir der Heinz die Milch verschüttet hat und ich deshalb andere ansetzen mußte.«

Der Diener stampfte um einige Schritte näher und warf der Sprecherin einen so vernichtenden Blick zu, wie er ihn nur fertigzubringen vermochte.

»Der Herr Oberst hören jetzt deutlich, daß sie schon wieder Krakehl anfangen will! Darum darf sie nicht Adeline, sondern Krakehline heißen. Sie hat dem Briefträger einen Brief abgenommen, den nicht sie, sondern ich zu übergeben habe, ich kenne meine Pflicht und wollte ihn ihr wegnehmen, und dabei ist die Sahne umgefallen.«

»Wo ist der Brief? Hat Sie ihn mitgebracht?«

»Zu Befehl, Herr Oberst! Er liegt hier auf dem Service.«

»Meine Briefe gehören nicht zwischen Butter und Zwieback hinein, und nur der Heinz hat sie mir zu bringen. Sie hat ihm überhaupt in allem, was nicht in Ihre Küche gehört, gerade so gehorsam zu sein wie mir selbst. Jetzt kann Sie wieder gehn!«

Sie wandte sich um und rauschte an Heinz mit einem Blick vorüber, der jedenfalls niederschmetternd wirken sollte, aber keine andere Wirkung hatte, als daß er ihr mit einer ironischen Verbeugung den Knotenstock zeigte und dann, vom Prinzen unbemerkt, damit durch die Luft strich.

Der Prinz öffnete den Brief und begann ihn zu lesen. Er schien sehr lang zu sein. Die Pfeife dampfte fort, der Kaffee blieb unberührt, und ein verräterisches Hüsteln und Räuspern drang aus der immer dichter kumulierenden Tabakswolke hervor.

»Heinz!« klang es endlich, und zwar in einem so linden und weichen Ton, wie er bei dem »alten Knaster«, wie der Prinz in der halben Armee und bei seinen sämtlichen Bekannten vom Zivil genannt wurde, höchst selten war.

»Was denn, Dorchlaucht?« fragte der Diener mit dem sanftesten Laut seiner Violonbaßstimme. Das lange Zusammenleben mit seinem Herrn hatte eine Akkomodationsfähigkeit in ihm entwickelt, die sich sogar auf die Modulation seiner Redeweise erstreckte.

»Weißt du noch immer nicht, was heut für ein Tag ist?«

»Hm, Reiten kann ich aus dem Fundament, Fechten, Schießen und Zuschlagen auch wie nur irgendeiner, aber sagen, was für ein Tag es ist, das habe ich niemals fertiggebracht. Was nicht ist, das ist nicht, Dorchlaucht, und es kommt niemals etwas dabei heraus, wenn man sich mit den Tagen herumärgert oder gar sich über sie kränkt und Grillen macht. Denn allzuviel Gutes haben sie noch niemandem gebracht.«

»Hast recht, Heinz! Auf den heutigen Tag paßt das ganz besonders. Er ist für mich der böseste im ganzen Jahr, und wenn er kommt, so wünsche ich stets, ich möchte gestorben sein. Weißt du nun, welchen ich meine?«

»Dorchlaucht, jetzt weiß ich's gleich! Er geht nicht bloß Ihnen, sondern auch dem alten Heinz zu nahe. Der junge Herr war so wacker, so hübsch und drall und auch so gut dabei, wie mag er nur jetzt aussehen!«

»Er ist Offizier bei der Vereinigten-Staaten-Marine, natürlich unter anderem Namen. Da gilt es jetzt, sich tapfer zu halten, der Krieg steht drüben vor der Tür, und bei den dortigen Verhältnissen hat die Marine ganz besonderen Anteil daran zu nehmen.«

»Gott sei Dank, daß es endlich wieder einmal irgendwo losgeht! Ein wenig Frieden ist gut, man kann ausruhn und neue Kräfte sammeln, aber wenn er zu lang dauert, so macht er die Menschheit abständig und träge, die Knochen werden weich und die Nerven schwach, und man fühlt sich nicht eher wieder gesund, als bis die Faust von neuem am Säbel liegt. Ich habe das an mir selbst erfahren, damals anno Vierzehn, als Sie mit mir in Frankreich standen. Wir lagen bei einer jungen Witwe in Quartier, die ganz verteufelt hübsch war und natürlich ein Auge auf mich geworfen hatte. Eigentlich habe ich niemals viel auf die Weibsvölker gehalten, sie sind kaum einen Schuß Pulver wert, und die Krakehline erst recht nicht, aber damals wäre es mir doch beinahe arriviert, daß ich einen dummen Streich gemacht und mich in unsere Wirtin versehen hätte. Die jungen Wittweiber haben immer etwas Reiterangriffähnliches an sich. Ich stand so eines Tages vor der Tür und putze grad mein Lederzeug — ich glaube, der Herr Oberst waren damals noch Leutnant und eben auf Ordonnanz geritten —, da kam sie plötzlich die Treppe herab und trat mit einer Miene auf mich zu, daß...«

Wieder wurde er unterbrochen. Die Tür öffnete sich, dieses Mal ohne vorheriges Anklopfen, und es stürmte ein Wesen herein, das zwar auch ein weibliches war, doch nicht die geringste Ähnlichkeit mit der schweren, wohlbeleibten Figur der Jungfer hatte. Die Schleppe des seidenen Reitkleides auf dem Arm, die schlanke Gerte in dem Händchen und das unter dem Schleier kaum sichtbare kleine Hütchen auf den reichen, tief herniederwallenden Locken, blieb sie einen Augenblick lang vor Heinz stehen und zupfte ihn mit lachenden Augen und einem so freundlichen Kopfnicken am Bart, wie es seine verteufelt hübsche Wittfrau wohl kaum zuwege gebracht hätte, dann eilte sie leichten Schrittes auf den Prinzen zu, dem sie den Mund zum Kusse bot.

»Guten Morgen, mein lieber Onkel! Was, da steht der Kaffee noch, und du bist im Hausrock? Mach sehr schnell, denn ich will mit dir ausreiten!«

»Ausreiten?« fragte er, die Pfeife wieder zwischen die paffenden Lippen schiebend. »Davon habe ich ja gar nichts gewußt!«

»Das ist keine Entschuldigung, Herr Oberst! Ein Kavallerieoffizier muß stets fertig sein, in den Sattel zu springen. Es ist heut so schönes Wetter, die Pferde stehen bereit, und wenn du mir gehorchst, so erlaube ich dir auch ausnahmsweise, unterwegs eine von deinen schlimmen Zigarren zu rauchen!«

»Das wird nicht gehen, Kind, denn ich habe keine schlimmen!«

»Sie sind alle bös, eine immer böser als die andere, und deine Pfeifen sind am häßlichsten, das merke dir. Wenn ich deine Frau wäre, so spazierten alle zum Fenster hinaus! Also, du kommst mit, und zwar gleich?«

»Heut nicht, Wanda, heut nicht, der Heinz mag dich begleiten!«

»Warum nicht heut? Hast du so viel Beschäftigung, daß dir kein kurzes Stündchen für mich übrig bleibt?«

»Das nicht, das nun grad nicht«, meinte er zögernd. »Aber heut ist ein Tag, an dem ich am liebsten zu Hause bleibe.«

Sie sah ihn forschend an. Seinem Blick folgend, gewahrte sie den Brief, den er auf den Tisch gelegt hatte. Rasch ergriff sie ihn und trat damit an das Fenster. Der Prinz wollte ihn ihr entreißen, sie aber wehrte ihn ab.

»Wenn du so schweigsam bist, so muß ich mir die Ursache selbst suchen, und ich sehe dir es an, daß ich sie hier in diesen Zeilen finde. Laß sehen, was sie enthalten!«

Sie war die Tochter eines verstorbenen Kriegskameraden des Prinzen und als elternlose Waise sein Mündel geworden. Seit dem Tod des Vaters hatte sie auf Wildauen gewohnt und später eine Pension der Residenz besucht, von der sie erst vor einigen Tagen zurückgekehrt war. Sie hing mit kindlicher Liebe und Dankbarkeit an dem bärbeißigen, aber tief gemütlichen Haudegen, und er vergalt ihr diese Liebe mit einer Zuneigung, die sich selbst die kleinen Tyranneien des liebenswürdigen Wesens geduldig gefallen ließ, obgleich es sonst niemand hätte wagen dürfen, sich etwas Ähnliches zu gestatten.

Außer dem Obersten gab es noch einen, der Wanda in sein altes Herz geschlossen hatte, daß er bereit gewesen wäre, sein Leben für sie hinzugeben. Das war Heinz. Sie stand ihm fast noch höher als seine Erinnerungen von anno Vierzehn. Sie wußte das und war ihm ebenso sehr gewogen, wie sie es verstand, in kindlichem Übermut seine Ergebenheit den sonderbarsten und eigensinnigsten Proben zu unterwerfen. Ihre Erziehung war unter der Aufsicht des Obersten gewesen, daß sie schon als Kind gelernt hatte, das ganze Haus zu dominieren. Aber ihre Herrschaft war recht erträglich und brachte frisches und zuweilen sogar munteres Leben in den stillen Kreis der wenigen und dabei eigentümlichen Personen, die auf Schloß Wildauen hausten. Die kleine Tyrannin machte sich auch jetzt kein Gewissen daraus, den Brief zu annektieren, der wohl gar nicht für ihre Augen bestimmt war, und der Oberst, der an der Spitze seines Regiments die kühnsten Husarenstücke ausgeführt hatte und sich sicher von keinem anderen Menschenkind imponieren ließ, stand dabei wie einer, dem es an Mut gebricht, einen eigenen Willen zu haben.

Ihr Blick glitt langsam und mit ungewöhnlicher Aufmerksamkeit über die Zeilen, sie mußten etwas enthalten, was ihre vollste Teilnahme in Anspruch nahm. Je weiter sie kam, desto ernster wurden ihre vorher so heiteren und unbefangenen Züge, ihre Hände begannen, unter einer tiefen Bewegung leise zu zittern, ihre Augen wurden feucht und immer feuchter, und als sie endlich zu Ende war, standen sie voll glänzender Tränen, die unter den langen, seidenen Wimpern hervor in großen Tropfen über die Wangen perlten.

»Onkel«, rief sie, die Arme um den Prinzen schlingend und das Köpfchen warm und innig an seine Brust legend, »nicht wahr, er ist unschuldig, er hat den Mord nicht begangen?«

Die Pfeife knirschte in seiner Hand, er hatte sie unter den düsteren Gedanken, die ihn erfüllten, zermalmt und schleuderte die Bruchstücke mit einer zornigen Bewegung durch das offene Fenster.

»Er? Ein Schönberg-Wildauen? Ein Mann, der diesen Namen trägt, begeht keinen Mord! Das Unglück hat mich damals auf das Krankenlager geworfen, so daß ich nicht anders konnte, als zu leiden und zu schweigen. Wagte es aber heute jemand, mit der Behauptung vor mich hinzutreten, daß mein Sohn ein Mörder sei, ich – ich zermalmte ihn!«

Seine geballte Faust schlug auf den Tisch, daß es dröhnte, und vorn an der Tür, wo Heinz noch stand, ließ sich ein zustimmendes Stampfen und Stoßen vernehmen.

»Ist es denn nicht möglich gewesen, seine Unschuld zu beweisen?«

»Nein, es war alles, alles gegen ihn, obgleich man ihn nicht bei der fürchterlichen Tat getroffen haben konnte. Er wurde zum Tod verurteilt und vom König zu lebenslänglicher Gefangenschaft – begnadigt. Er hat es nicht aushalten können und ist eines schönen Tages davongegangen. Die Flucht ist ihm geglückt, er hat in der Fremde eine neue Heimat gefunden und darf es jetzt sogar wagen, dem Vater zu schreiben.«

»Der arme, gute Max, und du armer, armer, lieber Onkel!«

»Ja, arm bin ich, unendlich arm, mein Kind! Der Sohn ist mir verloren, der Name befleckt und das Leben verbittert. Ich gäbe es hin, gleich, auf der Stelle und mit tausend Freuden, wenn mir einer sagen könnte, welche Hand den verbrecherischen Stahl geführt hat. Ich dürfte wieder stolz auf meinen entehrten Stammbaum blicken und ließ den gerechtfertigten Sohn im Triumph zur Heimat zurückbringen, um ihn noch einmal an mein altes, morsches Herz zu drücken und dann beruhigt zu sterben. Brächte jemand mir diesen Frieden, ich wollte es ihm lohnen mit Haufen von dem armseligen Gold, das mir gehört, ohne daß ich seiner froh zu werden vermag!«

Er schob das Service mit dem kalt gewordenen Getränk weit von sich.

»Heinz!«

»Was denn, Dorchlaucht?« klang die gewöhnliche, stereotype Frage des Dieners, aber es war, als brächte er sie nur mit Mühe hervor. Der breite Schnurrbart zuckte verräterisch um seine Lippen, und die Lider drückten sich auf die treuen, ehrlichen Augen, als müßten sie etwas zurückdrängen, was niemand sehen sollte.

»Ich mag den Kaffee nicht. Steck mir eine neue Pfeife an!«

»Nein, Heinz, der Onkel raucht jetzt nicht«, entgegnete das Mädchen mit einer Miene, der es anzusehen war, daß kein großer Widerspruch zu erwarten sei. »Er wird doch noch mit mir ausreiten, und du begleitest uns!«

»Laß mich heut frei, Wanda! Was soll ich draußen im Freien, wo die Sonne lacht und alles froh und glücklich ist an dem Tag, der mir den schwersten Schlag brachte, der mich jemals betroffen hat!«

»Und was sollst du heute hier in dem einsamen, verräucherten Zimmer an dem Tag, an dem du des Trostes und der Erheiterung bedarfst, mehr als an jedem anderen! Ich lasse dich nicht los, Onkel, du mußt mit fort, mußt mit hinaus, damit du wenigstens für kurze Zeit den Gram vergißt, der dir das Leben trübt!«

»Du bist ein Plagegeist, dem man nur dadurch entgeht, daß man ihm seinen Willen tut. Heinz, ankleiden!«

Das war für Wanda das Zeichen, daß sie wieder eines jener kleinen häuslichen Gefechte gewonnen hatte, in die sie den Vormund zu verwickeln pflegte. Sie verabschiedete sich dankend und schritt hinunter in den Schloßhof, wo drei aufgezäumte Pferde standen, der Beweis, daß sie sicher gewesen war, ihre Absicht zu erreichen. Sie streichelte dem Schimmel, der den Damensattel trug, liebkosend den Hals und flüsterte dabei mit glücklichem Ausdruck in dem schönen, jugendfrischen Gesicht: »Er wird heut kommen, er hat es mir geschrieben, und ich kann es nicht erwarten, ich muß ihm entgegen. Er hat mich noch nicht reiten sehen und will nicht glauben, daß ich es kann. Oh, er soll sich wundern! Er nannte mich immer seine ›furchtsame Blume‹, weil ich mich scheute, seinetwegen gegen die Hausordnung zu sündigen. Aber ich will ihm schon zeigen, daß ich

Mut besitze. Ich werde ihm gleich zum Willkommen etwas Tüchtiges vorgaloppieren und dann auch beweisen, daß ich beim Onkel für ihn kämpfen kann!«

Sie wurde sichtlich von einer ungewöhnlichen Unruhe beherrscht und konnte das Erscheinen der beiden Begleiter kaum erwarten. Als diese die Empfangstreppe herabgestiegen kamen, saß sie schon auf dem Pferd, das ungeduldig mit den Hufen scharrte und von der Reiterin kaum gehalten werden konnte. Sobald die Männer aufgestiegen waren, ging es fort, den Schloßberg hinab, um das Städtchen herum und von da hinaus nach dem Bahnhof, wo der »alte Knaster« mit seinem unvermeidlichen Heinz ein zwar nur kurze Zeit verweilender, aber fast täglicher Besucher zu sein pflegte.

Heute wurde der Weg zu Pferd in so kurzer Zeit zurückgelegt, daß man beschloß, den Spazierritt noch weiter auszudehnen. Erst als die Zeit nahte, in der der Personenzug zu kommen pflegte, der hier längere Zeit Aufenthalt hatte, kehrten sie zurück. Sie stiegen vor der Wartehalle ab, überließen die Pferde dem alten Heinz und nahmen in dem Salon eine Erfrischung zu sich.

Eben hatten sie Platz genommen, als der Zug einfuhr. Die Passagiere stiegen aus und suchten die Warteräume auf. Er war stark besetzt gewesen, und die Tische reichten kaum, alle Gäste aufzunehmen. Es ging sehr laut her. Die meisten kamen aus entlegenen Gegenden, hatten sich im Coupé getroffen und flossen über von Berichten über ihre Heimat, über Zweck und Ziel ihrer Reise und Erlebnisse, die sie ihnen geboten hatte.

Einer besonders zeichnete sich vor allen durch eine Sprachfertigkeit aus, die jede andere Konversation übertönte. Er sprach einen fremdländischen Dialekt und brüstete sich mit Abenteuern, die er in aller Herren Länder erlebt haben wollte. Seine aufdringlichen Erzählungen wurden den Zuhörern geradezu unangenehm, und schon machte der Oberst Miene, den Salon zu verlassen, als ein interessantes Intermezzo ihn noch länger fesselte.

Ein junger Mann war eingetreten und hatte sich unweit der Tür niedergelassen. Ohne irgendwelches Reisegepäck bei sich zu haben, war er sehr einfach gekleidet und von einer Fußwanderung, die er jedenfalls unternommen hatte, ziemlich bestäubt und in seinem Äußeren heruntergekommen.

Wie er so da vorn am Eingang saß, schien er für den oberflächlichen Beobachter gar nicht zu der Gesellschaftsstufe zu gehören, die hier vertreten war. Und wirklich hielten auch viele der Anwesenden die Blicke auf ihn gerichtet und mochten ihn für einen Unkundigen halten, der aus Versehen hier Zutritt genommen hatte.

Wanda hatte ihn sofort bei seinem Erscheinen bemerkt und einen stillen, lächelnden Gruß von ihm erhalten. Sie befand sich in einiger Verlegenheit. Warum kam er in dieser Weise? Auch dem redseligen Erzähler war er aufgefallen. Dieser schien die Anwesenheit des einfachen Mannes übel zu vermerken und erging sich in spitzen Bemerkungen, die der Betreffende gar nicht zu vernehmen schien. Er hatte ein Zeitungsblatt vorgenommen und studierte es mit einem Eifer, als habe der Inhalt die allergrößte Wichtigkeit für ihn. Als er damit fertig war, erhob er sich, trat an den Tisch, an dem der Bramarbas* seine Reden hielt, und fragte in höflichem Ton: »Entschuldigen die Herren! Ist vielleicht eine von den hier liegenden Zeitungen frei?«

»Nein!« wies ihn der Erwähnte mit einer Miene ab, die geringschätzig und verächtlich war. »Ich lese sie selbst!«

»Alle auf einmal?« Es war ein sonderbarer, rätselhafter Blick, den er dabei auf den Sprecher richtete.

»Alle!«

»Dann bitte ich um Entschuldigung!«

Er kehrte an seinen Platz zurück und vertiefte sich wieder in die bereits vorgenommene Lektüre. Nach einiger Zeit erhob er sich zum zweiten Mal.

»Bedürfen Sie auch jetzt dieser Zeitungen noch, mein Herr?«

»Ich werde sie gleich vornehmen!« klang es kurz und barsch.

»So, bitte, bezeichnen Sie mir diejenige, die Sie zuletzt lesen werden, ich möchte mir dieselbe für einige Augenblicke leihen!«

»Ich brauche sie alle!«

»Möglich, aber wie es scheint, nicht zum Lesen. Wie ich bemerke, zögern Sie auffällig mit dem Beweis, daß Sie es überhaupt gelernt haben!«

»Kellner!« rief statt einer Antwort der auf diese Weise für seine Arroganz Bestrafte. Und als der Kellner erschien, fügte er hinzu: »Dieser Mann hier hat sich verlaufen, bringen

---

* Bramarbas: Prahlhans, Aufschneider.

Sie ihn doch in das Wartezimmer der vierten Klasse, wo er jedenfalls hingehört!«

Der dienstbereite Kellner machte eine zustimmende Verbeugung und betrachtete den »Delinquenten« mit einem Blick, der diesen ganz unzweifelhaft zur vierten Klasse verurteilte.

»Zeigen Sie mir einmal Ihre Fahrkarte, damit ich mich überzeuge, ob Sie berechtigt sind, hier Zutritt zu nehmen!«

Mit einem belustigten Lächeln griff der junge Mann in die Tasche.

»Hier ist sie, mein Verehrtester!«

Der Kellner warf einen Blick darauf und gab sie sofort mit einem Gesicht zurück, auf dem sich Enttäuschung und Verlegenheit zu einem urkomischen Ausdruck vereinigten.

»Retourbillett erster Klasse! Sie dürfen natürlich hierbleiben!«

»Ich danke Ihnen sehr, mein Gnädigster! Aber Scherz beiseite. Jetzt fragen Sie nun auch einmal diesen Herrn nach der betreffenden Karte!«

Der Kellner mußte es tun, und der Vorwitzige sah sich zur allgemeinen Belustigung gezwungen, nun auch seinerseits der Aufforderung zu entsprechen. Er fühlte sich dadurch so verletzt, daß er sich erhob, um den Salon zu verlassen, da aber trat ihm der andere in den Weg.

»Bitte, mein Herr, verweilen Sie noch kurze Zeit. Wir sind noch nicht fertig!«

Das Fenster öffnend, gab er einen Wink hinaus. Im nächsten Augenblick stand ein Gendarm an seiner Seite. Jetzt forschte er noch einmal mit scharfem Blick in den Zügen seines Gegenübers und fuhr dann in völlig verändertem Ton fort: »Die Gegenwart dieses Polizeibeamten, mein Herr, wird Ihnen die Situation klarmachen! Ich hatte das Vergnügen, Sie einsteigen zu sehen und stellte dabei gewisse Gründe fest, mit Ihnen eine kurze Unterredung herbeizuführen. Dies wäre jedenfalls unter vier Augen geschehen, wenn Sie es unterlassen hätten, mich durch Ihr Verhalten zur Öffentlichkeit zu bewegen. Sie haben die Fragen, die ich an Sie richten werde, ohne Weigerung und der Wahrheit gemäß zu beantworten, wenn Sie es nicht vorziehen, diese an einem sehr unöffentlichen Ort vorgelegt zu bekommen. Bitte also, Ihre Legitimation!«

»Aber mein Herr, ich weiß gar nicht...«

»Echauffieren Sie sich nicht! Ich will Sie durch die Mitteilung beruhigen, daß mein Verfahren nicht direkt gegen Sie gerichtet ist. Also, Ihre Legitimation!«

Der kleinlaut gewordene Maulheld zog eine Brieftasche hervor und entnahm ihr ein Papier, das er auseinanderschlug und dann überreichte. Es wurde mit sichtbarer Sorgfalt geprüft.

»Dieser Paß ist in Ordnung! Sie sind Franzose und aus Le Havre de grace. Haben Sie Familie?«

»Ja, Frau und Kinder.«

»Eltern?«

»Nein.«

»Geschwister?«

»Einen einzigen Bruder.«

»Dieser heißt?«

»Natürlich ebenso wie ich, Latour, François Latour.«

»Was ist Ihr Bruder?« fragte der junge Mann den Franzosen weiter.

»Er war früher Seemann, jetzt privatisiert er.«

»Wo?«

»In den Vereinigten Staaten. Ich erhielt die letzte Zuschrift von ihm aus Boston.«

»Wann war dies?«

»Vor ungefähr einem Monat.«

»Wo befindet sich dieser Brief?«

»Zu Hause in Le Havre. Er liegt bei den anderen Briefen, die ich von ihm bekam.«

»Haben Sie eine Fotografie von ihm?«

»Ja.«

»Wo?«

»Sie hängt in meinem Zimmer.«

»Ich danke Ihnen. Nun nur noch eins: War dieser Bruder jemals in Deutschland?«

»Längere Zeit.«

»Auch in der Residenz unseres Landes? In Berlin?«

»Soviel ich mich erinnere, ja. Er hat von dort aus öfters geschrieben, die Briefe sind noch da.«

»Ich danke nochmals. Wir sind jetzt fertig.«

Der Verhörte war durch die Wendung, die das kleine Ereignis genommen hatte, so vollständig verblüfft, daß er die ihm vorgelegten Fragen mit fast naiver Treue und Ausführlichkeit beantwortet hatte. Er mochte ein ganz unbescholtener Mann sein, aber es war ihm dennoch angst geworden. Schweiß stand auf seiner Stirn. Er öffnete den Rock, um das Taschentuch hervorzuziehen. Bei dieser Gelegenheit wurde eine Uhrkette von so vorzüglicher Arbeit sichtbar, daß sie die Aufmerksamkeit des Kenners sofort erregen mußte. Auch der junge Mann bemerkte sie, und der Anblick brachte eine eigentümliche Wirkung hervor.

»Halt, warten Sie noch einen Augenblick!«

Er ergriff die Kette, ließ sie prüfend durch die Hand gleiten und zog dann die an ihr befestigte Uhr hervor. Nachdem er sie geöffnet hatte, untersuchte er die Stelle, an der gewöhnlich das Markenzeichen des Herstellers angebracht ist und ließ sie dann wieder in die Tasche zurückgleiten.

»Diese Uhr gehört Ihnen?«

»Ja.«

»Wie kamen sie in Ihren Besitz?«

»Ich erhielt sie als Geschenk.«

»Von wem?«

»Von meinem Bruder.«

»Von demselben, von dem wir vorhin sprachen?«

»Ja.«

»Uhr und Kette zusammen?«

»Ja.«

»Auf welche Art und Weise und von wem hat er beides erworben?«

»Ich weiß es nicht.«

»Wann machte er Ihnen das Geschenk?«

»Als er aus Deutschland kam.«

»Und ehe er nach Amerika ging?«

»Ja.«

»Besaß er eine größere Anzahl ähnlicher Sachen, vielleicht Ringe und sonstige Schmuckgegenstände?«

»Soviel ich weiß, nein!«

Der Frager flüsterte dem Gendarm einige Worte zu und fuhr dann fort: »Ich muß Sie ersuchen, Ihre Reise auf kurze Zeit zu unterbrechen. Dieser Herr wird Ihr Begleiter sein, bis wir uns wiedersehen!«

Der Franzose erschrak, daß er leichenblaß wurde.

»Mein Gott, ich bin mir ja keiner Tat bewußt, die Sie veranlassen könnte, mich ...«

»Ich bat Sie schon, sich nicht zu beunruhigen, und wiederhole meine Versicherung, daß Sie nichts zu befürchten haben. Es handelt sich einfach nur um eine Feststellung, zu der ich Ihrer Hilfe notwendig bedarf. Folgen Sie also nur immerhin Ihrem Begleiter. Wir werden uns jedenfalls bald und freundlich wiederbegegnen!«

Diese kurze Szene hatte unter den Anwesenden ein ungeheures Aufsehen erregt. Wer war der einfach gekleidete Mann, der trotz seiner Jugend so sicher und geläufig aufzutreten wußte und auf alle Fälle eine nicht unbedeutende Polizeistelle bekleiden mußte? Hatte er nicht eigentlich eine Sünde gegen die polizeilichen Verordnungen begangen, als er das Verhör vor so vielen Zeugen vornahm? Er mußte großes Selbstvertrauen besitzen, um so etwas wagen zu können.

Die Gedanken und Vermutungen hatten freien Spielraum, aber er kümmerte sich nicht um die Blicke, die jetzt so respektvoll auf ihm ruhten. Als der Franzose den Salon verlassen hatte, entnahm der junge Mann seiner eigenen Brieftasche eine Karte und schrieb einige Worte auf deren Rückseite. Dann steckte er die Karte in ein Couvert und ließ es vom Kellner dem Prinzen überbringen. Dieser las den Namen des jungen Mannes, warf einen Blick auf die beigefügten Worte und erhob sich mit einem zustimmenden Kopfnicken.

Der Fremde trat in ehrerbietiger Haltung an den Tisch.

»Sie kennen mich, Herr Leutnant?« fragte der Oberst erstaunt.

»Ich hatte leider bisher noch nicht die Ehre, Ew. Durchlaucht persönlich zu begegnen, vermutete aber aus gewissen Umständen, daß ich jetzt so glücklich sei, Ew. Hoheit zu sehen.«

»Sie haben sich allerdings nicht geirrt.« Und dann fügte er vorstellend hinzu: »Herr Polizeileutnant von Treskow, Fräulein von Czernowska, mein Mündel.«

»Besten Dank, Durchlaucht, es wurde mir schon früher die ehrenvolle Auszeichnung zuteil, Fräulein von Czernowska vorgestellt zu werden!«

»Ah!« klang es verwundert. »Warum schwiegst du darüber, Wanda? Oder erkanntest du den Herrn nicht wieder?«

»Doch!« versicherte sie lächelnd. »Aber ich wußte nicht, ob ich das Inkognito verletzen dürfe, in das sich die Herren von der Polizei zuweilen hüllen.«

»Und das heut für mich sehr unangenehm ist«, ergänzte Treskow mit einem Blick auf seinen anspruchslosen Habitus. »Ich hatte eine Nachforschung vorzunehmen, bei der es nicht in meiner Absicht lag, erkannt zu werden. Sie wurde glücklich vollendet und zugleich durch einen außerordentlichen Zufall belohnt, der mir in einer anderen und auch für Ew. Durchlaucht hochwichtigen Angelegenheit von unendlicher Bedeutung ist.«

»Für mich? Meinen Sie vielleicht den Auftritt mit diesem unbequemen Franzosen?«

»Genau. Ich sah ihn einsteigen, sein Gesicht fiel mir auf, es hatte eine wirklich frappante Ähnlichkeit mit einem anderen, dem ich bisher erfolglos nachgeforscht habe. Es konnte nicht anders sein, es mußte hier eine nahe Verwandtschaft vorliegen. Ich ließ den Mann nicht aus dem Auge und sah hier nicht nur meine Vermutung bestätigt, sondern machte auch eine Entdeckung dabei, die mich veranlaßte, mich dem Herrn Obersten augenblicklich vorzustellen.«

»Dann darf ich wohl nach dem Grund dieser Eile fragen?«

»Gewiß! Meine Antwort muß aber eine Angelegenheit berühren, die ich ohne vorherige Erlaubnis mir nicht zur Sprache zu bringen gestatte.«

»Sprechen Sie!«

»Die Kette, die ich vorhin durch einen glücklichen Umstand entdeckte, gehörte dem ermordeten Hofjuwelier Wallerstein.«

»Wallerstein?« rief der Prinz so laut, daß alle Anwesenden aufmerksam wurden. Er bemerkte dies und setzte sich wieder auf den Platz, von dem er aufgefahren war. Hastig, aber mit gedämpfter Stimme fragte er: »Wissen Sie das genau? Ist Ihnen dieser Fall bekannt?«

»Es gibt wohl nur einen, der ihn besser kennt als ich, und das ist der eigentliche Täter, nach dem ich schon seit langem suche.«

»Der eigentliche, sagen Sie! Sie glauben also, daß der — daß derjenige, den man verurteilt hat, nicht der wirkliche Täter ist? Sie suchen noch heute den Raubmörder, den die

Richter doch schon längst gefunden zu haben meinen, und auch der Strafe überlieferten?«

»So ist es, Durchlaucht! Diese auch für den Herrn Obersten hochwichtige Angelegenheit meinte ich, als ich vorhin meine Zudringlichkeit entschuldigte, sie führte mich nach Wildauen, wo ich heute um eine Audienz gebeten hätte.«

»Sie versetzen mich in ein Erstaunen, das ebenso groß ist wie die Wißbegierde, die ich empfinden muß!«

»Ich begreife das und bin zur Aufklärung gern bereit, nur dürfte sich der Ort, an dem wir uns gegenwärtig befinden, nicht dazu eignen. Ich bitte daher um die Erlaubnis, mich ...«

»Sie gehen mit mir, Herr Leutnant«, fiel ihm der Prinz in die Rede, »Sie reiten mit uns nach Hause, ich lasse Sie nicht wieder aus dem Auge!«

»Diese Aufmerksamkeit ist mir hochwillkommen und kann mich nur zur Dankbarkeit verpflichten!«

»So kommen Sie gleich! Sie sind auf Wildauen Gast, solange es Ihnen beliebt, denn Ihr Erscheinen läßt eine Hoffnung in mir erwachen, die ich schon fast aufgegeben hatte!«

Er erhob sich und schritt den beiden voran. Treskow bot mit einer galanten Verbeugung Wanda den Arm. Der vorher aus dem Salon Gewiesene bekam von schönen Lippen die Erlaubnis, das Mündel eines Prinzen in vertraulicher Berührung durch die Reihen der Gäste zu führen.

Vor dem Stationsgebäude angekommen, half er ihr auf das Pferd und bestieg selbst dasjenige, das Heinz geritten hatte. Der treue Diener kam den Herrschaften auf seinem Stelzfuß langsam nachgehumpelt.

Noch war man nicht weit gekommen, so deutete Treskow vorwärts.

»Ich habe heute ebenso wie der Franzose, der sich über mich mokierte, die Erfahrung bestätigt gefunden, daß man sich oft einer ganz gewaltigen Täuschung unterwirft, wenn man einen Menschen nach der Kleidung, die er trägt, taxiert. Belieben Ew. Durchlaucht doch einmal den Mann anzusehen, der da vor uns geht!«

Der Genannte war eine so auffällige Figur, daß ihn die beiden anderen auch schon bemerkt hatten. Er war von hoher, breiter und außerordentlich muskulöser Figur und trug auf dem glattgeschorenen Kopf einen Hut, dessen ungeheure Krempe hinten weit über den Nacken herunterschlappte, während ihr vorderer Teil einfach über dem Gesicht weggeschnitten war. Den Leib bedeckte ein kurzer, weiter Sackrock, dessen Ärmel kaum bis über die Ellbogen reichten und erst die Ärmelteile eines sauber gewaschenen Hemdes, dann die braungebrannten Vorderarme und endlich zwei Hände sehen ließen, die einem vorsintflutlichen Riesentier anzugehören schienen. Die Beine staken in einer ebenso weiten Hose von leichtem Zeug, unter der ein paar Stiefel sichtbar wurden, deren Leder aus dem Rücken eines Elefanten herausgeschnitten sein mußte. Der Mann sah in dem alten Hut, dem moosgrünen Rock und der gelben Hose einer Maskenballfigur ähnlich, die sich vom Saal heraus auf die Straße verirrt hat. Er schritt dabei mit weit auseinandergespreizten Beinen und balancierenden Armen seines Weges, als befinde er sich auf einem Boot, das von den Wellen auf und nieder geworfen wird.

»Nun?« fragte der Prinz.

»Wer sieht es diesem spaßhaften Wesen an, daß es mit mir in einem Coupé erster Klasse fuhr?«

Der Oberst hatte seine Antwort noch nicht begonnen, als der sonderbare Wanderer stehenblieb und sich nach den drei Reitern umwandte. Der Rock stand ihm vorn weit offen und ließ bis herunter auf die Brust einen nackten, von der Sonne ausgedörrten Hals sehen, unter dem ein breites, rotseidenes Tuch in einen kolossalen Knoten geschlungen war und seine beiden flatternden Enden über den ganzen Unterleib herabhängen ließ.

»Halte – là – heigh – day – heda, Ihr Männer und schönen Fräuleins!« rief er in einem Gemisch von Französisch, Englisch und Deutsch. »Geht es hier nach der kleinen city, nach der Stadt, die irgend jemand Wildauen getauft hat?«

Wanda nickte bejahend.

»Merci – thank you, meine kleine liebe Miß! Aber sagt, gibt es dort auch wirklich ein Schloß, ein castle, wo ein grausam vornehmer Prinz wohnen soll?«

Sie nickte wieder und konnte sich dabei eines Lächelns nicht erwehren.

»Gut, schön, all right! Es ist der Herr von Schönberg, der Duc oder der Lord von Schönberg, wie der alte Swalker genannt wird?«

»Ja«, lachte sie jetzt herzlich auf.

»Huzza – prächtig! Ist er Euch vielleicht ein wenig bekannt, meine hübsche, kleine Seenixe?«

»Ein wenig, ja!«

»Dann könnt Ihr mir wohl sagen, ob es ein Subjekt bei

ihm gibt, das am crutch, an der Krücke laufen muß, weil es nur ein Bein hat!«

»So einen gibt es allerdings.«

»Good luck – hallo, da habe ich den verteufelten Kerl endlich! Heißt er nicht Heinrich Polter?«

»Das stimmt!«

»Stop, Schaluppe! Jetzt ist es gewiß, daß es der Rechte ist! Aber nun sagt mir auch noch, wo der alte Humpelheinz jetzt ungefähr zu treffen ist! Ich habe einmal Back an Steuer mit ihm zu legen.«

»Dort kommt er eben hinter uns her!«

Der Mann spie den Kautabak, mit dem er den halben Mund gefüllt hatte, auf die Straße und drehte sich um.

»Est-il vrai*, ist er das? So war er wohl gar in dem Eisenbahn-Hafen, und ich habe ihn nicht gesehen? Wart, Mensch, ich werde einmal ›Wind schief ins Tuch‹ auf dich lossteuern, daß dir der Stoß das Spriet bis an den Besan** treibt!«

Ohne sich einen Augenblick länger um die Reiter zu bekümmern, eilte er mit breit schlendernden Beinen zurück und dem herbeistelzenden Heinz entgegen. Dieser sah die seltsame Gestalt gerade auf sich zukommen und blieb, den Schnurrbart streichelnd, mit neugieriger Miene stehen.

»Heinrich Polter, altes Bijou«, rief der Seemann, indem er die langen Arme so weit wie möglich ausbreitete, »segelst du wirklich noch auf diesem Jammertal herum, das die Leu-

---

* Est-il vrai: Ist es wahr?

** Besan: Segel am rückwärtigen Mast.

te Erde nennen? Komm, ich muß dich küssen und an mein Herz drücken, du altes, liebes Wrack du!«

Er faßte den Erstaunten bei den Schultern, zog ihn mit einem kräftigen Ruck an sich und legte seine Lippen herzhaft an den sich sträubenden Riesenschnurrbart. Heinz suchte sich der unverhofften Umarmung zu entziehen.

»Wer — wo — wie — was soll denn das sein!« rief er unter angestrengtem Sträuben. »Wer ist Er, und was will Er denn eigentlich von mir?«

»Wer ich bin? Zounds, der Mensch kennt mich wahrhaftig nicht! Stell dich doch einmal gehörig auf Ausguck und lug mich genau an! Wer bin ich?«

Er stellte sich breitspurig vor den prinzlichen Domestiken hin, um sich von ihm in Augenschein nehmen zu lassen.

»Wer Er ist? Hm, ich habe Ihn in meinem ganzen Leben noch nicht gesehen, denn so ein Hanswurst ist mir weder damals anno Vierzehn noch sonst zu irgendeiner Zeit vorgekommen!«

»Luck-a-day, ein Hanswurst! Ich war Hochbootsmaat auf Ihrer englischen Majestät Kriegsschiff ›Nelson‹, dann Steuermann auf dem Vereinigten-Staaten-Klipper ›Swallow‹ und hab mir nachher den ›Wilden Westen‹ angesehen, heiße Peter Polter so lang ich lebe, bin sein eigener Bruder, und dies alles zusammen nennt diese einbeinige Landratte einen Hanswurst!«

»Pe — Pet — Peter Polter?« rief Heinz halb ungläubig und halb freudig überrascht. »Ist's möglich, ist's wahr, daß du der Peter bist, der fortgelaufen war, als ich aus Frankreich kam, und seit dieser Zeit spurlos verschwunden gewesen ist?«

»Freilich bin ich's! Wer sollte ich denn sonst sein, wenn ich nicht der Peter Polter bin? Wenn du es nicht glaubst, so kann dir kein Fregatten-Chirurg und auch kein Apotheker helfen! Ich war daheim in Langendorf, wo es einst keine loseren Buben gab als die beiden Polters; aber die ganze Verwandtschaft ist hinauf in den Himmel gesegelt, und nur von dir erfuhr ich, daß du so gescheit gewesen bist zu warten, bis der Peter kommt. Sogar der alte Schneiderfranz, der uns alle Tage nach Noten abzuwalken hatte, als wir zu ihm in die Schule gingen, ist gestorben. Es ist auch kein Wunder, denn er müßte ja fast an die fünfhundert Jahre alt sein, wenn er noch lebte. Glaubst du es nun, daß ich es bin?«

»Ja, ich glaub's, Peter! Willkommen tausendmal!« rief Heinz, dem Bruder die beiden Hände entgegenstreckend. Seine Augen waren plötzlich feucht geworden, und seine Stimme fiel vor Bewegung in den tiefsten Baß herab. »Du hast mit deinem Fortgehen den Eltern viel Kummer und Sorge gemacht; aber das ist nun vorüber, und ich freue mich königlich, dich hier im Leben noch einmal zu sehen.«

»Well done! Was du da von den Eltern sagst, das ist richtig; es hat mir auch schwer und lang genug auf der Seele gelegen. Ich werde dir alles erzählen, aber nicht hier auf der Straße, sondern auf dem Schloß deines alten Burggrafen, oder was er ist. Du nimmst mich doch mit?«

»Das versteht sich ja ganz von selbst! Er wird sich freuen, wenn er hört, daß dem Heinz auch einmal eine solche Freude widerfahren ist.«

»Wie sieht er denn aus? Ich werde ihn doch zu sehen bekommen?«

»Du hast ihn schon gesehen, es ist der, der da vorn den Braunen reitet. Er ist der beste Herr, den es nur geben kann; wir sind ein ganzes, langes Menschenalter beisammen gewesen und haben mancherlei Abenteuer miteinander erlebt. Besonders damals anno Vierzehn, als er mit mir in Frankreich stand. Wir lagen damals bei einer jungen Wittfrau im Quartier, die ganz verteufelt hübsch war und ein Auge auf mich geworfen hatte. Eines Tages stand ich grad an der Tür und putzte mein Lederzeug, da kam sie die Treppe herunter und machte mir eine Miene, daß ...«

»Dash, laß deine junge Wittfrau jetzt einmal über Bord fallen und sage mir lieber, wie es auf Deck bei euch in Wildauen steht! Es ist immer gut, die Schiffsordnung zu kennen, wenn man auf Planken steigt, die man noch nicht betreten hat.«

Arm in Arm wanderten die beiden Männer, der eine stelzfüßig und der andere mit breitspurigem Matrosenschritt, die Straße dahin in Richtung Schloß. Es gab zwischen ihnen so viele Fragen und Antworten, und die Zeit verging ihnen daher so schnell, daß Heinz verwundert aufschaute, als er bemerkte, daß sie bereits unter dem hohen Portal standen. Er führte den Bruder über den umfangreichen Hof und stieg dann mit ihm die breite Empfangstreppe hinauf. Oben öffnete sich die Tür, die zur Küche führte; Jungfer Adeline blickte hervor.

»Was für eine Vogelscheuche bringt Er da nach Schloß Wildauen getrieben? Glaubt Er etwa, daß wir hier ein Raritätenkabinett haben?«

Ehe Heinz nur antworten konnte, war Peter mit einer schlagfertigen Entgegnung da.

»Was ist denn das für eine dicke, holländische Trekschuit*, die es wagt, sich und hier in den Kurs zu legen und mich, den Steuermann vom Vereinigten-Staaten-Klipper ›Swallow‹, eine Vogelscheuche zu nennen? Gleich setze Sie alle Segel bei, und fahre Sie dahin zurück, woher Sie gekommen ist, sonst werde ich Sie bekabinetten, daß Ihr die Wimpeln in alle Winde fahren, Sie alte, neugierige Flattuse, Sie!«

Er trat auf sie zu und hielt ihr die braunen, riesigen Fäuste so nahe vor das Gesicht, daß sie sofort wieder hinter der Küchentür verschwand.

»Heinz!« ertönte es da aus dem Zimmer des Prinzen. Mit eiligen Schritten stampfte der Diener vorwärts, zog den Eingang, auf und fragte: »Was denn, Dorchlaucht?«

»Was gibt es denn für einen Spektakel da draußen?«

»Das ist wieder die Jungfer Krakehline, die sich darüber aufhält, daß ich meinen Bruder mitbringe.«

»Deinen Bruder? Ich denke, der ist längst verschollen!«

»Er ist wieder da, Dorchlaucht, und hat mich heut hier aufgesucht.«

»Den muß ich sehen! Schick ihn mir nachher einmal herein! Wer war denn der sonderbare Kauz, der uns auf der Straße nach dir fragte?«

»Das war ja eben mein Bruder!«

---

* Trekschuit: Treidelkahn, der von Pferden vom Ufer eines Flusses gegen die Strömung gezogen wird.

»Das war er?« klang es gedehnt. »Der Mann sah ja aus wie ein Bärenführer im Sonntagsstaat! Was ist er denn, und wo hat er bisher gesteckt?«

»Seemann ist er; er kommt aus Amerika.«

»Ist's wahr?« Eine bessere Empfehlung konnte es für Peter nicht geben; der Sohn des Prinzen war ja Offizier der Vereinigten-Staaten-Marine. »So schick ihn gleich herein!«

Heinz trat zurück, und einige Augenblicke später stand der beurlaubte Steuermann unter der Tür. Er wirbelte mit einiger Verlegenheit den abgenommenen Hut durch die Hände und grüßte die drei anwesenden Personen mit einer tiefen Verrenkung, die jedenfalls eine Verbeugung sein sollte.

»Trete Er einmal näher!« gebot der Prinz. »Ich höre, daß Er der Bruder von meinem Heinz ist.«

»Bon, Master Durchlaucht, das ist richtig! Ich bin der Peter Polter aus Langendorf.«

»Wo kommt Er denn her?«

»Justement gerade von New York. War in Hoboken zuletzt, und da kam mir plötzlich die Sehnsucht nach der Heimat. Bin also über den Atlantischen, den alten Heringsteich, herübergesegelt und nach den Meinen, die gestorben sind, vergebens herumgelaufen, bis ich endlich nun noch den Heinz gefunden habe.«

»Mit was für Fahrzeugen ist Er gefahren, mit Kriegs- oder mit Handelsschiffen?«

»Bald mit dem und bald mit jenem, je nach Gelegenheit.«

»So kennt Er wohl auch viele von diesen Schiffen beim Namen?«

»... s' death, Master Prinz, ob ich sie kenne, fragt Ihr? Alle, alle kenne ich, und habe ihre Namen im Kopf, wie der Hund die Flöhe im Pelz. Soll ich sie Euch vielleicht hernennen?«

»Nein! Ich wollte nur wissen, ob Er vielleicht schon einmal ein Klipperschiff getroffen hat, das ›Swallow‹ heißt?«

»Die ›Swallow‹, ob ich die ›Swallow‹ kenne? Herr Durchlaucht, das ist eine Frage, die Ihr Euch hättet ersparen können. Die ›Swallow‹ kenne ich ebenso genau wie Ihr hier Euren Tabakskasten kennt; sie ist ein Klipperschiff mit Schonertakelage, geht über die See wie ein achtzehnjähriges Mädchen beim Tanz und ist der beste Segler, den es nur jemals gegeben hat. Das weiß der Peter Polter am besten, denn er war Steuermann auf ihr und wird in einigen Wochen vielleicht schon wieder auf ihren Planken herumlaufen.«

»Was sagt Er da? Auf der ›Swallow‹ ist Er Steuermann gewesen? Kennt Er den Leutnant, der das Kommando führt?«

»Natürlich kenne ich den alten Segelfresser. Es war der Marineleutnant Belton, der am liebsten fuhr, wenn er alle Leinwand sehen konnte. Er hatte sich in den steifen Grog verliebt und darum eine Nase angetrunken, die fast noch röter aussah als eine reife, spanische Pfefferschote.«

»Das stimmt nicht! Ich denke, der Leutnant auf dem Klipper heißt Parker, Max Parker?«

»Parker – Parker! Wartet einmal, Master Schönberg, den sollte ich wohl kennen! Der Leutnant Parker war ja dritter Offizier auf dem Orlogschiff ›Taifun‹. Wenn er jetzt auf der ›Swallow‹ ist, so hat er selbständiges Kommando erhalten, was ich ihm auch vom Herzen gönne, denn er versteht sein Fach vom Klüverbaum bis hinten an die Sternflagge und hat dabei alle neunundneunzigtausend Teufel im Leib. Er hat schon manches zuwege gebracht, woran andere vergebens vorübergesegelt sind, und wurde zuletzt gar nach Süden geschickt, wo ein Kaper in der Campeche-Bai und so da herum sein Wesen trieb, der die ganze Schiffahrt ins Stocken brachte.«

»Richtig, richtig; Er kennt ihn! Hat Er ihn gesehen?«

»Nein, gesehen noch nicht, aber viel gehört von ihm. Er hat auch richtig den Kaper aufgespürt und weggenommen. Die Mannen wurden alle an den Rahen gehängt, aber der Kapitän ist entwischt. Der Kerl soll ein Franzose sein und eigentlich Labour heißen oder Latour, ich weiß es nicht genau; zur See wird er nicht anders als der ›schwarze Kapitän‹ genannt.«

Treskow horchte bei diesen Worten überrascht auf.

»Latour?« fragte er. »Ein Franzose? Wissen Sie vielleicht, woher er stammt?«

»Alas, mein lieber, junger Gentleman, das kann ich so genau nicht sagen. Aber ich bin mit einem Mann gesegelt, der hat ihn gekannt und sagte, er sei entweder aus Cherbourg oder gar Le Havre de grace zu Hause. Er hatte ihn früher gekannt und war als Servant mit ihm auf Reisen gewesen.«

»Wissen Sie den Namen dieses Mannes?« klang die gespannte Frage.

»Sehr gut weiß ich ihn. Der alte Ludrian hat manchen guten Hieb von mir bekommen; er taugte nichts und wurde endlich gar von Bord gejagt. Ich glaube gar, er ist nachher zu dem ›schwarzen Kapitän‹ gegangen, wenigstens hat er sich vorher so verlauten lassen. Er war auch ein Franzose und hieß Letrier, Jean Letrier, das weiß ich ganz genau. Wir nannten ihn aber nur den ›bösen Jean‹, weil er voller Ränke und Kniffe war, wie ein alter Fregattenkiel voller Bohrwürmer.«

»Jean Letrier!« rief Treskow vom Stuhl aufspringend. »Durchlaucht, dieser Tag ist für unsere Angelegenheit ganz überraschend glücklich. So hieß der Diener des Mannes, den ich für den Mörder halte!« Und sich wieder zu Peter wendend fragte er: »Sie gehen wieder nach Amerika zurück?«

»Natürlich! Wo soll der Peter Polter denn sonst hingehen? Er wird die ›Swallow‹ suchen und wieder eine ganze Heuer auf ihr nehmen. Wenn der Leutnant Parker auf ihr befehligt und der Peter Polter das Steuer führt, so gibt es ganz gewiß eine Fahrt, die kein anderes Schiff der ›Swallow‹ nachmacht!«

»Wie lange währt Ihr Urlaub?«

»Heigh – ho, so lang ich will! Ich habe ihn mir selbst genommen und bin mit Sack und Pack von Bord gegangen. Meine Sachen liegen bei ›Mutter Thick‹ in Hoboken und werden warten müssen, bis es mir gefällt, wieder beizulegen.«

»So warten Sie, bis ich reisefertig bin. Ich lasse mich beurlauben und gehe mit!«

»Ihr?« fragte Peter verwundert. »Ihr wollt doch nicht etwa Krach oder Kajütwächter auf der ›Swallow‹ werden?«

»Nein«, lachte Treskow, »aber den Leutnant Parker muß

ich sehen, und dann möchte ich versuchen, ob es möglich ist, ein Wort mit dem ›schwarzen Kapitän‹ zu reden.«

»Behold, mein lieber, junger Gentleman, habt Ihr auch ein Tau mit ihm zu kosten? Da macht Euch nur hübsch segelfertig! Der Peter Polter ist der rechte Mann, Euch in den geraden Kurs zu bringen. Er kennt die See in allen Ecken und weiß jede Matrosenkneipe und alle Swalkerlöcher aufzufinden. Die ›Swallow‹ werden wir bald haben, sie mag fahren, wo sie will. Der Labour oder Latour wird auch zu treffen sein, und was den ›bösen Jean‹ betrifft, so soll er uns schon einmal an das Fallreep kommen, wenn es in Eurem Wunsch liegt. Was mich betrifft, so wär mir's ganz willkommen; er hat mir meine Uhr mitgehen heißen, und ich möchte ihm für diesen Streich doch gar zu gern ein blaues Zifferblatt auf das Leder schreiben!«

»Peter«, meinte jetzt der Prinz. »Du bist ein ganzer Kerl, grad wie der Heinz! Bleib hier, solang es dir gefällt, und laß dir von ihm ein Zimmer anweisen. Warte, ich werde das gleich selbst besorgen. Heinz!«

Auf den laut schallenden Ruf trat der Diener herbei.

»Was denn, Dorchlaucht?«

»Die Jungfer soll dafür sorgen, daß die blauen Zimmer für den Herrn Leutnant hier gerichtet sind. Für den Peter sorgst du selbst. Er ist unser Gast, betreue ihn, so gut du kannst.«

»Da soll es ihm an nichts fehlen, Dorchlaucht! Sie wissen ja, daß ich es verstehe, für jemand zu sorgen; Sie haben das erfahren, als Sie damals anno Vierzehn mit mir in Frankreich standen. Wir lagen nämlich damals bei einer jungen

Wittfrau in Quartier, die ganz verteufelt hübsch war, und ich glaube, sie hatte sogar ein Auge auf mich geworfen! Eines Tages nun stehe ich grad unter der Tür und putze mein Lederzeug – der Herr Oberst waren wohl noch Leutnant und grad' auf Ordonnanz geritten –, da kommt sie plötzlich die Treppe herab und sieht mich mit einem Gesicht an, daß...«

»Stecke mir eine Pfeife an, Heinz!« gebot der Prinz. Der Diener gehorchte dem Befehl; es tat ihm unendlich leid, auch hier vor dem fremden Gast, der seine schöne Geschichte doch noch gar nicht gehört hatte, unterbrochen zu werden.

»Und dem Herrn Leutnant auch eine! Sie rauchen doch, Herr Treskow?«

»Zuweilen, Durchlaucht! Wenn es die Dame gestattet, werde ich die Güte Ihres Tabaks mit Dank probieren.« Wanda lächelte ihm zustimmend entgegen.

Er nahm die Pfeife und sagte dann, als die beiden Brüder sich entfernt hatten: »Dieser soeben erwähnte Latour hat den Raubmord verübt, für den Ihr Sohn irrtümlich verurteilt worden war. Ich bin davon vollständig überzeugt, obgleich es noch verschiedene Punkte gibt, die der Aufklärung bedürfen. Er muß sich die Freundschaft des Herrn Max von Schönberg zu erringen und zur Zeit der Tat Eintritt in dessen Wohnung zu verschaffen gewußt haben. Der Juwelier trug den Schmuck zur Herzogin, die eine Etage desselben Hauses bewohnte, nahm die ungeheure Summe, die er kostete, in Empfang und wurde von dem Mörder auf dem Rückweg in das Zimmer gelockt. Um den Verdacht auf Ihren Sohn zu bringen, führte Latour diesen dann in eine jener Spielhöllen von noblem Anstrich, wie sie in der Residenz damals nicht selten waren. Er verlor absichtlich einige der Banknoten, deren Nummern verzeichnet waren, an ihn. Die List gelang, wie Durchlaucht ja wissen. Wir haben es überhaupt nicht nur mit einem schlauen und ausgefeimten Betrüger, sondern, wie ich aus dem Bericht des Steuermanns ersehe, auch mit einem kühnen, gewalttätigen Verbrecher zu tun, der eine ungewöhnlich hohe Stellung unter den Feinden des Gesetzes einnimmt und nur durch die gleichen Waffen, List und Kühnheit, überwältigt werden kann. Ich habe es mir zur Aufgabe gestellt, ihn zu fangen, und werde nach Amerika gehen und mich an seine Fersen heften, bis ich sie gelöst habe.«

Der Prinz streckte ihm dankend die Hand entgegen.

»Herr Leutnant, Sie geben mir altem, abgegrämtem Mann nicht nur die Hoffnung, sondern das Leben wieder. Ich bin nicht Polizist und weiß also nicht, ob das, was Sie vornehmen wollen, auf zu gewagten Schlüssen beruht. Aber ich sehe, daß Sie meinetwegen bereit sind, sich Gefahren auszusetzen, denen auch der Kühnste nicht ungescheut entgegentritt. Es handelt sich hierbei um den geliebten Sohn und um das höchste Gut, die Ehre, ich kann und mag Sie also nicht zurückhalten, aber wenn Sie mir diesen Sohn gerechtfertigt zurückbringen, wenn Sie diese verlorene Ehre wieder herstellen, meine Dankbarkeit wird unbegrenzt sein!«

»Durchlaucht«, versicherte Treskow bewegt, »es ist mir nicht um Lohn zu tun! Bei dem Fang eines Verbrechers von dieser Kategorie kommt die Polizei-Passion ins Spiel, und es gibt ja für mich noch eine ganz andere Veranlassung, ausgerechnet diesen Fall zur Aufklärung zu bringen. Ich war an ihm beteiligt, wenn auch nur mittelbar.«

»Beteiligt? Sie, Herr Leutnant?«

»Ja, ich! Oder sollte mein Name nicht eine Erinnerung bei Ew. Durchlaucht wachrufen?«

Die Frage klang gepreßt und wurde nur zögernd ausgesprochen. Die Züge des Prinzen verfinsterten sich plötzlich.

»Treskow? Allerdings! Ein Fräulein von Treskow war, ohne daß ich davon wußte, die Geliebte meines Sohnes gewesen. Sie stammte aus einer alten, guten, aber sehr verarmten Familie und hatte in ihrer Putz- und Gefallsucht solche Ansprüche an seine pekuniären Mittel gemacht, daß ich öfters gezwungen war, Wechsel über ganz ansehnliche Summen einzulösen. Schließlich wurde es mir zu toll, ich verstand mich nicht mehr dazu, und dadurch kam Max in Verlegenheiten, die trotz seines hohen und untadeligen Namens es den Richtern möglich sein ließen, daß er die Tat begangen habe, um seine Schulden tilgen zu können. Das Mädchen hat ihn ins Unglück gebracht. Was später aus ihr geworden ist, das weiß ich nicht.«

Treskow erhob sich.

»Durchlaucht, seien Sie barmherzig mit ihr. Sie hat ihn geliebt, wie selten ein Mädchen liebt, sie waren beide noch zu jung, als daß sie die Bedürfnisse des gewöhnlichen Lebens mit der Genauigkeit eines Viktualienhändlers hätten berechnen mögen. Sie hat viel gelitten und ist infolge der vergossenen Tränen, nahe daran, ihr Augenlicht zu verlieren. Ich bin ihr Bruder!«

»Sie? Sie sind der Bruder dieses — dieser Dame!«

»Ja. Ich kannte Ihren Sohn und schätzte ihn. Seine Verurteilung machte einen so tiefen, einen so gewaltigen Eindruck auf mich, daß ich die polizeiliche Karriere ergriff und den Schwur ablegte, nicht zu ruhen und nicht zu rasten, bis ich seine Unschuld bewiesen habe. Jetzt endlich ist es mir nach so langer Zeit gelungen, die Spur des Täters zu entdecken. Ich werde ihr folgen und ihn der Gerechtigkeit überliefern und sollte ich dabei alle Erdteile durchstöbern und alle Meere durchschiffen. Und wenn ich ihn finde, wenn ich ihn ergreife, werden Sie dann den Zorn fahrenlassen, der jetzt noch in Ihnen wohnt, Durchlaucht?«

Der Prinz war an das Fenster getreten. Die trüben Erinnerungen stiegen alle wieder in ihm auf, die Tabakswolke, die um seinen Kopf wirbelte, wurde immer größer und dichter, und von Zeit zu Zeit ließ sich ein kurzes Räuspern und Knurren vernehmen, wie es der Fall zu sein pflegte, wenn er unangenehme Gedanken hegte. Da endlich drehte er sich mit einem raschen Ruck um und trat auf Treskow zu.

»Herr Leutnant, finstre Gesichter sind, wenn sie im Herzen alt werden durften, nicht mit einem einzigen Anlauf zu besiegen. Gehen Sie auf Ihr Zimmer! Wenn Sie Ihre Aufgabe lösen, so glaube ich, verzeihen zu können. Wir sprechen uns ja wieder!«

Wanda erhob sich und legte die Arme um seinen Hals.

»Onkel, sei nicht bös! Er wird das Seinige tun, und dann ist ja alles gut!«

Sie verließ mit Treskow das Zimmer. Auf dem Korridor hielt sie ihn einen Augenblick zurück.

»Richard, wirst du es zustande bringen?«

»Ich werde nichts versäumen, Wanda!«

»Dann sollst du auch von mir einen Lohn bekommen. Weißt du, welchen?«

»Nun?«

»Mich selbst!«

»Ich danke dir, mein liebes, süßes Mädchen! Es kann keinen herrlicheren Preis für mich geben, und du darfst glauben, daß ich alles tun und wagen werde, ihn zu erringen!«

Er zog sie liebevoll an sich und legte seinen Mund auf die warmen Lippen, die sie ihm bereitwillig darbot.

Eine finstre Tat

An dieser Stelle ist es nötig, einen Blick zurück in die Vergangenheit zu werfen und zu erzählen, wie der Sohn des Prinzen Otto Victor von Schönberg-Wildauen irrtümlich in Mordverdacht geriet.

Es war einige Jahre vor den eben geschilderten Ereignissen, als ein Franzose, der sich Vicomte de Latour nannte, mit seinem Diener in einem Berliner Hotel abstieg.

Er war ein schöner, ein sehr schöner Mann, dieser angebliche Vicomte de Latour, das wußte er selbst recht gut. Er verwendete auch auf die Pflege der ihm von der Natur verliehenen äußeren Vorzüge eine Sorgfalt, als ob es sich dabei um die wichtigste Angelegenheit des irdischen Lebens handle.

Eben jetzt saß er im Frisierstuhl, um seiner vortrefflichen Erscheinung durch die Hand des kundigen Dieners jenes unvermeidliche pic erteilen zu lassen, ohne das der Falter des Salons zwischen den Rosen und Blumen der Gesellschaft herumflattert wie ein lädierter Schmetterling, der seine schillernden Flügelschuppen verloren hat.

»Jean, ich war gestern mit meinem Bart nicht zufrieden!« sagte Vicomte de Latour zu dem Diener. »Ich mußte sehr viel streichen, um die Spitzen gerade zu bekommen, sie sanken ganz bedeutend niederwärts. Wer trägt die Schuld, du oder die Wichse? Es war doch echt ungarische!«

»Ich glaube, letzteres ist der Fall, gnädiger Herr. Die Parfumeurs bringen jetzt nur lauter elendes Zeug auf den Markt!« antwortete der Diener mit einem ironischen Lächeln.

»Und das Toupet war auch nicht gut, es bildete ein ganz schauderhaftes Gelock. Du mußt dir mehr Mühe geben!«

»Ich bin kein gelernter Friseur, gnädiger Herr, und tue, was in meinen Kräften steht. Mehr ist von einem einfachen Matrosen nicht zu verlangen!«

»Vraiment, das mag sein, mein lieber Jean. Aber du solltest trotzdem zu lernen suchen, was zu deiner gegenwärtigen Stellung notwendig ist. Eau de Cologne und eau de mille fleurs paßt nicht auf das Taschentuch eines respektablen Kavaliers. Nimm in Zukunft cœur de rose dazu. Doch, à propos, hast du meinen gestrigen Auftrag ausgeführt?«

»Ich hoffe, der gnädige Herr werden mit mir zufrieden sein!«

»Nun?«

»Es war doch die blonde Dame gemeint, die dem Herrn Vicomte gegenüber an der Seite eines ebenso blonden jungen Mannes Platz genommen hatte?«

»Dieselbe. Sie war ganz ungewöhnlich reizend und eine Schönheit ersten Ranges. Ich muß unbedingt ihre Bekanntschaft machen!«

»Ich bin beiden am Schluß der Vorstellung nachgegangen bis an ihre Wohnung und habe mich schon heute früh, als der gnädige Herr noch schliefen, nach den Verhältnissen der Dame genau erkundigt.«

»Und das Resultat dieser Erkundigung ist?«

»Sie heißt Adele von Treskow und gehört einer sehr alten, aber ebenso armen Familie an. Sie besitzt bloß noch die Mutter, der Herr war ihr Bruder und ist in irgendeiner Eigenschaft, die ich nicht erfahren konnte, beim Justizwesen angestellt. Sein Gehalt wird für die Bedürfnisse der drei Personen wohl kaum hinreichen.«

»Ein sehr glücklicher Umstand! Und die Herzensverhältnisse des Fräuleins? Eine Frage nach ihnen hat wohl ihre Schwierigkeiten?«

»Ist mir aber doch genügend beantwortet worden.«

»Ah!«

»Sie ist die Geliebte eines Herrn Max von Schönberg-Wildauen, er ist Artillerie-Offizier und bewohnt eine Parterre-Abteilung im Palais der Herzogin von Oerstädt.«

»Ist er reich?«

»Sehr! Sein Vater, der Prinz Otto Victor von Schönberg-Wildauen, sollte als Ältester der Familie eigentlich regierender Fürst sein, hat aber aus Liebe zu einem nicht gleichblütigen Mädchen einst freiwillig verzichtet und soll seinen Besitz nach Millionen zählen.«

»Hm! Ob diese Liebe wohl geheimgehalten ist?«

»Das zu erfahren, war mir allerdings nicht möglich. Wenn der gnädige Herr die Dame beobachten wollen, so bietet sich dazu eine günstige Gelegenheit, grad vis-à-vis befindet sich eine Konditorei mit Café. Das Haus besitzt einen öffentlichen Durchgang, man vermag also von der Straße auf der Rückseite her Zutritt zu nehmen.«

»Prächtig. Ich werde gleich nachher dort frühstücken. Du begleitest mich!«

Jean entfernte den Pudermantel von der Schulter seines Herrn und war ihm behilflich, die elegante Promenadentoilette anzulegen. Als dies geschehen war, wurde die Konditorei aufgesucht. Allerdings konnte man von hier aus das Haus, das die Familie Treskow mit bewohnte, vollständig überblicken, und der Vicomte hatte das Glück, das schöne, rosige Köpfchen des Fräuleins einige Male am Fenster erscheinen zu sehen. Seine Befriedigung wurde noch größer, als er sie in Begleitung der Mutter dann auf die Straße treten sah. Jedenfalls beabsichtigten sie, einen Morgenspaziergang zu unternehmen. Er erhob sich, gab dem Diener einen Wink und folgte den beiden Damen von weitem.

Diese schritten durch mehrere Straßen und bogen dann in den Park ein, dessen Teich von dem feineren Publikum zum Gondeln benutzt zu werden pflegte. Als sie eines der kleinen, schwankenden Fahrzeuge bestiegen, wandte sich Latour zum Diener zurück.

»Jean, wir kennen uns nicht. Du nimmst eine Gondel und stößt mit ihnen zusammen. Wenn es dir gelingt, die Frauen über Bord zu kentern, erhältst du eine gute Belohnung von mir!«

Jean lächelte schlau.

»Keine Sorge, Herr Vicomte! Ein Seemann wie Jean Letrier wird es doch wohl fertigbringen, diese Nußschale von Spielzeug umzurudern. Sie ziehen die junge, ich oder der Rudermann, der bei ihnen sitzt, die alte Dame aus dem Wasser. Voilà, die interessanteste Einleitung zu einer ebenso interessanten Bekanntschaft!«

Sie trennten sich. Latour nahm eine Gondel und stieß ab.

Mit der Geschicklichkeit eines Mannes, der sich von frühester Jugend an auf der See bewegt hat, führte er das kleine Boot durch die Wellen. Die Zuschauer, die am Ufer standen, bewunderten seine Kraft und die Geschmeidigkeit seiner Bewegungen, und die sich auf dem Wasser Befindlichen gaben sich alle mögliche Mühe, es ihm gleichzutun. Aller Augen waren auf ihn gerichtet, als plötzlich ein durchdringender Hilferuf erscholl. Die Gondel, in der die beiden Damen saßen, war umgeschlagen. Niemand wußte so recht, wie es geschehen war. Wie ein Pfeil schoß die Gondel Latours auf die Unglücksstelle zu, und im nächsten Augenblick hatte er Adele zu sich hereingezogen. Ihre Mutter wurde von dem Insassen eines anderen Fahrzeugs aus dem nassen und gefährlichen Element befreit. Er landete und winkte eine Droschke herbei. Als die Frauen darin Platz nahmen, hatten sie sich von dem Schreck noch nicht erholt, doch ermannte sich die Mutter soweit, daß sie den Pflichten der Höflichkeit und Dankbarkeit Folge leistete: »Verzeihen Sie, mein Herr, daß der Ausdruck unseres Dankes augenblicklich nicht ausreichend sein kann«, meinte sie. »Darf ich um Ihre Karte bitten?«

»Gnädige Frau, ich bin mehr als vollständig belohnt durch das Glück, Sie von meiner Hochachtung überzeugen zu dürfen! Ich bitte sehr, mich nach Ihrem Befinden erkundigen zu dürfen, und gestatte mir, Ihrem Befehl Gehorsam zu leisten.«

Er überreichte die gewünschte Karte und verabschiedete sich mit einer vollendeten Verbeugung von den beiden vor Schreck und Nässe zitternden Damen.

Der Coup war vollständig gelungen. Mit befriedigter Miene traf Latour mit Jean zusammen, der sich königlich freute, die versprochene Belohnung verdient zu haben, ohne von irgend jemandem für seine vermeintliche Ungeschicklichkeit zur Rechenschaft gezogen worden zu sein.

Die gewünschten Folgen ließen nicht lange auf sich warten. Schon am frühen Morgen ließ sich Richard von Treskow, der Bruder Adeles, melden, um im Namen der Mutter eine Einladung für den Abend auszusprechen. Er war ein junger, ungewöhnlich gewandter Mann, der sich nicht im mindesten durch das selbstbewußte Wesen Latours und den Luxus, mit dem die Wohnung ausgestattet war, beengt zu fühlen schien. Im Gegenteil machte er es sich so bequem und gemütlich wie möglich bei ihm und zog ihn in ein so animierendes Gespräch, daß der Vicomte bald keinen Fauxpas mehr zu begehen glaubte, wenn er sich leise nach den Herzensverhältnissen seiner Schwester erkundigte.

»Adele ist verlobt«, antwortete Richard, »zwar ist es keine Verlobung im großen Kreis gewesen, vielmehr glaubt Max von Schönberg-Wildauen Ursache zu haben, seinem Vater erst zu einem späteren Zeitpunkt die betreffenden Erörterungen zu machen; aber die beiden Leute haben sich außerordentlich lieb und fühlen sich vollständig gebunden.«

»Jedenfalls wird mir das Vergnügen zuteil, auch dem Herrn von Schönberg vorgestellt zu werden!«

»Natürlich, und ich werde diese Verpflichtung sogar sehr gern und mit Genugtuung auf mich nehmen. Leider ist er jetzt abwesend. Er befindet sich auf Manöver, kommt erst in ungefähr acht Tagen wieder in Garnison und wird sich dann jedenfalls beeilen, Ihnen den schuldigen Dank abzustatten für den außerordentlichen Dienst, den Sie meiner Schwester heute leisteten.«

»O bitte, mein bester Herr Treskow«, meinte Latour abwehrend und mit wegwerfender Miene, »was ich tat, war nicht so groß und rühmenswert, daß es einer besonderen Danksagung bedürfte. Jeder andere an meiner Stelle hätte ja dasselbe getan. Ich hörte schon einmal von der Familie Schönberg sprechen. Sie soll sehr distinguiert und wohlhabend sein?«

»Beides ist richtig! Die Schönbergs gehören zu den ersten Familien des Landes und teilen sich in die fürstliche und gräfliche Linie. Das Vermögen der Fürsten von Schönberg-Wildauen ist fast unermeßlich, und man kann es den Herren zum Ruhm sagen, daß sie von ihren Reichtümern den besten Gebrauch zu machen verstehen. Ich habe den schlagenden Beweis zu dieser Behauptung an mir selbst erfahren.«

»Ah!?« dehnte Latour, unter einer gut gespielten Teilnahme seine Neugierde verbergend.

»Gewiß!« antwortete Richard offen. »Ich habe nie das Glück gekannt, über volle oder auch nur einigermaßen ausreichende Mittel gebieten zu können. Mein Vater hinterließ uns einen alten, ehrlichen Namen und einen ganz bedeutenden Schuldenrest, den er geerbt hatte, ohne ihn später vollständig abbauen zu können. Um meine Studien betreiben und mir eine angemessene Existenz gründen zu können, mußte ich mich einem Gläubiger in die Hände geben, der sich nach und nach als Wucherer entpuppte und die geringen Summen, die ich von ihm entnahm, zu einer wahrhaft erschreckenden Höhe steigerte. Die Lage, in die ich mich durch diesen Schmutz versetzt sah, wurde geradezu unerträglich, und ich sah mich fast der Verzweiflung nahe, als Max von Schönberg mir seine Freundschaft schenkte und mir die großmütigste Hilfe brachte. Ebenso verdanke ich seinem Einfluß hauptsächlich die für mein Alter sehr ungewöhnliche Stellung, die ich gegenwärtig bekleide. Kann ich Ihnen darin eine Gefälligkeit erweisen, Vicomte, so verfügen Sie über mich!«

Er hatte sich erhoben, um seinen Besuch zu beenden. Latour reichte ihm mit wohlwollendem Lächeln die Hand.

»Ich danke Ihnen! Ich glaube kaum, daß ich während meines nur kurz bemessenen Aufenthaltes hier in die Lage kommen könnte, Ihren juridischen Beistand in Anspruch zu nehmen; desto mehr aber möchte ich mir Ihr persönliches — ich möchte sagen Ihr gesellschaftliches Wohlwollen erbitten, besonders in Beziehung auf die Glieder Ihrer Familie, die ich so gern von meiner ganz besonderen Teilnahme überzeugen möchte. Für jetzt aber Adieu! Wir sehen uns doch heute abend wieder?«

»Das versteht sich. Ich wünschte nur, daß Max anwesend wäre, um ihn Ihnen vorstellen zu können.«

Er empfahl sich. Latour blickte ihm noch durch die Scheiben des Fensters nach.

»Entriert*, glücklich entriert, diese interessante Angelegenheit!« meinte er mit befriedigtem Lächeln. »Das Mäd-

---

* Entriert: Begonnen, eingeleitet.

chen ist allerliebst, wirklich allerliebst; sie hat etwas Unwiderstehliches an sich, dem man sich beugen muß, obwohl man Erfahrung genug besitzt, um dergleichen Abenteuer nur noch von der unterhaltenden Seite zu nehmen.«

Er schritt nachdenklich im Zimmer auf und ab.

»Fast möchte ich glauben, sie habe einen wirklich ernsten Eindruck auf mich gemacht, ungefähr wie Clairon, als ich sie zum ersten Mal sah. Aber was tut es? Das Herz ist das albernste Gefäß im menschlichen Körper. Ich war wahnsinnig in diese Clairon verliebt, und jetzt — jetzt hasse ich sie, hasse sie mit aller Kraft und aller Glut und würde viel, sehr viel darum geben, wenn ich von ihr loskommen könnte. Sie ist mein Engel gewesen und mein Teufel geworden. Die Hölle möge ihr mit einem guten Messerstich danken; aber tief muß er gehen und die richtige Stelle muß er treffen, denn diese fürchterliche Katze hat das Leben von tausend Panthern. Wie oft habe ich die Klinge schon hinter ihr gezückt und sie doch wieder zurückgesteckt, weil mich ein einziger Ton ihrer berückenden Stimme wieder in die alten Bande schlug. Sie ist mir gefolgt von Land zu Land, von Meer zu Meer. Hier aber wird sie mich nicht überraschen, dafür ist gesorgt!«

Er griff zur Klingel.

»Den Wagen!« befahl er, als Jean erschien.

Dann trat er zum Sekretär und entnahm einem Fach eine recht schmale Brieftasche.

»Die letzten Banknoten! Der Wechsel bleibt aus, und ich habe schon einige Zeit von dem Ertrag meiner präparierten Karten leben müssen. Aber die Anweisung muß nun kommen, und ich werde diese Summe hier zu irgendeinem Bijou* verwenden, das ich heute der Treskow bringe. Ich kenne ja aus Erfahrung den Einfluß, den ein solches Geschenk auf das Frauenherz ausübt. Vorher aber versuche ich noch einen Sturm auf diesen elenden Krämer, der sich noch über seine eigene Vorsicht die Beine brechen wird!«

Der Wagen brachte ihn zum Bankier.

Dieser empfing ihn mit der Freundlichkeit eines Mannes, der die Regeln der Höflichkeit hinter dem Kassenpult studiert hat.

»Ah, der Herr Vicomte! Angenehm, sehr angenehm! Womit darf ich dienen?«

»Mit einem kleinen Vorschuß, Herr Kommerzienrat, wenn ich aufrichtig sein soll.«

»Vorschuß? Wieso? Ein Vorschuß, und betrüge er den hundertsten Teil eines Pfennigs, ist und bleibt eine geschäftliche Sünde, für die es keine Vergebung gibt!«

»Es war mir bei Ihnen ein Kredit eröffnet, Herr Kommerzienrat«, meinte Latour, der einen leichten Anflug von Beleidigtsein nicht zu unterdrücken vermochte, »dessen Höhe ...«

»... meine Zahlungen an Sie bereits erreicht haben, Herr Vicomte«, unterbrach ihn schnell der Bankier.

»Sehr richtig! Ich war auf einige unvorhergesehene Ausgaben nicht vorbereitet. Doch glaube ich, dieser Kredit müsse ein gewisses Vertrauen zur Folge haben, an das ich mich heute mit einer kleinen Bitte wenden darf.«

---

* Bijou: Schmuckstück.

»Tut mir leid, mein Verehrtester! Der Geschäftsmann soll nur seinen Büchern trauen. Diese Klugheitsregel hat sich bei mir zum festen Prinzip ausgebildet, gegen das ich nur höchst ungern handle.«

»Haben Sie hierzulande nicht ein Sprichwort, das behauptet, daß jede Regel ihre Ausnahme habe?«

»Das haben wir, doch ist es jedermanns eigene Sache, an die Wahrheit dieses Wortes zu glauben oder nicht. Vielleicht wäre ich in dem vorliegenden Fall zu einer Ausnahme bereit, wenn nicht ...«

»Nun, wenn nicht ...?«

»Wenn mich nicht gewisse Gründe zum Gegenteil bestimmten.«

»Darf ich diese Gründe hören?«

»Warum nicht? Der erste liegt in Ihren Besuchen dunkler Häuser, die ...«

»Herr Kommerzienrat!« fuhr Latour zornig auf.

»... in Ihren Besuchen dunkler Häuser«, wiederholte der Bankier gleichmütig, »für die ich allerdings nur so lange keine Beachtung haben kann, als mein geschäftliches Vertrauen dabei nicht ins Spiel kommt. Kassieren Sie Ihre Anweisungen bei mir ein, wofür Sie nur immer wollen. Handelt es sich aber um einen aller Kaution entbehrenden Vorschuß, so ziehe ich allerdings meine persönliche Beobachtung zu Rate.«

»Herr Kommerzienrat!« klang es noch einmal drohend. Dieser aber antwortete nur durch eine leichte, abwehrende Handbewegung.

»Der zweite Grund liegt in der augenblicklichen Ebbe, an der heute meine Kasse leidet. Ich mußte dem Juwelier Wallerstein vor wenigen Augenblicken eine sehr ungewöhnliche Summe vorstrecken, die er zum Ankauf von Steinen zu verwenden hatte, die zu zwei außerordentlich kostbaren Schmuckgarnituren bestimmt sind. Sie wurden von der Herzogin von Oerstädt bestellt; ich sehe mich wirklich zu größter Sparsamkeit veranlaßt!«

Latour erwiderte nichts. Er nahm den Hut und empfahl sich mit einer tiefen, ironischen Verbeugung. Die Mitteilung des Bankiers war ihm mehr wert als die Summe, die er zu fordern beabsichtigt hatte.

»Zum Juwelier Wallerstein!« befahl er, als er wieder in den Wagen gestiegen war.

Der wegen seiner Geschicklichkeit berühmte Juwelier empfing den Vicomte mit außerordentlicher Zuvorkommenheit. Das Auftreten Latours, der schnell auswählte und ohne Handel bezahlte, ließ in ihm einen guten Kunden vermuten. Daß es die letzten Banknoten des Vicomte waren, ahnte der Juwelier nicht.

Schon wieder unter der Tür, wandte sich der Kunde noch einmal zurück.

»Es ist möglich, daß wir uns bald wiedersehen«, bemerkte er. »Ich beabsichtige, meiner Braut einen Schmuck anfertigen zu lassen, der ihrem etwas verwöhnten Geschmack zusagt, und werde Sie vielleicht baldigst einmal um Rat und Urteil ersuchen.«

»Sehr verbunden! Ich darf Ihnen mein Atelier aufrichtig empfehlen und hätte gerade jetzt Gelegenheit, Ihnen etwas wirklich Prachtvolles zu zeigen, wenn Ihre Zeit Ihnen den kleinen Aufenthalt gestattet.«

»Zu einem solchen Zweck steht mir die nötige Muße natürlich zur Verfügung. Ist es wirklich etwas so Exquisites?«

»Sie dürfen meiner Versicherung Glauben schenken! Wollen Sie gefälligst Zutritt nehmen?«

Er führte den Vicomte in ein anstoßendes Kabinett und breitete eine Anzahl funkelnder Steine von seltener Größe und Reinheit vor ihm aus.

»Ich bin soeben erst in den Besitz dieser Kostbarkeiten gekommen, die zu einer Doppelgarnitur für die Herzogin von Oerstädt bestimmt sind. Sie repräsentieren ein ganzes Vermögen und würden selbst einer Kaiserin zur Ehre gereichen.«

Er ließ die Brillanten vor dem Auge des entzückten Zuschauers in allen Lichtern spielen. Latour besah sich jeden einzelnen der Steine und fragte dann: »Sind Sie mit diesen Einlagen an die Herzogin gebunden?«

»Allerdings! Auch würde ich ihre Kundschaft sofort verlieren, wenn ich für eine andere Person ein Duplikat anfertigte. Doch hoffe ich, auch in anderer Weise allen Ihren etwaigen Ansprüchen gerecht werden zu können.«

»Auch baldigst?«

»Baldigst, ja, wenn auch nicht für heute und morgen. Die beiden Garnituren nehmen für den Augenblick meine Zeit so vollständig in Anspruch, daß ich vor Beendigung dieser Arbeit eine andere wohl kaum vornehmen kann. Doch von diesem Augenblick an stehe ich Ihnen dann sofort zu Diensten.«

»Wann würde dies sein?«

»Die Herzogin hat ihre Eigentümlichkeiten und ist sehr

penibel, sehr minutiös. Heute ist Dienstag; Montag abend Punkt neun Uhr bin ich zu ihr befohlen. Bringe ich den Schmuck eine Viertelstunde später, so behält sie ihn nicht. Man schickt sich jedoch gern in solche Eigenheiten, denn sie wird auch Punkt neun Uhr zahlen, und zwar bar; ein Umstand, der bei der jetzigen Art und Weise dieser Herrschaften leider zu den Seltenheiten gehört.«

Ein undefinierbarer Zug glitt blitzschnell über das Gesicht Latours.

»So muß ich mich also fügen«, meinte er. »Lassen wir immerhin der Dame den Vortritt; ich werde nicht verfehlen, mich einzustellen.«

Mit diesen Worten empfahl er sich.

Draußen angelangt, verschmähte es der Vicomte, im Wagen Platz zu nehmen; vielmehr schickte er ihn nach Hause und schritt langsam und ohne ein besonderes Ziel die Straße entlang. Es waren Gedanken in ihm aufgestiegen, die er im Gehen besser zu klären vermochte als unter dem Hufschall der dahintrabenden Rosse. Sie nahmen ihn so sehr in Anspruch, daß er fast die Stunde versäumt hätte, für die er bei Treskows zugesagt hatte.

In seinem Hotel angekommen, machte er zwar in Eile, aber doch mit gewohnter Sorgfalt Toilette und fuhr dann zu der Wohnung des Mädchens, das einen ebenso großen Eindruck auf ihn gemacht hatte wie — Clairon.

Er fand keine große Gesellschaft, sondern nur den engsten Familienzirkel versammelt, ein Umstand, der ihm nichts anderes als willkommen war. Der Zauber, der Adele umgab, machte sich hier mehr als vorher geltend, und als Latour die Familie verließ, geschah es mit dem festen Vorsatz, die neue, liebenswürdige Bekanntschaft mit allem Eifer zu verfolgen, um seinen bisherigen Eroberungen eine neue und vielleicht die beneidenswerteste hinzuzufügen.

Er sprach von jetzt an täglich vor, begleitete die Damen auf ihren Spaziergängen und hatte schon nach wenigen Tagen auf alle Rechte und Pflichten eines Hausfreundes Beschlag gelegt. Die beiden Frauen ließen dies ruhig geschehen, Richard aber beobachtete es mit weniger Gleichmut als sie. Er hatte ein scharfes Auge und stand im Begriff, den Vicomte zu durchschauen. Die Rückkehr Max von Schönbergs war in Kürze zu erwarten. Was würde dieser zu dem Nebenbuhler sagen? Adele war dem Geliebten in treuer Liebe ergeben, daran konnte gar nicht gezweifelt werden, aber auch die erfolglose Nebenbuhlerschaft hat ihre Schattenseiten, die einen jungen Mann sicher nicht gleichgültig lassen werden.

*

Es war am Abend des Sonntags, als vor dem Tor des Hotels, in dem Latour logierte, eine Droschke hielt, aus der ein junger Mann mehr sprang als stieg und sich an den herbeieilenden Kellner mit der Frage wandte: »In diesem Haus wohnt der Herr Vicomte de Latour?«

»Ja, mein Herr!«

»Kann ich ein Zimmer mit Kabinett haben, aber komfortabel und möglichst in der Nähe des Herrn Vicomte?«

»Es wird möglich zu machen sein.«

»Ist der gnädige Herr zu sprechen?«
»Nein. Der Herr Vicomte ist ausgefahren.«
»Wohin?«
»Ich mußte drei Billetts für die Oper besorgen.«
»Drei? Für wen die beiden anderen?«
»Das vermag ich nicht zu sagen.«
»Welchen Rang mußten Sie nehmen?«
»Mittelloge des ersten Ranges.«
»Wann beginnt hier die Oper?«
»Der Anfang war schon vor einer Stunde.«
»Wo befindet sich der Diener des Herrn Vicomte?«
»Er begleitete den Herrn.«
»Schön! Richten Sie das Zimmer her. Ich fahre ins Theater und werde nach meiner Rückkehr ein Abendbrot auf meinem Zimmer nehmen. Sollte der Herr Vicomte vor mir zu Hause sein, so braucht er von meiner Anwesenheit nichts zu erfahren!«
»Ganz wie Sie befehlen, gnädiger Herr!«
Der Fremde schnellte mit einem katzenartigen Sprung in die Droschke zurück und sprang nach wenigen Minuten vor dem Hauptportal des Theaters mit einem ebensolchen Satz wieder zur Erde herab.
»Sie halten sich in der Nähe und bleiben zu meiner Disposition«, meinte et, den Kutscher bezahlend. »Lassen Sie mich nicht warten, wenn ich winke!«
Das Theaterstück war nicht für das große Publikum berechnet; es wurde vor einem nur spärlich besuchten Haus gegeben, und darum war an freien Plätzen kein Mangel. Der Fremde wählte das Parkett, suchte Deckung hinter

einem der Pfeiler und warf dann den Blick empor zur Mittelloge des ersten Ranges. Ein finsterer Schatten glitt über seine schönen Züge, die Augen blitzten scharf auf und die kleine, fein behandschuhte Hand ballte sich zur Faust; Latour saß neben Adele von Treskow und war, ohne auf die Bühne zu achten, augenscheinlich dabei, ihr galante Schmeicheleien zu sagen.

Der verborgene Beobachter wandte sich am Schluß des Aktes an seinen Nachbar: »Pardon, mein Herr, können Sie mir vielleicht sagen, wer der Herr in der Mittelloge des ersten Ranges ist, der eben jetzt so angelegentlich mit seiner Nachbarin spricht?«

»Gewiß kann ich Ihnen dies sagen, da er zufälligerweise in unserem Atelier vor einigen Tagen einen Einkauf machte und dabei seine Karte zurückließ. Es ist der Vicomte de Latour, jedenfalls ein Franzose, der vorübergehend seinen Aufenthalt hier genommen hat.«

»Ich danke Ihnen sehr. Ist Ihnen die Dame an seiner Seite bekannt?«

»Auch sie kenne ich; ihr Verlobter, der Prinz von Schönberg-Wildauen, ließ für sie schon Verschiedenes bei uns arbeiten. Es ist ein Fräulein von Treskow, deren Bruder beim Ministerium der Justiz beschäftigt ist.«

»Darf ich fragen, welcher Art die Arbeiten sind, von denen Sie sprachen?«

»Ich bin der Geschäftsführer des Hofjuweliers Wallerstein.«

»Ah!« dehnte der Frager. »Welcher Gegenstand war es, den der Vicomte bei Ihnen erwarb?«

»Ein Bracelet* von ungewöhnlicher Arbeit und entsprechendem Wert.«

»Er ließ seine Karte zurück?«

»Wie ich schon sagte. Er sprach davon, sich eine Schmuckgarnitur für seine Braut fertigen zu lassen.«

»Das dürfte doch wohl kaum mit der Angabe, die Sie über Fräulein von Treskow machten, in Einklang zu bringen sein!«

»Warum nicht? Diese Dame ist für ihn jedenfalls nur das, was man eine Bekanntschaft zu nennen pflegt. Eine Frage nach seiner Braut konnten wir natürlich nicht aussprechen. Sie scheinen an der Person dieses Herrn Interesse zu finden?«

»Allerdings. Ich begegnete ihm in Paris, allerdings nur flüchtig, weshalb beim Wiedererkennen eine Täuschung sehr leicht möglich war. Daher meine Erkundigung bei Ihnen.«

»Nach der Art und Weise, wie er von seiner Bestellung sprach, scheint er sehr wohlhabend zu sein?«

»In der feinen Pariser Gesellschaft galt er sogar für sehr reich. Ich hörte von großen Gütern, die er im Süden Frankreichs besitzt.«

»Diese Mitteilung ist für mich von Wert, da unsere Auslagen für die in Rede stehende Arbeit ganz beträchtlich sein werden.«

»So wurde schon ein festes Übereinkommen getroffen?«

»Nein. Zwar schien es ihm dringlich zu sein, da wir aber

* Bracelet: Armband.

bis Montag zwei kostbare Garnituren für die Herzogin von Oerstädt zu liefern haben, so beschloß er, sich bis dahin in Geduld zu fassen.«

»Zwei kostbare Garnituren für die Herzogin von Oerstädt?« fragte der Fremde. Die langen Wimpern senkten sich auf seine großen, dunklen Augen, und das feine, blasse Gesicht nahm einen eigentümlich starren Ausdruck an, als sei die Seele in scharfem Sinnen abwesend.

»Ja«, erwiderte der Juwelier wohlgefällig. »Es ist eine ungeheuer wertvolle Arbeit, die präzis Punkt neun Uhr abends abgeliefert werden muß. Damen von solchem Rang haben ihre Eigentümlichkeiten.«

Der Vorhang hob sich wieder, und das kurze Gespräch hatte somit ein Ende erreicht.

Der Fremde wartete den Schluß der Vorstellung nicht ab, sondern trat noch vorher in das Foyer, warf einen Blick in das Adreßbuch und bestieg dann seine Droschke, um sich nach der Wohnung der Familie Treskow fahren zu lassen. Dort angekommen, stieg er aus, schickte den Kutscher fort und nahm im Dunkel des Toreingangs Platz, von dem aus es ihm leicht war, alle Passanten genau zu beobachten.

Nach einiger Zeit kam der Wagen des Vicomte dahergerollt. Jean sprang vom Bock, wo er neben dem Kutscher Platz gehabt hatte, und war den Herrschaften beim Aussteigen behilflich.

»Du fährst nach Hause«, befahl Latour, »und wartest dort meine Heimkehr ab!«

Er verschwand mit Adele im Hausflur. Jean lachte vergnügt. »Mir recht«, meinte er zu dem Rosselenker, »da kann ich einmal die Stelle des gnädigen Herrn einnehmen!«

Schon machte er Miene, im Plafond des Wagens Platz zu nehmen, als er zu seinem Erstaunen bemerkte, daß ihm von der anderen Seite schon jemand zuvorgekommen war.

»Was fällt Ihm denn da ein?« fragte er. »Gleich steige Er aus dem Wagen, und mache Er sich fort, sonst werde ich Ihm seinen Weg zeigen!«

»Ah!«

Nur dieser eine Laut ließ sich als Antwort vernehmen; er erklang sonderbar scharf und pfauchend, gerade als ob eine wilde Katze ihre geschmeidigen Glieder zum Sprung rüste. Jean mußte diesen drohenden Ton kennen, denn er wich in unendlicher Bestürzung vom Wagenschlag zurück.

»Miß Admiral!«

Auch er sprach nur dieses eine Wort, aber in dessen Klang sprach sich ein Grad von Furcht aus, den man bei dem mehr als gewandten Domestiken wohl kaum gesucht hätte.

»An Bord mit dir! Stoß ab, Jean!« klang es kurz und gebieterisch.

Im nächsten Augenblick saß Jean auf dem Bock, und der Wagen setzte sich in Bewegung. Der Fremde lehnte sich in die Kissen zurück und gab nicht eher ein Lebenszeichen von sich, als bis vor dem Hotel gehalten wurde. Ohne das Öffnen des Schlages abzuwarten, schwang er sich über diesen zur Erde nieder, warf dem Diener ein barsches: »Herauf!« zu und trat in den hellerleuchteten Flur, wo ihn der Kellner, den er vorhin gesprochen hatte, erwartete.

»Ist meine Wohnung gerichtet?«

»Zu Befehl, gnädiger Herr. Ich bitte um die Erlaubnis, Sie zu führen!«

»Und das Abendbrot?« fragte er, im Zimmer angekommen.

»Steht bereit.«

»Ich danke! Jean wird mich bedienen.«

Der Kellner entfernte sich. Der seltsame Gast warf den Mantel ab und stellte sich mit über der Brust verschränkten Armen vor Jean hin. Er sagte: »Jean Letrier!«

Der Diener blickte fragend in die leuchtenden Augen seines Gegenübers.

»Wie gefällt es dir an Land?«

Jean zuckte die Achseln. Er wußte nicht, welches Ziel die Frage verfolgte.

»Nun? Du konntest doch vorhin sprechen, als du den gnädigen Herrn spielen wolltest!«

»Mademoiselle Clairon, ich bin noch nicht darüber mit ...«

Sie schnitt ihm mit einer gebieterischen Handbewegung die Rede ab und sagte: »Mademoiselle Clairon ist zur See oder sonst irgendwo. Ich bin der Chevalier de Poulettre, merk dir das! Wie befindet sich der Herr Vicomte?«

»Ich danke! Der gnädige Herr sind wohlauf.«

»Das läßt sich denken! Der Herr Kapitän liegt ganz prächtig vor Anker, während die Mannschaft auf hoher Fahrt sich abarbeitet, daß die Rippen krachen. Ich werde ihn einmal zwischen die Taue nehmen, daß er die Kielmuscheln zu kosten bekommt. Jetzt will ich essen!«

Der sonst so resolute Diener schlich kleinlaut durch die

Tür und zeigte dann bei der Bedienung des Chevaliers einen Eifer, wie er ihn wohl kaum bei dem Vicomte selbst in Anwendung brachte. Das Souper nahm eine so lange Zeit in Anspruch, daß Latour unterdessen zurückkehrte. Er zog die Glocke. Erst nach mehrmaligem Klingeln erschien der Diener. Er hatte ein gefülltes Service in der Hand und sah außerordentlich in Anspruch genommen aus.

»Jean, ich muß dir sagen, daß du mich in neuerer Zeit ganz unverantwortlich vernachlässigst. Wenn du in dieser Weise fortfährst, werde ich mich nach einem anderen Diener umsehen müssen.«

Letrier setzte seine Last ab und trocknete sich den Schweiß von Stirn und Wangen.

»Herr Vicomte, ich habe nichts dagegen, gar nichts, wenn Sie mir den Abschied geben wollen; denn wie die Sachen gegenwärtig hier stehen, ist ein verteufelt scharfer Wind zu erwarten. Ich konnte nicht kommen, weil ich treppauf und treppab zu segeln habe wie ein Ebenholzschoner*, hinter dem die englischen Rotjacken** her sind.«

»Das war nicht notwendig, Jean. Du weißt ja, daß ich zu so später Stunde höchstens nur eine Kleinigkeit zu essen pflege. Ziehe mir die Stiefel aus und gib den Hausrock her!«

»Entschuldigung, gnädiger Herr, dazu habe ich keine Zeit!«

»Keine Zeit!« rief Latour ganz erstaunt. »Höre, Mensch, ich glaube, du bist wohl nicht recht bei Sinnen!«

---

* Ebenholzschoner: Sklavenhändlerschiff.

** Rotjacken: Kriegsmarine.

»Was meine Sinne anbelangt, Herr Vicomte, so sind sie alle ganz prächtig unter Segel, obgleich es gar kein Wunder wäre, wenn mir der eine oder andere über Bord gegangen wäre. Ihr Souper, gnädiger Herr, hat mich nicht ermüdet; es ist ein anderer, dem ich zu servieren habe.«

»Ein anderer? Du zu servieren? Es wird mir wirklich angst um deinen Verstand!«

»Mein Verstand ist sehr gut, gnädiger Herr! Um ihn wird mir nicht angst, sondern um Sie, denn der andere, den ich bedienen muß, oder vielmehr die andere ...«

Er wurde unterbrochen; eine Klingel ertönte.

»Da haben Sie es, Herr Vicomte; sie klingelt! Ich muß fort!« Er ergriff das Service und wollte eiligst das Zimmer verlassen. Latour hielt ihn zurück.

»Halt! Du bleibst; du hast bloß mich zu bedienen!«

»Lassen Sie mich, gnädiger Herr! Wenn ich nicht sofort komme, wird sie zornig, und Sie wissen ja am besten, daß sie dann entsetzlich ist!«

»Und wenn du nicht bleibst, so werde ich zornig, und du weißt, daß ich dann auch nicht liebenswürdig zu sein pflege. Wer ist denn diese fürchterliche Sie, die dir so außerordentlich bange macht?«

»Es ist — ach so, ich habe es Ihnen ja noch gar nicht gesagt, daß sie da ist! Es ist ...«

Wieder wurde er unterbrochen.

»Jean!« ertönte eine helle, scharfe Stimme aus einer nahen, auf den Korridor geöffneten Tür.

Latour trat bei ihrem Klang erschreckt um mehrere Schritte zurück.

»Bei allen Teufeln«, rief er erblassend, »das ist ja — oder trügen mich meine Sinne —, das ist keine andere als Clairon!«

»Freilich ist es die Miß Admiral, gnä...«

Er konnte nicht weitersprechen; ein gewaltiger Faustschlag, von hinten auf seinen Kopf, streckte ihn zu Boden.

»So, mein Junge, das ist für die Miß Admiral, wenn du dir den Chevalier de Poulettre nicht merken magst!« rief es zornig. »Scher dich hinüber an deine Arbeit, sonst fühlst du den zweiten Faustschlag besser! Oder soll ich mit dem Essen vielleicht warten, bis es dir gefällig ist?«

Der Diener raffte sich empor und war, die Scherben des zerbrochenen Services liegenlassend, im nächsten Augenblick durch die Tür verschwunden. Der Fremde stand mit einem zweideutigen Lächeln vor dem Vicomte.

»Darf der Chevalier de Poulettre es wagen, den Herrn de Latour zum Souper zu laden?«

»Clairon! Ist es möglich, dich hier zu sehen? Ich stand im Begriff, an — ich dachte, daß — ich glaubte, du wärst auf — ich — ich...«

»Schon gut für jetzt, Herr Vicomte! Ich sehe, daß die Freude über meine wohlgelungene Überraschung Ihnen die Sprache raubt. Kommen Sie auf mein Zimmer, wo wir Gelegenheit finden werden, Ihrer verlorenen Fassung wieder habhaft zu werden!«

Mit einer gebieterischen Handbewegung deutete sie nach der Tür. Latour gehorchte der Weisung und trat in das Nebenzimmer, wo Jean eifrig beschäftigt war, das Versäumte nachzuholen. Der Fremde überflog das Arrangement der Tafel mit einem raschen Blick.

»Du kannst jetzt gehen, Jean! Ich werde klingeln, wenn ich deiner bedarf.«

Der Diener entfernte sich, und die beiden nahmen einander gegenüber Platz.

»Essen Sie, Vicomte«, meinte der Chevalier; »Ihre zarten Nerven bedürfen der Stärkung!«

Dem Blick, der aus dem dunklen Auge blitzte, war nicht zu widerstehen. Ohne ein Wort der Erwiderung griff Latour nach dem Besteck, und es trat eine lange Pause ein, während der nur das Klirren der Teller und das Klappern von Messer und Gabel sich vernehmen ließen. Es war, als sei der Vicomte vollständig seiner Sprache beraubt; er erhob den Blick nicht und vermied es sichtlich, ihn in das Auge seines Gegenübers zu senken. Endlich warf dieses die Serviette von sich und lehnte sich behaglich in dem weichen Polster des Sessels zurecht. Latour folgte diesem Beispiel und ermannte sich zu einer Frage.

»Clairon, was soll deine Anwesenheit hier?«

»Nicht mehr und nicht weniger als die deinige.«

»Du bist Segelmeister des ›l'Horrible‹; du gehörst auf das Schiff!«

»Du bist Kapitän des ›l'Horrible‹ und gehörst auf seine Planken!«

»Ich übergab dir seine Leitung, weil ich in Hamburg zu tun hatte, wie du weißt!«

»Ich übernahm diese Leitung, weil ich nicht glaubte, daß

du deine Reise zu einer Vergnügungstour ausdehnen würdest, zu der dir meine Erlaubnis fehlt!«

»Es ist nicht das Vergnügen, das mich hierhergeführt hat, und übrigens wußte ich den ›l'Horrible‹ bei dir in sicheren Händen.«

»Über den Zweck deines Hierseins später! Ich allerdings bin nicht zum Vergnügen hier, sondern um dir zu beweisen, daß sich unser gutes Schiff bei mir nicht in sicheren Händen befand.«

»Wieso?« fragte Latour und erhob schnell den Kopf.

»Du schriebst mir von Hamburg aus, die Wechsel an deine gegenwärtige Adresse zu senden?«

»Allerdings tat ich dies.«

»Den einen erhieltst du?«

Der Vicomte nickte.

»Der folgende blieb aus?«

»So ist's! Ich befinde mich dadurch in großer Verlegenheit.«

»Sie wird nicht so bedeutend sein, da dir die Mittel zu einem kostbaren Bracelet für die Dame Treskow übrigblieben...«

Latour fuhr überrascht empor.

»Woher weißt du das?«

»Hast du jemals etwas zu tun vermocht, ohne daß ich Kenntnis davon bekam? Du kannst mich ebensowenig hintergehen, wie es dir jemals gelingen wird, den Herrn von Schönberg-Wildauen auszustechen. Du littest stets an einem höchst ungerechtfertigten Selbstvertrauen.«

Die Überraschung des Vicomte verdoppelte sich, aber er gab sich Mühe, ihrer Herr zu werden.

»Und deine chronische Krankheit heißt Spionage. Doch du bist falsch unterrichtet. Ich kaufte allerdings vor einigen Tagen ein Bracelet, aber nicht für Fräulein von Treskow, deren Bekanntschaft ich nur zufälligerweise machte, sondern für dich. Es befindet sich bei meinen Effekten und steht dir jeden Augenblick zur Verfügung.«

Der Chevalier de Poulettre lachte geringschätzig.

»Danke! Ich habe noch nie ein Geschenk akzeptiert, das für eine andere bestimmt war. Befindet es sich wirklich noch in deinem Besitz, so ist es doch nur, weil es von der Dame zurückgewiesen wurde, eine Ehre für sie und ein Glück für dich, da dieses Armband dein einziges Vermögen bildet. Du wirst es verkaufen müssen, um nicht zu verhungern.«

»Wie meinst du das?« fragte der Vicomte de Latour.

»Ganz so, wie ich es sage. Es ist der Beleg zu meiner Behauptung, daß der ›l'Horrible‹ sich in schlechten Händen befand.«

»Du sprichst in Rätseln!« rief Latour mit erbleichendem Angesicht. »Was ist geschehen?«

»Wir sind gekapert.«

Sie wurden so ruhig, so gleichmütig ausgesprochen, diese drei Worte, aber sie brachten eine schreckliche Wirkung auf den Vicomte hervor. Wie von Federn getrieben, so schnellte er von seinem Sitz in die Höhe; das Blut wich aus seinen Wangen, die Augen drohten aus ihren Höhlen hervorzutreten, und nur silbenweise wiederholte er langsam und tonlos: »Wir — sind — ge — ka — pert?«

»Gekapert, ja! Und alles ist fort, alles, alles; kein Nagel, kein armseliger Span von unserem prächtigen ›l'Horrible‹ ist gerettet worden, und niemand blieb übrig, um dir die Nachricht zu bringen, als nur ich allein! Jetzt weißt du, warum der Wechsel ausblieb.«

Latour sank kraftlos auf seinen Sitz zurück und lag einige Minuten lang vollständig bewegungslos; dann griff er mit zitternder Hand nach dem Glas, stürzte seinen Inhalt hinunter, füllte es wieder und leerte es zum zweiten Mal auf einen Zug.

»Es ist unmöglich, was du sagst, vollständig unmöglich!«

»Es ist wirklich und folglich auch möglich. Oder glaubst du, daß ich hier sein würde, wenn es anders wäre? Glaubst du, daß ich dich meiner Eifersucht für wert halte und die Unsrigen verlassen möchte, um dich im Abenteuer mit einer blassen Deutschen zu stören? Ph!«

Er schien die Gebärde der Verachtung, die das letzte Wort begleitete, nicht zu bemerken und forderte begierig: »Erzähle! Ich muß alles wissen, alles, und gleich!«

»Gern, mein Angebeteter! Meine unendliche Liebe zu dir macht es mir vollständig unmöglich, dir eine so beglückende Nachricht auch nur eine Minute länger vorzuenthalten; davon wirst du ganz sicher überzeugt sein. Also höre: Ich hatte, wie besprochen, in Rio mit einem Wechsel zärtlich für dich gesorgt; das Schiff war neu kalfatert, der Raum auf Massenlogis eingerichtet und ich stach in See, um auf Ascension* zuzuhalten, wo wir den ›Colombo‹ trafen und einige

* Ascension: Felsinsel im südlichen Teil des Atlantiks.

hundert Mann Ebenholz*, die er an der Goldküste gepreßt hatte, an Bord nahmen. Gelang es, den Engländern zu entkommen, so mußte ich auf den Antillen ein glänzendes Geschäft machen.«

»Bekamst du die Ladung wie immer auf Kredit?«

»Nein. Der Spanier klagte über die schlechten Zeiten und meinte, die Rotjacken seien so wachsam, daß der Handel nur noch gegen Bargeld zu unternehmen sei. Wolle ich mir die Ware nicht entgehen lassen, so mußte ich meine Kasse bis auf den letzten Dollar leeren. Ich tat es, denn die Neger waren ohne Ausnahme kräftig, jung und bei guter Laune, und besonders unter den Mädchen befanden sich einige Kapitalexemplare, mit denen ich mir getraute, Ehre einzulegen.«

»Welchen Kurs ließest du halten?«

»Ich steuerte auf Kuba und gelangte glücklich bis zur Höhe von Bahia. Dort nahm uns ein englisches Orlogschiff in Sicht, dem sich bald eine Fregatte zugesellte, die sich als ein so trefflicher Segler erwies, daß an ein Entkommen ohne Kampf nicht zu denken war. Ich legte die schwarzen Halunken an die Kette und ließ den ›l'Horrible‹ unter Waffen setzen. Die Einzelheiten kannst du besser später erfahren, jetzt aber will ich kurz sein. Wir wurden von den beiden Engländern in die Mitte genommen und dermaßen zugerichtet, daß wir uns des Enterns nicht erwehren konnten. Unsere Jungens verteidigten sich wie die Teufel; es half ihnen nichts; sie wurden niedergehauen oder gefangen-

* Ebenholz: Negersklaven.

genommen und nach kurzer Prozedur an die Rahen geknüpft. Der ›l'Horrible‹ war verloren.«

»Verloren!« rief Latour, »mein guter, mein herrlicher ›l'Horrible‹ verloren, geentert und genommen von den englischen Zwiebackratten, die bisher immer schon zitterten, wenn die nur meinen Namen hörten! Oh, wäre ich dabeigewesen, wäre ich nur dieses einzige Mal dabeigewesen, ich hätte sie zu Paaren getrieben wie stets und allemal!«

Er lief mit großen Schritten im Zimmer auf und ab und kämpfte mit einer Erregung, die ihm das Blut fast aus den Augen treten ließ. Auch Clairon war aufgesprungen; sie hatte den Griff eines Messers erfaßt und zerfetzte mit der Klinge achtlos das kostbare Tafeltuch, das den vor ihr stehenden Tisch bedeckte. Die Erinnerung an die erlittene Niederlage verzerrte ihr Gesicht zu einer häßlichen, abschreckenden Fratze und ließ unter der untadeligen Weiße ihrer Stirnhaut dicke, blaue Adern aufschwellen.

»Denkst du, der ›l'Horrible‹ habe einen einzigen Feigling an Bord gehabt, so stoße ich dir dieses kalte Eisen zwischen die Rippen!« zürnte sie, indem ein leuchtender Blitz aus ihren Augen zuckte. »Du hast eine gute Faust und verstehst, einen wackeren Kiel zu führen; das ist der einzige Grund, der dich für mich erträglich macht. Aber glaubst du, daß ich weniger vermag als du? Es war unmöglich, das Schiff zu halten, und damit basta. Ein einziges beleidigendes Wort noch von dir, und von den dreien, die vom ›l'Horrible‹ noch übrig sind, du, ich und Jean, fährt einer zur Hölle!«

»Pah, Clairon, es ist noch nicht erwiesen, ob du mein Meister bist, und übrigens habe ich ja noch keinen Vorwurf gegen dich ausgesprochen! Also, sie mußten alle dran glauben, meine tapferen Jungs?«

»Alle!«

»Und du? Wie war es denn dir möglich, dem — dem — verteufeltes Wort! — dem Strang zu entgehen?«

»Was das betrifft, so war es nicht sehr schwierig. Als ich sah, daß es mit uns zu Ende ging, eilte ich hinab, warf mich schleunigst in Frauenkleider, schloß mich ein und entledigte mich des Schlüssels durch die Außenluke. Als ich gefunden wurde, gab ich mich für eine Gefangene aus und erregte durch meine Erzählung das Mitleid der Engländer in solchem Grad, daß ich mit der größten Rücksicht und Sorgfalt behandelt und dann bei erster Gelegenheit an Land gesetzt wurde.«

»Und rettetest du bloß dein Leben?« fragte Latour mit scharfem, mißtrauischem Blick.

»Bloß!« antwortete Clairon kurz und zurückweisend. »Da ich deine Adresse kannte, so hatte ich natürlich nichts Eiligeres zu tun, als dich aufzusuchen, um dir das Geschehene zu rapportieren. Der ›l'Horrible‹ ist dahin, und wir sind Bettler!«

Sie schwieg; auch der Vicomte sprach lange kein Wort. Er setzte seinen Zimmerspaziergang fort und war augenscheinlich bemüht, das verlorengegangene innere Gleichgewicht wiederzuerlangen.

»Bettler?« grollte er endlich, »nein, Bettler sind wir nicht. Der ›l'Horrible‹ ist hin, ja, aber nur auf kurze Zeit. Ich werde mir ihn wiederholen!«

»Ich habe auch nichts anderes von dir erwartet!« meinte

der Fremde. »Wir beide sind wohl Manns genug, das gute Fahrzeug wieder unter die Füße zu bekommen. Hast du schon an ein Mittel gedacht?«

»Nein«, lautete die zurückhaltende Antwort. »Ich zweifle aber nicht, daß sich bald eines finden wird.«

»Ich bin ganz derselben Gewißheit, nur mit dem Unterschied, daß ich dieses Mittel schon kenne!«

»Ah! Darf ich es hören?«

»Es ist ganz dasselbe, an das du denkst.«

»Du irrst; ich habe noch keine bestimmten Gedanken. Das einfachste wäre wohl, den ›l'Horrible‹, der jetzt wohl zu Regierungszwecken benutzt wird, aufzusuchen, als Matrosen Heuer auf ihm zu nehmen und die Mannschaft zu unserem Glauben zu bekehren.«

»Hm!«

»Was meinst du?«

»Du bist klug genug, um die Ausführung dieses Vorschlages für zu umständlich und unsicher zu halten. In dieser Weise handelt man bloß dann, wenn einem kein anderer Weg zu Gebote steht.«

»Du kennst einen anderen und besseren?«

»Ja. Ich sagte schon, daß es ganz derselbe sei, an den du denkst.«

»Und ich wiederhole, daß du irrst. Ich bin durch deine Nachricht so überrascht und angegriffen, daß mir ein ruhiges Überlegen jetzt eine absolute Unmöglichkeit ist.«

»Herr Vicomte!« klang es scharf und schneidend; Clairon warf einen raschen, überlegenen Blick auf Latour und fuhr mit einer ironischen Handbewegung durch die Luft.

»Herr Chevalier!« tönte die Antwort in einem Ton, der imponieren sollte.

Clairon lachte. »Glaubst du wirklich, mir einen Gedanken verbergen zu können?«

»Glaubst du wirklich, allwissend zu sein?«

»Zuweilen ja, wenigstens in Beziehung auf dich. Du bist ein guter Seemann, aber ein untreuer Liebhaber und ein schlechter Diplomat. Die Intrige ist ein Feld, auf dem du dich nur blamierst.«

»Meinst du?« fragte Latour mit stolzer, selbstbewußter Miene. »Wenn du wirklich so klug bist, wie du meinst, so enthülle mir doch den Gedanken, den ich sonderbarerweise habe, ohne es zu wissen!«

»Schön!« antwortete Clairon mit überlegenem Lächeln. »Meine Meinung über dich ist, wie du weißt, nicht übertrieben hoch; trotzdem aber halte ich dich für klug genug, um zu wissen, daß ...« er näherte sich dem Vicomte und setzte flüsternd hinzu: »Daß die Doppelgarnitur der Herzogin von Oerstädt uns die Mittel bietet, schneller und leichter zum Ziel zu gelangen.«

»Weib!« rief Latour zurückweichend, »du bist kein Mensch, sondern ein Satan, ein Teufel!«

»Ich danke dir für dieses Kompliment und bin zufrieden mit ihm, denn der Teufel ist für gewisse Fälle eine ganz respektable Persönlichkeit. Übrigens ist dein Entsetzen vor mir der sicherste Beweis, daß ich das Richtige getroffen habe. Ist dieser Wallerstein ein kräftiger Mann?«

Latour antwortete nicht. Das Erstaunen, seine innersten

Gedanken mit einer solchen Bestimmtheit enthüllt zu sehen, machte ihn für den Augenblick sprachlos.

»Nun? Hat meine Allwissenheit dem Herrn Vicomte die Zunge gelähmt?«

»Woher weißt du etwas von dem Schmuck?«

»Das ist meine Sache! Beantworte mir vor allen Dingen meine Fragen!«

»Der Juwelier ist unseresgleichen nicht gewachsen.«

»Das läßt sich denken! Er hat den Schmuck Montag, also morgen abend, Punkt neun Uhr zu liefern?«

»Auch das weißt du? Unbegreiflich!«

»Du hast dich natürlich in dem Haus, das die Herzogin bewohnt, genau umgesehen!«

Er antwortete nicht, aber das Erstaunen, das in seinen Mienen deutlich zu sehen war, machte eine Bejahung überflüssig.

Clairon fuhr, belustigt von dem Eindruck ihrer Allwissenheit, fort: »Bewohnt sie es allein?«

»Nein. Sie hat nur die erste Etage und einen Teil des Parterres inne.«

»Wer bewohnt das Souterrain?«

»Der Hausmeister, soweit es nicht aus Wirtschaftsräumlichkeiten besteht.«

»Und den anderen Teil des Parterres?«

»Ein Artillerieoffizier, dessen Namen ich nicht genau kenne. Er klang wie Schönfeld, Schönherr oder Schönthal.«

»Willst du wirklich immer noch Komödie mit mir spielen?«

»Wieso?«

»Du kennst die Verhältnisse der kleinen Treskow wohl gut genug, um zu wissen, daß dieser Artillerieoffizier ein Herr von Schönberg-Wildauen ist!«

»Die Verhältnisse dieses Mädchens sind mir wirklich nicht so geläufig, wie du meinst! Aber du bist wahrhaftig ein Dämon, vor dem man sich zu hüten hat!«

»Pah! Ein wenig Kombinationsgabe und Kenntnis deines lieben Charakters, das ist der Dämon, der dir solches Entsetzen einflößt. Übrigens sehe ich keinen Grund, geheimnisvoll zu sein. Du liebst die Treskow ...«

»Ich sage dir, daß du dich täuschst!«

»Laß diese Versicherung; ich kenne dich! Der Herr von Schönberg ist ihr Verlobter.«

»Ich erinnere mich jetzt, davon gehört zu haben.«

»Laß dich nicht auslachen! Er wohnt in dem Haus, das morgen abend Punkt neun Uhr der Juwelier Wallerstein mit einer Summe Geldes verlassen wird, die vollständig hinreichend ist, uns aus aller Verlegenheit zu helfen. — Aber auf uns wird kein Verdacht fallen. Es wird nämlich alles so aussehen, als sei dieser Schönberg der Täter.«

»An einen solchen Plan habe ich auch schon gedacht. Leider läßt er sich nicht durchführen.«

»Warum?«

»Weil Schönberg nicht anwesend ist.«

»Wo befindet er sich?«

»Auf dem Manöver.«

»Wann kehrt er zurück?«

»Er hat darüber nicht geschrieben, wird aber täglich erwartet.«

»Du wirst erlauben, mich über diesen Punkt noch näher zu informieren! Für jetzt aber bist du entlassen. Ich sehe, daß du der Sammlung bedarfst und erwarte dich erst in einer Stunde wieder, wo wir das Thema von neuem aufnehmen können.«

Latour entfernte sich gehorsam. Als er sich schon an der Tür befand, erklang noch eine Weisung: »Ich wünsche das Bracelet zu sehen. Vergiß nicht, es mitzubringen!«

Er neigte bejahend den Kopf und ging.

In seinem Zimmer angekommen, warf er sich tiefatmend auf das Sofa. Doch hielt er es in dem Polster nicht lange aus. Er sprang wieder auf und durchmaß den Raum mit langen, hastigen Schritten.

»Wer hätte das noch vor einer Stunde gedacht!« monologisierte er. »Der ›l'Horrible‹ ist hin und die ›Miß Admiral‹ hier. Es ist wahr, ich bin in diesem Augenblick ein Bettler, und die prächtige Treskow, ich muß sie auch aufgeben. Vielleicht hätte sie sich noch geneigt finden lassen, obgleich sie mein Geschenk zurückgewiesen hat; aber die Clairon tritt hindernd in den Weg. Woher mag nur dieses Weib eine so genaue Kenntnis aller Verhältnisse genommen haben? Jedenfalls befindet sie sich schon längere Zeit in der Nähe und hat alle meine Schritte beobachtet. Ich muß sie darüber befragen!«

Er setzte unter eifrigem Nachdenken seine Zimmerpromenade fort.

»Ich glaube, sie hat das meiste nur erraten. Sie kennt mich und besitzt einen Scharfsinn, vor dem man sich in acht zu nehmen hat. Übrigens kann mir, die Angelegenheit mit der

Treskow abgerechnet, ihre Anwesenheit nur von Nutzen sein. Ich muß die Garnituren oder die dafür ausgezahlte Summe unbedingt in meine Hand bekommen. Schönberg ist mir mehr als gleichgültig; sein Schicksal läßt mich kalt, und fast möchte ich wünschen, daß er noch zur rechten Zeit zurückkehre.«

Er blieb vor dem Spiegel stehen und betrachtete sich mit wohlgefälligem Lächeln.

»Hm, ich sollte eigentlich stolz darauf sein, daß ein Weib wie Clairon alles daransetzt, mich zu fesseln. Sie ist ein Engel und Teufel zugleich, und ich möchte beinahe behaupten, daß sogar die Schönheit Adeles einen Vergleich mit der ihrigen zu scheuen hat, und in Beziehung auf — auf das Handwerk gibt es keine zweite, die ihren Platz einnehmen könnte!«

Die verlorengegangene Ruhe kehrte ihm allmählich wieder, und als die Stunde vergangen war, suchte er das Nebenzimmer mit ganz anderen Regungen auf als vorher.

Er blieb bei dem Anblick, der sich ihm bot, unwillkürlich am Eingang stehen. Der Chevalier de Poulettre war verschwunden, und an seiner Stelle ruhte eine Dame auf dem Diwan, deren Kleidung ganz darauf berechnet war, eine wahrhaft entzückende Schönheit ins Licht zu setzen.

»Clairon!« rief er.

»Tritt näher und setz dich zu mir!« bat sie, ihm die kleine, freie Hand entgegenstreckend. Ihre Stimme klang jetzt ganz anders als vorher; sie hatte einen Ton, dem auch ein festerer Charakter als Latour nicht widerstanden hätte. Er eilte auf sie zu, nahm auf demselben Sitz Platz und zog sie in seine Arme. Sie machte nicht den geringsten Versuch, sich seiner Liebkosungen zu erwehren und schien die Art und Weise ihrer vorigen Unterhaltung vollständig vergessen zu haben.

Draußen aber an der Tür stand lauschend einer, der beim leisen Klang des Liebesgeflüsters die Faust drohend ballte und sich dann langsam nach seinem Stübchen schlich. Es war Jean Letrier.

»Sie hat mich geschlagen«, murrte er ingrimmig, »geschlagen, als ob ich mich an Bord und unter ihrem Befehl befände. Der Kapitän ist schwach gegen sie; er haßt sie und vermag ihr doch nicht zu widerstehen. Sie wird mir diesen Schlag und noch vieles andere dazu bezahlen, so wahr ich Jean Letrier heiße!«

Der ergrimmte Diener begab sich zur Ruhe. Die Anwesenheit der resoluten Herrin, die er an Bord des »l'Horrible« geglaubt hatte, gab ihm viel zu denken; er fand erst spät die gesuchte Ruhe und erhob sich schon am frühen Morgen vom Lager, obgleich er wußte, daß man seiner Dienste heut erst spät bedürfen werde.

Der Vormittag war noch nicht sehr weit vorgerückt, als ein junger Mann in Offiziersuniform erschien und nach dem Herrn Vicomte de Latour fragte. Dieser hatte soeben erst Toilette gemacht und empfing den ihm Unbekannten mit fragendem Blick.

»Ich habe sehr um Verzeihung zu bitten«, entschuldigte sich dieser, »daß ich mir gestatte, mich selbst vorzustellen. Mein Name ist Schönberg; ich glaube, Sie haben ihn bei Frau von Treskow nennen hören.«

»Ah, Herr Leutnant, Ihr Besuch gewährt mir die angenehmste Überraschung, die ich mir denken kann! Nehmen Sie Platz, und haben Sie Dank für die Ehre, Sie kennenzulernen!«

»Die Pflicht des Dankes ist nur die meinige, Vicomte! Ich kam gestern am späten Abend von unseren Manövern zurück und besuchte heute meine Braut, von der ich erfuhr, daß sie Ihnen ihr Leben zu verdanken hat. Natürlich bin ich sofort zu Ihnen geeilt, um Ihnen die Größe meiner Verpflichtungen zu erkennen zu geben. Verfügen Sie über alles, was ein dankbarer Mann Ihnen zur Verfügung zu stellen vermag!«

»Ich hatte schon öfters zu bemerken, daß das kleine Ereignis, an das mich zu erinnern Sie die Güte haben, nichts weniger als außerordentlich ist. Ich fühle mich beschämt, wenn ich von Dankbarkeit sprechen höre, denn was ich tat, hat mir ganz unverdiente Früchte getragen, zu denen ich vor allen Dingen auch Ihren freundlichen Besuch rechnen muß. Es ist ja für den Fremden so wohltuend, eine Teilnahme zu finden, die ihn der Einsamkeit entreißt und ihn die Traulichkeit des heimatlichen Herdes weniger vermissen läßt.«

»Ich stimme Ihrer Ansicht bei und ersuche Sie wirklich dringend, das Meinige beitragen zu dürfen, damit Sie sich hier so wohl und heimisch wie möglich fühlen. Hier meine Karte, Vicomte. Sie ist für jeden, der sie meiner Wirtschafterin vorzeigt, ein passe partout* für meine Wohnung, die

* Passe partout: Freipaß.

meinen Freunden zur Verfügung steht, auch wenn ich nicht zu Hause bin. Besuchen Sie mich ganz nach Belieben, Herr Latour, und machen Sie es sich bequem, wenn Sie mich nicht vorfinden sollten«, fuhr Max von Schönberg fort. »Es gibt bei mir keine Stunden des dehors*, ich lasse mich nicht genieren und daher kann bei mir jeder tun und lassen, was ihm beliebt.«

Latour griff mit einer fast hastigen Bewegung nach der Karte. Für die Ausführung seines Planes konnte ihm nichts dienlicher sein als sie. Der Zufall spielte ihm hier den besten Trumpf in die Hände.

»Ich danke Ihnen, Herr Leutnant! Zwar ist von jetzt an die Zeit meines Hierseins nur noch karg bemessen, aber ich werde jedenfalls einmal Gelegenheit nehmen, Sie zu begrüßen. Habe ich vielleicht noch heute das Vergnügen, Sie bei Frau von Treskow zu sehen?«

»Wohl schwerlich, da ich die Absicht habe, noch am Nachmittag zu verreisen.«

Die Augenwinkel Latours legten sich in unmutige Fältchen.

»Läßt Ihnen die Strenge des Dienstes nicht einmal Zeit, sich von den Strapazen des Manövers auszuruhen?«

»Es ist eine Privatangelegenheit, der ich folge. Ich will den Vater besuchen. Sie wissen ja«, fuhr er mit liebenswürdiger Offenheit fort, »daß die liebe Jugend sehr oft Veranlassung hat, sich an die väterliche Mildtätigkeit zu wenden. Und ich gehöre leider zu den Unglücklichen, die gelernt haben, dies so oft wie möglich zu tun.«

---

* Dehors: Gesellschaftlicher Anstand.

»Ich begann schon, mich auf unser heutiges Zusammensein zu freuen. Ist es Ihnen nicht möglich, den ersten Abend nach Ihrer so lange ersehnten Rückkehr der Braut zu schenken?«

»Nein!« Ein Zug des Mißmuts verdunkelte bei diesem Worte die schönen, ehrlichen Züge des Leutnants. »Ich mache mich einer Unart gegen Adele schuldig, aber die Angelegenheit ist dringend.«

»Ich möchte nicht gern unbescheiden oder gar zudringlich sein, aber wenn diese Angelegenheit nichts anderes als die väterliche Mildtätigkeit betrifft, so möchte ich mir doch fast die Aufgabe stellen, Sie zurückzuhalten.«

»Es würde Ihnen nicht gelingen«, meinte der junge Mann, sich erhebend.

Latour sah seinen Plan in Gefahr, auch er erhob sich und streckte ihm die Hand entgegen.

»Herr Leutnant, die Familie Ihrer Braut beehrt mich mit freundschaftlichem Vertrauen, auch Sie hatten vorhin die Güte, mich zu Ihren Freunden zu zählen, darf ich hoffen, daß dies nicht eine Sache der bloßen Höflichkeit gewesen sei?«

»Sie dürfen überzeugt sein, daß ich wirklich freundschaftliche Gefühle für Sie hege!«

»So bitte ich auch um die Erlaubnis, als wirklicher Freund handeln zu dürfen!«

»Sie ist Ihnen zugestanden.«

»Ich möchte fast annehmen, daß die Veranlassung zu Ihrer Reise in einer kleinen pekuniären Verlegenheit zu suchen sei?«

»Ich sehe allerdings keinen Grund, dies in Abrede zu stellen.« Und lächelnd fügte er hinzu: »Klingende Gründe gehören ja zu den zwingendsten, die man kennt!«

»Sie dürfen dessen ungeachtet Ihre Braut nicht vernachlässigen, besonders da es mir eine ganz besondere Ehre sein würde, ebenso zwingende Gründe Ihnen, solang Sie wünschen, zur Verfügung stellen zu dürfen.«

»Herr Vicomte!«

»Pardon, mein bester Herr Leutnant! Es ist keineswegs meine Absicht, Ihnen eine beleidigende Offerte zu machen, vielmehr entspringt mein Anerbieten dem Bestreben, unserer jungen Freundschaft eine mir höchst erwünschte Kräftigung zu erteilen. Haben Sie die Güte, jede andere Auffassung zurückzuweisen und die Kleinigkeit, die ich Ihnen zur Verfügung stellen möchte, zu akzeptieren!«

»Welchen Umfang würde diese Kleinigkeit haben und wie sind die Bedingungen, unter denen sie geboten wird?«

»Der Umfang richtet sich ganz nach dem Bedürfnis, Bedingungen habe ich natürlich nicht zu stellen, es müßte denn der an Sie gerichtete Wunsch sein, mir bis morgen Frist zu erteilen, da ich dieser Zeit bedarf, um meinem Kredit eine materielle Form zu geben.«

»Die Summe ist nicht ganz unbedeutend«, bemerkte der Offizier vorsichtig. Das Anerbieten Latours schien ihm nicht unwillkommen zu sein.

»Ob bedeutend oder nicht, ich stehe Ihnen zur Verfügung, und zwar herzlich gern«, lautete die großmütige Versicherung. »Werden Sie noch abreisen?«

»Ich werde bleiben. Hier meine Hand! Ich will Ihnen offen gestehen, daß Ihre Freundlichkeit mich aus einer wenig angenehmen Situation befreit, nehmen Sie also die Versicherung meiner besten Dankbarkeit und gewähren Sie mir die Bitte, die Höhe ...«

»Jetzt nicht, jetzt nicht!« fiel ihm Latour in die Rede. »Wir sehen uns heute ja wieder und haben dann vollständig Zeit zu einem Arrangement, mit dem ich unsere erste Unterredung nicht beendigen möchte. Ich habe das Glück gehabt, ein trauliches Plätzchen zu entdecken, das sich für ein gemütliches Zusammensein wie kein zweites eignet, und ich hoffe, daß wir heute abend nach unserer Verabschiedung von Frau Treskow uns dort noch ein Stündchen amüsieren. Ja?«

»Gern! Also auf Wiedersehen bis dahin!«

Er verließ Zimmer und Hotel. Latour blickte ihm durch das Fenster nach, solange er ihn zu sehen vermochte, dann senkte er das Auge auf die erhaltene Karte.

»Der passe partout zum Ort, wo ich den Schatz zu heben habe. Ich werde die Karte zu gebrauchen wissen!«

*

Am anderen Morgen wurde die Stadt durch die schreckhafte Kunde alarmiert, daß der Juwelier Wallerstein in der Wohnung des Leutnants von Schönberg-Wildauen ermordet aufgefunden worden sei. Er war nicht nur der ungeheuren Summe, die Summe, die den Preis der Doppelgarnitur ausmachte, sondern aller wertvollen Gegenstände, die er bei sich getragen hatte, beraubt. Der Leutnant hatte am selben Morgen und an mehreren Orten Kassenscheine ausgegeben, die von der Herzogin von Oerstädt nachweislich als Zahlung verwendet worden waren. Er wurde verhaftet und wegen Raubmordes in Untersuchung gezogen.

Der Schwur des Trackers*

Jene weiten Prärien Nordamerikas, die sich westlich vom »Vater der Ströme«, dem Mississippi, bis an den Fuß des Felsengebirges erstrecken, haben nicht bloß in physikalischer Beziehung mancherlei Ähnlichkeit mit den unendlichen Fernen, die die Wogen des Ozeans erfüllen. Es bieten sich zu einem Vergleich zwischen den Weiten der Savanne und den ozeanischen Strecken Punkte dar, die nicht in äußeren Verhältnissen liegen. Einer der bedeutendsten ist in dem Eindruck zu suchen, den die See sowohl als auch die Prärie auf denjenigen macht, der sich einmal von der heimischen Scholle losgerissen hat, um entweder auf längere Zeit die Fluten der See zu pflügen oder auf dem Rücken eines guten Pferdes die abenteuervollen Hinterländer der Vereinigten Staaten zu durchstreifen.

Ein alter »Swalker«, dem zeit seines Lebens die Segel eines stattlicher Dreimasters um den Südwester schlugen, mag von dem Binnenland nichts mehr wissen, und wird er seeuntüchtig, so baut er sich eine enge, kleine Kabine so nahe wie möglich an das Wasser und blickt mit liebevollem, sehnsüchtigem Auge hinaus auf die ewig wechselnden und nim-

* Tracker: Pfadfinder.

mer ruhenden Wellen, bis die Hand des Todes ihm die müden Lider schließt.

So ist es auch mit dem, der es wagte, den Gefahren des Wilden Westens kühn die Stirn zu bieten. Ist er auch einmal zurückgekehrt in Gegenden, über die die Zivilisation ihren Segen und — ihren Fluch ausgeschüttet hat, so zieht es ihn doch immer wieder zwischen die gefährlichen Post-oak-flats* hinein und in die unbegrenzte Wildnis hinaus, wo es der Anstrengung aller körperlichen und geistigen Kräfte bedarf, um im Kampf mit den tausenderlei und stets neuen Gefahren der Savanne nicht zu unterliegen. Für ihn gibt es nur selten im Alter ein Ruheplätzchen, wie es der »abgetakelte« Seemann doch an der sicheren Küste findet, ihm läßt es weder Ruhe noch Rast, er muß sich auf den Rücken seines Mustangs hängen und immer wieder in die Ferne ziehen, in der er einst spurlos verschwinden wird. Vielleicht findet nach Jahren ein Jäger seine gebleichten Gebeine auf ausgedorrter Ebene oder zwischen den himmelanstrebenden Felsen des Gebirges liegen, oder er reitet vorüber ohne ein Kreuz und Ave und fragt nicht nach dem Namen dessen, der hier ein vielleicht grauenvolles Ende nahm. Der Westen hat einen rauhen Sinn und duldet weder Zartgefühl noch Schonung, er ist den Stürmen widerstandslos preisgegeben — kennt keine andere Herrschaft als diejenige des unerbittlichen Naturgesetzes und bietet darum auch nur Männern Raum, die ihren einzigen Halt in der eigenen knorrigen Naturwüchsigkeit suchen.

---

* Post-oak-flats: Ebene mit markierten Wegen.

Ein trotz aller Verträge immer wieder von neuem aus seinen angewiesenen Wohnsitzen verdrängter, von der Natur reich begabter und dennoch dem unerläßlichen Untergang geweihter Menschenschlag liegt hier im Verzweiflungskampf mit einer Nation, der alle physischen und geistigen, alle künstlichen und natürlichen Mittel zur Verfügung stehen, den todesmutigen Gegner trotz der heldenhaftesten Gegenwehr gewaltsam zu erdrücken. Es ist ein jahrhundertelanges Ringen zwischen einem sterbenden Giganten und einem von Minute zu Minute sich mächtiger entwickelnden Sohn der sogenannten Gesittung, der dem Feind die gewaltige Faust immer enger um die Kehle drückt.

Es ist ein Ringen, wie es die Geschichte sonst wohl auf keinem ihrer Blätter wieder aufzuweisen hat, begleitet von Heldentaten, die dem, was von unseren klassischen Heroen berichtet wird, getrost und vollgültig an die Seite gestellt werden kann. Wer es wagt, die lang- und breitgestreckten Schlachtgefilde zu betreten, dem darf keine einzige der Waffen fehlen, mit denen die äußerlich unscheinbaren und doch bewundernswerten Kämpfer sich auf Tod und Leben bekämpfen.

Wer in Fort Gibson am Arkansas die Büchse über die Schulter legt und einige Tagesreisen weit stromaufwärts geht, gelangt an ein kleines Settlement, bestehend aus einigen einfachen Blockhütten, einem gemeinsamen Weideplatz und einem etwas abseits liegenden Haus, das sich schon von weitem durch ein primitives Schild als »Store und Boardinghouse« zu erkennen gibt. Der Wirt dieses Hauses ist nicht gewohnt, große Ansprüche zu befriedigen und erhebt also auch selbst keine in Beziehung auf diejenigen, die bei ihm eintreten und verkehren. Niemand weiß, was er früher war und woher er kam, darum fragt auch er keinen nach Namen, Vorhaben oder Reiseziel. Man versorgt sich bei ihm mit dem Nötigen, nimmt einen Drink nach Belieben, schlägt, sticht oder schießt sich ein wenig und geht dann seines Weges. Wer viel fragt, braucht viel Zeit, und dem Amerikaner ist die Zeit kostbarer als eine Antwort, die er sich am besten selbst geben kann.

In dem Barraum saßen einige Männer, deren Äußeres keineswegs salonfähig zu nennen war. So unterschiedlich die Kleidungsstücke waren, die sie trugen, sämtliche Anzüge ließen auf den ersten Blick den echten, richtigen Trapper erkennen, der kaum jemals davon gehört hat, was ein guter Schneider zu bedeuten hat, sondern sich seinen Bedarf ohne Wahl da und geradeso nimmt, wo und wie er ihn findet.

Wo mehrere Westmänner beisammensitzen, da ist ein guter Schluck in der Nähe. Ebenso sicher ist eine gute Erzählung im Gange. Daß die Anwesenden jetzt still vor sich niederblickten, hatte jedenfalls seinen Grund darin, daß eine jener dunklen und blutigen Geschichten, wie man sie in den Grenzländern zu hören bekommt, soeben erst zu Ende gegangen war und nun jeder in seiner Erinnerung nach einer zweiten forschte.

Da wurde plötzlich derjenige von ihnen, der in Nähe des kleinen Blockfensters saß, laut: »Auf mit den Augen, Leute, und hinausgeschaut da hinüber nach dem Wasser!« meinte er. »Täuschen mich meine alten Augen nicht, so sind dies zwei Greenhorns, zwei Grünschnäbel, wie sie im Buch stehen. Seht nur, wie sie zu Pferd sitzen, so nett und fein. Was tun solche Leute hier in unseren guten Wäldern?«

Alle außer einem einzigen erhoben sich, um die zwei Ankömmlinge zu mustern, der Sprecher aber legte sich mit breitgespreizten Ellbogen wieder auf den Tisch zurück. Er hatte seine Schuldigkeit getan und brauchte sich um weiter nichts zu kümmern. Er war eine eigentümliche Figur. Die Natur schien im Sinn gehabt zu haben, mit ihm ein Seilerstück zu fabrizieren, so unendlich hatte sie ihn in die Länge gezogen, alles an ihm, Gesicht, Hals, Brust, Unterleib, Arme und Beine, war lang, unendlich lang und dabei scheinbar so schwach und dürftig, daß man befürchten mußte, den ganzen Mann beim ersten besten Windstoß zerrissen und in Fäden davongewirbelt zu sehen. Seine Stirn war frei, auf dem Hinterkopf aber balancierte ein namenloses Ding, das vor vielen, vielen Jahren vielleicht einmal ein Zylinderhut gewesen war, jetzt aber geradezu aller Beschreibung spottete. Das hagere Gesicht zeigte einen Bart, ja, aber dieser Bart bestand aus kaum hundert Haaren, die einsam und zerstreut die beiden Wangen, Kinn und Oberlippe bewucherten und von da lang und dünn bis fast auf den Gürtel herabhingen. Der Jagdrock, den er trug, schien noch aus seiner frühesten Jugendzeit zu stammen, denn er bedeckte kaum die obere Hälfte des Leibes, und die Ärmel reichten nur wenige Zoll über die Ellbogen herab. Die zwei unglückseligen Schalen, in denen die Beine staken, konnten früher einmal Schäfte von einem Paar riesiger Schifferstiefel gewesen sein, hatten aber jetzt das Aussehen alter, durchgeglühter Ofenrohre und stießen in der Knöchelgegend auf zwei sogenannte horse-feets, wie man sie besonders in Südamerika aus den noch lebenswarmen Häuten der Pferdefüße bereitet.

»Hast recht, Pitt Holbers«, entschied einer der Hinausblickenden, »es sind Greenbacks, die uns nicht viel angehen werden. Laßt sie machen, was sie wollen!«

Die Neugierigen kehrten an ihre Plätze zurück. Draußen ließ dich Pferdegetrappel vernehmen, eine kurze, barsche Stimme ertönte, die so klang, als sei sie das Befehlen gewohnt. Dann öffnete sich die Tür, um die beiden einzulassen, von denen die Rede gewesen war.

Während von dem zuletzt Eintretenden nicht viel zu sagen war, wäre die Persönlichkeit dessen, der den Vortritt genommen hatte, in anderer Umgebung sicher nicht ohne Eindruck geblieben.

Ohne auffallend stark gebaut zu sein, erhielt er durch eine eigentümliche Weise der Haltung und Bewegung ein ungemein kraftvolles und gebieterisches Aussehen. Sein regelmäßig, ja schön gezeichnetes Gesicht war von der Sonne tief gebräunt und wurde von einem dichten, dunklen Bart umrahmt, der breit und voll bis auf die Brust herniederhing. Seine Kleidung war vollständig neu, und seine Waffen ebenso wie die seines Begleiters konnten erst vor kurzem den Laden des Händlers verlassen haben, so blank und sauber zeigte sich ihr Aussehen.

Der echte Trapper hegt einen unüberwindlichen Widerwillen gegen alle auf die äußere Erscheinung gerichtete Sorgfalt, und ganz besonders ist ihm das Putzen der Waffen verleidet, deren Rost ihm ein sicheres Zeichen ist, daß sie nicht zur Zierde getragen werden, sondern in Kampf und Todesnot schon ihre guten Dienste geleistet haben. Da, wo der Wert eines Menschen nach etwas ganz anderem als nach seiner Kleidung bestimmt wird, enthält ein stutzerhaftes Äußeres geradezu eine Art von Herausforderung, und es bedarf nur einer geringen Veranlassung, um scharfe Bemerkungen auszulösen.

»Good day, Mesch'schurs!« grüßte der Ankömmling, indem er seine Doppelbüchse von der Schulter nahm, um sie in die Ecke zu lehnen, was einem erfahrenen Westmann auf keinen Fall eingefallen wäre. Und sich an den Wirt wendend, welcher ihn mit halb neugierigem, halb spöttischem Blick musterte, fragte er: »Ist hier der ehrsame Master Winklay zu finden?«

»Hm, der bin ich vielleicht selber!« meinte nachlässig der Gefragte.

»Vielleicht?« klang es in etwas beleidigtem und daher spitzem Ton. »Was soll das heißen?«

»Das heißt, daß ich allerdings der Master Winklay bin, zuweilen aber auch nicht, je nachdem es mir beliebt.«

»So! Und wie beliebt es Euch denn jetzt?«

»Das kommt wohl nur darauf an, was Ihr von dem Master wollt, Sir!«

»Zunächst einen passablen Schluck für mich und diesen Mann und dann eine Auskunft, um die ich Euch zu fragen habe.«

»Der Schluck ist da, hier nehmt ihn hin! Und die Auskunft könnt Ihr ja auch haben, so gut ich sie zu geben verstehe. Ich weiß, was ich einem Gentleman schuldig bin.«

»Laßt den Gentleman weg, Winklay, er wird an diesem Ort nicht sehr viel gelten!« befahl der Fremde, indem er das Glas mit unbefriedigter Gebärde vom Munde nahm. »Meine Frage betrifft Sam Fire-gun.«

»Sam Fire-gun?« fragte überrascht der Wirt. »Was wollt Ihr von dem?«

»Das ist wohl meine Sache, wenn's Euch beliebt! Ich höre, daß er zuweilen hier bei Euch zu finden ist?«

»Hm, ja und nein, Sir. Was Euch beliebt, kann ja auch mir belieben. Gebt Ihr auf meine Frage keine Antwort, so könnt Ihr auch von mir nicht viel erwarten. Hier sitzen Leute, die Euch vielleicht auch einen Bescheid geben. Es sind zwei dabei, die den ganz genau kennen, nach dem Ihr Euch erkundigt.«

Der Mann drehte sich um und war nicht mehr zu sprechen. Der auf so recht amerikanische Weise Zurechtgewiesene wandte sich ruhig zu den übrigen.

»Ist das wahr, was Winklay sagte?«

Er bekam keine Antwort. Etwas klüger wandte er sich an Pitt Holbers: »Wollt Ihr wohl die Güte haben, mir eine Antwort zu geben, Master Schweigsamkeit?«

»Hört, Sir, mein Name lautet Holbers, Pitt Holbers, wenn Ihr's merken könnt, und wenn Ihr dreihundert Männer zugleich fragt, so weiß keiner, ob gerade er es ist, der antworten soll. Was wollt Ihr von Sam Fire-gun?«

»Nichts, was ihm unangenehm sein könnte. Ich bin aus dem Osten herübergekommen, um mich ein wenig im Wald umzusehen, und brauche einen Mann, bei dem man etwas unter die Hand bekommt. Dazu ist Sam Fire-gun der

Richtige, und ich will Euch daher fragen, wohin man sich zu wenden hat, um mit ihm zusammenzutreffen.«

»Möglich, daß er der Richtige wäre, aber ob er's auch sein will, das ist eine andere Frage. Ihr seht mir nicht so aus, als ob Ihr zu ihm paßt!«

»Meint Ihr? Kann sein, aber auch nicht. Also sagt, ob Ihr eine Auskunft geben könnt und wollt!«

Der Aufgeforderte drehte sich langsam nach dem Winkel herum, in dem der saß, der vorhin bei der Ankunft der Fremden ruhig sitzen geblieben war.

»Was meinst du, Dick Hammerdull?«

Der Mann hatte bisher den Kopf geneigt gehalten und dem Inhalt seines Glases eine so anhaltende Aufmerksamkeit erwiesen, daß sein Auge noch gar nicht auf die zwei Fremden gefallen war. Jetzt drehte er sich herum und schob die Kopfbedeckung nach hinten, als wolle er seinem Verstand die Freiheit zu einer vernünftigen Antwort geben.

»Was ich meine, das bleibt sich gleich. Er soll den Colonel finden!« Er drehte sich wieder ab, um von neuem in sein Glas zu blicken. Der Schwarzbärtige aber schien mit diesem kurzen, mangelhaften Bescheid nicht zufrieden zu sein, sondern trat näher zu ihm heran.

»Wer ist der Colonel, Master Hammerdull?« fragte der Schwarzbärtige.

Der Gefragte sah langsam und erstaunt empor.

»Wer der Colonel ist, das bleibt sich gleich. Colonel heißt Oberst, Sam Fire-gun ist unser Oberst, folglich nennt man ihn den Colonel.«

Der Frager konnte sich über den logischen Trapper eines

Lächelns nicht erwehren. Er legte ihm die Hand wie herablassend auf die Schulter und forschte weiter: »Nur nicht so hitzig, Master! Wenn man gefragt wird, so steht man Rede und Antwort, so ist es überall, und ich sehe nicht ein, warum es hier am Arkansas anders sein soll. Wo ist der Colonel zu finden?«

»Wo er zu finden ist, das bleibt sich gleich. Ihr werdet zu ihm kommen und damit basta!«

»Hoho, Mann, das ist mir nicht genug. Ich muß doch wissen, wo und wie dies geschehen soll!«

Dick Hammerdull machte ein noch viel erstaunteres Gesicht als vorhin. Er war der schweigsamste Mann zwischen den Seen und dem Golf von Mexiko und sollte hier zu einer langen Rede gezwungen werden? Das konnte er sich unmöglich gefallen lassen. Er nahm das Glas empor, machte einen nicht endenwollenden Zug und erhob sich dann. Erst jetzt war es möglich, ihn von Kopf bis Fuß in Augenschein zu nehmen.

Er schien von dem Modelleur der menschlichen Schöpfung als Gegenstück zu Pitt Holbers gearbeitet worden zu sein. Er war ein kleiner und außerordentlich dicker Kerl, wie sie Amerika nicht sehr häufig aufzuweisen hat. Man wußte nicht recht, ob man sich vor ihm fürchten oder über ihn lachen solle. Sein kurzer, runder Körper stak in einem aus Büffelleder gefertigten Sack, dessen ursprünglicher Stoff jedoch nicht mehr gegenwärtig war, denn jede Blessur des alten Kleidungsstückes war durch Aufheften des erstbesten Stücks ungegerbten Felles oder irgendeiner anderen fraglichen Materie derartig geheilt worden, daß mit der Zeit

Flick an Flick und Fleck an Fleck gekommen war und die Reparaturstücke wie die Ziegel eines Daches über und aufeinander lagen. Dazu war der Sack jedenfalls für eine weit längere Person verfertigt worden und hing ihm fast bis auf die Knöchel hernieder. Er hatte sich gar nicht die Mühe gegeben, die viel zu langen Ärmel zu kürzen, sondern einfach in deren Vorderseite ein Loch geschnitten, durch das er die Hände steckte. Die Beine staken in zwei Futteralen, die man weder Stiefel oder Schuhe noch Strümpfe und Gamaschen nennen konnte, und auf dem Kopf trug er einen formlosen Gegenstand, der vor Zeiten einmal eine Pelzmütze gewesen sein konnte, jetzt aber vollständig haarlos war und ganz das Aussehen eines umgestülpten Bärenmagens hatte. Das wetterharte Gesicht, aus dem zwei kleine Äuglein hervorblinzelten, zeigte nicht die geringste Spur eines Bartwuchses und war von zahlreichen Schmarren und Narben durchzogen, die ihm ein außerordentlich kriegerisches Aussehen gaben. Bei näherer Betrachtung konnte man bemerken, daß ihm nicht nur mehrere Finger, sondern auch beide Ohren fehlten. Wer genau auf die Haare und die unter ihnen hervorschimmernde, hochgerötete Kopfhaut achtete, war der Entdeckung nahe, daß er eine Perücke trug, nicht etwa eines Kahlkopfes wegen, sondern weil ihm bei einem unglücklichen Zusammentreffen mit den Indianern der Skalp genommen worden war.

Seine Waffenausrüstung war die übliche, sie zeigte nichts Außerordentliches, aber die Büchse, die er vor sich auf dem Tisch liegen hatte, verdiente vollkommen, näher betrachtet zu werden. Sie hatte ganz die Gestalt eines alten Knüttels, der aus dem Dickicht gebrochen war, um bei der ersten besten Schlägerei eine Rolle zu spielen. Das Holzzeug hatte seine ursprüngliche Gestalt und Form verloren, war zerschnitten, zerkerbt und zerspalten, als hätten die Ratten ihr Spiel damit gehabt. Zwischen ihm und dem verlaufenden Rohr hatte sich eine solche Menge von Schmutz angesetzt, daß er mit dem Holz und dem Eisen ein vollständiges Ganzes bildete, dessen Bestandteile gar nicht voneinander zu unterscheiden waren. Selbst der beste europäische Schütze hätte es nicht gewagt, aus dem alten Prügel einen Schuß zu tun, aus Angst, das Ding müsse sofort zerspringen. Und doch stößt man noch heute in der Prärie auf derlei unscheinbares Schießzeug, aus dem ein anderer nie eine gute Kugel bringt, obgleich der Besitzer sicher keinen Schuß tut, der sein Ziel verfehlt.

Er stand jetzt aufrecht vor dem Fremden und sah mit unbeschreiblichem Augenzwinkern zu ihm empor.

»Wo und wie dies geschehen soll, das bleibt sich gleich. Glaubt Ihr denn, Sir, daß Dick Hammerdull auf dem College zu soundso zehn Jahre lang herumgelaufen ist, um Reden zu studieren? Was ich sage, das sage ich, mehr nicht, und wem es zu wenig ist, der mag sich seine Predigt von einem anderen halten lassen. Wir sind hier auf Savannenland, wo man den Atem zu notwendigeren Dingen als zum Schwatzen braucht. Merkt Euch das!«

»Dick Hammerdull, Ihr seid doch auf dem College gewesen, denn Ihr könnt reden, wie ich eben gehört habe. Aber mir zu sagen, was ich wissen will, das habt Ihr doch vergessen. Ich frage noch einmal: Auf welche Weise und wann und wo soll ich auf Sam Fire-gun treffen?«

»Beim Teufel, Mann, nun hab ich's satt! Ihr habt gehört, daß Ihr ihn finden werdet, und das ist vollauf genug. Setzt Euch zu Eurem Glas und wartet die Sache ab. Ich lasse mich von keinem Greenhorn examinieren*!«

»Greenhorn? Habt Ihr etwa Lust, mit meinem Messer Bekanntschaft zu machen?«

»Pshaw, Sir! Was geht mich Euer Knife an? Nehmt es zum Käferstechen oder rasiert meinetwegen Laubfrösche damit. Dick Hammerdull aber ist nicht der Mann, sich vor Eurer Spicknadel zu fürchten. Euer Auftreten ist nicht das eines Westmanns, ich sage es also noch einmal, ob es Euch gefällt oder nicht, das bleibt sich gleich: Ihr seid ein Greenhorn, sorgt dafür, daß es anders wird!«

»Well, so soll es auf der Stelle anders werden!«

Er trat in die Ecke zurück, wo seine Büchse lehnte, ergriff sie, zog den Hahn zurück und gebot: »Master Hammerdull, wo ist Euer Colonel zu finden? Ich gebe Euch nur eine Minute Zeit, ist meine Frage dann noch nicht beantwortet, so antwortet Ihr überhaupt nicht mehr. Wir sind auf Savannenland, wo jeder sich das Gesetz selbst zu machen hat!«

Der Angeredete blickte mit der gleichgültigsten Miene in sein Glas, es war ihm nicht im mindesten anzumerken, daß er die Aufforderung wirklich vernommen habe. Die anderen freuten sich des willkommenen Streites, der ihnen Unterhaltung bot, und blickten erwartungsvoll von einem der Gegner zum anderen. Nur Pitt Holbers schien im voraus von der Art und Weise des Ausgangs überzeugt zu sein,

* Examinieren: Abfragen, prüfen.

steckte die hageren Finger gemütlich zwischen Leib und Gürtel und streckte die unendlichen Beine soweit wie möglich von sich, als seien sie ihm bei der Beobachtung seines schweigsamen Freundes im Weg.

»Nun, Master, die Minute ist vorüber! Bekomme ich Antwort oder nicht? Ich zähle: Eins, zwei, dr...«

Er vermochte nicht die gefährliche »Drei« auszusprechen. Bis zur »Zwei« hatte Hammerdull regungslos und gleichgültig dagesessen, hatte dann aber mit einer Gedankenschnelle, die ihm ein Unbekannter wohl nicht zugetraut hätte, die alte Büchse ergriffen, im selben Moment war sie angelegt, es blitzte auf, der Schuß krachte mit hundertfacher Stärke in dem engen Raum, und das zerschmetterte Gewehr des Fremden flog auf den Boden nieder. Schon im nächsten Augenblick lag er selbst am Boden, und Dick kniete mit gezücktem Messer auf seiner Brust.

»Nun, Greenhorn, sag ›Drei‹, damit ich Antwort gebe!«

»Zum Teufel, Master, laßt mich los, es war ja gar nicht so ernst gemeint. Ich hätte nicht geschossen!«

»Das kann man hernach gut sagen. Nicht geschossen? Also ein Theaterstreich mit dem alten Trapper, den sie Dick Hammerdull nennen? Lächerlich, rein lächerlich! Aber ob du geschossen hättest oder nicht, das bleibt sich gleich, mein Junge. Du hast die Büchse auf einen Westmann gerichtet und damit nach Savannenrecht die Klinge erworben. Jetzt zähle ich: Eins, zwei...«

Der Überwältigte machte eine kraftvolle, aber vergebliche Anstrengung, loszukommen.

»Stecht nicht, Master, der Colonel ist mein Oheim!«

Der Trapper nahm das Messer zurück, doch ohne den Gegner freizugeben. »Der Colonel? Euer Oheim? Das sagt, wem Ihr wollt, ich aber will mich bedenken, ehe ich es glaube!«

»Es ist so. Er würde Euch wenig Dank wissen, wenn er hörte, was Ihr mir getan!«

»So! Hm! Na, ob Ihr wirklich sein Neffe seid oder nicht, das bleibt sich gleich, ich hätte Euch doch bloß ein wenig gekitzelt, um Euch eine gute Lehre zu geben. Einem Greenhorn geht mein Messer nicht ans Leben, dazu ist's zu gut. Steht auf!«

Er erhob sich und trat zu seinem Tisch zurück, auf den er vorhin die Büchse geworfen hatte. Sie aufnehmend, begann er, den abgeschossenen Lauf von neuem zu laden. Sein Gesicht glänzte vor Liebe und Sorgfalt, und seine kleinen, leuchtenden Augen waren mit einem Blick auf das alte Schießzeug gerichtet, der deutlich bekundete, daß die Waffe ihm an das Herz gewachsen sei.

»Ja, ein Gewehr wie die Mary gibt's nicht gleich wieder!« meinte der Wirt, der dem Vorgang in aller Seelenruhe zugeschaut hatte und sich wenig um den Rauch kümmerte, welcher das Gemach erfüllte.

»Will es meinen, alter Brandythinner*«, meinte Hammerdull wohlgefällig. »Die Mary ist gut und stets bei der Hand, wenn ich sie brauche.«

»Sag, Dick, warum du ihr gerade diesen Namen gegeben hast!«

* Brandythinner: Branntweinpanscher (to thin = verdünnen).

»Warum? Hm, das bleibt sich gleich, aber als ich noch in den ersten Leggings herumstolperte, da kannte ich eine, das war die Mary Kroners, ein Mädchen wie – wie, na wie es keine andere geben konnte. Die wurde von den Indsmen ausgelöscht, die ihres Vaters Farm überfielen, und seit diesem Tag ist Dick Hammerdull hinter ihnen her und kennt keine größere Freude, als eine Rothaut auszublasen. Eine Mary aber muß er haben, soll da die Büchse etwa anders heißen, he?«

In diesem Augenblick öffnete sich die Tür geräuschlos, und ohne daß die an den Fenstern Sitzenden das Kommen von irgend jemandem bemerkt hatten, trat leisen, unhörbaren Schrittes ein Mann ein, den man trotz der Trapperkleidung auf den ersten Blick als Indianer erkennen mußte.

Sein Gewand war sauber und sichtlich gut gehalten, eine außerordentliche Seltenheit von einem Angehörigen seiner Rasse. Sowohl der Jagdrock als auch die Leggings waren aus weichgegerbtem Büffelkalbleder, in dessen Bereitung die Indianerfrauen Meisterinnen sind, höchst sorgfältig gearbeitet und an den Nähten zierlich ausgefranst, die Mokassins waren aus Elenhaut*, und nicht in fester Fußform, sondern in Bindestücken gefertigt, was dieser Art von Fußbekleidung neben erhöhter Dauerhaftigkeit auch eine größere Bequemlichkeit verleiht. Die Kopfbedeckung fehlte, an ihrer Stelle war das reiche, dunkle Haar in einen Knoten geschlungen, der turbanartig auf dem stolz erhobenen Haupt

---

* Elen: Elch.

thronte. Der Sohn der Wildnis hatte verschmäht, seine kühne Stirn zu bedecken.

Nachdem sein dunkles, scharfes Auge mit adlerartigem Blick über die Gesellschaft geflogen war, schritt er zu dem Tisch, an dem Dick Platz genommen hatte. Er kam gerade zu dem Unrechtesten, denn dieser hatte soeben an die gemordete einstige Geliebte gedacht und sich auf seinen Grimm besonnen.

»Was willst du hier bei mir, Rothaut? Dieser Platz ist mein. Geh, such dir einen anderen!«

»Der rote Mann ist müde, sein weißer Bruder wird ihn ruhen lassen!« antwortete der Indianer mit sanfter Stimme.

»Müde oder nicht, das bleibt sich gleich. Ich kann dein rotes Fell nicht leiden!«

»Ich bin nicht schuld daran, der große Geist hat mir's gegeben.«

»Von wem du es hast, das bleibt sich gleich, geh fort, ich mag dich nicht!«

Der Indianer nahm die Büchse von der Schulter, stemmte den Kolben auf den Boden, legte die gekreuzten Arme über die Mündung des Laufes und fragte, jetzt ernster werdend: »Ist mein weißer Bruder der Herr von diesem Haus?«

»Das geht dich nichts an.«

»Du hast recht gesagt, es geht mich nichts an und dich nichts, darum darf der rote Mann grad so sitzen wie der weiße.«

Er ließ sich nieder. Es lag in der nachdrücklichen Art und Weise, wie er dies sagte, etwas, was dem mürrischen Trapper imponieren mochte. Er ließ ihn jetzt gewähren.

Der Wirt trat herbei.

»Was willst du hier in meinem Haus?«

»Gib mir Brot zu essen und Wasser zu trinken!«

»Hast du Geld?«

»Wenn du in mein Wigwam kämst und um Speise bätest, wurde ich sie dir ohne Geld geben. Ich habe Gold und Silber.«

Das Auge des Wirtes blitzte auf. Ein Indianer, der Gold und Silber hat, ist eine willkommene Erscheinung an jedem Ort, wo das verderbliche Feuerwasser zu haben ist. Er ging und kehrte bald mit einem mächtigen Krug Branntwein zurück, das er neben dem bestellten Brot vor den Gast setzte.

»Der weiße Mann irrt, solches Wasser habe ich nicht begehrt!«

Erstaunt blickte ihn der Wirt an. Er hatte noch niemals einen Indianer gesehen, der dem Geruch des Spiritus hätte zu widerstehen vermocht.

»Was denn für welches?«

»Der rote Mann trinkt nur das Wasser, das aus der Erde kommt.«

»So kannst du hingehen, wo du hergekommen bist. Ich bin hier, um Geld zu verdienen, nicht aber, um deinen Wasserträger zu machen! Bezahl das Brot und troll dich fort!«

»Dein roter Bruder wird bezahlen und gehen, doch nicht eher, als du ihm verkauft hast, was er noch braucht.«

»Was willst du noch?«

»Du hast ein Store, wo man kaufen kann?«

»Ja.«

»So gib mir Tabak, Pulver, Kugeln und Feuerholz.«

»Tabak sollst du haben, Pulver und Kugeln aber verkaufe ich an keinen Indsman.«

»Warum nicht?«

»Weil sie Euch nicht gehören.«

»Deinen weißen Brüdern aber gehören sie?«

»Das will ich meinen!«

»Wir alle sind Brüder, wir alle müssen sterben, wenn wir kein Fleisch schießen können, wir alle müssen Pulver und Kugeln haben. Gib mir, um was ich dich gebeten habe!«

»Du bekommst sie nicht!«

»Ist das dein fester Wille?«

»Mein fester!«

Sofort hatte ihn der Indianer mit der Linken bei der Kehle und zückte mit der Rechten das blitzende Bowiemesser.

»So sollst du auch deinen Brüdern nicht mehr Pulver und Kugeln geben. Der große Geist läßt dir nur einen einzigen Augenblick noch Zeit. Gibst du mir, was ich will oder nicht?«

Die Jäger waren aufgesprungen und machten Miene, sich auf den mutigen Wilden zu stürzen, unter dessen eisernem Griff sich der Wirt stöhnend wand. Er aber hielt sich rückenfrei und rief, den Kopf stolz emporwerfend, mit dröhnender Stimme: »Wer wagt es, Winnetou, den Häuptling der Apachen, anzutasten?!«

Das Wort hatte eine überraschende Wirkung.

Kaum war es ausgesprochen, so traten die Angriffsbereiten mit allen Zeichen der Achtung und Ehrerbietung von ihm zurück. Winnetou war ein Name, der selbst dem kühnsten Jäger und Fallensteller Respekt einflößen mußte.

Der Indianer war der berühmteste Häuptling der Apachen, deren bekannte Feigheit und Hinterlist ihnen früher unter ihren Feinden den Schimpfnamen »Pimo« zugezogen hatte, doch seit er zum Anführer seines Stammes gewählt worden war, hatten sich die Feiglinge nach und nach in die geschicktesten Jäger und verwegensten Krieger verwandelt, ihr Name wurde gefürchtet weit über den Kamm des Gebirges herüber, ihre mutigen Unternehmungen waren stets vom besten Erfolg begleitet, obgleich sie nur in geringer Männerzahl und mitten durch feindliches Gebiet hindurch ihre Streifzüge bis in den fernen Osten hinein ausdehnten, und es gab eine Zeit, in der an jedem Lagerfeuer und im kleinsten Barraum ebensowohl wie im Salon des feinsten Hotels Winnetou mit seinen Apachen den stehenden Gegenstand der Unterhaltung bildete. Jedermann wußte, daß er schon öfters ganz allein und ohne alle Begleitung außer derjenigen seiner Waffen über den Mississippi herübergekommen war, um die »Dörfer und Hütten der Bleichgesichter« zu sehen und mit dem »großen Vater der Weißen«, dem Präsidenten in Washington, zu sprechen. Er war der einzige Häuptling der nicht unterjochten Stämme, der den Weißen nicht übel wollte, und es ging die Rede, daß er sogar ein sehr enges Freundschaftsbündnis mit Fire-gun, dem berühmtesten Trapper und Pfadfinder des Westens, geschlossen habe.

Niemand wußte zu sagen, woher dieser weit und breit bekannte und von allen Indianern gefürchtete Jäger stammte. Er hielt nur einige wenige Auserwählte um sich versammelt, tauchte bald hier und bald da mit ihnen auf, und wo einmal von so einem echten, rechten Trapperstück erzählt wurde, da war sein Name gewiß mit dabei. Es waren Berichte über ihn im Schwange, an deren Wahrheit man fast hätte zweifeln können, da er nach ihnen immer neue Abenteuer ausführte, bei denen ein anderer ganz sicher zugrunde gegangen wäre, und die ihn mit einem Nimbus umhüllten, dessen Zauber sich besonders in dem allgemeinen Verlangen der Jäger, ihn kennenzulernen, kundtat. Aber das war nicht so leicht. Niemand kannte den Ort, der ihm und den Seinen als Sammelplatz und Ausgangspunkt ihrer Streifereien diente, und ebensowenig vermochte man den Zweck zu bestimmen, der ihn im Wilden Westen hielt. War er einmal in irgendeiner Ansiedlung erschienen, so hatte er ganz gewiß nicht mehr Felle mitgebracht, als zum Eintauschen von Proviant und Munition unumgänglich notwendig war, und war dann stets sofort wieder spurlos verschwunden. Er gehörte also jedenfalls nicht zu den Jägern, die sich durch die Jagd die Mittel zu einem späteren gemütlichen Leben zu erwerben trachten, er mußte vielmehr ganz andere Absichten verfolgen, über die aber nichts verlautete, weil er nie Umgang pflog und jedem Versuch der Annäherung behutsam aus dem Wege ging.

»Laß los«, rief der Wirt. »Wenn du Winnetou bist, so sollst du alles haben, was du verlangst!«

»Hugh!« tönte es in befriedigtem Gutturalton. »Der große Geist läßt dir dies Wort sagen, du Mann mit den roten Haaren, sonst hätte ich dich zu deinen Vätern versammelt und jeden dazu, der es verhindern wollte!«

Er gab ihn frei und trat, während Winklay hinausging,

um im Vorratsraum nach dem Verlangten zu suchen, zu Hammerdull heran.

»Warum sitzt der weiße Mann hier und feiert, während den roten Feinden nach seinem Wigwam verlangt?«

Dick sah vom Glas auf.

»Ob ich hier sitze oder woanders, das bleibt sich gleich. Kennt mich der große Häuptling der Apachen?«

»Winnetou hat dich noch nicht gesehen, aber er erblickt das Zeichen seines tapferen Freundes und weiß nun, daß du einer seiner Männer bist. Soll Fire-gun, der große Jäger, allein um die Skalps der Oglala kämpfen, die nach ihm suchen?«

»Oglala?« Dick Hammerdull schnellte in die Höhe, als habe er eine Klapperschlange unter dem Tisch erblickt, und auch Pitt Holbers stand mit einem einzigen Schritt seiner langen Beine vor dem Indianer. »Was weiß der rote Mann von den Oglala?«

»Eile zu deinem Häuptling, du wirst es bei ihm erfahren!«

Er wandte sich um zu dem Wirt, der wieder eingetreten war, knüpfte die Pulver-, Kugel- und Proviantbeutel vom Gürtel los, ließ sich diese füllen und fuhr dann mit der Hand unter das weißgraue Jagdhemd.

»Winnetou wird geben dem Mann mit den roten Haaren auch rotes Metall!«

Winklay nahm die Bezahlung in Empfang und betrachtete das schwere Stück mit unverkennbarem Entzücken.

»Gold, echtes, blankes, massives Gold, vierzig Dollars unter Brüdern wert! Indsman, wo hast du es her?«

»Pshaw!«

Er sprach das Wort mit geringschätzigem Achselzucken aus und war im nächsten Augenblick aus der Stube verschwunden.

Der Wirt sah die anderen mit offenem Mund an.

»Hört, Gentlemen, der rote Halunke scheint mehr Gold zu besitzen als wir alle miteinander. Habe mein Pulver noch nie so gut bezahlt erhalten wie von ihm. Wäre doch der Mühe wert, ihm einmal nachzugehen, denn daß er von dieser Sorte noch mehr bei sich führt und sein Pferd hier irgendwo stecken hat, das ist so sicher wie die Klinge am Griff!«

»Wollt's Euch nicht raten, Mann«, antwortete Dick Hammerdull, indem er sich zum Gehen rüstete. »Winnetou, der Apache, ist nicht derjenige, der sich auch nur ein Schrotkorn nehmen läßt. Ob er Gold hat oder nicht, das bleibt sich gleich, aber bekommen tut es keiner!«

Auch Pitt Holbers warf seine Rifle über die Schulter und meinte: »Müssen fort, Dick, fort, so rasch wie möglich. Der Indsman ist allwissend, und mit den Hunden von Oglala, hol sie der Teufel, muß es also seine Richtigkeit haben. Aber was wird denn nun mit den Männern dort, he?«

Er zeigte bei diesen letzten Worten auf die Fremden.

»Hab gesagt, daß sie mitgehen, und wird auch so bleiben!« antwortete der Dicke und wandte sich zu dem Schwarzbärtigen.

»Wenn Ihr Sam Fire-gun sehen wollt, so ist's jetzt Zeit aufzubrechen, aber sagt vorher erst, wie Ihr heißt! Ob Ihr einen Namen habt oder nicht, das bleibt sich zwar ganz gleich, aber man muß doch wissen, wie man Euch zu nennen hat.«

Der Gefragte erhob sich, um sich mit seinem Begleiter den beiden Trappern anzuschließen.

»Ich heiße Sander, Heinrich Sander und bin Deutscher von Geburt.«

»Ein Deutscher? Hm, ob Ihr ein Chinese seid oder ein Großtürke, das bleibt sich gleich, da Ihr aber ein Deutscher seid aus Germany da drüben, so ist es mir um so lieber und auch besser für Euch, denn die Deutschen sind brave Männer, kenne sie und bin manchem von ihnen begegnet, der die Büchse zu halten verstand, daß er den Büffel ins Auge traf. Vorwärts also, Mann. Wir müssen lange Beine reiten!«

Die vier Männer traten ins Freie. Dort steckte Hammerdull die Finger in den Mund und stieß einen gellenden Pfiff aus, auf den hin zwei aufgezäumte Pferde hinter der Fenz hervorgetrabt kamen.

»So, da sind die Tiere. Nun hinauf und fort, Master Sander und — ja, wie soll man denn Euch nennen?« fragte er den anderen.

»Peter Wolf heiße ich«, antwortete dieser.

»Peter Wolf? Verteufelt miserabler Name! Es ist zwar ganz gleich, ob Ihr John oder Tim oder meinetwegen Bill heißt, aber Peter Wolf, das bricht einem ja die Zunge entzwei und schiebt die Zähne auseinander. Na also, steigt auf und macht, daß wir in den Wald und dann in die Prärie hineinkommen!«

»Wo ist denn der Indianer hin?« fragte Sander.

»Der Apache? Wo der hin ist, das ist ganz egal, das bleibt

sich sogar gleich. Er weiß am besten, wohin er zu gehen hat, und ich wette meine Stute gegen einen Ziegenbock, daß wir ihn grad da wiedertreffen, wo er es für gut hält und wo wir ihn am nötigsten brauchen.«

Die Wette hätte ihre lustige Seite gehabt, denn es wäre gar mancher wohl schwerlich bereit gewesen, einen guten, wohlgehaltenen Ziegenbock gegen die alte, steifbeinige Stute zu setzen, die jedenfalls eine ansehnliche Reihe von Jahren auf dem messerscharfen Rücken trug und eher einem Bastard zwischen Ziege und Esel als einem brauchbaren Pferd ähnlich sah. Ihr Kopf war unverhältnismäßig groß, schwer und dick, von einem Schwanz war absolut keine Rede mehr, denn wo früher vielleicht ein kräftiger Haarschweif herabgehangen hatte, da ragte jetzt ein kurzer, spitzer und knochiger Stummel in die Höhe, an dem man selbst bei Anwendung eines Mikroskops nicht eine einzige Haarspur entdeckt hätte. Ebenso fehlte die Mähne vollständig. An ihrer Stelle war ein wirrer, schmutziger Flaumfederstreifen zu erkennen, der zu beiden Seiten des Halses in die langzottige Wolle überging, mit der der knochendürre Leib bedeckt war. An den mühsam zusammengehaltenen Lippen konnte man erkennen, daß das liebe Tier wohl keinen einzigen Zahn mehr besitze, und die kleinen, tückisch schielenden Augen ließen vermuten, daß Mirjam, wie Hammerdull seine Stute nannte, einen nicht sehr liebenswürdigen Charakter hatte.

Doch hätte nur der im Westen Unbekannte über die alte Rosinante lächeln können. Diese Art von Tieren hat gewöhnlich ein halbes Menschenalter hindurch dem Reiter in Not und Gefahr gedient, in Wind und Wetter, in Sturm,

Schnee, Hitze und Regen treu und mutig zu ihm gehalten, ist ihm daher an das Herz gewachsen und besitzt selbst noch im hohen Alter schätzenswerte Eigenschaften, die ihn nicht leicht zu einem Wechsel schreiten lassen. So wußte jedenfalls auch Dick Hammerdull, warum er seine Mirjam beibehielt und nicht einen jungen, kräftigen Mustang an ihrer Stelle unter den Sattel nahm.

Auch Pitt Holbers war nicht sehr prachtvoll beritten. Er saß auf einem kleinen, kurzen und dicken Hengst, der so niedrig war, daß die langen, unendlichen Beine des Reiters fast an der Erde schleiften. Doch waren trotz der nicht geringen Last die Bewegungen des Tieres so leicht und zierlich, daß man ihm schon etwas zutrauen durfte.

Was die Pferde der beiden anderen betraf, so stammten sie offenbar aus einer ruhigen Farm des Ostens und hatten also die Aufgabe, ihre Brauchbarkeit im Laufe der Zeit erst noch zu beweisen.

Der scharfe Ritt ging bis gegen Abend hin durch den hohen Wald. Sodann erreichte man die offene Prärie, die von gelbblühendem Helianthus bedeckt sich wie ein prachtvoller Teppich nach allen Seiten hin erstreckte und in einer weiten, unendlichen Ebene gegen den graugefärbten Horizont verlief.

Die Pferde hatten sich heute ausgeruht, und so konnte man noch ein gutes Stück in die Savanne hineinreiten, ehe ein Nachtlager errichtet wurde. Erst als die Sterne schon am Himmel standen und der letzte Strahl der Sonne längst verschieden war, hielt Hammerdull seine Mirjam an.

»Stop«, meinte er, »hier hat der Tag ein Ende, und wir

können uns ein wenig in unsere Decken wickeln! Meinst du nicht, Pitt Holbers, altes Coon?«

Coon ist die gebräuchliche Abkürzung von Racoon* und wird zwischen den Jägern unter allerlei Bedeutung gern als Anrede gebraucht.

»Wenn du denkst, Dick«, antwortete brummend der Gefragte, indem er unternehmend in die Ferne schaute. »Aber wäre es nicht besser, wir legten noch eine Meile hinter uns oder drei und fünf? Beim Colonel sind jedenfalls vier tüchtige Arme und zwei gute Büchsen notwendiger als hier auf der Wiese, wo die Käfer summen und die Nachtfalter einem um die Nase streichen, als gäb es in der ganzen Welt keine Rothaut auszulöschen.«

»Das mit den Käfern und Rothäuten, das bleibt sich gleich. Wir haben hier zwei Männer, die die Savanne noch nicht gekostet haben, und müssen ihnen Ruhe gönnen. Sieh nur, wie hier der Braune von Peter Wolf – verdammt schwerer Name –, also, wie der Braune schnauft, als hätte er den Niagarafall in der Kehle! Und der Fuchs, auf dem der Sander hängt, dem tropft ja das Wasser aus dem Bart. Herab also, mit Tagesgrauen geht's weiter!«

Die beiden Deutschen waren des langen Reitens ungewohnt und also wirklich müde geworden. Sie leisteten dem Aufruf augenblicklich Folge. Die Pferde wurden an den langen Lassos angepflockt, und nachdem man ein frugales Abendbrot zu sich genommen und die Wachen bestimmt hatte, legte man sich in den weichen Rasen.

---

* Racoon: Waschbär.

Am Morgen ging es weiter. Die beiden Trapper waren schweigsame Männer, die nicht gern ein Wort mehr sprachen als unumgänglich notwendig war, man befand sich ja jetzt nicht mehr im sicheren Store, wo man diese oder jene Geschichte unbesorgt vom Stapel lassen konnte, sondern in der Savanne, wo man keinen Augenblick ohne Vorsicht und sorgfältige Umschau vergehen lassen durfte. Die Nachricht, die Winnetou gebracht hatte, war geeignet genug, selbst redseligere Zungen im Zaum zu halten. So kam es, daß Sander die Erkundigungen, die er während des ganzen Tages auf den Lippen gehabt hatte, zurückhielt, und als er sie am Abend auf dem Lagerplatz aussprechen wollte, fand er so verschlossene Ohren, daß er sich unbefriedigt in seine Decke wickelte und den Schlaf suchte.

So ging es mehrere Tage fast wortlos, aber in immer gleicher Eile in die Prärie hinein, bis am fünften Tag gegen Abend Hammerdull, der an der Spitze ritt, plötzlich sein Pferd anhielt und im nächsten Augenblick im Gras kauerte, um den Boden mit sichtlicher Aufmerksamkeit zu betrachten.

»Have a care, Pitt Holbers, wenn hier nicht einer vor noch ganz kurzer Zeit geritten ist, so lasse ich mich von dir auffressen. Steig ab und komm herbei!«

Holbers trat mit dem linken Bein auf die Erde, zog dann das rechte über den Rücken seines dicken Hengstes herüber und bückte sich, um die Spur zu prüfen.

»Wenn du denkst, Dick«, brummte er zustimmend, »so meine ich, daß es ein Indianer gewesen ist.«

»Ob es eine Rothaut gewesen ist oder nicht, das bleibt

sich gleich, aber das Pferd eines Weißen gibt eine andere Spur als diese da. Steig wieder auf und laß mich machen.«

Er verfolgte zu Fuß die Hufeindrücke, während seine erfahrene und verständige Mirjam langsam und freiwillig hinter ihm hertrollte. Nach einigen hundert Schritten blieb er stehen und wandte sich zurück. »Steig wieder ab, altes Coon, und sage mir, wen wir da vor uns haben!« Er deutete mit dem Zeigefinger auf die Erde. Holbers bog sich herab und unterwarf die Stelle einer sehr genauen Prüfung.

»Wenn du denkst, Dick, daß es der Apache ist, so sollst du recht haben. Dieselben ausgezackten Fransen, wie hier eine an dem Kaktus hängt, trug er damals im Store an den Mokassins. Ich habe dergleichen noch bei keiner Rothaut bemerkt, da sie gewöhnlich nur grad ausgeschnitten werden. Er ist hier abgestiegen, um sich irgend etwas anzusehen, und dabei haben ihm die Stacheln die Franse abgerissen. Ich denke — behold, Dick, schau hier rechts! Was für Füße sind das wohl gewesen?«

»Bei deinem Bart, Pitt, das ist ein scoundrel, so ein Schuft von Indsman, der von seitwärts kam und hier abgebogen ist, was meinst du?«

»Hm! Der Apache hat ein heidenmäßig scharfes Auge, ihm ist wahrhaftig gleich die erste Spur des Mannes ins Gesicht gefallen, und wer weiß, wie lange wir schon auf der seinigen herumgeschnobert sind, ohne sie zu bemerken.«

»Ob wir sie bemerkt haben oder nicht, das bleibt sich gleich. Wir haben sie ja gefunden, und das ist genug. Aber eine Rothaut läuft nicht so einzeln hier mitten in der Savanne herum. Er wird in der Nähe seine Mähre stehen haben, und nicht weit davon sicher eine ganze Anzahl Pfeilmänner, und führt irgendeine Teufelei im Schilde. Laßt uns einmal Umschau halten, ob nicht dieses oder jenes zu bemerken ist.«

Er suchte den Horizont sorgfältig ab und schüttelte dann unbefriedigt den Kopf.

»Hört, Sander, Ihr habt da ein Futteral an der Seite hängen. Warum macht Ihr es nicht auf? Steckt etwa ein Vogel drin, der Euch nicht fortfliegen soll?«

Sander öffnete das Etui, zog ein Fernrohr hervor und reichte es dem Trapper vom Pferd herab. Dieser stellte es ein, brachte es vor das Auge und begann seine Untersuchung von neuem.

Nach kurzer Zeit zog er die Augenbrauen zusammen und meinte mit listigem Blinzeln: »Hier hast du einmal das Glas, Pitt Holbers. Sieh da hinauf, und sage mir, was das für eine lange, gerade Linie ist, welche sich von Osten her längs des nördlichen Horizontes bis hinüber nach Westen zieht?«

Holbers folgte der Weisung. Dann nahm er das Rohr vom Auge und rieb sich bedachtsam seine lange, scharfe und spitze Nase.

»Wenn du denkst, Dick, daß es die Railway ist, die Eisenbahn, die sie da hinüber nach Kalifornien gelegt haben, so bist du nicht so dumm, wie man denken sollte.«

»Dumm? Dick Hammerdull und dumm! Kerl, ich kitzle dich mit meiner Klinge zwischen die Rippen, daß dir der lange Atem wie ein morsches Schiffstau aus dem großen Maul läuft. Dick Hammerdull und dumm! Hat man jemals so etwas gehört? Übrigens, ob er dumm ist oder nicht, das bleibt sich gleich, aber wer ihn für billiger kaufen will, als er ist, der mag wohl zusehen, daß er sich nicht verrechnet. Was aber hat denn eigentlich die Railway mit der Rothaut zu tun, die von da hinübergeschlichen ist, Pitt Holbers, du Ausbund von allen möglichen Arten der Weisheit, he?«

»Hm, wann kommt wohl der nächste Zug, Dick?«

»Weiß nicht genau, denke aber, daß er noch heute hier vorübergeht.«

»Dann haben es die Roten sicher auf ihn abgesehen.«

»Sollst recht haben, altes Coon. Aber von welcher Seite wird er kommen — von hüben oder von drüben?«

»Da mußt du nach Omaha und San Franzisko gehen, wo man dir Auskunft geben wird, auf meinem Rock aber klebt kein Tarif!«

»Will's dem alten Fetzen auch nicht zumuten. Doch, ob er vom Osten kommt oder vom Westen, das bleibt sich gleich, wenn er nur kommt, dann haben sie ihn. Ob wir aber ruhig zugeben, daß sie ihn anhalten und den Passagieren Skalp und Leben nehmen, das ist eine andere Sache. Was sagst du dazu?«

»Halte es ganz für unsere Pflicht, ihnen einen Strich übers Gesicht zu machen.«

»Ganz meine Meinung. Also abgestiegen und vorwärts. Ein Mann hoch zu Roß wird von den Spürnasen eher bemerkt als einer, der fein demütig den Weg unter die eigenen Füße nimmt. Wollen doch sehen, in welchem Loch sie stecken. Aber schußfertig halten, Ihr Männer, denn wenn sie uns bemerken, dann ist die Büchse das erste, was wir brauchen!«

Sie schlichen sich langsam und mit außerordentlicher Vorsicht vorwärts. Die Spuren, denen sie folgten und denen sich auch diejenigen des Apachen beigesellt hatten, führten erst an die Trasse der Bahn und dann dieser immer entlang, bis man von fern einige wellenförmige Erhöhungen des Bodens bemerkte.

Jetzt hielt Dick Hammerdull wieder an.

»Wo die Schufte stecken, das bleibt sich natürlich gleich, aber ich lasse mich so lang braten, bis ich so hart und dürr geworden bin wie Master Holbers, wenn sie sich nicht dort hinter das Zwerggebirge zurückgezogen haben. Wir können nicht weiter, denn ...«

Das Wort blieb ihm im Mund stecken, aber im selben Augenblick hatte er seine alte Büchse an der Wange, senkte sie jedoch auch sofort wieder. Über die jenseitige Böschung des Bahndammes hatte sich eine Gestalt erhoben, schnellte sich mit katzenhafter Geschmeidigkeit über den Schienenweg herüber und stand im nächsten Moment vor den vier Männern. Es war der Apache.

»Winnetou hat die guten Bleichgesichter kommen sehen. Sie haben die Spur des Oglala entdeckt und werden das Feuerroß retten vor dem Untergang.«

»Heigh-day«, meinte Hammerdull, »ein Glück, daß es kein andrer war, denn er hätte meine Kugel geschmeckt, und wir hätten uns durch den Schuß verraten! Aber wo hat der Häuptling der Apachen sein Pferd? Oder befindet er sich ohne Tier im wilden Land?«

»Das Pferd des Apachen ist wie der Hund, der sich gehorsam niederstreckt und wartet, bis sein Herr zurückkehrt.

Er hat gesehen die Oglala vor vielen Sonnen und ist gegangen an den Fluß, den seine weißen Brüder Arkansas nennen, weil er glaubte, zu sehen seinen Freund Sam Fire-gun, den großen Jäger, der nicht im Wigwam war. Dann ist er wieder den bösen roten Männern gefolgt und wird nun warnen das Feuerroß, damit es nicht stürzt auf dem Pfad, den sie ihm zerstören wollen.«

»Luck-a-day!« dehnte Pitt Holbers. »Ei seht doch, wie klug die Halunken es anfangen! Wenn man nur wüßte, von welcher Seite der nächste Zug kommt!«

»Das Feuerroß wird kommen von Osten, denn das Roß von Westen ging vorüber, als die Sonne dem Häuptling der Apachen über dem Scheitel stand.«

»So wissen wir, nach welcher Richtung wir uns zu wenden haben. Aber wann wird der Zug diese Gegend passieren? Pitt Holbers, wie steht es?«

»Hm, wenn du denkst, Dick, daß ich trotzdem einen Tarif habe, so sage mir vor allen Dingen, wo er eigentlich stecken soll!«

»In deinem Kopf sicher nicht, altes Coon, denn da sieht es aus wie im Llano estacado, wie sie da unten die Gegend nennen, in der es nichts gibt als Staub und Stein und höchstens einmal Stein und Staub. Doch schaut, Ihr Leute, dort geht die Sonne unter, in einer Viertelstunde ist es finster, und wir können die roten Spitzbuben beobachten, was sie...«

»Winnetou ist gewesen hinter ihrem Rücken«, unterbrach ihn der Apache, »und hat gesehen, daß sie den Pfad von der Erde rissen und ihn über den Weg des Feuerrosses legten, damit es stürzen solle.«

»Sind es viele?«

»Nimm ihrer zehn mal zehn und du hast noch nicht die Hälfte der Krieger, die an der Erde liegen, um auf das Kommen der Bleichgesichter zu harren. Und der Pferde sind noch viel mehr, denn alles Gut, das sich auf den Feuerwagen befindet, soll auf die Tiere geladen und fortgeführt werden.«

»Sie sollen sich verrechnet haben! Was gedenkt der Häuptling der Apachen zu tun?«

»Er wird bleiben an diesem Ort, um die roten Männer zu bewachen. Meine weißen Brüder sollen dem Feuerroß entgegenreiten und seinen Lauf in der Ferne hemmen, damit die Kröten von Oglala nicht sehen, daß es sein Feuerauge schließt und stehenbleibt.«

Der Rat war gut und wurde sofort befolgt. Es war den Männern unbekannt, zu welcher Zeit der Zug kommen mußte, das konnte an jedem Augenblick geschehen, und da zur Warnung, wenn die Oglala nichts bemerken sollten, ein bedeutender Vorsprung nötig war, so gab es Gefahr im Verzug. Winnetou blieb also zurück, und die vier anderen saßen wieder auf und bewegten sich längs des Schienengleises in scharfem Trab nach Osten zu.

Sie waren wohl fast eine Viertelstunde geritten, da hielt Hammerdull seine Stute an und blickte seitwärts.

»Good luck«, meinte er, »liegt dort nicht etwas im Gras, gerade wie ein Hirsch oder – ah, Pitt Holbers, sag doch einmal, was für ein Viehzeug es wohl sein wird!«

»Hm, wenn du denkst, Dick, daß es das Pferd des Apachen ist, das hier wie angespießt liegen bleibt, bis es von seinem Herrn abgeholt wird, so will ich dir beistimmen!«

»Erraten, altes Coon! Aber komm, wir wollen den Mustang nicht aufscheuchen, denn wir haben Besseres zu tun. Ob wir den Zug treffen oder nicht, das bleibt sich gleich, aber warnen müssen wir ihn, und je weiter entfernt dies geschieht, desto besser ist es. Die roten Schufte dürfen nicht an den Lichtern sehen, daß er hält und also ihr Vorhaben verraten ist!«

Wieder ging es vorwärts. Die Tageshelle verschwand schnell, da es in jenen Gegenden eine nur sehr kurze Dämmerung gibt, und noch war nicht viel über eine halbe Stunde vergangen, so hatte sich die Dunkelheit des Abends über die weite Prärie gesenkt, und die Sterne begannen ihre matten Strahlen herabzusenden. Ein wenig Mondschein wäre den Reitern für jetzt willkommen gewesen, da er aber später die Annäherung an die Indianer erschwert hätte, so war es ihnen ganz recht, daß der nächtliche Beleuchter der Erde sich eben in einer dunklen Phase befand und keine Spur seines magischen Schimmers bemerken ließ.

Bei dem durchdringenden Licht, das die amerikanischen Maschinen bei sich führen, war das Nahen des Zuges auf eine Entfernung von mehreren Meilen bemerkbar. Es mußte also eine Strecke zurückgelegt werden, die diese Reichweite des Lichts überstieg, darum ließ Dick Hammerdull seine Mirjam weit ausgreifen, und die anderen folgten wortlos seiner Führung.

Endlich hielt er an und sprang vom Pferd, und die drei Begleiter taten dasselbe.

»So!« meinte er, »ich denke, daß der Vorsprung nun groß

genug ist. Fesselt die Tiere und sucht ein wenig trockenes Gras zu finden, damit wir ein Zeichen geben können!«

Dem Gebot wurde Folge geleistet, und bald war ein Haufen dürrer Halme beisammen, die sich mit Hilfe von einigem aufgestreuten Pulver leicht in Brand stecken ließen.

Auf ihre Decken gelagert, lauschten nun die Männer in die stille Nacht hinein und wandten fast kein Auge von der Richtung, aus der der Zug zu erwarten war. Die beiden Deutschen konnten sich zwar alles wohl denken, was geschehen sollte, waren aber im Leben des Wilden Westens zu unerfahren, als daß sie an eine Unterbrechung der herrschenden Schweigsamkeit hätten denken wollen, und ließen daher die zwei Jäger ruhig gewähren. Außer dem Geräusch, das die grasenden Pferde verursachten, war rings kein Laut zu hören, als höchstens das leise Knistern eines auf Raub ausgehenden Deckflüglers, und die Minuten dehnten sich zu einer immer peinlicher werdenden Länge.

Da, nach einer kleinen Ewigkeit blitzte in weiter Ferne ein Licht auf, erst klein und kaum wahrnehmbar, nach und nach aber immer größer werdend und rasch an Intensität gewinnend.

»Pitt Holbers, was sagst du zu dem Johanniswurm da vorne, he?«

»Hm, dasselbe, was du schon gesagt hast, Dick Hammerdull!«

»Wohl die klügste Ansicht, die du in deinem ganzen Leben gehabt hast, altes Coon! Ob es die Lokomotive ist oder nicht, das bleibt sich gleich, aber soviel ist sicher, daß der Augenblick des Handelns bald gekommen ist. Heinrich

Sander, wenn der Zug naht, so schreit Ihr, so laut Ihr könnt, und auch Ihr, Peter Wolf — verdammt miserabler Name, er reißt einem ja den Mund entzwei! —, Ihr macht Lärm und Hallo nach Herzenslust. Das übrige werden wir schon selbst besorgen!«

Er nahm das Gras zur Hand, das er zu einer langen, starken Lunte zusammengedreht hatte, und schüttete das Pulver auf. Dann zog er seinen Revolver aus dem Gürtel.

Jetzt machte sich das Nahen der Wagen durch ein immer vernehmlicher werdendes Rollen bemerkbar, das nach und nach zu einem Geräusch anwuchs, das dem Grollen eines entfernten Donners glich.

»Streck deine ewigen Arme aus, Pitt Holbers, tu die Meilenlippen auseinander und brüll, so laut es geht, altes Coon. Der Zug ist da!« rief Hammerdull, indem er zugleich besorgt nach den Pferden blickte, die bei dem ungewohnten Phänomen schnaubend und stampfend an den Riemen zerrten, mit denen sie an die Erde befestigt waren.

»Peter Wolf — der Teufel hole diesen holprigen Namen! —, paß auf, daß uns die Tiere nicht fortgehen. Schreien könnt Ihr dabei ja auch!«

Der Augenblick war gekommen. Einen blendenden Lichtkeil vor sich herwerfend, brauste der Zug heran. Hammerdull hielt den Revolver an die Lunte und drückte los. Im Nu flammte das Pulver auf und brachte das dürre, ausgetrocknete Gras in glimmenden Brand. Die Lunte kräftig schwingend, versetzte er sie in helle Flamme und rannte, von ihrem flatternden Licht hell beleuchtet, dem Zug entgegen.

Der Maschinist mußte das Zeichen durch die Glastafel des Wetterschutzes sofort bemerkt haben, denn schon nach den ersten Schwingungen des hochlodernden Brandes ertönte ein sich rasch und scharf wiederholender Pfiff, fast in demselben Augenblick wurden die Bremsen angezogen, die Räder knirschten und schrien in der Hemmung, und mit donnerndem Dröhnen flog die lange Wagenreihe an den vier Männern vorüber, die dem seine Geschwindigkeit nun zusehends verringernden Zug nachsprangen.

Endlich hielt er. Ohne zunächst die sich von ihren erhöhten Plätzen herabbeugenden Beamten zu beachten, eilte Hammerdull trotz seiner Dicke an den Wagen vorbei bis vor die Lokomotive, warf seine Decke, die er von der Erde aufgerafft hatte, vorsorglich über die Laternen und Scheinwerfer und rief zu gleicher Zeit mit möglichst lauter Stimme: »Lichter aus, macht den Zug dunkel.«

Sofort verschwanden alle Laternen. Die Angestellten an der Pacificbahn sind geistesgegenwärtige und schnell gefaßte Leute. Sie konnten sich denken, daß der Ruf seinen guten Grund habe, und folgten ihm augenblicklich.

»'s death!« rief es nun von der Maschine herab; »warum verdeckt Ihr unsere Flamme, Mann? Ich hoffe nicht, daß da vorn irgend etwas los ist! Wer seid Ihr, und was hat Euer Signal zu bedeuten?«

»Wir müssen im Finstern sein, Sir«, antwortete der umsichtige Trapper, »es sind Indsmen vor uns, und ich glaube sehr, daß sie die Schienen aufgerissen haben!«

»Alle Teufel! Wenn dem so ist, so seid Ihr der bravste Kerl, der jemals durch dieses verfluchte Land stolperte!«

Zur Erde herabspringend, drückte er ihm die Hand und gebot, die Wagen zu öffnen.

Nach kaum einer Minute waren die Jäger von einer Menge Neugieriger umringt und mußten sich fast wundern über die bedeutende Anzahl von Leuten, die den Coupés entstiegen, um sich über die Ursache des Aufenthaltes zu unterrichten.

»Was ist los? Was gibt es? Warum halten wir?« rief es von allen Seiten. In kurzen Worten erklärte Hammerdull die Verhältnisse und verursachte dadurch eine nicht geringe Aufregung unter den Anwesenden.

»Gut, sehr gut!« rief der Ingenieur. »Zwar bringt das eine Störung im Betrieb hervor, aber das hat nichts zu sagen gegen die prächtige Gelegenheit, den roten Halunken einmal eins auf das Fell zu brennen. Das ist in kurzer Zeit das dritte Mal, daß sie es wagen, Züge zu überfallen und auszurauben, und allemal sind es diese verdammten Oglala gewesen, dieser verteufeltste Stamm der Sioux, denen die Wildheit und Feindseligkeit nur durch eine gute Kugel ausgetrieben werden kann. Heute aber sollen sie sich geirrt haben und ihren Lohn gleich in ganzer Summe erhalten! Jedenfalls haben sie geglaubt, daß dieser Zug wie gewöhnlich viele Güter und nur fünf bis sechs Leute mit sich führe. Glücklicherweise aber haben wir einige Hundert Arbeiter geladen, die für den Brücken- und Viaduktbau droben in den Mountains bestimmt sind, und da diese braven Leute fast alle Waffen bei sich tragen, so wird uns die Sache gar nicht sehr schwer werden und nur einigen Spaß bereiten!«

Er stieg zunächst wieder auf die Maschine, um die jetzt

überflüssigen Dämpfe abzulassen, die mit gellendem Zischen den Ventilen entströmten und die Umgebung des Wagens in eine weiße Wolke hüllten. Dann sprang er herab, um Revue über die ihm zu Gebote stehenden Kräfte zu halten.

»Zunächst sagt mir einmal, wie Ihr Euch nennt, Mann! Ich muß doch wissen, wem ich die glückliche Warnung zu verdanken habe.«

»Mein Name ist Hammerdull, Sir, Dick Hammerdull, so lang ich lebe!«

»Schön! Und der andere hier?«

»Wie der heißt, das bleibt sich gleich, aber da er zufällig auch einen Namen hat, so schadet es keinem Menschen etwas, wenn Ihr ihn erfahrt. Er nennt sich Pitt Holbers, Sir, und ist ein Kerl, auf den man sich verlassen kann.«

»Und die beiden anderen? — Dieser da und der dort bei den Pferden?«

»Das sind zwei Männer aus Germany da drüben herüber, Sir, und heißen Heinrich Sander — Harry würde wohl besser klingen — und — verdammt miserabler Name! — Peter Wolf. Sprecht die beiden Worte ja nicht aus, Sir, denn Ihr werdet Euch das Genick dabei brechen!«

»Well!« lachte der Beamte. »Es ist nicht jede Zunge so commodious wie die Eurige, Master Hammerdull!«

»Hammerdull? Dick Hammerdull?« rief da eine tiefe, kräftige Stimme, und ein Mann drängte sich durch die Umstehenden herbei. »Welcome, altes Coon! Dachte dich erst im Hide-spot zu treffen und muß hier an dich rennen! Welche Angelegenheit hat dich herausgetrieben?«

»Was mich herausgetrieben hat, Colonel, das bleibt sich gleich, aber ich habe mir ein wenig Pulver, Blei und Tabak geholt für meine Mary, das Pulver und Blei nämlich, weil die Mary Eure gewöhnliche Sorte nicht vertragen kann. Der lange Pitt ist mitgegangen, wißt's schon, Colonel, zu Master Winklay, dem Irishman, und haben da zwei aus Germany mitgebracht, die Sam Fire-gun, nämlich Euch, gern sehen wollen.«

»Sam Fire-gun!« rief der Maschinist, auf den Fremden zutretend. »Seid Ihr das wirklich, Sir?«

»Man nennt mich so!« klang kurz und einfach die Antwort. Der Sprecher war ein Mann von wahrhaft riesigen Körperformen, wie man trotz der Dunkelheit zu erkennen vermochte. Er trug die gewöhnliche Trapperkleidung. Die Umstehenden hatten sich beim Nennen seines Namens wie ehrerbietig zurückgezogen.

»Good luck, Sir, dann haben wir ja ganz den richtigen Mann bei uns, dem wir das Kommando übergeben können. Wollt Ihr die Sache übernehmen?«

»Wenn die Gentlemen alle damit zufrieden sind, warum nicht!«

Ein allgemeiner Ruf der Zustimmung ließ sich ringsum vernehmen. Dem berühmtesten Jäger des Westens, dem Hunderte einmal zu begegnen wünschten, ohne ihren Wunsch in Erfüllung gehen zu sehen, und der hier so unerwartet inmitten der Leute stand, konnte und mußte man den Oberbefehl mit vollständigem Vertrauen übergeben.

»Natürlich sind sie damit zufrieden. Trefft also Eure Maßregeln so schnell wie möglich! Wir haben keine Zeit zu verlieren und dürfen die roten Mesch'schurs nicht lange auf uns warten lassen.«

»Well, Sir, nur laßt mich erst einige Worte mit diesem Mann hier sprechen! Dick Hammerdull, wer aus dem Hide-spot ist noch bei Euch beiden?«

»Keiner, Colonel! Die anderen sind daheim oder hinauf in die Berge.«

»Muß aber doch noch einer bei Euch sein, Dick, denn wie ich dich kenne, so bist du nicht von den Roten fortgelaufen, ohne ihnen einen Wachmann, einen Wächter hinzustellen.«

»Wie ich fortgelaufen bin, das bleibt sich gleich, aber wenn Ihr den Dick Hammerdull für so dumm gehalten hättet, nicht an den Wachmann zu denken, so hättet Ihr Euch verdammt geirrt in ihm, Colonel! Es steht einer da, wie es keinen besseren gibt.«

»Wer ist's?«

»Wie es keinen bessern gibt, Sir, habe ich gesagt, und das ist genug, denn es gibt nur einen einzigen, von dem sich in dieser Weise reden läßt. Sein Gaul liegt einen kleinen Ritt weit hinter ihm und wartet, bis er abgeholt wird.«

»Sein Gaul wartet? Dick Hammerdull, das könnte allerdings nur ein einziger sein, und dieser heißt Winnetou.«

»Erraten, Colonel, erraten! Der Apache traf uns da unten bei dem Irishman und warnte uns. Er hat die Spur der Oglala verfolgt und ist vorhin wieder zu uns gestoßen.«

»Winnetou, der Häuptling der Apachen?« fragte der Maschinist, während ein Gemurmel der Befriedigung durch die Menge der anderen lief. »Heigh-day, ist das heut ein Zusammentreffen. Der Mann ist ja ganz allein ein Stämmchen Jäger wert, und wenn er auf unserer Seite steht, so werden wir die roten Schufte heimschicken, daß sie an uns denken sollen. Wo steht er?«

»Ob er steht oder nicht, Sir, das bleibt sich gleich, aber er liegt ganz nahe bei den Indsmen auf der linken Seite des Schienenweges. Es muß dort noch alles in Ordnung sein, sonst wäre er hier, um uns zu warnen.«

»Gut«, meinte Sam Fire-gun, »so will ich Euch nun meine Meinung sagen: Wir bilden zwei Abteilungen, die zu beiden Seiten der Bahn sich an die Indianer schleichen. Die eine führe ich, die andere, hm, Sir, geht Ihr mit?«

»Versteht sich!« meinte der Ingenieur. »Zwar darf ich eigentlich meinen Posten nicht verlassen, aber ich mag doch nicht umsonst ein paar gesunde Fäuste besitzen, und der Heizer hier ist Manns genug, einstweilen meine Stelle zu vertreten. Ich würde es auf dem alten Feuerkasten nicht aushalten können, sobald ich Eure Büchsen knallen hörte, und gehe also mit!« Und sich zu seinem Personal wendend, fuhr er fort: »Ihr bleibt hier bei den Wagen und gebt wohl acht, man weiß zuweilen nicht, was passieren kann. — Tom!«

»Sir!« antwortete der Feuermann.

»Du verstehst ja, mit der Maschine umzugehen. Damit wir nicht erst wieder zurückzugehen brauchen, kommst du, sobald du ein Feuerzeichen erblickst, mit dem Zug nach. Aber langsam fährst du, so langsam und vorsichtig wie möglich, denn es wird jedenfalls an der Trasse auszubessern geben! — Was aber den anderen Anführer betrifft, Master Fire-gun, so hoffe ich nicht, daß Ihr ausgerechnet mich in Vorschlag bringen wollt. Ich will gern mittun, ja, aber ein Westmann bin ich nicht. Sucht Euch also einen anderen, dem Ihr die Stelle geben könnt!«

»Gut, Sir«, nickte Sam Fire-gun, »ich wollte Euch nicht gern vernachlässigen, aber ich weiß hier einen, der seine Sache ebenso gut machen wird wie ich die meine, und Ihr könnt ihm also Eure Männer ruhig anvertrauen. Dick Hammerdull, was meinst du?«

»Was ich meine, das bleibt sich gleich, Colonel, aber ich denke, Ihr werdet nichts Unrechtes bestimmen!«

»Denk's auch! Willst du die andere Hälfte führen?«

»Hm, wenn mir die Männer nachlaufen wollen, so will ich gern vorankriechen! Die Mary hat neues Pulver und Blei und wird ein sehr vernünftig Wort dort mit den Indsmen reden. Aber die Pferde, Colonel, die müssen zurückbleiben, der Mann aus Germany, der Sander, kann sie halten.«

»Fällt mir nicht ein«, entgegnete dieser kurz, »ich gehe mit!«

»Was Euch einfällt oder nicht, das bleibt sich gleich, aber wenn Ihr nicht wollt, so kann es ja der andere tun, der Peter Wolf – hol der Teufel den bockbeinigen Namen!«

Auch dieser weigerte sich, und so bekam einer der wenigen waffenlosen Arbeiter den Auftrag, die Pferde einstweilen in seine Obhut zu nehmen.

Die streitbaren Kräfte wurden geteilt. Sam Fire-gun und Dick Hammerdull stellten sich an die Spitze der beiden Abteilungen, der Zug blieb zurück, die Männer bewegten sich vorwärts, und nach wenigen Augenblicken lag tiefe

Stille über der Gegend, und nicht das leiseste Geräusch verriet, daß der auf der weiten Ebene ruhende, scheinbare Frieden die Vorbereitung einer blutigen Katastrophe in sich barg.

Zunächst wurde eine ansehnliche Strecke in aufrechter Haltung zurückgelegt, dann aber, als die Nähe des mutmaßlichen Kampfplatzes erreicht war, legten sie sich nieder und krochen, einer hinter dem anderen, auf Händen und Füßen zu beiden Seiten der Böschung entlang.

»Uff«, klang es da leise an das Ohr Sam Fire-guns.

»Die Reiter des Feuerrosses mögen hier liegen und warten, bis Winnetou, der Häuptling der Apachen, fortgeht und wiederkommt!«

»Winnetou?« fragte der Jäger, sich halb emporrichtend. »Hat mein roter Bruder die Gestalt seines weißen Freundes vergessen, daß er ihn nicht erkennt?«

»Sam Fire-gun!« klang es überrascht. »Der große Geist sei gelobt, der dem Apachen heut dein Angesicht zeigt, er mag seine Hand segnen, daß sie vernichtend falle auf die Häupter deiner Feinde! Ist mein Bruder auf dem Feuerroß geritten?«

»Ja, er hat das Gold, das er der Freundschaft des Apachen verdankt, nach Sonnenaufgang geschafft und kehrt nun zurück, um mehr zu finden. Warum wollte mein wachsamer Bruder jetzt fortgehen?«

»Die Seele der Nacht ist schwarz und der Geist des Abends dunkel und finster, Winnetou konnte nicht erkennen seinen Bruder, der am Boden lag. Aber den Mann hat er gesehen, der dort auf dem Hügel steht, um nach dem

Feuerroß zu schauen. Der Apache wird gehen, um das Auge des Oglala zu schließen, dann kehrt er zurück!«

Er war im nächsten Moment im Dunkel der Nacht verschwunden.

Die zwei berühmtesten Männer der Prärie, von der Natur so verschieden ausgestattet und doch mit gleicher Freundschaft einander ergeben, hatten sich nach langer Trennung hier wiedergefunden. Aber ihre unberührbaren Naturen kannten nicht die lauten Freudenbezeugungen, wie sie sonst zu beobachten sind, und der Augenblick des Wiedersehens nahm sie ja anderweitig so vollständig in Anspruch, daß an eine zeitraubende und geräuschvolle Begrüßung nicht zu denken war.

Trotz des nächtlichen Dunkels war auf der seitwärts liegenden, wellenförmigen Bodenerhebung eine Gestalt zu erkennen, die sich für das scharfe Auge eines Westmanns deutlich genug von dem sternenbedeckten Horizont abzeichnete. Die Oglala hatten also eine Wache ausgestellt, um nach dem Licht des nahenden Zuges zu schauen. Einem Weißen wäre es wohl schwer oder gar unmöglich geworden, unbemerkt an sie heranzukommen, Sam Fire-gun aber kannte die Meisterschaft des Apachen im Beschleichen und wußte, daß der Oglala in kurzer Zeit verschwinden werde.

Hart am Bahndamm liegend, behielt er ihn scharf im Auge und wirklich — nur wenige Minuten waren vergangen, so fuhr neben dem Wachehaltenden eine Gestalt blitzschnell in die Höhe, beide lagen im Nu auf der Erde — das Messer des Apachen hatte seine Schuldigkeit getan.

Dieser kehrte erst nach längerer Zeit zurück, er hatte die

Indianer umschlichen und ihre Stellung in Augenschein genommen. Jetzt stattete er Sam Fire-gun seinen Bericht ab.

Die Oglala hatten einige Schienen herausgerissen und diese samt den Schwellen quer über das Bahngleis gelegt. Der Zug hätte mitsamt seinen Passagieren ein fürchterliches Schicksal gehabt, wenn er ungewarnt an diese Stelle gekommen wäre. Sie lagen seitwärts von dieser Stelle in lautloser Stille am Boden, während noch eine Strecke weiter zurück ihre Pferde angepflockt waren. Die Gegenwart dieser Tiere machte das Beschleichen der Indianer von dieser Seite fast zu einer Unmöglichkeit, da das Pferd der Prärie an Wachsamkeit den Hund fast übertrifft und die Annäherung jedes lebenden Wesens seinem Herrn durch Schnauben verkündet.

»Wer führt sie an?« fragte Fire-gun.

»Riccarroh, die ›Bärentatze‹.«

»Hat mein Bruder ihn so deutlich gesehen?«

»Winnetou ist gewesen an seinem Rücken, daß er ihn mit dem Tomahawk niederschlagen konnte.«

»Riccarroh? Das ist der Tapferste der Sioux, er fürchtet sich vor keinem Krieger und wird uns wohl zu schaffen machen!«

»Winnetou wird ihm den Skalp nehmen!« antwortete der Apache stolz.

»Sam Fire-gun weiß es, daß dem Häuptling der Apachen keiner gleicht. Aber Riccarroh, der Oglala, ist stark wie der Bär und listig wie der Fuchs, er hat nicht alle seine Männer bei sich, sondern die übrigen in der Prärie zurückgelassen. Ein kluger Krieger wird nicht anders handeln!«

»Hugh!« gab Winnetou seine Zustimmung zu erkennen.

»Mein roter Bruder warte, bis ich zurückkehre!«

Er schlich sich über den Bahnkörper hinüber zu Dick Hammerdull.

»Noch dreihundert Körperlängen vorwärts, Dick, dann bist du den Indsmen gegenüber. Ich teile meine Leute drüben, schicke die Hälfte mit Winnetou hinaus in die Prärie, um ...«

»Ob Ihr sie schickt oder nicht, das bleibt sich gleich«, fiel ihm der Dicke flüsternd in die Rede, »aber was sollen sie da draußen, Colonel?«

»Die Oglala werden von Riccarroh angeführt.«

»Von der ›Bärentatze‹? Zounds, dann haben wir die Tapfersten des Stammes gegen uns, und ich traue es ihm zu, daß er da draußen auf der alten Wiese eine Reserve halten hat.«

»So meine ich auch. Also, diese Reserve lasse ich durch Winnetou abschneiden und gehe mit den übrigen direkt auf die Pferde los. Gelingt es uns, diese in unsere Gewalt zu bekommen oder zu zerstreuen, so sind die Roten verloren.«

»Well, well, Colonel, und Dick Hammerdull und seine Mary werden das Ihrige beitragen, daß wir den Zug mit Skalps beladen können!«

»Du wartest also mit den Deinen, bis drüben der erste Schuß losgeht, die Indsmen werden uns hinter sich wissen, und sich zu dir herübermachen, wo du sie empfängst. Aber ruhig warten, Dick, bis sie so weit heran sind, daß ihr sie Mann für Mann sehen könnt. Erst dann schießt ihr los, dann geht keine Kugel fehl!«

»Keine Sorge, Colonel! Dick Hammerdull weiß ganz genau, was er zu tun hat. Nehmt euch nur vor den Pferden in acht, denn so ein indianischer Mustang schnobert den Weißen zehn Meilen weit!«

Fire-gun schlich davon, und der dicke Trapper kroch längs der Reihe der hinter ihm Liegenden hin, um ihnen die erhaltene Instruktion mitzuteilen. Als er wiederkehrte, nahm er neben Pitt Holbers Platz, der sich während der letzten Stunden schweigsam verhalten hatte.

»Pitt Holbers, altes Coon, nun geht der Tanz bald los!«

»Hm, wenn du denkst, Dick! Hast du nicht Freude darüber, he?«

»Das versteht sich ja ganz von selber! Was fragst du also noch?«

»Hm, von wegen deiner Perücke, Dick.«

»Heigh-ho, altes Coon, daran hab ich gar nicht gedacht. Es war by god ein Oglala, der mir die Kopfhaut nahm, als sie mich da droben zwischen den Bergen gefangen hatten. Kenne den Kerl noch ganz genau und wollte, daß er mit dabei wäre. Habe mir seinetwegen, als es mir nachher glückte, mich fortzumachen, in Dekamah ein Ding gekauft, was sie Perücke nennen, ist ein ganz prachtvolles Fell und kostete mich vier schöne Bündel Biberhäute. Ist er dabei, so muß er mir die Häute bezahlen, und ich ziehe ihm noch obendrein sein rotes Leder über die Ohren!«

»Kannst sie ihm abschneiden und dahin setzen, wo du früher auch welche hattest!«

»Ob ich welche gehabt habe oder nicht, das bleibt sich gleich, aber wenn du mich verspotten willst, alter Stecken, so fahre ich dir in das Genick, daß dir deine eigenen Lappen bis hinunter auf die Füße hängen, wedelst ja schon jetzt mit ihnen wie ein Maulesel!«

»Wenn du denkst, Dick, daß ich dich beleidigen wollte, so schwimmst du verkehrt!

Pitt Holbers weiß ganz genau, daß du die Ohren mit Ehren verloren hast, damals bei den Blackfeet!«

Hammerdull wollte eben eine Antwort geben, da zuckte seitwärts drüben ein flüchtiges Leuchten auf, dem ein lauter Knall folgte — noch ehe der Plan Sam Fire-guns ausgeführt war, hatte sich das Gewehr eines der ihm folgenden Arbeiter entladen.

Sofort standen die Oglala auf den Füßen und eilten nach ihren Pferden. Aber der geistesgegenwärtige Trapper hatte kaum hinter sich den verräterischen Schuß gehört, so eilte er, den Folgen dieser Nachlässigkeit zuvorzukommen.

»Vorwärts, Männer, zu den Pferden!«

In weiten Sätzen stürmte er auf die Tiere los und erreichte sie mit den Seinen noch vor den Indianern. Mit Gedankenschnelle waren sie von den Pflöcken befreit und jagten wiehernd und schnaubend in die weite, dunkle Savanne hinaus.

Die den jetzt eintreffenden Indianern entgegenkrachenden Schüsse machten diese stutzig. Ihre Pferde waren fort, sie konnten in der Finsternis die geringe Zahl ihrer Gegner nicht erkennen und hielten einige Augenblicke vollständig ratlos still, sich den Waffen der Weißen preisgebend. Dann aber ertönte der laute Ruf ihres Anführers, sie wandten sich und stürmten zurück, um jenseits des Dammes Deckung zu suchen und die zu ergreifenden Maßregeln zu beraten.

Kaum aber hatten sie den Bahndamm erreicht, so stieg

nur wenige Fuß vor ihnen eine dunkle Linie wie aus der Erde empor, der Blitz aus über fünfzig Büchsen erhellte für einen Moment die Nacht, und das Geheul der Getroffenen zeigte, daß Dick Hammerdulls Abteilung gut gezielt hatte.

»Alle Kugeln heraus und dann drauf!« rief der wackere Dicke, schoß den zweiten Lauf seiner Mary ab, warf die alte Büchse, die ihm nun nichts mehr helfen konnte, fort, riß den Tomahawk, diese furchtbare Waffe des Westens, unter dem langen Jagdhemd hervor und stürzte sich, gefolgt von Pitt Holbers und den Mutigsten unter den Arbeitern, auf die vor Entsetzen stockenden Wilden.

Diese hatten vor Überraschung über den ganz unerwarteten Überfall die Besinnung verloren, vor und hinter sich den Feind, gab es für sie nur Rettung in der Flucht. Wieder erschallte ein lauter Ruf Riccarrohs, und im nächsten Moment war kein Wilder mehr zu sehen. Sie hatten sich mitten unter den Angreifern auf die Erde geworfen und suchten, zwischen ihnen hindurchkriechend, das Weite zu erreichen.

»Zur Erde, ihr Männer, und die Messer zur Hand!« rief Fire-gun mit donnernder Stimme und eilte dann nach dem verlassenen Lagerplatz der Indianer.

Er dachte sich, daß diese sicher eine hinreichende Menge von allerlei Brennstoff gesammelt hatten, um im Falle, daß ihr Vorhaben gelungen sei, die nötige Beleuchtung zu erhalten. Er hatte sich nicht geirrt. Einige große Haufen Dürrzeuges waren aufgeschichtet. Mit Hilfe des Pulvers machte er Feuer, die Nacht wurde erleuchtet, und im Schein der Flammen sah er eine Menge zurückgelassener Spieße und

Decken liegen. Diese boten ein willkommenes Brennmaterial. Er überließ die Sorge für die Unterhaltung des Brandes einigen herbeieilenden Arbeitern und kehrte an die Stelle zurück, wo sich der nächtliche Angriff in einen fürchterlichen Einzelkampf aufgelöst hatte.

Dieser hätte einem nicht beteiligten Zuschauer Gelegenheit gegeben, Taten zu beobachten, für die der zivilisierte Boden kaum einen Platz haben dürfte.

Die Schar der Bahnarbeiter bestand begreiflicherweise zwar meist aus Leuten, die ihre Kräfte in den Stürmen des Lebens geübt hatten, aber der Kampfart der Indianer, die jetzt beim Schein der Feuer ihre Lage überblicken konnten und dabei bemerkten, daß sie an Zahl den Gegnern vollständig gewachsen seien, konnte wohl keiner von ihnen nachhaltigen Widerstand leisten. Wo nicht mehrere von ihnen gegen einen vereinzelten Indsman standen, behielt dieser gewiß die Oberhand, und die Stätte bedeckte sich immer mehr mit dem unter dem wuchtigen Hieb des Tomahawk Gefallenen.

Nur drei von den Weißen waren mit dieser Waffe versehen: Sam Fire-gun, Dick Hammerdull und Pitt Holbers, und es zeigte sich da allerdings, daß bei gleichen Waffen der zähere und intelligentere Weiße meist im Vorteil steht.

Mitten unter einem Haufen Wilder hielt Fire-gun. Seine riesige Gestalt überragte sie um ein Bedeutsames. Heute waren zum ersten Mal seine festen, wetterharten Züge zu erkennen. Sein Anblick mahnte an jene alten, gewaltigen Recken, von denen die Geschichte längst vergangener Zeiten berichtet. Die langen, schneeweißen Haare wehten ihm mähnenartig um das kühne Haupt, seine Augen blitzten, und in seinem von dem flackernden Licht beschienenen Angesicht sprach sich ein Gefühl von jener Kampfeswonne aus, die das verfeinerte Urteil leugnet, nichtsdestoweniger aber doch eine oft bewiesene Wahrheit bleibt. Mit weit auseinandergespreizten Beinen stand er da, grad und aufrecht, als sei er aus der Erde gewachsen, und ließ sich von den anderen die Indianer in das Schlachtbeil treiben, das, von seiner riesenstarken Faust geführt, bei jedem Schlag zerschmetternd auf den Kopf eines Feindes sank.

Seitwärts von ihm stand ein fast drollig zu nennendes Heldenpaar, trotz der Verschiedenheit ihrer Gestalt mit dem Rücken gegeneinander gekehrt, ein Verfahren, das die beiden originellen, aber erfahrenen Jäger vor einem Angriff von hinten beschützte: Dick Hammerdull und Pitt Holbers. Der kleine Dick, der auf jeden Fremden in seinem Anzug den Eindruck der Unbeholfenheit machen mußte, zeigte sich hier von einer wahrhaft katzenartigen Behendigkeit. In der Linken das scharfe, zweischneidige Bowiemesser und in der Rechten das schwere Schlachtbeil schwingend, hielt er jedem Gegner tapfer stand. Sein langer Rock, Flick auf Flick und Fleck auf Fleck, ließ die auf ihn gerichteten Messerstiche vollständig unschädlich abprallen; er hatte in der hastigen Beweglichkeit des Kampfes nicht nur die alte, unnennbare Kopfbedeckung, sondern auch die Perücke verloren und bot nun mit seinem nackten, von dem Skalpieren noch blaurot erglänzenden Schädel einen Anblick, der selbst einen Wilden ergrauen machen konnte. Der lange Pitt stand hinter ihm und fuhr mit seinen Armen in der Luft herum wie ein Polyp, der die gefährlichen Fänge ausstreckt, um seine Beute an sich zu ziehen. Sein Körper, der nur aus Knochen und Sehnen zusammengesetzt schien, entwickelte eine außerordentliche Kraft und Ausdauer; das Beil fiel bei ihm aus doppelter Höhe; er griff weiter von sich als jeder andere, aber seine großen Füße rührten sich keinen Zoll breit von der Stelle, und wer ihm so nahe kam, daß er gefaßt werden konnte, der war rettungslos verloren.

Und noch zwei ragten unter den weißen Kämpfern hervor: die beiden Deutschen. Sie hatten die Tomahawks gefallener Indianer aufgerafft und handhabten sie mit einer Leichtigkeit und Sicherheit, als hätten sie sich auf diese Art des Fechtens auf irgendeinem Kriegsschiff mit dem weit schwereren Enterbeil eingeübt.

Auch unter den Arbeitern gab es genug Mutige, die den Indianern, die überhaupt nicht gern Mann gegen Mann zu kämpfen pflegten, viel zu schaffen machten, und der Sieg neigte sich bereits stark auf die Seite der Weißen, und die Wilden wurden immer enger und enger zusammengetrieben; da aber donnerte es aus dem Dunkel der Prärie heran und mitten unter sie hinein; Sam Fire-gun hatte recht gehabt, Riccarroh, der kluge Anführer der Wilden, hatte eine beträchtliche Anzahl der Seinen in der Savanne zurückgelassen, die jetzt mit frischen Kräften herbeigesprengt kamen und dem Gefecht augenblicklich eine andere Wendung gaben. Auch die bereits entflohenen Indianer eilten, den Umschwung bemerkend, mit erneutem Mut herbei, und so verwandelte sich der Angriff der Jäger und Arbeiter in eine Verteidigung, die von Minute zu Minute weniger Erfolg erwarten ließ.

»Hinter den Damm zurück!« gebot Sam Fire-gun, schlug sich mit wuchtigen Hieben durch und folgte seiner Weisung mit eigenem Beispiel.

Pitt Holbers brauchte nur wenige Schritte, um sich neben ihm einzufinden. Dick Hammerdull zog, um sich Luft zu machen, nun jetzt erst den Revolver, gab sämtliche Schüsse ab und eilte dann dem Damm zu. Schon hatte er ihn fast übersprungen, so stolperte er, stürzte kopfüber zur Erde und kugelte jenseits des Dammes hinab und gerade vor die Füße Fire-guns hin. Dort raffte er sich empor und betrachtete den Gegenstand, den er in der Hand hielt. Er war über ihn gestürzt, hatte ihn unwillkürlich ergriffen und festgehalten. Er schien ein alter Prügel zu sein.

»Mary, wahrhaftig, es ist Mary, die ich vorhin hier weggeworfen habe! Was sagst du dazu, Pitt Holbers, altes Coon?«

»Wenn du denkst, Dick, daß es gut ist, deine Mary ...« Er konnte nicht weitersprechen, denn die Oglala waren ihnen gefolgt, und der Kampf begann nun hier von neuem. Die Feuer leuchteten über den Damm herüber und erhellten eine Szene, die mit dem Untergang der Weißen zu enden schien. Schon wollte der Anführer den Seinen raten, in die Dunkelheit hinein zu fliehen, da krachten Schüsse im Rücken der Wilden, und eine Anzahl Männer sprang mit hoch geschwungenen Waffen mitten unter sie hinein.

Es war Winnetou mit seiner Abteilung.

Da die Finsternis ihm hinderlich gewesen war, etwaige

Spuren zu entdecken, hatte sein Suchen nach dem vermuteten Hinterhalt zu keinem Resultat geführt, und da er die Flammen bemerkt und daher geschlossen hatte, daß seine Anwesenheit auf dem Kampfplatz nötig sein werde, so war er herbeigeeilt und brachte nun gerade noch im letzten Augenblick die entscheidende Hilfe.

Im dichtesten Knäuel der Kämpfenden stand Riccarroh, der Oglala. Seine breit gebaute, untersetzte Gestalt stak in dem gewöhnlichen, weißgegerbten Jagdhemd, das jetzt von oben bis unten vom vergossenen Blut bespritzt war, über dem Rücken hing ihm ein Fell des Präriewolfs, dessen Schädelteile seinen Kopf bedeckten. Den konvex gearbeiteten Büffelhautschild in der Linken, führte er mit der Rechten den Tomahawk, und wen sein großes, dunkles, stechendes Auge anglühte, den traf der vernichtende Hieb, daß er tot zur Erde stürzte.

Schon hatte er geglaubt, den Sieg zu erringen und mit seiner eigenen Stimme die Losung zum Triumphgeheul gegeben, als Winnetou am Platz erschien. Riccarroh wandte sich um und erblickte ihn.

»Winnetou, der Hund von Pimo«, rief er. Aus seinen Auge leuchtete ein Strahl glühenden, tödlichen Hasses, aber sein schon erhobener Fuß zögerte, und der Arm, der das Schlachtbeil zum Wurf erhoben hatte, sank nieder, ohne es zu schleudern. Es war, als habe der Anblick dieses Feindes seinen Mut gelähmt und ihm die so nötige Umsicht und Geistesgegenwart geraubt.

Auch Winnetou bemerkte ihn.

»Riccarroh, die Kröte der Oglala!«

Wie in eine Wasserflut tauchte seine schlanke, geschmeidige und dabei außerordentlich kraftvolle Gestalt in der Menge der Kämpfenden unter und reckte sich nach kaum einer Sekunde direkt vor dem Oglala in die Höhe. Beide holten zugleich zu dem zum Tod bringenden Hieb aus, die Beile krachten aneinander, und dasjenige Riccarrohs sank diesem zerschmettert aus der Hand. Er wandte sich blitzschnell um und brach sich mit den gewaltigen Beinen Bahn zur Flucht.

»Riccarroh!« rief Winnetou, sich nicht von seiner Stelle bewegend. »Ist der Hund der Oglala eine feige Hündin geworden, daß er läuft vor Winnetou, dem Häuptling der Apachen? Der Mund der Erde soll sein Blut trinken und die Kralle des Geiers soll zerreißen sein Herz und seinen Leib, aber sein Skalp wird zieren den Gürtel des Apachen.«

Dieser Aufforderung mußte er standhalten. Er kehrte um und drang auf den Feind ein.

»Winnetou, der Sklave der Bleichgesichter! Hier ist Riccarroh, der Häuptling der Oglala! Er tötet den Bär und wirft den Büffel nieder, er folgt dem Elen und zertritt der Schlange den Kopf, ihm hat noch niemand widerstanden, und er wird jetzt das Leben von Winnetou fordern, dem Feigling von Pimo!«

Er entriß einem der Seinen das Beil, stürzte sich auf den Apachen, der ihn stehenden Fußes erwartete. Die Augen der beiden starken Männer bohrten sich mit fürchterlichem Blick ineinander, das Beil des Oglala schwirrte um dessen Haupt und fuhr dann mit fürchterlicher Wucht hernieder.

Winnetou parierte den Hieb mit einer Leichtigkeit, als sei er von dem Arm eines Knaben geführt, nun auch seine Waffe schwingend, wollte er den Schlag erwidern, wurde aber von hinten gepackt und daran gehindert. Zwei Oglala hatten sich auf ihn geworfen. Blitzschnell drehte er sich um, die Feinde sanken, von ihm getroffen, nieder, aber schon schwebte das Beil Riccarrohs wieder über seinem Haupt.

Sam Fire-gun, der alle überragte, hatte den Freund in Gefahr gesehen. Die Indianer wie Grashalme auseinanderschlagend, sprang er mitten durch sie hindurch, faßte mit den beiden riesenstarken Fäusten ihren Anführer bei Hüfte und Genick, hob ihn hoch in die Luft empor und schmetterte ihn zur Erde nieder, daß es krachte. Sofort kniete Winnetou über dem Besinnungslosen, senkte ihm das Messer in die Brust, faßte mit der Linken das reiche, dunkle Haar zusammen — drei Schnitte, kunstgerecht geführt — ein kräftiger Ruck — und der Skalp war gelöst. Er schwang ihn hoch um den Kopf und stieß jenen fürchterlichen Siegesruf aus, der Mark und Bein erschütternd auf den Gegner zu wirken pflegt.

Als die Oglala die Kopfhaut ihres Anführers erblickten, stießen sie ein erschütterndes Geheul aus und wandten sich zur Flucht.

Dick Hammerdull stand wieder bei Pitt Holbers, sie waren die beiden Unzertrennlichen und suchten jetzt die Fliehenden zurückzuhalten.

»Pitt Holbers, altes Coon, siehst du, wie sie laufen, he?«

»Hm, wenn du denkst, Dick, so sehe ich es!«

»Ob ich es denke oder nicht, das bleibt sich gleich, aber

ich möchte – Zounds, Pitt, guck dir einmal den Kerl an, der dort zwischen den beiden Männern aus Germany hindurch will! Ich lasse mich braten, wenn es nicht derselbe ist, der mir die Haare genommen hat, da droben in den Bergen. Holla, der Mensch wird ausgelöscht!«

Mehr sich kugelnd als laufend, eilte er hinzu, wo mehrere der Indianer sich anstrengten, an den beiden Deutschen, die sie aufhalten wollten, vorbeizukommen.

»Have care, du rote Kreatur! Kennst du Dick Hammerdull, he, kennst du ihn? 's death, da hat er meine eigene, leibhaftige Haut am Gürtel hängen! Komm her, Geliebter, ich muß dich umarmen!«

Der Wilde trat beim Anblick des blauroten, nackten Schädels zurück und starrte dem Jäger erschrocken in das Gesicht.

»So, guck mich an, du rote Kanaille, und gib mir deine Wolle!«

Noch ehe der Indianer eine verteidigende Bewegung machen konnte, stak ihm das Messer Hammerdulls bis an den Griff im Herzen. Er schlug schwer zur Erde nieder. Der Jäger beugte sich herab, zog sein Messer zurück und faßte ihn bei den Haaren – drei Schnitte, ein Ruck –, dann richtete er sich wieder empor.

»Pitt Holbers, sag, wo bist du denn? Schau her und sag, ob nun das Ding bezahlt ist, was sie Perücke nennen?«

»Hm, wenn du denkst, Dick, daß ihr nun quitt seid, so hab ich nichts dagegen!«

»Ob wir quitt sind oder nicht, das bleibt sich gleich, aber da schau einmal her an den Gürtel dieses roten Halunken!

Kennst du vielleicht dieses alte, liebe Opossumfell, he? Es ist meine eigene Haut, die er mir über die Ohren gezogen hat damals, und nun habe ich dafür die seine. Kann sie mir auch über den Bauch hängen, die alte Rattenherberge!«

Die beiden Männer hatten Zeit zu diesem Gedankenaustausch, denn der Sieg war jetzt vollständig errungen, und was vom Feind nicht tot oder verwundet am Boden lag, das hatte fliehend das Weite gesucht.

Am östlichen Horizont wurde nun auch das scharfe Licht der nahenden Maschine sichtbar. Der Heizer hatte den Schein der Feuer bemerkt, ihn für das verabredete Zeichen gehalten und nun den Zug in langsame Bewegung gesetzt.

Der Ingenieur, der zu der Abteilung Winnetous gehört hatte und sich jetzt ein Tuch um den verwundeten Arm befestigte, trat zu dem Apachen.

»Ihr seid Master Winnetou?«

Der Indianer neigte, den Skalp Riccarrohs an seinen Gürtel hängend, zustimmend das Haupt.

»Wir haben Euch die heutige Rettung zu verdanken. Ich werde einen Bericht schreiben, der bis hinauf zum Präsidenten geht, dann wird der Lohn nicht ausbleiben!«

»Der Häuptling der Apachen braucht keinen Lohn! Er liebt die weißen Brüder und gibt ihnen seinen Arm im Kampf, aber er ist stark und reich, reicher als der große Vater der Bleichgesichter. Er bedarf weder Gold noch Silber, weder Hab noch Gut, er will nicht nehmen, sondern er gibt. Uff!«

Der Zug hielt kurz vor den aufgerissenen Schienen an.

»Donnerwetter, Sir«, rief der herabspringende Feuermann dem herbeitretenden Vorgesetzten entgegen, »muß es hier Arbeit gegeben haben. Das ist ja, bei Gott, die reine Schlächterei!«

»Sollst recht haben, Mann — ist heiß hergegangen heute abend, und habe mir auch ein kleines Loch geholt, wie du hier sehen kannst! Aber nun vor allen Dingen das Werkzeug herunter und die Schienen in Ordnung, damit wir baldigst weiterkönnen! Besorge das, ich will jetzt mit nach den Gefallenen sehen!«

Er wollte eben zurücktreten, da schnellte hart neben ihm aus dem tiefen Grase der Dammböschung eine dunkle Gestalt empor und eilte an ihm vorüber. Es war einer der Oglala, der keine Gelegenheit zur Flucht gefunden und sich hier versteckt hatte, um einen geeigneten Augenblick abzuwarten.

Der Arbeiter, dem die Pferde anvertraut waren, war natürlich dem Zug gefolgt und stand jetzt mit ihnen in der Nähe der haltenden Wagen. Der Indianer, dem der Anblick der Tiere Hoffnung auf das Entkommen gegeben hatte, eilte auf ihn zu, riß ihm die Zügel eines der Pferde aus der Hand, schwang sich in den Sattel und jagte davon.

Alle hatten die verwegene Flucht des Wilden bemerkt, die sie nicht verhindern konnten, weil sein Vorsprung zu bedeutend war und niemand mehr ein geladenes Gewehr in den Händen hatte.

»Pitt Holbers, altes Coon«, meinte Hammerdull, »siehst du den Roten springen? Alle Teufel, er geht nach den Pferden!«

»Wenn du denkst, Dick, daß er eins bekommen wird, so habe ich nichts dagegen, denn der Mann, der sie hält, sieht mir grün genug dazu aus!«

»Ob er grün aussieht oder nicht, das bleibt sich gleich, denn Pitt Holbers, schau – er reißt ihm die Zügel aus den Fingern, er springt auf, er – good luck, es ist die Mirjam, auf die er sich gesetzt hat! Na, Bursche, das ist der gescheiteste Einfall, den du in deinem ganzen Leben gehabt hast, denn nun wirst du das Glück haben, mit meiner Mary reden zu können.«

Wirklich hatte sich der Indianer auf die alte Stute geworfen und schlug ihr die Fersen in die Seiten, um so schnell wie möglich das Weite zu gewinnen. Er hatte sich jedoch verrechnet, denn Dick Hammerdull schob den gekrümmten Zeigefinger in den Mund und ließ einen schrillen, weithin tönenden Pfiff erschallen. Sofort fuhr das gehorsame Tier herum und lief trotz aller Anstrengung des Wilden auf seinen Herrn zu. Der Indianer sah keine andere Rettung, als sich noch zur Zeit herabzuwerfen, da aber nahm der dicke Trapper die Büchse an die Backe, der Schuß krachte, und der Indsman fiel, durch den Kopf getroffen, zu Boden.

»Hast du es gesehen, Pitt Holbers, was die Mirjam für ein wackeres Viehzeug ist? Ich möchte nur wissen, ob er auch ohne sie glücklich in seine ewigen Jagdgründe kommen wird! Was meinst du, he?«

»Ich habe nichts dagegen, Dick, wenn du denkst, daß er den richtigen Weg gefunden hat. Willst du dir nicht seine Haut nehmen?«

»Ob ich sie nehmen will oder nicht, das bleibt sich gleich,

aber herunter muß sie, das ist sicher. Ich habe die meinige auch hergeben müssen!«

Um zu dem Gefallenen zu gelangen, mußte er an den zwei Deutschen vorüber, die, von der Anstrengung des Kampfes ausruhend, nebeneinander standen.

»So wahr ich Jean Letrier heiße, Capitain, das war ein Rencontre*, wie man es kaum zur See beim Entern erlebt!« hörte er französisch sagen. Aber er war zu sehr mit seiner Absicht beschäftigt, als daß er für den Augenblick auf diese Worte einen Wert gelegt hätte.

Als er dem Toten den Skalp abgezogen hatte und wieder in die Nähe des haltenden Zuges zurückkehrte, sah er Sam Fire-gun in der Nähe der beiden Männer.

»Dick Hammerdull«, fragte dieser, »ist's nicht so, daß du die zwei Gentlemen bei Master Winklay getroffen hast?«

»Well, so ist es, Colonel.«

»Sie haben sich gut gehalten und machen dir Ehre. Aber wie kommt es, daß du sie mitgenommen hast? Du kennst ja meinen Willen in Beziehung auf neue Bekanntschaften?«

»All right, Sir, aber der eine, der sich Heinrich Sander nennt, meinte, daß Ihr sein Oheim wärt.«

»Sein Oheim? Bist du toll?«

»Hm, ob ich toll bin oder nicht, das bleibt sich gleich, aber wir kamen in einen kleinen Handel, und ich hatte da schon die Messerspitze an seiner Kehle, als er sagte, Ihr würdet es mir schlecht danken, wenn ihm die Klinge um ein we-

---

* Rencontre: Zusammenstoß, feindliche Begegnung.

niges zu tief in die Wolle gehe. Macht's mit ihm selber ab, Colonel!«

Der berühmte Tracker trat an die Deutschen heran.

»Ihr seid von drüben herüber aus Germany, wie man mir sagt?«

»Ja.«

»Was sucht Ihr in der Prärie?«

»Euch, Sir.«

»Mich? Weshalb?«

»Oheim, willst du noch fragen?«

Sam Fire-gun trat um einen Schritt zurück.

»Oheim? Ich kenne keinen Verwandten mit Namen Sander!«

»Das ist richtig! Doch nannte ich mich so, weil ich nicht wußte, ob dir der Name Wallerstein lieb sein würde.«

»Wall... Ist es denn möglich, daß du es bist, Heinrich?«

»Nicht möglich, sondern wirklich, Onkel. Hier ist dein Brief, in dem du schreibst, daß ich kommen soll. Die anderen Papiere kannst du ja morgen lesen!«

Er langte unter den Jagdrock und zog ein sorgfältig verwahrtes Papier hervor, das er ihm überreichte. Der alte Jäger warf bei dem noch immer hellen Feuerschein einen Blick auf die Zeilen und zog den Deutschen dann an seine Brust.

»Es ist wahr! Gott segne meine Augen, daß es ihnen noch vergönnt ist, einen der Meinigen zu sehen. Wie geht es deinem Vater? Warum schrieb er mir nicht? Ich hatte ihm doch die Adresse für Omaha angegeben!«

»Er kann nicht mehr schreiben.«

»Er kann nicht? Weshalb?«

»Weil — weil er tot ist.«

»Tot? Heavens, ist's möglich! Wann ist er gestorben und wie?«

»Er wurde — erschrick nicht, Onkel, er wurde ermordet.«

»Herr, mein Heiland, sagst du die Wahrheit? Von wem und aus welchem Grund?«

»Von einem ruinierten Offizier, dem Leutnant von Schönberg, um elenden Raubes willen. Ich bin dadurch zum Bettler geworden.«

»Zum Bettler? Ich habe aus den Big-Horn-Bergen Gold geholt für mehr als hunderttausend Dollar und ihm den Betrag per Wechsel zugeschickt!«

»Das ist wahr, dear uncle, und wir waren voll Lobes und Dankes dafür, denn der Vater wurde dadurch aus dem armen Hilfsarbeiter der angesehenste Juwelier der Residenz, aber wir mußten dieses ganze Vermögen in einen einzigen Schmuck stecken, dessen Preis bei dem Mord geraubt wurde.«

Diese seltsame Unterhaltung wurde, ohne daß einer der vielbeschäftigten Leute auf sie achtete, in unmittelbarer Nähe der Wagenreihe geführt. Weder Sander noch Old Fire-gun hatten bemerkt, daß sich in dem Coupé hinter ihrem Rücken eine Person befand, der keines der gesprochenen Worte entging. Diese Person war eine Dame, die einzige, die der Zug mit sich geführt hatte und die im Drang der Ereignisse bisher vollständig vergessen worden war. Mit angehaltenem Atem lauschte sie der weiteren Unterhaltung der beiden Männer und zog, als sich diese endlich entfernt hatten, ein kleines Notizbuch hervor.

»Mille tonnerre*, ein verteufelt seltsames Zusammentreffen!« flüsterte sie vor sich hin. »Ich gehe nach Kalifornien, wo ich endlich den ›l'Horrible‹ finden werde, und treffe unterwegs auf offener Prärie bei einem nächtlichen Indianerüberfall den Herzallerliebsten, dem ich mit dem Geld für den Schmuck der Frau Herzogin von Oerstädt durchgegangen bin! Ist das nicht riesenhaft abenteuerlich?«

Sie lachte kichernd vor sich hin und fuhr dann in ihrem Selbstgespräch fort: »Der alte Tracker, den sie Sam Fire-gun nennen, muß, wie ich höre, ein Bruder des ermordeten Wallerstein sein — außerordentlich interessant! — und hat famose Kenntnis der Goldfelder droben in den Bergen. Werde mir das für geeignetere Zeiten merken! Er hat seinem Bruder emporgeholfen und ist doch selbst ein einfacher Jäger geblieben — hm, diese Leute sind alle so, wer einmal Savannenluft gekostet hat, der kann sie nie wieder lassen! Aber den Verwandten hat er doch sehen wollen und deshalb hinübergeschrieben. Der Neffe ist auch gekommen, doch was dann? Wieso spielt der Vicomte Latour hier die Rolle des Neffen? Höchst merkwürdig. Ich kann mir nur denken, daß der Vicomte dem richtigen Neffen bei irgendeiner Gelegenheit die Papiere geraubt hat, um Sam Fire-guns Vertrauen zu erschleichen. Was wohl aus dem Neffen geworden sein mag? Mich soll's nicht bekümmern. Ich bin jetzt jedenfalls an den Goldfeldern des Sam Fire-gun interessiert, und deshalb muß ich erst einmal diesen Vicomte de Latour ans Messer liefern. Es ist gut für

* Mille tonnerre: Tausend Donner.

viele und auch für mich, wenn seine Kerze hier in der Verborgenheit den Docht verliert, und dieser Sam Fire-gun scheint mir gerade der richtige Mann zu sein, das zu besorgen!«

Die Flammen leuchteten noch hell genug. Sie nahm den Stift zur Hand und schrieb. Eben war sie fertig und faltete das aus dem Buch gerissene Blatt zusammen, als die Stimme des Zugführers erscholl.

Die Toten blieben liegen, die Verwundeten waren behutsam in die Wagen placiert worden, und die übrigen stiegen ein. Da jeder Zug die nötigen Handwerkszeuge mit sich führt, so hatte man das zerstörte Gleis schnell wieder hergestellt, und die unterbrochene Reise konnte fortgesetzt werden. Es war sehr viel Zeit verlorengegangen, die nun wieder eingeholt werden mußte, und so drängte der Ingenieur zum Aufbruch. Es war eine eigentümliche Szene, dieses Abschiednehmen des Zugpersonals von den Präriejägern nach so kurzem, aber desto inhaltsreicherem Beisammensein, und schon gab die Dampfpfeife das übliche Zeichen, als sich die Dame aus dem Fenster des Coupés neigte und den langen Pitt herbeiwinkte, der unweit von ihr seine unendlichen Glieder in die Höhe streckte.

»Heda, Master«, rief sie, »wollt Ihr nicht einmal nähertreten?«

»Hm, wenn Ihr denkt, Miß oder Mistreß, so kann ich es schon tun! Was gibt es?«

»Ihr kennt doch den Mann da vorn, den Ihr Sam Fire-gun nennt?«

»Sollte es meinen! Was ist mit ihm?«

»Wollt Ihr ihm einmal dieses Papier geben? Aber nicht eher, als bis der Zug vorüber ist!«

»Well, Ma'am, das soll geschehen!«

»Und ihm selber, ja keinem anderen!«

»Wenn Ihr denkt, Mylady, so soll es mir ganz recht sein! Aber Pitt Holbers darf's wohl lesen?«

»Pitt Holbers? Wer ist das?«

»Pitt Holbers? Hm, wer denn anders als ich selbst, Mistreß!«

»Nein, auch Ihr dürft es nicht lesen!«

»Na, wenn Ihr denkt, so will ich es bleiben lassen, aber viel Schaden hättet Ihr wohl nicht davon gehabt, denn ich habe noch niemals gehört, daß Pitt Holbers gewußt hätte, wie man einen Buchstaben malt oder vom Papier herunterschreit. Dick Hammerdull kann's auch nicht, warum soll denn da gerade ich es gelernt haben!«

Die Dame zog lachend den vorsichtig verhüllten Kopf zurück, die Wagenreihe setzte sich langsam in Bewegung, vermehrte von Sekunde zu Sekunde ihre Geschwindigkeit, wand sich wie eine dunkle, feuerköpfige Riesenschlange in die dunkle Nacht hinein und war bald den Augen der Nachblickenden entschwunden. Nur ein immer mehr verklingendes Rollen gab ein Zeichen, daß das Band, das die Westmänner für kurze Zeit mit der großen Welt vereinigt hatte, schon wieder zerrissen sei, dann war auch dieses noch verschallt.

Pitt stieg mit langen Schritten zu Sam Fire-gun, der den Befehl gegeben hatte, die zerstreut umherliegenden Waffen der Geflohenen und Gefallenen zu sammeln.

»Hab etwas für Euch, hier, Colonel!«

Dieser nahm den Zettel in Empfang und blickte den Überbringer fragend an.

»Was ist es, Pitt Holbers?«

»Hm, ein Papier, wie mir scheint.«

»Von wem?«

»Wenn Ihr denkt, daß es von der kleinen Miß ist, die dort im Wagen saß, so habt Ihr es richtig erraten, Colonel.«

»Von der kleinen Miß? Ich habe doch keine Dame gesehen!«

»Pitt Holbers auch nicht eher, als bis sie den Kopf herausstreckte. Hat mir extra gesagt, daß die Schrift nur für Euch sei. Sollte sie nicht einmal selber lesen. Haha. Pitt Holbers und lesen!«

»Sagte sie nichts über Wer, Woher und Wohin?«

»Kein Wort, Colonel. Wird eine jener Ladys sein, die sich auf Emancipission legen oder wie das Ding heißt, und nicht eher klug werden, als bis es zu spät ist. Lest das Ding, Sir, aber verschont mich mit der Antwort, ich kann sie ihr nicht nachtragen!«

Old Fire-gun trat zum Feuer und entfaltete das Papier. Es enthielt folgende Zeilen:

»Sir!

Ihr steht im Begriff, das Opfer eines raffinierten Betruges zu werden. Euer Bruder, der Juwelier Wallerstein, wurde ermordet und beraubt. Der Täter ist der Seekapitän François Latour, der unter der Maske eines Vicomte in Deutschland war und jetzt in den Vereinigten Staaten den Namen

Heinrich Sander führt. Er hat Euren Neffen getroffen und ebenso beraubt wie dessen Vater und legitimiert sich jetzt durch die gestohlenen Schriftstücke, um Euch zu übervorteilen. Sein Begleiter heißt Jean Letrier, diente unter ihm auf dem Piratenschiff ›l'Horrible‹ und war bei dem Mord zugegen. Das übrige überlasse ich Euch.

Clairon.«

Der Tracker starrte lange Zeit auf den verhängnisvollen Zettel, dann faltete er ihn zusammen und steckte ihn zu sich.

»Dick Hammerdull!«

Der Gerufene trat herbei.

»Du weißt genau, daß die beiden Männer dort aus Germany sind?«

»Ob ich es genau weiß oder nicht, das bleibt sich gleich, aber sie sagten so.«

»Und wie heißen sie?«

»Der eine, der Euer Neffe sein will, Colonel, nannte sich Heinrich Sander, Harry würde besser klingen, und der andere heißt Peter Wolf, ein miserabler Name, Sir, man stößt sich dabei alle Zähne aus der Kinnlade!«

»Hast du nicht einmal einen anderen Namen von ihnen gehört?«

»Einen anderen Namen? Hm, nein!«

»Sprechen sie stets nur englisch oder deutsch?«

»Ob englisch oder deutsch, das bleibt sich gleich, aber — halt, Colonel, wenn ich mich nicht irre, so hörte ich vorhin ein Ding, was ganz französisch klang. Vom Deutschen versteht Dick Hammerdull kein Wort, aber mit einem Franzmann kommt er so leidlich fort.«

»Welcher von beiden sprach so?«

»Der Peter Wolf, der Teufel hole den armseligen Namen, die Leute drüben in Germany müssen ja Zungen haben wie die Ameisenfresser, so lang und dünn!«

»Und was sagte er?«

»Hm, was er sagte, das bleibt sich gleich, aber ich meinte, daß man so ein Rencontre wie heut kaum beim Entern zur See erlebt.«

»Ah, Dick Hammerdull, besinne dich ganz genau. Hat er keinen Namen genannt?«

»Hm — hm — egad, Sir, da fällt mir ein, daß er den Heinrich Sander ›Capitain‹ genannt hat.«

»Also wirklich! Aber ein Name, Dick, ein Name! Denke nach!«

»Ja, ein Name war auch dabei, aber ich hab' nicht auf ihn geachtet, weil ich mit der Rothaut zu tun hatte, die mit meiner Mirjam — hahaha, Colonel, war das nicht ...«

»Den Namen muß ich wissen!« unterbrach ihn der Tracker. »War es vielleicht Latour?«

»Latour? Nein.«

»Oder Letrier?«

»Letrier? Hm, ob Letrier oder nicht, das bleibt sich gleich, aber dieses Wort ist's gewesen und auch noch eines dazu.«

»Jean — Jean Letrier?« fragte Sam Fire-gun Dick Hammerdull.

»Good luck, Colonel, seid Ihr allwissend? Jean Letrier, ja, so war es, und nicht anders.«

Hier wurde das Gespräch unterbrochen. Winnetou hatte sein Pferd herbeigeholt und unterwegs einen der versprengten indianischen Mustangs eingefangen, den er jetzt Sam Fire-gun brachte.

»Mein weißer Bruder ist gekommen mit dem Feuerroß, er nehme dieses Tier, um zu seinem Wigwam zu gelangen!«

Er führte die beiden Pferde zu dem Ort, wo man die anderen vier angepflockt hatte, und streckte sich dann am Feuer nieder.

Vorderhand waren die in alle Richtungen zerstreuten Oglala nicht zu fürchten. Darum nahmen, als der Kampfplatz in Ordnung gebracht war, auch die anderen neben dem Apachen Platz, um für kurze Zeit auszuruhen und dann ihren Weg fortzusetzen.

Sander hatte sich neben Fire-gun gesetzt. Er schien zu erwarten, daß dieser eine Unterhaltung über ihre Privat- und Familienangelegenheit beginnen werde, hatte sich aber darin geirrt, denn der Tracker redete nur mit Winnetou, und zwar in indianischen Ausdrücken, die den beiden Neulingen vollständig unverständlich waren. Erst als man sich zum Fortgehen rüstete, wandte er sich zu ihnen.

»Heinrich Sander, ich habe Euch von Clairon zu grüßen!«

Dieses unerwartete Wort traf den Angeredeten, als hätte ihn ein Blitzstrahl getroffen, aber er raffte sich schnell zusammen und fragte, allerdings mit vor Schreck heiserer Stimme: »Clairon? Wer ist das, Oheim?«

»Der Kapitän des ›l'Horrible‹ oder meinetwegen auch der Vicomte de Latour kennt Clairon jedenfalls ebenso genau wie ich! Peter Wolf, klingt nicht für einen Mann, wie Ihr seid, der Name Jean Letrier besser?«

Der Diener stand ebenso bestürzt wie sein Herr vor den Männern. Pitt Holbers und Dick Hammerdull vermochten sich allerdings nicht sofort in die Situation zu finden, aber Sam Fire-gun hatte die Hand am Revolver, und der Apache spielte mit dem Riemen seines Lariat*, ein Zeichen, das jeder Westmann sofort verstehen mußte.

»Ich verstehe dich nicht, Onkel, bitte, erkläre dich deutlicher!«

»Laßt den Oheim nur weg, Latour! Ich kenne den Mörder meines Bruders und werde über ihn zu Gericht sitzen. Heraus mit der Legitimation meines Neffen!«

Sander öffnete den Kugelbeutel und nahm ein kleines Papierpaket hervor, das er ihm überreichte.

»Hier ist meine Legitimation, das andere wirst du mir wohl erklären!«

Sam Fire-gun steckte die Papiere zu sich, ohne sie zu öffnen.

»Die Erklärung erwarte ich von Euch, François Latour, aber nicht jetzt, wo uns die Indsmen noch tüchtig zu schaffen machen können, sondern später. Doch merkt Euch folgendes: Den Mörder meines Bruders bringe ich hinüber an den Platz, wo er die Tat beging, und wenn meinem Neffen ein Unheil widerfahren ist, so werde ich an dem Täter noch ein Extra-Urteil vollstrecken, wie es in den Gesetzbüchern

---

* Lariat: Schlingenseil (Lasso) aus roher Haut, Verballhornung des mexikanischen »Lazo Reata«.

des alten Landes wohl nicht zu suchen ist. Das schwöre ich Euch, und was ein Tracker schwört, das versteht er auch zu halten! Jetzt vorwärts zu Pferde, der Weg führt in Richtung Hide-spot!«

Heinrich Sander warf Peter Wolf einen Wink zu, den er unbeachtet wähnte, und schritt zum Pferd. Kaum saß er auf und sah auch den Genossen im Sattel, so gab er seinem Pferd den Stachel zu kosten, daß es hoch in die Höhe ging, riß es herum und jagte, gefolgt von Peter, im gestreckten Lauf davon. Er glaubte, mit dieser plötzlichen Flucht die Männer so überrascht zu haben, daß ihm ein genügender Vorsprung werden mußte, ehe sie an seine Verfolgung dachten. Aber schon nach dem ersten Augenblick hörte er außer seinem Begleiter noch den Hufschlag zweier Pferde hinter sich, es waren der Hengst Winnetous und die Stute Dick Hammerdulls, die ihnen folgten.

Er spornte sein Pferd zur höchsten Eile, da aber tauchte nur wenige Schritte hinter ihm die vorgebeugte Gestalt des Apachen empor, der den Arm mit dem gefährlichen Lariat erhob — ein kurzer, feiner Laut, wie wenn ein Riemen durch die Luft streicht — ein fürchterlicher Ruck — und Roß und Reiter stürzten zu Boden.

Auch hinter ihnen erscholl ein Schrei. Die alte Stute hatte ihre Schuldigkeit getan, Hammerdull stand über dem auf der Erde liegenden Peter Wolf und schnürte ihm die Arme zusammen. Sam Fire-gun und Pitt Holbers hatten sich auf die Geschicklichkeit der beiden Verfolger verlassen und waren ihnen langsam nachgeritten. Sie erreichten jetzt den Platz, wo die beiden Gefesselten lagen.

»Pitt Holbers, altes Coon, schau her«, meinte Hammerdull, »ob das Greenhorn wieder loskommen wird! Ist der Riemen fest genug, he?«

»Wenn du denkst, Dick, daß er fest genug ist, so habe ich nichts dagegen. Zieh nur die Schlinge von seinem Pferd, damit es nicht erstickt!«

»Ob es erstickt oder nicht, das bleibt sich gleich, aber da wir das Viehzeug noch brauchen können, so wollen wir sie losmachen.«

Auch der Apache hatte bereits die Schlinge von dem Pferd Sanders gelöst. Dieser hatte sich niedergerissen und gefesselt gesehen, ehe es ihm nur möglich war, ein Glied zur Gegenwehr zu rühren, und stand nun wie ein bereits verurteilter Delinquent vor Sam Fire-gun.

»Herr Vicomte de Latour, Ihr seid ein schlechter Reiter. Versucht das Stück nicht wieder, sonst lassen wir anstatt des Lariat die Büchse sprechen! Ihr habt Euch jetzt als schuldig bekannt und sollt erfahren, wie ein Tracker seinen Schwur zu halten weiß. Dick Hammerdull und Pitt Holbers, ich übergebe Euch diese Männer. Bindet sie im Sattel fest und seht zu, daß wir sie gut ins Hide-spot bringen. Come on, der Weg ist noch weit!«

Der kleine Zug setzte sich wieder in Bewegung. Die Vorsehung hatte eine jener tausendfältigen Episoden gestattet, die der Ungläubige Zufall nennt, in denen aber der schärfere Beobachter das Walten einer alles lenkenden Vorsehung erkennt.

Auf der Fährte

Mutter Thick in Hoboken«, welch einen prächtigen, anheimelnden Klang hat doch dieser Name für die seefahrenden Angehörigen aller Nationen, die einmal vor New York vor Anker gegangen sind! Eine zweite Mutter Thick ist nicht zu finden, so weit die Winde gehen und die Wogen rauschen, und wer nur ein einziges Mal bei ihr gewesen ist, der weiß von ihren Eigentümlichkeiten zu erzählen, ihre Liebenswürdigkeit zu rühmen und sehnt sich, wieder einmal bei ihr an Bord gehen zu dürfen.

Aber freilich, ein braver Maat muß er sein, sonst mag sie nichts von ihm wissen, und er ist schneller hinaus vor ihre Tür, als er hineingekommen ist. Sie hat einen gar strengen Begriff von Ambition und wahrt das Renommee ihres Hauses eigenhändig und in so kräftiger Weise, daß schon mancher alte, widerhaarige Seemann die Kraft ihrer dicken Fäuste und die Unwiderstehlichkeit ihrer fetten Arme aus eigener Erfahrung kennengelernt hat. Wen sie nicht bei sich leiden mag, den winkt sie einfach hinaus, und geht er nicht sofort, so nimmt sie ihn bei der Parabel und bringt ihn mit der Schnelligkeit einer Lokomotive auf die Straße. Wem es aber einmal geglückt ist, sich ihr Vertrauen zu erwerben, der darf auf ihren Schutz und Beistand in jeder Beziehung rechnen und wird sicher in keiner Not von ihr verlassen.

Das Haus zur »Mutter Thick« ist zwar bloß einstöckig, aber lang und tief. Durch den breiten Flur tritt man in eine außerordentlich geräumige Gaststube, deren verräucherte Decke von hölzernen Säulen getragen wird.

Vorn sind die Plätze für »Allerlei«, an den weiter zurückstehenden Tafeln dürfen nur diejenigen Platz nehmen, die die Wirtin als Zeichen ihrer Freundschaft mit dem Vornamen anredet, und durch die hintere Wand führt eine Tür in ein Zimmer, wo die Steuerleute und Kapitäne verkehren und wohl auch einen gewöhnlichen Swalker mit leiden müssen, den Mutter Thick mit ganz besonderem Wohlwollen auszeichnet.

Solche Bevorzugte bedient sie selbst, während die anderen sich an das zahlreiche Dienstpersonal zu halten haben.

Heute waren mehrere Segler und Dampfer vor Anker gegangen, und das niedrige Haus, über dessen Tür ein großes Schild mit der wohlgetroffenen, dicken Wirtin thronte, hatte infolgedessen viele Gäste aufzuweisen.

Die »Mutter« lehnte am Büfett, hatte die Arme in die breiten Hüften gestemmt und dirigierte ihr Personal im Stil eines Feldherrn mit Blicken und Winken, die im Falle des Nichtverstehens mit einem kurzen, scharfen Wort begleitet wurden.

An einem der vorderen Tische saß eine Gesellschaft von Männern, die der Kenner sofort als Runners, Loafers oder Rowdies bezeichnet hätte. Sie führten ihr Wort so laut, daß ihre Stimmen jedes andere Gespräch überschallten, und trugen eine politische Ansicht zur Schau, die für New York und zumal für die brave Mutter Thick etwas sehr gewagt erscheinen mochte.

»Hast recht, Tommy«, rief einer von ihnen, »die Nigger sind keine richtigen Menschen, sie sind halb Mensch und halb Tier und passen nur zur Peitsche. Der Teufel hole den Norden, der aus ihnen Gentlemen machen will!«

»Gentlemen? Das soll ihm so leicht nicht werden! Der Süden hat seine Rechte, die er nicht hergibt, und wenn ich zu befehlen hätte, so kämen alle Niggerfreunde an den Strick. Mutter Thick, alte Hexe, noch ein Glas!«

Es wurde sofort ruhig im ganzen Raum, denn jeder, der die Wirtin kannte, wußte, was nun folgen werde. Diese verließ langsam ihren bisherigen Standort und schob sich durch die Gäste auf den Sprecher zu.

»Will, stoß die Tür ein wenig auf!« gebot sie dem Hausknecht, der soeben ein Faß Bier auf die Stellage gehoben hatte.

Als dem Befehl Folge geleistet worden war, nahm sie den Schreier bei den Schultern.

»Höre, mein Junge, hier im Norden segelst du mit deiner Hexe gegen den Schwall, ich werde dich nach dem Süden bringen, und die Zeche schenke ich dir!«

Wie im Sturmwind wurde er aus der Stube und durch den Flur hinaus auf die Straße gefegt.

Als die tapfere Frau wieder eintrat, hatten sich die Genossen des an die Luft Expedierten erhoben und schlossen einen drohenden Kreis um sie. Doch mit einigen kraftvollen Stößen ihrer Arme machte sie sich Platz und rief, zu den

Umstehenden gewendet: »Kinder, wer hilft mir mit diesen Männern?«

Alle ohne Ausnahme sprangen auf, und im nächsten Augenblick war das Zimmer gesäubert. Mutter Thick wußte ganz genau, daß sie niemals vergeblich an die Bereitwilligkeit ihrer Gäste appellieren werde.

Längst schon hatte sie ihren gewöhnlichen Platz wieder eingenommen, da öffnete sich die Tür, und ein junger Mann trat ein. Trotz seines nicht sehr feinen, sondern sogar etwas fadenscheinigen Anzuges machte er den Eindruck, als gehöre er eigentlich nicht in ein Lokal, wo Matrosen und dergleichen ihren Verkehr suchten. Er sah sehr bleich und angegriffen aus, als habe er mit schweren Sorgen zu kämpfen oder eine schlimme Krankheit hinter sich. Schon machte er Miene, sich unweit der Tür niederzulassen, da ertönte die Stimme der Wirtin: »Good evening, Master Wallerstein! Wollt Ihr nicht heraus in die Stube kommen?«

Sie schritt ihm voran, so daß ein Widerspruch nicht möglich war, und er folgte ihr durch die Reihen der über diese Auszeichnung bei seinem einfachen Äußeren aufschauenden Gäste in das hintere Zimmer, wo sich noch niemand befand.

»Eine Flasche Porter, nicht, Sir?«

Selbst wenn er etwas anderes, Billigeres gewünscht hätte, es wäre zu spät gewesen, denn schon war sie fort und brachte ihm dann den bezeichneten Trunk.

»Seid lange nicht bei mir gewesen, Sir, hatte schon Sorge, daß Euch etwas widerfahren sein könne!«

»Habe arbeiten müssen, sehr arbeiten, Mutter Thick, und

wollte nicht eher wiederkommen, als bis ich meine Schuld bezahlen konnte!«

Er griff in die Tasche, sie aber hielt seinen Arm zurück.

»Wollt Ihr einmal aufrichtig sein, Master Wallerstein?«

»Gewiß!«

»Habt Ihr in den drei Wochen so viel verdient, daß Euch das Geld drückt?«

»Hm, das nun grad nicht, doch möchte ich ...«

»Weiß, weiß schon! Drum soll es so sein. Ihr seid mir gewiß und werdet mich bezahlen, jetzt aber mag ich das Geld nicht haben, absolut nicht, sondern später, ich werde Euch schon selber daran erinnern. Ihr habt geschrieben?«

»Ja, Noten.«

»Das ist ein Anfang. Es wird sich schon auch noch etwas Besseres finden. Nur abwarten und dann rasch zugreifen, so heißt es hierzulande.«

»Hm, wenn einem nur das Zugreifen etwas leichter gemacht würde!«

»Wieso? Hat sich Euch etwas geboten?«

»Ja.«

»Was?«

»Ihr wißt, Mutter, daß ich eigentlich Juwelier und Goldarbeiter bin. Ich verstehe mein Fach und könnte gerade jetzt eine gute Stellung finden, wenn ...«

»Nun, wenn?«

»Wenn ich sie annehmen könnte.«

»Warum könnt Ihr das nicht, he?«

»Der Kaution wegen.«

»Ah! Ist's bei einem Juwelier?«

»Ja.«

»Wieviel sollt Ihr hinterlegen?«

»Zweihundert Dollar.«

»Master Wallerstein, gefällt Euch der Mann, der Euch diesen Platz anbietet? Denn das ist die Hauptsache!«

»Ja.«

»Well, Sir, so sollt Ihr das Geld haben, nämlich von mir und heute abend noch!«

»Mutter Thick, ich habe Euch den Fall nicht erzählt, um …«

»Weiß schon, weiß schon, Sir! Kenne ja Eure Vergangenheit und Euch ganz genau. Aber der Herrgott verläßt keinen, der sich Mühe gibt, merkt Euch das. Nun aber trinkt, und laßt mich einmal nach vorn sehen!«

Sie trat in die große Gaststube zurück und kam gerade zur rechten Zeit, um den Eintritt eines Mannes zu bemerken, bei dessen Anblick ihr die Freude aus allen Zügen lachte.

Von hoher, breiter und außerordentlich muskulöser Figur, trug er einen Hut auf dem glattgeschorenen Kopf, dessen ungeheure Krempe hinten weit über den Nacken herunterschlappte, während ihr vorderer Teil über dem Gesicht einfach weggeschnitten war. Den Leib bedeckte ein kurzer, weiter Sackrock, dessen Ärmel kaum bis über die Ellbogen reichten und erst die Ärmelteile eines sauber gewaschenen Hemdes, dann die braungebrannten Vorderarme und endlich zwei Hände sehen ließen, die einem vorsintflutlichen Riesentier anzugehören schienen. Die Beine staken in einer weiten Hose von leichtem Zeug, unter der zwei Stiefel sichtbar wurden, deren Leder aus dem Rücken eines Elefanten herausgeschnitten sein mußte.

Der Mann sah in dem alten Hut, dem moosgrünen Rock und den gelben Hosen einer Maskenballfigur ähnlich, die sich vom Saal verirrt hat, und schritt mit weit auseinandergespreizten Beinen und balancierenden Armen zwischen die Tische und Stühle hindurch, als befinde er sich in einem Boot, das von den Wogen auf- und niedergeworfen wird.

»Mutter Thick«, rief er, die Arme nach der Wirtin ausstreckend, »halte-là – heigh-day – heda, Ihr Leute, laßt mich doch einmal hindurch! Good evening, Mutter Thick, da bin ich wieder! Wie geht's, mon bijou?«

»Peter? Wahrhaftig, das ist der Peter Polter, der mir...«

»Natürlich, der Peter Polter aus Langendorf, früher Hochbootsmaat auf Ihrer englischen Majestät Kriegsschiff ›Nelson‹, dann Steuermann auf dem Vereinigten-Staaten-Klipper ›Swallow‹ und jetzt – hallo, Mutter Thick, komm an meine Weste und laß dich küssen!«

Er nahm sie bei der Taille, zog sie an sich und drückte ihr einen schallenden Kuß, den sie auch ruhig litt, auf die Lippen.

»Bist doch stets und immer der alte, Peter! Immer gut vor dem Wind und...«

»Und durstig vor dem Glas. Bring einige Schlucke von meiner Sorte heraus, denn ehe ich dir erzählen kann, muß ich erst die Luke waschen!«

Er trat in die hintere Stube, und nun erst sah die Wirtin, daß er nicht allein gekommen war. Es folgte ihm ein junger Mann, dem man den Gentleman auf tausend Schritte ansehen konnte, und es war eigentlich zu verwundern, wie der alte Südwester in eine so noble Gesellschaft hatte kommen können.

Mutter Thick war schnell wieder bei der Hand. Sie brachte das Verlangte und stellte zugleich drei Gläser auf den Tisch.

»Eins für mich!« meinte sie. »Denn es versteht sich ja ganz von selbst, daß ich mit meinem liebsten Gast den ›Welcome‹ trinke.«

»Natürlich, du alte, liebe Fregatte, du! Aber höre, zuvor muß ich gentlemanlike sein und dir hier den Master Treskow vorstellen, der ein verteufelt guter Freund von mir ist.«

Sie machte ihren besten Knicks, und Peter fuhr fort: »Wir haben uns da drüben bei meinem Bruder getroffen, der ...«

»Bei deinem Bruder? Ja, leben sie denn noch, die du da drüben hast?«

»Leben? Alas, das fällt keinem von ihnen ein, nur der Heinz steht noch unter Segel und liegt bei einem Duc oder Lord oder Prinz von Schönberg vor Anker, mit dem ich manche schöne Leine abgewickelt habe. Aber um wieder auf meinen Maat Treskow zu kommen, hast du denn so eine Koje oder zwei, worin wir einige Nächte schlafen können?«

»Versteht sich, versteht sich, Peter! Wen du mir bringst, der ist willkommen, und ich werde euch beiden ein Plätzchen zurechtmachen, wo ihr besser schlaft als der Steward oder gar der Präsident selbst. Wirst du wieder an Bord gehen?«

»Welche Frage! Wo denn hin? Kannst du mir vielleicht sagen, in welcher Gegend der Windrose die ›Swallow‹ zu finden ist?«

»Das kann ich dir ganz genau sagen: Sie ging unter Leutnant Parker vor drei Wochen nach New Orleans.«

»Kennst du den Leutnant?«

»Warum soll ich nicht, da er hier in diesem Room so oft gesessen hat! Er ist ein junger, prachtvoller Offizier, der den Admiral in sich stecken hat.«

»Well, das denke ich auch. Wir werden nach New Orleans gehen, um ihn zu treffen, denn der Herr Polizeileutnant von Treskow hat...«

»Stop, Peter Polter!« befahl Treskow mit einem warnenden Blick auf den Goldarbeiter. »Du weißt ja, daß diese Dinge unerwähnt bleiben sollen! Wer ist der Mann dort am Tisch, Mutter Thick?«

»Ein Deutscher.«

»Auswanderer?«

»Ja.«

»Wo ist der junge Mann her?« fragte der Polizeileutnant von Treskow Mutter Thick.

»Aus Berlin.«

»Aus Berlin? Was ist der Mann?«

»Goldschmied, Juwelier oder so etwas. Ist ein sehr ordentlicher Junge, hat aber viel Unglück gehabt. Sein Vater hatte das größte Geschäft da drüben, wurde aber ermordet und beraubt und...«

»Ermordet und beraubt?«

»Ja, um eine horrende Summe, wie mir Master Wallerstein erzählt hat.«

»Wallerstein? Ist das sein Name?« fragte Treskow, aufs höchste überrascht.

»Ja, Wallerstein. Kennt Ihr den Mann, Sir?«

»Hm, wäre wohl möglich. Wollen sehen!«

Er erhob sich und trat zum Tisch, an dem der Betreffende saß. »Sie verzeihen, mein Herr«, redete er ihn deutsch an, »daß ich mir gestatte, Sie anzureden!«

»Sie wünschen?« fragte Wallerstein, sich von seinem Stuhl ebenfalls erhebend.

»Nichts mehr und weniger als Ihre Gesellschaft. Wollen Sie die Güte haben, mit hier bei uns Platz zu nehmen?«

»Welchem Umstand verdanke ich das Vergnügen, diese Einladung zu erhalten?«

»Einer Angelegenheit, die Sie sehr nahe anzugehen scheint. Wir haben, wie ich von der Wirtin soeben erfuhr, ein und dieselbe Heimat. Ich bin der Polizeileutnant von Treskow und ...«

»Von Treskow? Richard von Treskow?«

»Derselbe!«

»Ich danke Ihnen, Herr Leutnant, und weiß nun mit einem Mal, warum Sie mir gleich bei Ihrem Eintritt so bekannt vorkamen. Ich hatte schon einmal die Ehre, mit Ihnen, allerdings nur flüchtig, zusammenzutreffen.«

»Ich entsinne mich. Es war bei einem kurzen Besuch, den ich Ihnen machte, um mich über einen Fall zu unterrichten, der von so tief eingreifenden, betrübenden Folgen für Sie geworden ist. Auch Sie kamen mir jetzt bekannt vor, doch sind Sie in Ihrem Äußeren — Sie verzeihen diese Bemerkung — so verändert, daß ich mich nicht sofort besinnen konnte. Aber bitte, wollen Sie zu uns übersiedeln!«

Wallerstein folgte mit gespannter Erwartung der so freundlich ausgesprochenen Einladung.

»Steht die Angelegenheit, von der Sie sprechen, Herr Leutnant, mit Ihrem damaligen Besuch in irgendeiner Beziehung?«

»Gewiß. Es wurde ein junger Offizier als Mörder Ihres Vaters verhaftet?«

»Ja, der Leutnant von Schönberg-Wildauen. Er entfloh leider.«

»Leider? Ich bin sehr geneigt zu sagen: glücklicherweise!«

»Wieso? Das Entkommen eines Raubmörders kann doch wohl nicht anders beklagt werden!«

»Sie halten ihn also für den Täter?«

»Er ist es, seine Schuld ist erwiesen. Er vermochte kein einziges Entlastungsmoment aufzubringen und ist — geflüchtet. Dieses Letztere spricht deutlicher als alle anderen Beweise. Ich bin durch ihn ruiniert und habe verarmt die Heimat verlassen, um mir hier eine neue Existenz zu gründen. Dabei will ich allerdings aufrichtig bemerken, daß der Gedanke, ihm hier hüben vielleicht zufälligerweise zu begegnen, sehr viel zu meinem Entschluß, nach den Vereinigten Staaten zu gehen, beigetragen hat.«

»Derselbe Gedanke hat auch mich herübergeführt, nämlich die Absicht, den wirklichen Täter zu entdecken.«

»Den wirklichen Täter? Sie haben die Reise nur deshalb unternommen? So vermuten Sie, daß die Tat von einem anderen begangen wurde, und haben bereits triftige Gründe zu dieser Ansicht, Gründe, die Sie sogar bestimmen, sich den Beschwerden einer so bedeutenden Reise auszusetzen?« fragte Wallerstein ebenso überrascht wie erstaunt.

»So ist es! Wollen Sie einmal die Güte haben, diesen Gegenstand in Augenschein zu nehmen?«

Er öffnete den Überrock, zog den Gehrock auseinander und deutete auf seine Weste.

»Diese Uhrkette? Sie scheint — mein Gott, das ist ja die Kette meines Vaters! Um Gottes willen, wie kommen Sie dazu, Herr Leutnant?«

»Und die Uhr, die an ihr befestigt ist? Betrachten Sie auch diese!« Er zog sie hervor und reichte sie ihm zur Besichtigung entgegen.

»Auch sie gehörte dem Vater. Ich bin — bin außer mir, Herr Leutnant! Bitte, Aufklärung. Sie sehen, ich zittere vor Erregung.«

»Ich nahm diese Uhr nebst Kette einem Mann ab, dessen Bruder sie ihm schenkte. Dieser Bruder war zur Zeit der Tat in Berlin, auch Sie hat er besucht, er ist der Mörder, wenn mich meine Kombination nicht täuscht.«

»Wie heißt er? Bitte, schnell, ich muß den Namen sofort hören!«

»Latour, François Latour aus Le Havre de grace, Seekapitän, Sklavenhändler, Pirat und — Vicomte, damals, als der Raubmord geschah.«

»Latour, der Vicomte de Latour! Mein Gott, mir schwindelt. Lassen Sie mir Zeit, mich zu fassen, dieser Name weckt Gedanken in mir, denen mein von Kummer und Sorgen angestrengter Kopf für den Augenblick nicht gewachsen ist!«

Er zog das Taschentuch hervor, um sich den Schweiß von der Stirn zu trocknen, und erst nach einer längeren Pause bat er: »Darf ich über Ihr Zusammentreffen mit seinem Bruder Näheres erfahren, Herr Leutnant?«

»Ich stehe Ihnen natürlich sehr gern damit zu Diensten.«

Er erzählte ihm das Nötige über jenes Ereignis auf dem Bahnhof zu Wildauen und fuhr dann fort: »Um möglichst viel über den Vicomte in Erfahrung zu bringen, telegrafierte ich zur Polizeistation in Le Havre. Dort war der Vicomte schon in der Verbrecherkartei registriert. Nach einiger Zeit bekam ich wichtige Unterlagen über den Vicomte, unter anderem eine Fotografie. Ich konnte nun den Franzosen freilassen, und da ich wußte, daß sein Bruder nach Amerika sei, stellte ich mir, nebenbei getrieben von Rücksichten, deren Erwähnung nur nebensächlich sein würde, die Aufgabe, ihn dingfest zu machen. Vorher aber ging ich zu Ihnen, um mich noch einmal über gewisse Punkte zu informieren, hörte aber, daß Sie Berlin verlassen hätten. Uhr und Kette nahm ich in der Weise, wie Sie es gesehen haben, mit, um sie jeden Augenblick bei der Hand zu haben, und auch die Fotografie, die ...«

»Führen Sie diese bei sich?«

»Natürlich, sie ist mir unentbehrlich, obwohl ich den Vicomte persönlich kenne: Er hatte nämlich einmal meine Schwester nach einem Bootsunfall gerettet ...«

»Darf ich die Fotografie sehen?«

»Hier ist sie.« Er zog ein Portefeuille hervor, öffnete es und entnahm ihm eine Fotografie, die er dem Juwelier zur Ansicht übergab.

»Er ist es, ja, er ist es. Das Bild ist außerordentlich gut gelungen!«

»Sie kennen ihn?«

»Ja, ich habe ihn hier in New York gesehen.«

Der Leutnant sprang auf. Der erste Fußstapfen der gesuchten Spur schien gefunden.

»Ja, hier in New York, hier in Hoboken, hier bei Mutter Thick!« ergänzte Wallerstein.

»Ja, hier bei mir, Sir!« bekräftigte die Wirtin, die der Unterredung mit wachsender Teilnahme gefolgt war.

»Wann und unter welchen Umständen, Herr Wallerstein?«

»Vor einigen Wochen. Ich hatte von Mutter Thick gehört und beschlossen, bei ihr zu boarden. Auch er wohnte seit kurzem hier, und zwar unter dem deutschen Namen Heinrich Sander. Es hatte sich ihm eine zweite Person angeschlossen, die sich Peter Wolf nannte. Ich erfuhr nachher von ihm selbst, daß der Mann sein Diener sei.«

»Er wohnte hier, in dem einfachen Schifferhaus? Er mußte verwirrt sein bei dem Zusammentreffen mit Ihnen, er mußte nach einem Grund suchen, seine Anwesenheit hier zu erklären!«

»Diesen Grund hatte er, wie er mir unter dem Siegel der Verschwiegenheit vertraute.«

»Welcher war es?«

»Es steht hier in den Staaten eine politische, vielleicht auch kriegerische Verwicklung bevor, er war von seiner Regierung in Beziehung darauf mit geheimen Missionen betraut, die ihm ein strenges Inkognito auferlegten.«

»Ah!« dehnte Treskow, »eine zwar schlaue, aber sehr gewöhnliche Zuflucht! Der Diener war Jean Letrier, ein Mensch, von dem ich…«

»Jean Letrier?« rief die Wirtin, »der ›böse Jean‹, der mit dem ›schwarzen Kapitän‹ gesegelt ist, wie sich die Maaten erzählen, die bei mir verkehren? Oh, hätte ich das gewußt, hätte ihn nur einer von den Leuten hier erkannt!«

»Ja, der ist's, Mutter Thick«, meinte Peter Polter. »Und der Latour, der sich Heinrich Sander geheißen hat, ist der ›schwarze Kapitän‹ in eigener Person, so wahr ich Hochbootsmaat auf Ihrer englischen Majestät Kriegsschiff ›Nelson‹ und dann Steuermann auf dem Vereinigten-Staaten-Klipper ›Swallow‹ gewesen bin!«

»Was du sagst, Peter!« meinte sie erschrocken. »Oh, hätte ich das gewußt, hätte ich's gewußt, ich hätte für so ein Dutzend Ketten und Handschellen gesorgt, daß diese Halunken es wagen, mein gutes Haus zu verschimpfen!«

»Er hat sich natürlich nach der Begegnung mit Ihnen schleunigst unsichtbar gemacht?« fragte Treskow weiter.

»O nein. Er zeigte große Teilnahme für mein Geschick, gab mir Gelegenheit, mich ihm näher anzuschließen und verlängerte durch die mir erwiesene wohlwollende Aufmerksamkeit meinen Aufenthalt in New York, der eigentlich nur für einige Tage berechnet war.«

»So muß er hierfür einen besonderen Grund gehabt haben, einen Grund, der selbst seine Befürchtung, entdeckt zu werden, überwog!«

»Den hatte er, wie ich zu meinem eigenen Schaden bald bemerken mußte.«

»Nun?«

»Ich war wirklich von seiner Freundlichkeit bestrickt und machte ihm Mitteilung über Verhältnisse, die ich der vorhin erwähnten Existenz zugrunde legen wollte.«

»Und die Verhältnisse? Oder ist diese Frage vielleicht zu indiskret?«

»Nein. Sie dürfen, Sie sollen und müssen sogar alles erfahren! Mein Vater ist nicht stets der wohlhabende Mann gewesen, der er in den letzten Jahren seines ihm von Mörderhand geraubten Lebens war. Er stammte vielmehr von sehr armen Eltern, die ihre beiden Söhne zwar während der Lehre unterstützten, sonst aber nichts weiter für die Brüder tun konnten. Er wurde nach seiner Neigung Goldarbeiter, während der Bruder sich dem Forstwesen widmete und später eine Försterstelle auf den Besitzungen des Fürsten — wir haben den Namen vorhin bereits genannt — des Fürsten von Schönberg-Wildauen erhielt.«

»Good luck«, fuhr Peter empor, »so hat er vielleicht gar meinen Heinz gekannt!«

»Wer ist das?«

»Wer das ist? Nun, wer denn anders als mein Bruder Heinrich Polter aus Langendorf, der am crutch laufen muß, an der Krücke, weil er ein Bein und einen Stelzfuß hat! Er ist Kammerzofe oder wie das Ding heißt, beim Minister Schönberg oder Prinz oder was der alte Ludrian eigentlich ist!«

»Möglich! Da kam die Zeit der Gärung da drüben, die manchen als Flüchtling über die See gejagt hat, mein Onkel wurde mit in den Strudel gerissen, verlor Heimat und Stellung und verschwand. Erst nach einigen Jahren durfte er wagen, uns zu schreiben. Er war nach Amerika gegangen und hatte sich als ausgezeichneter Schütze einer Gesellschaft von Pelzjägern angeschlossen. Den Ertrag seiner Mühen sandte er stets den Eltern, und als diese gestorben waren, seinem Bruder, dem diese Spende geschäftlich sehr zustatten kam. Dann gab es eine lange Zeit, während der wir nichts mehr von ihm hörten, bis eines Tages mein Vater zu einem der bedeutendsten Bankiers gerufen wurde und eine Summe ausgezahlt erhielt, deren Höhe uns fast schwindeln machte. Ein dabei ausgehändigter Brief des Onkels erklärte uns das Nähere. Er hatte die Bekanntschaft eines Indianerhäuptlings gemacht, auf welche Weise, war nicht erwähnt, der Winnetou hieß und ...«

»Winnetou?« rief Peter. »Mille tonnerre, das ist der Häuptling der Apachen, den ich bei Sam Fire-gun getroffen habe, als ich damals nach dem Westen segelte, um in der alten Prärie, von der ich so viel gehört hatte, einmal gehörig Ausguck zu halten!«

»Sam Fire-gun?« fragte Wallerstein überrascht. »Kennen Sie ihn?«

»Ob ich ihn kenne? Versteht sich! Ihn und Dick Hammerdull und Pitt Holbers und Bill Potter und alle, die da drin im Hide-spot stecken wie der Schiffsmaat in seiner Koje!«

»Welch ein Zusammentreffen! Sam Fire-gun, diesen Namen hat mein Onkel von den Jägern erhalten, und zwar wegen der Geschicklichkeit, mit der er die Büchse zu führen versteht.«

»Euer Onkel? Cheer up, junger Mann, gebt mir doch

einmal Eure zehn Finger herüber, ich muß sie ein wenig drücken! Mutter Thick, hol doch noch einige Tropfen von diesem braunen Wasser da, denn wenn sich Peter Polter freut, so muß er trinken!«

»Was meinten Sie vorhin mit dem Hide-spot?«

»Das ist ein Versteck, das sich die alten Swalkers ausgesucht haben, damit sie von den roten Männern nicht gebissen werden, ein Versteck sage ich Euch, in dem man ebenso sicher liegt wie in Abrahams Schoß oder wie in einem Bett bei Mutter Thick!«

»Und wissen Sie, wo es zu suchen ist?«

»Hm, das ist ein böses Ding! Beschreiben läßt sich so ein Weg nicht, aber wenn man den richtigen Kurs zu steuern weiß, so kann man dort schon vor Anker gehen.«

»Gut, wir werden darüber noch weiter sprechen. Ich muß es geradezu ein Glück nennen, daß ich hier so mit Ihnen zusammengetroffen bin. Doch nun wieder zu meinem Bericht! Dieser Winnetou also hat dem Onkel einen Platz im Gebirge gezeigt, wo eine außerordentliche Menge Gold zu finden sein muß, denn der Onkel ist oben gewesen. Was er gefunden hat, ist eben zu dem Betrag gewesen, den er uns schickte. Wir wurden dadurch in den Stand gesetzt, unserem Geschäft einen Aufschwung zu geben, der allerdings mit der Ermordung und Beraubung des Vaters einen fürchterlichen Abschluß erreichte. Dieses Unglück hatte eine längere Pause in dem Briefwechsel mit dem Oheim zur Folge, bis ich vor nicht gar langer Zeit die Einladung erhielt, eine ähnliche Summe, und zwar persönlich, in Empfang zu nehmen, da der Onkel sich sehne, einmal einen Verwandten bei sich zu sehen, er selbst sei zu sehr an den

Westen gewöhnt, als daß er sich entschließen könne, ihn oder gar die Staaten zu verlassen. Ich sollte den Arkansas hinauf und bis hinter Fort Gibson gehen, wo ich bei einem gewissen Winklay ...«

»Master Winklay, der Irishman? Thunder-storm, den kenne ich auch! Ist eine verteufelt langweilige Seele, der Kerl, und hat den schlechtesten Kautabak, den ich zu Wasser und zu Lande getroffen habe!« bemerkte der Steuermann.

»Also richtig! Dort sollte ich bleiben und nach Sam Firegun fragen.«

»Nun, Master Wallerstein oder Wallerstone, warum sitzt Ihr dann da noch am Kai und seid nicht abgesegelt nach dem alten Arkansas?«

»Weil – ja, da komme ich eben wieder auf den Herrn Vicomte de Latour. Ich teilte ihm diese Absicht und ihre Veranlassung mit. Er fragte mich, ob der Onkel mich persönlich kenne oder ob ich mich genügend bei demselbigen zu legitimieren vermöge. Ich wies auf meine polizeilichen Papiere und auf des Onkels Briefe hin, die ich bei mir führte. Er ließ seine Bedenken fallen, und erst später fiel mir auf, daß er das Gespräch auf unsere Familie lenkte, jedenfalls nur, um sich gehörig zu unterrichten und aus dem Gehörten Nutzen zu ziehen, denn am anderen Tag waren, als ich von einem Ausgang zurückkehrte, meine Papiere, mein Geld, alle meine Habseligkeiten und auch der Herr Vicomte mitsamt seinem Diener verschwunden.«

»Ah!« machte Treskow. »Sie haben doch sofort Anzeige gemacht?«

»Allerdings, aber vergeblich. Ich war nun vollständig mittellos, da ich an diesem Tag nur wenig Barschaft in der Tasche geführt hatte, und vermochte nicht einmal, meine Rechnung zu bezahlen. Daß ich nicht in die äußerste Not geriet, habe ich nur unserer guten Mutter Thick zu verdanken.«

»Pah, Master Wallerstein! Eure Zeche ist nicht so bedeutend, und ich wage nichts dabei, denn ich weiß, wie ich mit Euch halte.«

Treskow blickte sinnend vor sich nieder.

»Heut ist mir eine nicht ganz üble Stellung angeboten worden«, fuhr der Juwelier fort, »und vielleicht wäre es mir auch geglückt, sie annehmen zu können, nach dem aber, was ich jetzt erfahren habe, möchte ich es mich keinen Augenblick länger in Hoboken leiden, wenn ...«

»Nun, wenn?« fragte die Wirtin.

»Wenn ich die nötigen Mittel hätte«, ergänzte der junge Mann mit niedergeschlagener Miene, »den beiden Schurken folgen zu können. Bis ich sie erworben habe, ist alles zu spät geworden.«

»Das laßt Euch keine Sorge sein, my dear! Was Ihr braucht, das sollt Ihr haben, und ich hoffe, daß Ihr mich damit nicht zurückweist!«

»Stop, Mutter Thick«, meinte der Steuermann, »erst kommt Peter Polter, ehe das Weibsvolk hier zu reden hat. Ein Dreimaster ist ein stattlich Ding, und nur wenn er leck geworden ist, steigt man in den Kutter. Ich bin der Dreimaster und du bist der Kutter, so ist es, verstehst du mich? Und leck, god damn, leck bin ich noch lange nicht! Der Peter Polter hat sich so einige Guineen zurückgelegt, um den Seinen eine Freude zu machen, da sie aber alle zum Himmel gesteuert sind und der Heinz auch nichts brauchte, so steckt der alte, dumme Mammon noch gerade so hier in der Tasche, wie ich ihn hineingeschoben habe. Er soll heraus, und der Master Wallerstone wird dem Peter Polter nicht das Herzeleid antun, ihn mit seinen Dollars absegeln zu lassen.«

»Halt, Peter«, sagte Treskow lächelnd, »Ihr meint es beide jedenfalls gleich gut, aber diese Sache werdet Ihr wohl mir überlassen müssen, und zunächst haben wir noch anderes zu besprechen. Sind Sie vollständig überzeugt, daß nur Latour sich Ihrer Papiere bemächtigt haben kann?«

»Vollständig. Der Boardkeeper hat ihn sogar aus meinem Zimmer kommen sehen.«

»Dann hat er die Absicht, nach dem Westen zu gehen, um sich Ihrem Onkel als Neffe vorzustellen. Dieses und der Umstand, daß er sich hier einzuschränken hatte, gibt mir einiges zu bedenken. Wo ist der Raub hin, die ungeheure Summe, die er Ihrem Vater damals abgenommen hat?«

»Dieser Gedanke hat auch jedenfalls seine volle Berechtigung!«

»Ausgegeben, verschwendet und verpraßt ist ein solches Vermögen in so kurzer Zeit nicht«, fuhr Treskow fort. »Verloren? Sehr unwahrscheinlich, versteckt? — Vielleicht, aber dann hätte er sich wenigstens mit genug Mitteln versehen, um auf dem ihm geläufigen Fuß leben zu können. Mir scheint nur zweierlei möglich, entweder sind wir auf falscher Fährte, so daß er der Täter nicht ist, oder er hat Komplizen, einen oder mehrere, und ist auf irgendeine Weise um seinen Anteil gekommen. Ich neige zu der letzteren Ansicht. Im Hotel, das er bewohnte, logierte ein junger Mensch neben ihm, mit dem er auf sehr vertrautem Fuß stand und der zu gleicher Zeit mit ihm abreiste, das erfuhr ich später. Inwieweit der Diener Jean Letrier mit im Komplott steckt, ist nicht zu sagen. Jedenfalls aber bleiben mir zwei Aufgaben: den Leutnant von Schönberg und den Pseudo-Vicomte schleunigst aufzusuchen. Ersteren, um ihn von dem fürchterlichen Verdacht zu reinigen. Letzteren, um ihn der Gerechtigkeit zu überliefern. Und da Mutter Thick sagt, daß Leutnant Parker mit der ›Swallow‹ nach New Orleans ist, so lassen sich beide Aufgaben sehr wohl vereinigen, wir gehen zu dritt nach New Orleans und von da den Arkansas hinauf in Richtung Hide-spot, von dem der Steuermann uns erzählte. Ich bin beinahe überzeugt, Latour und Letrier dort zu finden. Sie sind natürlich bei dieser etwas ausgedehnten Partie, Herr Wallerstein?«

»Von ganzem Herzen«, antwortete dieser, freudig aufatmend, »doch erwähnte ich schon ...«

»Bitte, darüber mag jetzt kein Wort mehr verloren werden! Ich wünsche nur, daß wir die ›Swallow‹ noch richtig treffen.«

»Bitte, Herr Leutnant, Sie sprechen von einem gewissen Parker, während es sich doch um den Prinzen von Schönberg-Wildauen handelt!«

Treskow lächelte.

»Wer gezwungen ist, als Mörder zu entfliehen, pflegt vor allen Dingen seinen Namen mit einem anderen zu vertauschen. Parker und Schönberg sind ein und derselbe. Mutter

Thick, was ist die schnellste Gelegenheit in Richtung Süden? Meinen Sie, daß wir die Bahn wählen oder eine Schiffsgelegenheit benutzen sollen?«

»Ja, Sir, mit der Bahn kämt Ihr eigentlich um einiges früher als mit dem Schiff, aber es fährt sich jetzt da unten außerordentlich unsicher, denn die Revolution steht vor der Tür. Zur See habt Ihr dergleichen Störungen nicht zu befürchten und im Gegenteil vielleicht noch den Vorteil, daß Ihr der ›Swallow‹ begegnet, wenn sie im Süden einen neuen Kurs erhalten hat.«

»Ich stimme Ihnen bei. Wissen Sie vielleicht ein Schiff, das bald die Anker lichtet?«

»Hm, der Unions-Dampfer ›Leviathan‹ geht noch heute in der Nacht in offene See, der Kapitän hat noch am Lande zu tun und kommt ganz sicher her, um der Mutter Thick fare well zu sagen. Das Schiff ist scharf auf dem Kiel gebaut und der Kapitän ein tüchtiger Offizier. Ein Orlogschiff ist allerdings nicht eigentlich für Passagiere, aber mein Wort gilt etwas bei ihm, und ich werde also mit ihm reden.«

»Tun Sie das, Mutter Thick!«

»Natürlich tue ich es, obgleich es mir lieb wäre, Euch noch länger bei mir behalten zu können. Doch ich hoffe, daß Ihr mich nicht back- oder steuerbord links liegenlaßt, wenn Ihr zurückkehrt, denn ich muß ganz genau erfahren, wie der Faden von hier weitergelaufen ist.«

»Silence, Mutter Neugierde«, meinte Peter. »Ich werde dir das Tau Zoll für Zoll abwickeln, wenn wir wiederkommen, denn ich weiß, daß du ...«

»Du, Peter? Du willst auch mit?«

Der alte Seemann riß den Mund auf und starrte sie mit weit offenen Augen an.

»'s death, alte Schaluppe, was soll ich denn? Etwa mich hier aufstapeln und ruhig warten, bis hier mein lieber Herr Policeman mitsamt dem Master Wallerstone von den Haien gefressen oder von den Indsmen gespießt worden ist? Das sind zwei ganz unglückselige Landratten, folglich muß ich mit zur See. Und wer will ihnen denn den Weg zu Master Winklay und zum Hide-spot zeigen, wenn es der Steuermann Peter Polter aus Langendorf nicht tut? Der alte Lord Schönberg hat mir den Sir hier auf die Seele gebunden und der Heinz mit dem crutch ebenso, ich lasse ihn also keinen Augenblick aus dem Glas und segle mit ihm Bord an Bord, wo er nur immer hinsteuern mag!«

Die brave Frau war wirklich herzlich betrübt, ihren Freund wieder so bald zu verlieren, doch ließ sich nichts dagegen machen.

Die Unterhaltung hatte ein Ende. Es fanden sich nach und nach Gäste ein, und auch der Kapitän des »Leviathan« kam, wie Mutter Thick gesagt hatte. Sie hielt Wort und sprach mit ihm, und auf ihre Verwendung hin ließ er sich bereitfinden, gegen den auf Kriegsschiffen herrschenden Gebrauch die drei Männer mit nach New Orleans zu nehmen.

Sie mußten sich sofort reisefertig machen, da keine Zeit zu verlieren war, und begleiteten ihn nach einem herzlichen Abschied von der Wirtin an Bord.

Noch bei Tagesgrauen verließ der Dampfer den Hafen und stach in See. Die Reise zeigte einen schnelleren Erfolg, als Treskow sich hätte träumen lassen. Er stand an Deck und ließ den Blick hinaus auf die See schweifen, deren Wogen weit, weit drüben im Osten das heimatliche Land bespülten. Er dachte an die, denen er den Frieden wiederbringen sollte und an das Glück, das seiner wartete, als der köstlichste Lohn, der ihm geboten werden konnte.

Die Fahrt ging ohne Unfall und Aufenthalt schnell vonstatten. In der Metropole des Südens angekommen, verließen sie das Schiff, um sich nach der »Swallow« umzusehen.

Sie fanden die Stadt in einer ungeheuren Aufregung, die politische Scheidung von Nord und Süd war immer augenfälliger zutage getreten. Man hielt Meetings, man rüstete und betrachtete jeden Nordländer mit offenbarem Mißtrauen, so daß der Aufenthalt jedem ruhig Denkenden nicht nur verleidet, sondern sogar von Stunde zu Stunde schwieriger und gefährlicher wurde.

Auf ihre Erkundigung erfuhren sie an sicherer Stelle, daß Leutnant Parker sofort nach seinem Eintreffen den Befehl erhalten hatte, mit der »Swallow« um Kap Horn herum nach Kalifornien zu segeln. Diese Order war jedenfalls eine Folge der gegenwärtigen politischen Lage, Parker war zur See unmöglich mehr zu ereilen. Treskow mußte einstweilen von ihm absehen und sein Augenmerk auf den gesuchten Mörder richten.

Da Schaden im Verzug liegen konnte und New Orleans sich ihnen von einer nichts weniger als angenehmen Seite bot, bestiegen sie, nachdem sie sich mit den nötigen Waffen versehen und ihre jetzigen Anzüge mit der praktischen Trapperkleidung umgetauscht hatten, den ersten aufwärtsgehenden Mississippisteamer, der sie bis an die Mündung des Arkansas trug.

Ohne besondere Abenteuer kamen sie hier an, stiegen ab und fuhren mit einem kleineren Dampfer bis Fort Gibson, wo sie sich drei wackere Pferde kauften und die Beutel mit einem gehörigen Quantum von Munition und Proviant füllten. Dann ging es zu Roß mehrere Tage lang am Fluß weiter, bis sie das kleine Settlement erreichten, wo Master Winklay sein »Store and Boarding-house« aufgeschlagen hatte.

Treskow und Wallerstein waren beide, wenn auch nach europäischer Art und Weise, gute Reiter, anders aber verhielt es sich mit Peter Polter, der in einer geradezu unbeschreiblichen Stellung auf dem Pferd hockte und die Knie in die Höhe zog, als wate sein Tier bis hinauf zum Sattel in Schlamm. Er hatte einen außerordentlich widerspenstigen Dakotatraber erwischt, der ihm gar viel zu schaffen machte, obgleich der brave Steuermann sich bei seinem früheren Aufenthalt in der Prärie wenigstens so viel Geschicklichkeit angeeignet hatte, daß er nicht aus dem Sattel zu bringen war.

»Have a care — Achtung — attention — hopp, du falscher Racker!« räsonnierte er, als sein mutiger Fuchs den Versuch machte, mit allen vieren in die Luft zu steigen. Ein Hieb mit der gewaltigen Faust zwischen die Ohren belehrte das Pferd, daß es außer dem seinen noch einen höheren Willen gebe, den es zu respektieren habe.

»Da hast du eins, wenn du meinst, daß der Peter Polter aus Langendorf ein Seiltänzer sei oder ein ähnlich halsbrecherisches Individuum! Wirft mir die Bestie den Schwanz in die Höhe wie die Sternflagge eines Dreimasters und schlägt mit dem Gehör um sich, als wolle sie Seekrebse damit fangen! Hätte ich dich nur zwischen Vor- und Mittelmast eines guten Oceaners, so wollte ich dir zeigen, was ein Steuermann zu bedeuten hat! Grace à dieu — heigh-day, da ist ja die Kabine, in der Master Winklay, der Irishman, vor Anker liegt. Herunter von der Rahe, Peter Polter, und du, Teufelsgaul, dich werde ich hier mit dem Riemen an die Fenzlatte sorren, damit dich die Strömung nicht hinaus in die See treibt! Steigt ab, Master Treskow und Herr Wallerstone, wir sind im rechten Hafen!«

Er trat mit so weit auseinandergestreckten Beinen auf, als habe er vom Reiten die Seekrankheit bekommen, und schob sich dann vorsichtig durch den Flur und die offenstehende Tür in den Barraum des Irländers.

»Good day, alter Marsgast!« grüßte er diesen, der sich ganz allein in der Stube befand. »Schaff etwas Nasses zur Stelle, sonst segle ich dich über den Haufen, so liegt mir der Durst in den Segeln!«

Die beiden anderen zeigten weniger Redseligkeit, sie nahmen schweigend Platz und überließen ihrem Gefährten die Einleitung zu dem beabsichtigten Gespräch.

»Hélas, my good Haggler, kennst du den Peter Polter noch?« fragte dieser.

Der Wirt zog sein vertrunkenes Gesicht in schmunzelnde Falten.

»Kenn dich schon noch. Wer so trinken kann wie du, den vergißt man nicht so leicht!«

»Well done – bon! Hätte dir aber einen solchen Merks kaum zugetraut! Weißt noch, als ich mit Dick Hammerdull, Pitt Holbers und noch einigen hier Abschied trank und doch zwei Tage länger warten mußte, weil die anderen gar nicht wieder aufwachen wollten?«

»Yes, yes, das war ein ›Drink‹, wie ich noch keinen erlebt hatte und wohl auch keinen wieder mitmachen werde. Wo bist du denn herumgestiegen?«

»Bin nach dem Osten und zur See, habe hierhin geguckt und dorthin und will nun wieder auf eine Woche oder zwei zum alten Fire-gun. Es gibt ihn also noch, den alten Trapper, he?«

»Meine es! Den löscht so leicht kein Indsman aus, und die bei ihm sind, wissen sich und ihn zu halten. Dick Hammerdull ist hier gewesen vor nicht gar langer Zeit, der lange Pitt war auch bei ihm. Sind dann fortgegangen und auf die Roten gestoßen, wie ich mir denke. Man sagt, die Oglala hätten einen Zug überfallen und von Sam Fire-gun und Winnetou eine gute Portion Blei und Eisen erhalten.«

»Winnetou? Er ist also in der Nähe?«

Der Irländer nickte.

»Freilich, war sogar hier bei mir und hat mich bei der Gurgel gehabt, daß mir beinahe der Atem ausgegangen ist.«

»Alas, alter friend, bist ihm wohl quer durch den Kurs gerudert?«

»War so etwas! Kannte ihn nicht und wollte ihm keine Munition verkaufen, kam aber da verdammt an den Unrechten. Willst du Bill Potter sehen?«

»Bill Potter? Ist er hier an Bord?«

»Meine es! Ist nur ein wenig in den Wald gegangen und hat sein Pferd hinter dem Haus stehen.«

»Luck-a-day, das paßte sich gut! Wie segelt er, von oder zu dem Colonel?«

»Zu – zu ihm, ist einige Zeit da unten in Missouri gewesen, wo er Verwandte hat, und will nun wieder hinauf in die Berge.«

»Wann macht er sich an die Ankerwinde?«

»Wie? Rede doch so, wie einem ehrlichen Mann der Schnabel gewachsen ist. Wer soll denn dieses schauderhafte Zeug verstehen?«

»Bist ein dull-man, ein Dummkopf, wie er im Buch steht, und wirst auch einer bleiben! Wann er fortgeht von hier, meine ich!«

»Kann es nicht sagen, wird aber nicht in alle Ewigkeit hier liegen bleiben.«

»Hat er abgesattelt?«

»Nein.«

»So wird er sich vielleicht noch heute in die Ruder legen, und wir machen mit!«

Der Wirt schien wirklich sehr freundschaftliche Gesinnungen für den originellen Seemann zu hegen, denn der sonst so schweigsame und zurückhaltende Mann hatte sich wohl seit Jahren zu keinem so langen Gespräch herbeigelassen, wie es das gegenwärtige war.

Jetzt machte sich Treskow zu einer Frage bereit. Er griff in die Tasche und zog die Fotografie Latours hervor.

»Wollt Ihr mir nicht sagen, ob vor kurzem bei Euch zwei Männer vorgesprochen haben, zwei Deutsche, Master

Winklay, die sich Heinrich Sander und Peter Wolf nannten?«

»Heinrich Sander – Peter Wolf? Hm, ich will mein ganzes Schießpulver verschlucken und eine Portion Schwamm und Feuerzeug dazu, wenn das nicht die beiden Greenhorns waren, die zu Sam Fire-gun wollten!«

»Wie sahen sie aus?«

»Grün, sehr grün, Mann, mehr kann ich nicht sagen. Der eine, Heinrich Sander, glaube ich, war es, machte uns den Spaß und ging mit seiner Mückenflinte dem dicken Hammerdull zu Leibe, wurde aber ganz schön gehörig heimgeschickt. Ich glaube, Dick hätte ihm einige Zoll Eisen zu kosten gegeben, wenn er nicht gesagt hätte, daß der Colonel sein Oheim sei.«

»Gefunden!« meinte Treskow freudig. »Wo sind die beiden denn hin?«

»Fort mit dem Langen und Dicken, hinaus in die Savanne. Mehr weiß ich nicht.«

»Seht Euch doch einmal dieses Bild hier an, Master! Kennt Ihr den Mann?«

»Wenn das ein anderer ist als der Heinrich Sander, so sollt Ihr mich auf der Stelle teeren und federn!«

Dann aber trat er, wie unter einem plötzlich in ihm auftauchenden Gedanken, um einen Schritt zurück und fragte in zurückhaltendem Ton: »Sucht Ihr den Mann, Sir?«

»Warum?«

»Hm! Ein Westmann trägt niemals so ein Konterfei mit sich herum, und Ihr seht – seht so nett und sauber aus, daß – daß ...«

»Nun, daß?«

»Daß ich Euch einen guten Rat geben möchte!« verbesserte er den beabsichtigten Satz.

»Welchen?«

»Was hier bei mir vorgeht, das kümmert mich nicht, solange man mir meine guten Hausrechte läßt. Ich frage niemanden und antworte auch keinem. Euch aber habe ich Rede gestanden, weil Ihr mit dem da gekommen seid, sonst hättet Ihr nichts von mir erfahren. Aber zeigt niemand das Bild wieder vor und erkundigt Euch nicht eher nach irgendwem, als bis Ihr ein wenig mehr nach der Savanne ausseht, denn sonst — sonst ...«

»Weiter! Sonst?«

»Sonst hält man Euch gar für einen Policeman, für einen Detektiv, und das ist oft sehr schlimm. Der Westmann braucht keine Polizei, er richtet selber, was es zu richten gibt, und wer sich da hineinmengt, den weist er mit dem Bowieknife zurück!«

Treskow wollte eben antworten, da aber öffnete sich die Tür, und ein Mann trat ein, bei dessen Anblick der Steuermann sich mit lautem Zuruf erhob.

»Bill Potter, alter Swalker, bist du's wirklich? Komm her und trink, ich weiß noch ganz genau, daß deine kleine Kehle ein ganz verteufelt großes Loch ist!«

Der Angeredete war ein winziges, dürftiges Männlein, an dessen Körper sich kaum ein halbes Pfund Fleisch vermuten ließ. Er sah den Sprecher verwundert an, wobei sich sein kleines Gesichtchen in hundert lachende Falten und Fältchen legte.

»Bill Potter? Swalker? Trinken? Großes Loch? Hihihihi, wo hab ich nur den Kerl gesehen, der mir so bekannt vorkommt!«

»Wo du mich gesehen hast? Hier natürlich, hier. Streng nur dein Gehirnchen ein bißchen an!«

»Hier? Hm! Kann mich doch nicht gleich besinnen. Bin so oft hier gewesen und mit so verschiedenen Männern, daß ich den einzelnen nicht so schnell aus dem Haufen herausfinden kann. Wie klingt dein Name, he?«

»Donnerwetter, hat der kleine Junge hier bei Master Winklay an meiner Seite gesessen und dabei getrunken, daß er zwei Tage lang mit keinem Finger wackeln konnte, und fragt mich jetzt, wie mein Name klingt! Und noch dazu bin ich mit ihm im Hide-spot gewesen, wo wir bei Sam Fire...«

»Stop, Alter! Hihihihi, jetzt kenne ich dich!« fiel ihm der Kleine hier in die Rede. »Heißt Peter Folter oder Molter oder Wolter oder...«

»Polter, Peter Polter aus Langendorf, zuerst Hochbootsmaat auf Ihrer englischen Majestät Kriegsschiff ›Nelson‹ und dann Steuermann auf dem Vereinigten-Staaten-Klipper ›Swallow‹, wenn du dir es merken willst!«

»Weiß — weiß — weiß! Bist ja mit bei uns gewesen und hast mir zu guter Letzt beinahe noch den Tod an den Hals getrunken. Hihihihi, hast eine Gurgel, wie ich noch keine gesehen habe, und kannst trinken wie — wie — wie der alte Vater Mississippi selber. Wo warst du denn nachher, und wo willst du hin?«

»War ein wenig in der Welt herum und will jetzt wieder zu euch, wenn es dir recht ist.«

»Zu uns? Weshalb?«

»Diese Gentlemen hier haben mit eurem Captain oder Colonel zu reden. Wird er daheim auch zu finden sein?«

»Denke es. Wann wollt ihr fort von hier?«

»So bald als möglich. Reitest doch mit, he?«

»Möchte schon, wenn ihr mich nicht zu lange warten laßt!«

»Je eher, desto lieber ist es uns. Iß und trink, alter Schießprügel, und dann mag es vorwärtsgehen!«

Es war kurze Zeit vergangen, so saßen die Männer zu Pferde und verließen das »Store and Boardinghouse« des ehrenwerten Master Winklay.

Sie schlugen ganz dieselbe Richtung ein, der vor ihnen Dick Hammerdull mit seinen Begleitern gefolgt war, deren Spuren allerdings nicht mehr bemerkt werden konnten.

Bill Potter erwies sich als ein ausgezeichneter Führer. Das kleine Männchen entwickelte eine Ausdauer, einen Scharfsinn und eine Beweglichkeit, die ihm das Vertrauen der drei anderen gewann.

So hatte der Ritt schon einige Tage fortgedauert, als sie den Schienenstrang der Bahn erreichten, an dem der Überfall der Oglala stattgefunden hatte. Es war am frühen Morgen, als Bill Potter plötzlich sein Pferd hielt und aufmerksam in die Ferne schaute.

»Seht Ihr, Mesch'schurs«, rief er, mit dem Arm vorwärts deutend, »die Totengräber* in der Luft und die Coyoten am Boden? Dort hat irgendwer den letzten Stich oder die letzte

* Totengräber: Geier.

Kugel erhalten. Wollen hoffen, daß es eine Rothaut gewesen ist, hihihihi. Kommt, laßt uns einmal nachsehen!«

Die vier Reiter setzten ihre Pferde in Trab und gelangten auf den Kampfplatz. Die Leichen der Erschlagenen lagen, von Geiern und Wölfen ihres Fleisches beraubt, noch da, wie sie gefallen waren. Die Bahnzüge waren vorübergesaust, ohne daß deren Insassen die Stätte beachtet hatten. Potter untersuchte jede Kleinigkeit genau.

»Luck-a-day«, meinte er endlich, »hier hat ein fürchterlicher Kampf stattgefunden. Seht Ihr diese Schienen hier? Sie sind repariert worden. Die roten Halunken haben den Zug überfallen wollen, sind aber von den Weißen daran gehindert worden. Es waren die Oglala, ich sehe es an der Bemalung. Und die zerspaltenen Schädel — einen solchen Hieb vermag nur der Colonel Sam Fire-gun zu führen. Dick Hammerdull ist dabeigewesen und Pitt Holbers auch. Hier sind sie gestanden, wie gewöhnlich Rücken an Rücken, ich sehe es an den Fußspuren, die tief in die Erde gegraben sind. Dort haben die Feuer gebrannt, da drüben hatten die Indianer ihre Pferde angepflockt, seht Ihr die Löcher im Boden, und hier, kommt, hier sind zwei geflohen und verfolgt worden!«

Er zog sein Pferd hinter sich her und folgte den Spuren, die bei der Flucht Heinrich Sanders und Peter Wolfs in den weichem Boden so tief eingegraben worden waren, daß man sie noch jetzt zu erkennen vermochte.

»Hallo, hier ist's aus gewesen, hier sind ihre Pferde von den Lariats niedergerissen worden, und egad, Mesch'schurs, es sind zwei Weiße gewesen, aber nicht verfolgt von Roten, sondern von drei Weißen und nur einem Roten. Hihihihi, diese Fußstapfen sollte ich wohl kennen! Ich lasse mir vom ersten besten Grizzly die Hirnschale einbeißen, wenn das nicht der Colonel war mit Dick Hammerdull und Pitt Holbers und – und – wahrhaftig, das ist kein anderer gewesen als Winnetou, der Häuptling der Apachen!«

Die anderen mußten über den Scharfsinn und die Sicherheit erstaunen, mit der der kleine Jäger aus den verworrenen und schon vielfach verwischten Spuren seine Schlüsse zog.

»Zwei Weiße sind es gewesen, die von ihnen verfolgt wurden?« fragte Treskow gespannt.

»Zwei Weiße, Sir, das ist sicher, denn ihre Fußspuren gehen hier, wo sie gestanden haben, mit den Zehen auseinander, während die Roten meist mit den Zehen nach einwärts laufen. Und seht, wie unsicher ihr Schritt gewesen ist? Ich glaube, sie sind gebunden und auf die Pferde geschnallt worden, weil die Tiere von hier aus paarweise gegangen sind. Die Sieger haben die Pferde der beiden am Zügel genommen.«

Obgleich die stillen Vermutungen Treskows der Wahrheit ziemlich nahekamen, konnte sich doch keiner so recht erklären, wie nach einem Kampf zwischen Roten und Weißen zwei Weiße von ihren Kampfgenossen hatten verfolgt werden können. Man sprach die verschiedensten Meinungen aus, bis Bill Potter dem vergeblichen Grübeln ein Ende machte: »Sie sind Richtung Hide-spot geritten, doch will ich wetten, daß die Indsmen sich gesammelt haben und sie nun verfolgen. Das beste ist, Mesch'schurs, wir bleiben auf der Spur!«

Die drei stimmten bei und trabten dann munter hinter dem Kleinen her.

»Behold«, rief er nach Verlauf von kaum einer halben Stunde, »habe ich nicht recht gehabt? Hier sind zwei Trupps Pfeilmänner von rechts und links gekommen. Sie haben den Kampfplatz umritten, um die Richtung zu finden, in der die Weißen fortgegangen sind, und sich hier vereinigt, um ihnen zu folgen. Der Sand behält die Spuren lang, so daß ich vermute, sie haben einen Vorsprung von mehreren Tagen. Doch sind unsere Pferde gut, und sie haben sicherlich Verwundete bei sich, die einen schnellen Ritt nicht vertragen können. Wir holen sie noch ein, ehe sie den Hide-spot erreichen.«

Wieder ging es vorwärts, nicht bloß Stunden, sondern Tage und immer auf der aufgefundenen Spur, die bald deutlich erkennbar war, bald sich wieder auf dem harten Gestein oder im weichen Gras verlor, stets aber von Bill Potter wiedergefunden wurde.

So gelangte man in jene Gegend, wo der Arkansas-River einen weiten Bogen in Richtung Smoky Hills beschreibt und zahlreiche Bäche ihm von den Bergen herab entgegenströmen.

Die offene Prärie ging durch weitgebreitetes Gebüsch nach und nach in den hochstämmigen Urwald über, und der Führer der kleinen Gesellschaft wurde von Minute zu Minute vorsichtiger, da die Spur, der sie folgten, sich immer jünger zeigte und sie hinter jedem Baum auf einen der Wilden stoßen konnten.

Da plötzlich hielt Bill Potter an und unterwarf den weichen, moosigen Boden einer sehr sorgfältigen und genauen Prüfung.

»Wahrhaftig, hier kommen die Spuren weißer Männer aus dem Wald. Sie sind mit den Wilden zusammengetroffen, ohne daß ein Kampf stattgefunden hat. Seht her, hier in diesem Kreis haben die beiden gegenseitigen Anführer gestanden und miteinander verhandelt, dann ist das Kalumet, die Friedenspfeife, herumgegangen, Ihr seht es hier an dem kleinen Rest von Punks*, der halb verkohlt am Boden liegt. Es ist jedenfalls eine Schar Bushhawkers** gewesen, die sich mit den Roten vereinigt hat, um unseren Hide-spot ausfindig zu machen, ihn zu überfallen und sich die Beute zu teilen.«

»Mille tonnerre — Millionen-Schock-Backborddonnerwetter«, fuhr Peter Polter auf, »da werde ich einmal mit diesen meinen guten Fäusten dreinfahren, daß die Weißen rot und die Roten vor Schreck weiß werden! Wenn mich die Luft nicht trügt, so haben wir gar nicht mehr weit zu segeln, um in dem Hide-spot vor Anker zu gehen. Aber was tun wir hier mit unseren vierbeinigen Fahrzeugen? Ich habe das meinige satt bis an den Hals herauf, es schüttelt und schlingert mich hin und her, daß mir der Verstand im Kopf weh tut und meine zweihundertachtunddreißig Knochen alle einzeln hinunter in die Stiefeln rutschen!«

Potter lachte über dieses klägliche Lamento des wackeren Seemannes.

---

* Punks: Präriefeuerzeug.

** Bushhawkers: Buschklepper, Strauchdiebe.

»Will's gern glauben, Master, du sitzt ja auch zu Pferd, als solltest du zu Eierkuchen verbacken werden! Die Tiere können wir allerdings nicht weiter mitnehmen, sie sind uns hinderlich. Aber ich weiß einen Ort, wo wir sie verstecken können, ohne daß ein Indsman sie zu finden vermag. Kommt, Mesch'schurs!«

Er wandte sich seitwärts in den Wald. Nach vieler Mühe, die ihnen das Durchdringen des dichten Unterholzes bereitete, gelangten sie auf eine kleine, freie und tief versteckte Blöße, auf der sie die Pferde anhobbelten*. Dann kehrten sie zu der Stelle zurück, wo sie die Spur verlassen hatten.

Sie folgten derselben weiter, und zwar mit außerordentlicher Vorsicht und Behutsamkeit, das Bowiemesser gelockert und die Büchse im Anschlag zum Schuß bereit. Da plötzlich hielt Potter still und lauschte.

»Horcht, Ihr Männer! Klang das nicht wie das Schnauben eines Pferdes?«

Auch die anderen hielten die leisen Schritte an und horchten in die tiefe Stille des Urwaldes hinein. Ein leises Wiehern erklang von der Seite her.

»Entweder haben sie sich dort gelagert oder die Tiere zurückgelassen, um schneller vorwärtszukommen. Das verteufelte Viehzeug wird uns wittern und verraten. Wir müssen ihnen den Wind abgewinnen!«

Er legte sich zur Erde und bewegte sich kriechend in einem weiten Bogen. Die anderen folgten seinem Beispiel. Nach einiger Zeit gab er ihnen ein Zeichen, alles Geräusch

---

* Anhobbeln: Vorderfüße fesseln.

zu vermeiden, und deutete zwischen die Büsche hindurch zu einem freien Platz, der vor ihnen lag. Dort weideten gegen dreißig Pferde, bewacht von zwei Indianern.

»Seht Ihr die roten Halunken, Mesch'schurs? Ich hätte große Lust, sie mein Messer fühlen zu lassen und die Pferde in alle Winde zu jagen, hihihihi. Aber es geht nicht. Wir dürfen uns nicht verraten, denn sie sind zu Fuß weiter, um die Verfolgten zu überfallen. Vorwärts, wir müssen so bald wie möglich zu ihnen kommen, aber nicht auf der Fährte, sondern von der Seite!«

Der kleine Mann wand sich mit der Geschicklichkeit und Geräuschlosigkeit einer Schlange durch das Dickicht. Der Weg war furchtbar beschwerlich. Stunden vergingen, der Abend begann unter den hochgewölbten Baumkronen eher zu dunkeln als draußen in der offenen Prärie, und es wurde immer schwerer, die eingeschlagene Richtung einzuhalten. Da hob Potter den Kopf und sog mit weitgeöffneten Nüstern die Luft ein.

»Das riecht nach Brand und Rauch. Sie haben ein Lager gemacht. Vorwärts, aber leise, leise, denn wir sind jetzt ganz nahe bei ihnen!«

Das Unterholz war jetzt gewichen, und die gigantischen Stämme ragten frei, wie die Säulen eines gewaltigen, grünbedachten Tempels zu der dichten Kronendecke empor. Die vier Männer krochen von einem Baum zum anderen auf den Bäuchen und suchten dann stets hinter den dicken Baumstämmen so lange Deckung, bis sie sich überzeugt hatten, daß man sie nicht bemerkt habe und ihre nächste Umgebung noch frei von Gefahren sei.

So gelangten sie an den Rand eines »Gutter«, wie der Hinterwäldler die rißartigen Vertiefungen nennt, die, lang, schmal und tief geschnitten, sich oft im dichtesten Urwald zeigen. Potter schob vorsichtig den Kopf vor und blickte hinab. Grad unter ihnen, in einer Tiefe von ungefähr vierzig Fuß, brannte ein Feuer, um das wohl an die dreißig rote und weiße Männer saßen, während seitwärts von ihnen und von ihren scharfen Blicken bewacht drei Gestalten lagen, die an Händen und Füßen gebunden waren.

»At length, da haben wir sie!« meinte der kleine Trapper. »Und sie ahnen nicht, daß sie von oben so prächtig beguckt werden, hihihihi! Aber wer sind denn die drei Leute dort? Schiebt Euch ein wenig weiter vorwärts, Mesch'schurs, bis dort zu den Farnkrautbüscheln, da können wir die Gesichter sehen!«

Ein dichtes Farngesträuch trat bis an den Rand des Gutter heran und gestattete ihnen, sich so vollständig zu verbergen, daß sie unmöglich gesehen werden konnten.

»Zounds«, flüsterte Potter, als er jetzt den Blick wieder hinabwarf, »es ist der Colonel mit Pitt Holbers und Dick Hammerdull, die sie überfallen und gefangengenommen haben!«

»Der Colonel?« fragte der Steuermann, indem er den Kopf zwischen die breiten Blätter hindurchsteckte, »heavens — vraiment* — wahrhaftig! Soll ich hinunterspringen und ihn mit meinen beiden Fäusten aus der Patsche herausfischen, Bill?«

* Heavens — vraiment: Beim Himmel, wirklich.

»Warte noch ein wenig, Alter, wollen erst sehen, was da eigentlich vorgehen soll! Siehst du nicht, daß die Schufte sich nur so eng zusammengetan haben, um über das Schicksal der Gefangenen zu beraten? Dort der schwarzbärtige Jäger führt den Vorsitz, die Oglala leiden das, ihr Häuptling Riccarroh muß also dort an der Bahn mit gefallen sein. Schaut, jetzt sind sie fertig, und ihr Anführer erhebt sich!«

Es war so, wie er sagte. Derjenige von den weißen Jägern, der allem Anschein nach den Anführer machte, war aufgestanden und zu den Gefangenen getreten. Er löste ihre Fußfesseln und gab ihnen einen Wink, sich zu erheben.

»Steht auf und vernehmt, was über Euch beschlossen ist!«

Die drei Männer folgten dieser Aufforderung.

»Ihr seid Sam Fire-gun, der Anführer der Jäger, die hier im Wald ihr Hide-spot haben?«

Der Trapper nickte zustimmend.

»Ihr habt Riccarroh, den Häuptling dieser braven redmen, erschlagen?«

Ein gleiches Nicken war die Antwort.

»Man sagt, daß Ihr viel Gold von den Bergen herab in Euer Versteck geschafft habt. Ist das wahr?«

»Sehr viel!«

»Und daß Ihr mehrere tausend Biberfelle in Euren Caches* liegen habt?«

»Well, Master, Ihr seid gut unterrichtet.«

»So hört, was ich Euch zu sagen habe: Diese roten Männer verlangen Euren Tod. Ich habe ihnen dies zwar zuge-

---

* Cache: Fellversteck.

standen, aber sie verstehen unsere Sprache nicht, und ich will Euch daher einen Vorschlag machen.«

»Redet!«

»Ihr führt uns in Euren Hide-spot, gebt uns das Gold und die Häute und seid dann frei!«

»Ist das alles, was Ihr von uns wollt?«

»Alles. Entscheidet schnell!«

»Ihr scheint verteufelt wenig von Sam Fire-gun gehört zu haben, Master, daß Ihr mir einen so albernen Vorschlag machen könnt. Ihr habt Euch mit den roten Schuften, die Ihr also an Schurkerei noch übertrefft, nur verbunden, um meines Goldes willen — ein Weißer mit Roten gegen Weiße! Verdammt soll Eure Seele sein für diese Schlechtigkeit in alle Ewigkeit! Oder haltet Ihr mich wirklich für so dumm zu glauben, daß Ihr uns freilassen werdet, wenn Ihr habt, was Ihr begehrt?«

»Ich halte Wort, verbitte mir aber weitere Beleidigungen!«

»Das macht einem Greenhorn weis, aber nicht mir! Ihr wißt nur zu gut, daß ich meine Freiheit nur benutzen würde, um Euch vor die Büchse zu bekommen und den Raub wieder abzunehmen. Schießt uns nieder, wenn Ihr das Herz dazu habt!«

Vielleicht wußte Sam Fire-gun, weshalb er so mutig reden durfte. Sein Auge hatte, während er sprach, sich zum Rand der Schlucht erhoben, diesen mit einem blitzschnellen und scharfen Blick gemustert und sich dann ebenso rasch wieder gesenkt. Ein kaum bemerkbares, befriedigtes Lächeln glitt um seine Lippen.

Dieser Blick war dem aufmerksamen Polizistenauge Treskows nicht entgangen, er sah hinüber zu der Stelle, wo das Auge des Colonels zuletzt gehangen hatte und fuhr unwillkürlich zusammen.

»Schaut da hinüber«, flüsterte er Bill Potter zu, der neben ihm lag, »ich sehe den Kopf eines Wilden!«

Bill folgte der Weisung.

»Good luck, das ist Winnetou, der Apache! Dachte ich es doch, daß er auch bei dem Colonel gewesen ist! Er wurde nicht mitgefangen und ist ihnen gefolgt, um sie zu befreien. Ich muß ihm unser Zeichen geben!«

Er nahm ein Blatt an die Lippen und ließ das Zirpen der amerikanischen Grille vernehmen. Dieser Laut konnte den Feinden unmöglich auffallen, da diese Art von Heimchen sich nur nachts hören läßt. Winnetou aber warf einen erstaunten Blick herüber und war dann verschwunden. Auch die drei Jäger hatten aufgehorcht, verrieten sich aber nicht durch die geringste Bewegung ihrer Mienen.

»Niederschießen?« fragte indessen der schurkische Weiße den Colonel. »Was bildet Ihr Euch ein? Ich muß Euch den Indsmen übergeben, und die werden Euch an den Marterpfahl binden. Euer Gold und die Felle bekommen sie trotzdem. Es müßte doch mit dem Teufel zugehen, wenn wir nicht eine Spur von Euren Leuten entdeckten. Also nehmt Verstand an, Master, und sagt ja!«

»Fällt mir nicht ein! Ich mag nichts, auch das Leben nicht, von einem Mann geschenkt haben, der seine Brüder hinterrücks überfällt und an die Feinde verkauft. Ihr seid ein Halunke, Master, merkt Euch das!«

»Wahrt Eure Zunge, sonst hole ich sie mit meinem Messer heraus, noch ehe ich Euch den Roten übergebe!«

»Beweist, daß Ihr besser seid, als ich denke! Gebt uns die Waffen zurück und laßt uns kämpfen, drei gegen dreißig, wenn Ihr kein Weib, sondern ein richtiger Westmann seid!«

»Ist nicht notwendig, Master! Wir blasen Euch auch ohne Kampf die Seele aus der Haut. Und was den Halunken betrifft, so zupft Euch am eigenen Ohr. Oder habt Ihr nicht diese beiden Männer gefangen und gefesselt mit Euch geführt, bis wir sie befreit haben?«

Er deutete dabei auf Heinrich Sander und Peter Wolf, die in seiner Nähe saßen.

»Sie hatten nichts Besseres verdient, aber ich habe Euch nicht das mindeste Leid getan!«

»Darüber wollen wir nicht streiten! Also, kurz und bündig: Nehmt Ihr meinen Vorschlag an oder nicht?«

»Nein!«

»Und Ihr anderen beide?«

»Hm«, antwortete Dick Hammerdull mit verächtlichem Blinzeln seiner kleinen Äuglein, »ob wir ihn annehmen oder nicht, das bleibt sich gleich, für Euch kommt auf keine Weise etwas Gutes heraus, das könnt Ihr glauben! Hätte ich nur meine Hände frei und die Mary in der Faust, so sollte Euch der Teufel holen! Oder meinst du nicht, Pitt Holbers, altes Coon?«

»Wenn du denkst, Dick, daß er ihn holen soll«, antwortete der Lange, »so habe ich nicht das mindeste dagegen!«

»Well done«, antwortete der Jäger mit zornigem Leuchten seiner Augen, »so mögen Euch die Roten spießen und braten, ganz wie es Euch beliebt!« Er ließ sich bei den Indianern nieder, um ihnen das Ergebnis der Verhandlung mitzuteilen.

Währenddessen hatte im Schutz des Farngestrüpps ein leises, aber außerordentlich bewegtes Gespräch stattgefunden.

»Also der, der jetzt spricht, ist Euer Colonel?« fragte Wallerstein Bill Potter.

»Ja, Sir, Euer Onkel, wenn das wahr ist, was Ihr mir erzählt habt.«

»Er ist's, Ihr könnt es glauben. Er ist dem Vater so ähnlich, daß kein Zweifel übrigbleibt. Und jetzt, da ich ihn endlich treffe, ist er verloren! Gibt es keine Hilfe, Bill?«

»Hört, Sir, wenn Ihr denkt, daß ich meinen Colonel stecken lasse, so habt Ihr Euch in mir verrechnet. Kann ich auf Euch zählen, Mesch'schurs?«

Treskow und Wallerstein nickten nur, Peter Polter aber meinte: »Ich will hier liegen bleiben und verhungern wie ein altes Wrack, wenn ich den Kerl da unten, der mit dem Colonel spricht, nicht zwischen meine zehn Finger nehme und zu Hafergrütze quetsche. Aber nehmt doch einmal die Fotografie aus Eurem Beutel, Master Leutnant! Das Feuer brennt hell genug zu einem Blick darauf. Ich lasse mich auf der Stelle kielholen, wenn dort nicht einer sitzt, der genauso ein Gesicht macht wie Euer Bild!«

»Ich brauche die Fotografie nicht, Peter, er ist's, ich habe ihn erkannt«, antwortete Treskow. »Sehen Sie sich die beiden einmal an, auf die soeben der Jäger zeigt. Herr Wallerstein, ob es nicht Latour und Jean Letrier sind!«

»Sie sind es! Es ist kein Zweifel möglich, obgleich die ungewohnte Tracht ihnen auch ein fremdes Aussehen gibt. So nahe am Ziel werden sie uns nun doch entgehen!«

»Das wartet ab, Sir!« antwortete Potter. »Der Colonel hat mein Zeichen gehört und weiß, daß Hilfe in der Nähe ist. Hat er nur erst die Hände frei, so sollt Ihr sehen, was die Schurken zu schmecken bekommen!«

Da raschelte es leise hinter ihnen. Die geschmeidige Gestalt des Apachen schob sich zwischen sie.

»Winnetou hat die Grille vernommen und das Gesicht von Bill, dem Gefährten seines weißen Bruders, erkannt. Er wird zum Gutter schleichen und die Bande seiner Freunde lösen. Dann mögen meine Brüder hier herunterspringen und sich auf die Jäger und Oglala stürzen, um Sam Fire-gun zu befreien.«

So schnell er gekommen, so behend war er auch wieder fort. Mit scharfem Auge bewachten die Männer das feindliche Lager und hielten sich zum augenblicklichen Angriff bereit.

Jetzt erhob sich der feindliche Anführer wieder und mit ihm sämtliche Jäger und Indianer. Aber ehe er noch ein Wort gesprochen hatte, schnellte sich eine dunkle Gestalt durch das ringsum wuchernde Gestrüpp und Gedorn bis zu den Gefangenen.

Drei Schnitte — und ihre Hände waren von den Fesseln befreit — vier Schüsse krachten von oben herab — noch vier — Sam Fire-gun hatte keine Zeit, das Weitere zu beachten, er entriß dem ihm zunächst stehenden Indianer den Tomahawk und stürzte sich in den Schwarm der tödlich überraschten Feinde.

»Come on, drauf, drauf«, klang seine Stimme, während Winnetou an seiner Seite unter den Oglalas mähte.

»Pitt Holbers, altes Coon, siehst du den Kerl dort, der meine Mary hat?« rief Dick Hammerdull triumphierend. »Komm, ich muß sie haben!«

Die beiden Unzertrennlichen drangen vor, bis der Dicke seinen geliebten Schießprügel zurückerobert hatte. Peter Polter, der Steuermann, war wie eine Lawine mitten unter die erschrockenen Gegner hineingekracht. Er wollte sein Wort halten. Mit seinen Bärenfäusten faßte er ihren Anführer bei Schenkel und Genick, hob ihn hoch in die Luft empor, schmetterte ihn zur Erde, daß es dröhnte, und stieß ihm dann das Messer in die Brust.

»Bounce, abgetan! Weiter, Männer, werft sie über Bord.«

Während der wackere Seemann in dieser Weise seinem Herzen Luft machte, taten auch Wallerstein und Treskow ihre Schuldigkeit. Es war der erste Kampf, an dem sie teilnahmen, und zwar zugleich ein furchtbarer, der ihnen das Leben im Wilden Westen von der dunkelsten Seite zeigte. Die Feinde waren an Zahl fast vierfach überlegen, aber durch die Überraschung zu Schaden gekommen, denn ehe sie sich auf den Widerstand besannen, lag bereits die Hälfte von ihnen am Boden. Wie in jener Nacht des Überfalls an der Eisenbahn wütete der Tomahawk Sam Fire-guns unter den Gegnern, Winnetou fand nicht weniger Opfer, und Hammerdull stand Rücken an Rücken mit Pitt Holbers im dichtesten Gewühl. Der Steuermann fuhr in der Schlucht umher wie eine losgelassene Furie, der kleine Bill Potter hatte sich an ihrem Eingang zwischen die Büsche gesteckt, aus denen er, jede Flucht zurückweisend, seine Schüsse sandte. Und Treskow mit dem Goldarbeiter?

Diese beiden hatten gleich zu Beginn des Kampfes ihr Augenmerk auf Sander und Wolf geworfen. Treskow hatte den Reserveriemen von der Hüfte gelöst und in eine Schlinge geknüpft.

»Machen Sie es ebenso! Unsere Schüsse werden sie verblüffen. Ich nehme Latour und Sie den Diener. Ehe sie an Verteidigung denken, müssen sie die Schlinge um den Hals haben und besinnungslos am Boden liegen!«

Diese Aufforderung des Polizisten hatte sich bewährt. Nach wenigen Minuten des Kampfes waren die Angreifer Sieger. Sander und Wolf waren gefesselt, sämtliche weiße Gegner lagen tot auf dem Boden, und nur einigen gewandten Indianern war es gelungen zu entkommen.

Sam Fire-gun war nicht der Mann, lange Fragen über seine wunderbare Rettung auszusprechen, wo es jetzt galt, den Sieg zu benutzen.

»Vorwärts, Leute, zu den Pferden«, rief er, »damit sie uns nicht verlorengehen! Und Ihr drei«, meinte er zu Treskow, Wallerstein und dem Steuermann, »bleibt bei den Gefangenen. Werden nicht lange fort sein und uns nachher auch schon kennenlernen.«

So rasch wie möglich ging die wilde Jagd von dannen, um die Pferde noch vor den Flüchtlingen zu erreichen.

Die drei Zurückgebliebenen ließen sich nieder. Ihre Lage war keineswegs sicher, denn die Entkommenen konnten zurückkehren und sich aus sicherer Entfernung mit Schüssen rächen. Aber es geschah nichts Derartiges. Sie horchten gespannt in die Nacht hinaus, es ließ sich nichts Verdächtiges vernehmen, und das erste Geräusch, das die nach dem Kampf eingetretene Stille störte, war ein freundliches: Die Büsche raschelten, Äste krachten und Zweige knickten, die Gefährten kehrten mit ihren und den erbeuteten Pferden zurück, nachdem sie die dort zurückgebliebene Wache überwunden hatten. Bill Potter hatte auch sein eigenes Tier und diejenigen seiner drei Gefährten nicht vergessen und sie mit herbeigebracht.

»Pitt Holbers, altes Coon, siehst du, daß ich meine Mirjam wieder habe?« fragte der glückliche Hammerdull.

»Hm, wenn du denkst, daß ich es sehe, so habe ich nichts dagegen, aber by god, es hätte nicht viel gefehlt, so wäre es mit dir und der Mirjam aus gewesen!«

»Ob aus oder nicht, das bleibt sich gleich, aber ich möchte doch nur wissen, wer die Männer sind, die mit dem kleinen Potter uns — 's death, ist das nicht der verteufelte Steuermann aus Germany da drüben, der so große Fäuste hat und so fürchterlich trinken kann?«

»Freilich bin ich's, alte Schmertonne, du! Kennst mich also doch noch, he? Bin mit Master Treskow und Master Wallerstein wieder herübergekommen, weil ...«

»Master Wallerstein?« fragte da rasch Sam Fire-gun. »Peter Polter aus Langendorf? Wahrhaftig, du bist's wieder! Was willst du wieder in der Savanne, und was ist es mit deinem Master Wallerstein?«

»Das ist dieser Sir hier, Colonel, der mit dem Herrn Polizeileutnant von Treskow gekommen ist, um diese zwei Männer aufzusuchen!«

»Dieser Sir ...« Er trat einen Schritt zurück, warf einen langen, forschenden Blick auf den Juwelier und streckte ihm dann beide Arme entgegen.

»Das ist kein Falscher, nein, ich kenne diese Züge. Heinrich, mein Neffe, willkommen, tausendmal willkommen!«

Die beiden so nahen und einander doch so entfernt gewesenen Verwandten lagen einander lange, lange in den Armen. Die anderen standen schweigend in der Nähe, bis der Colonel, der für sich keine Furcht kannte, durch die Gegenwart des teuren Neffen auf die Gefahr hingewiesen wurde, in der sie sich noch immer befanden. Er ließ ihn frei und gebot: »Hier ist nicht der Ort zu Fragen und Erklärungen. Auf, zum Hide-spot, der ganz in der Nähe liegt. Dort können wir das Wiedersehen samt unserer Rettung feiern und die Wunden verbinden, die wir davongetragen haben!«

»Ja, auf zum Hide-spot«, meinte auch der Steuermann. »Ich habe da ein Wörtlein mit dem ›bösen Jean‹ zu reden von wegen der Uhr, mit der er mir davongesegelt ist!«

Miss Admiral

Es gibt Fieber, die ihre Entstehung nicht den in den ärztlichen Verzeichnissen enthaltenen Erkenntnissen verdanken und doch so rapid und ansteckend wirken wie jene körperlichen Krankheitserscheinungen, die sich seuchenartig von Mensch zu Mensch verbreiten und imstande sind, ganze Ort- und Völkerschaften zu dezimieren. Es sind Fieber, die ihren Ursprung in Verhältnissen haben, die außerhalb der menschlichen Konstitution liegen, in politischen, religiösen und ähnlichen Umständen. Diese Fieber bemächtigen sich der Phantasie der Nationen, verwandeln die mutigste Stimmung in hellauf lodernde Leidenschaft und erzeugen ein weit um sich greifendes Delirium, das nur langsam geordneteren Zuständen weicht.

Solche Fieber haben alle Zeiten ebensowohl wie alle Zonen aufzuweisen. Bei allen war es der Gedanke des Gewinns, der die Fasern der einzelnen Person und der Gesamtheit in hohe Erregung versetzte und die rohen Kräfte zur möglichsten Geltung und Anstrengung brachte. Man denke an Kalifornien! Die Zahl der eingewanderten Bewohner dieses Landes war nur gering, als ein Glücklicher die Entdeckung machte, daß die Cañons und Täler einen nicht zu berechnenden Reichtum an Gold enthielten. Die Kunde davon machte mit blitzartiger Schnelligkeit die Runde um den Erdball, und in kurzer Zeit wimmelte die Gegend von Abenteurern aus aller Herren Länder, sie waren herbeigeströmt, um das Sesam zu erschließen, in dem die flimmernden Schätze seit Jahrmillionen ungekannt und ungeahnt geruht hatten. Zeltlager und Barackencamps entstanden im Handumdrehen, zahlreiche Ortschaften wuchsen aus der Erde, und wo sich die Lage derselben als gut gewählt erwies, verwandelten sie sich in beinahe beispielloser Kürze in Städte, deren Einwohnerschaft nach Hunderttausenden zählte.

Eine davon ist San Franzisko, die Beherrscherin des Goldlandes und des stillen Weltmeeres.

Wer jetzt am Hafenkai dieser Stadt steht und das Völkergewühl, das hier in fast unlösbarer Bewegung durcheinanderwirrt, beobachtet, wer die breiten, langgestreckten Straßen, die umfangreichen Plätze, die prächtigen Paläste und Gebäude sieht, hinter deren Spiegelscheiben alles aufgestapelt ist, was vom Gold stammt, mit ihm in Beziehung steht und dafür zu haben und zu kaufen ist, der vermag nur schwer an die geringen, ja armseligen Anfänge zu denken, aus denen sich diese Metropole des schimmernden Metalls entwickelt hat.

Und wie die Wogen da draußen im Hafen und auf der See steigen und fallen, wie die bunt zusammengewürfelte Menschheit in den Straßen, Plätzen und öffentlichen Lokalen sich ohne Rast und Ruhe schiebt und stößt, drückt und drängt, so steigt und fällt auch das wankelmütige Glück, so schiebt auch das untreue Verhängnis den Spielball, Mensch genannt, zum scheinbar sicheren Halt empor und stößt ihn im nächsten Augenblick wieder hinab auf den Grund, den das »Ungeziefer der Gesellschaft« bewimmelt.

Wer gestern noch als Millionenmann gepriesen und beneidet wurde, bricht vielleicht schon heute mit Hacke, Spaten und Büchse zu den Diggins* auf, um den verlorenen Reichtum wiederzugewinnen. Die Existenzen sind vorwiegend problematisch, und manche glänzende Salonerscheinung entpuppt sich, wenn das Spiel zu Ende ist, als ein haltloses, abenteuerliches Dasein, dessen Bestehen nur vom Fall des Würfels abhängig war.

Auf dem Kurs von Acapulco nach San Franzisko segelte ein Fahrzeug. Es war ein stramm gebautes, schneidiges Dreimastenschiff, das unter dem Spriet und hinten am Stern in goldenen Lettern den Namen »l'Horrible« trug. Die Kleidung der Mannschaft bewies, daß das Schiff zur Kriegsflotte der Vereinigten Staaten gehörte, obgleich aus mancher Kleinigkeit in Bau und Takelung sich vermuten ließ, daß es nicht zu diesem Zweck gebaut sei.

Im gegenwärtigen Augenblick stand der Befehlshaber auf dem Quarterdeck und blickte hinauf zu den Wanten, wo einer der Männer hing und mit dem Rohr in der Hand scharfen Ausguck hielt.

»Nun, Jim, hast du ihn?«

»Ay, ay, Capt'n, dort segelt er gerade vor dem Glas!« antwortete der Matrose, mit der Hand windwärts deutend. Er nannte den Befehlshaber Captain, obgleich dieser die Abzeichen des Marineleutnants trug. Ein Grad höher kann

* Diggins: Schürfstelle einer Goldader.

niemals schaden, zumal wenn der Betreffende den höheren Rang verdient.

»Welchen Lauf hält er?«

»Er sucht unser Kielwasser, Master. Ich glaube, er schlägt von Guayaquil oder Lima, vielleicht gar von Valparaiso herauf, weil er mehr aus dem Westen steuert als wir.«

»Was für ein Fahrzeug ist es, Jim?«

»Kann es noch nicht sagen, Sir, laßt ihn erst noch um etwas näherkommen!«

»Wird er das?«

»Sicher, Capt'n!«

»Möchte es fast nicht glauben«, lautete die Antwort. »Wäre doch neugierig, das Schiff zu sehen, das den ›l'Horrible‹ übersegelt!«

»Hm«, machte der Mann, indem er aus den Wanten niederstieg und dem Leutnant dann das Rohr übergab, »kenne doch eins, dem es gelingen sollte!«

»Welches?«

»Die ›Swallow‹, Sir.«

»Ja, die, sonst aber weiter keins! Aber wie sollte die ›Swallow‹ in diese Gewässer kommen?«

»Weiß nicht, Master, aber das Schiff da hinten ist keine Bostoner Heringstonne, sondern ein kleiner, rascher Klipper. Wäre er größer, so müßte man ihn auf die Entfernung hin deutlicher sehen. Und die ›Swallow‹ ist auch ein Klipper.«

»Well, wollen sehen!« entschied der Leutnant, den Mann verabschiedend und sich mit dem Rohr nach dem Steuer begebend.

»Ein Segel in Sicht?« fragte der Steuermann.

»Ja.«

»Wo, Sir?«

»Hinter uns.«

»Möchtet Ihr da nicht ein Reff in die Segel ziehen lassen?«

»Ist nicht nötig«, antwortete der Kommandant, jetzt selbst durch das Glas blickend. »Es ist ein ganz famoser Segler, er wird uns auch ohne Reff einholen.«

»Pah, Sir, das möchte ich sehen!«

»Es ist so«, klang es mit einem leisen Anflug von verletztem seemännischen Stolz. »Er greift den Raum mit Macht. Seht, Maate, vor drei Minuten war er bloß vom Mars aus zu erkennen, jetzt stehe ich auf Deck und sehe ihn.«

»Soll ich ein wenig vom Wind abfallen?«

»Nein, ich will sehen, wie lange er braucht, um Seite an Seite mit uns zu segeln. Ist's ein Amerikaner, so soll's mich freuen, ist's aber ein anderer, so will ich ihm lieber den Teufel als ein solches Fahrzeug gönnen.«

Es dauerte nicht lange, so waren die Mastenspitzen und dann auch der schlanke Rumpf des fremden Schiffes schon mit unbewaffnetem Auge zu erkennen.

»Es ist ein Klipper mit Sondertakelage«, meinte der Maat.

»Yes. Ein prächtiges Fahrzeug, bei allen Teufeln! Seht, wie es schief vor dem Wind läuft und mit vollem Segelwerk. Der Mann, der es befehligt, scheint sich vor einer Handvoll Wind mehr als gewöhnlich nicht zu fürchten. Jetzt legt er sogar die Bramtücher bereit, so daß der Schoner das Steuer hebt und fast nur auf dem Bug tanzt!«

»Ein wackerer Bursche, Sir. Aber kommt ein diverger* Windstoß, so legt sich der Klipper in die See, so wahr ich Maat bin und Perkins heiße! Der Mann segelt doch ein wenig zu verwegen.«

»Nein. Seht Ihr nicht, daß die Reffleinen nicht angeforrt sind, sondern nur festgehalten werden? Bei einer Bö läßt man sie fahren, pah!«

»Jetzt zieht er die Flagge. Wahrhaftig, ein Amerikaner! Seht Ihr die Sterne und Streifen? Er frißt das Wasser förmlich, und in fünf Minuten ist er an unserer Seite.«

»Er frißt das Wasser, ja, das ist der richtige Ausdruck für eine solche Fahrt. By god, der Kerl hat wahrhaftig sechs Kanonenluken auf jeder Seite, eine Drehbasse auf dem Vorderkastell und also wohl auch so etwas Ähnliches kurz vor dem Steuer. Könnt Ihr das Bild bereits erkennen, Maat?«

»Noch nicht, aber wenn mich nicht alles trügt, so ist es die ›Swallow‹. Ich habe sie in Hoboken einmal bestiegen und mir jede Talje und Schote, jedes Stückchen Tau und Takelwerk genau angesehen.«

»Wer kommandierte damals auf ihr?«

»Hab den Namen vergessen, Master, war ein alter, halb wracker Seehund mit einer rotblauen Nase, die ganz nach Gin und Brandy aussah. Aber den Maat habe ich gut gekannt, hieß Peter Polter, stammte aus Germany da drüben herüber und war ein wohlbefahrener Junge, auf den sich jeder verlassen konnte. Habt Ihr ihn jetzt nahe genug am Rohr?«

---

* Diverger: Von to diverge, auseinandergehen, entgegengesetzt.

»Ja. Es ist die ›Swallow‹. Haltet einen oder zwei Striche mehr nach Luv, es ist augenscheinlich, daß sie mit uns reden will!«

Er kehrte auf das Quarterdeck zurück.

»Holla, Jungens, an die Brassen!«

Die Männer sprangen zu den Leinen.

»Mann am Stock, zieh auf die Flagge!«

Das Stern- und Streifenbanner der Union flog in die Höhe.

»Greift an zum Beidrehen!«

Die Befehle wurden mit anerkennenswerter Präzision ausgeführt.

»Constable!«

Der Gerufene trat an sein Geschütz.

»Laßt fallen. Feuer!«

Die Segel fielen, und zugleich krachte der Schuß über die See.

»Achtung, Maat, leg bloß den Wind!«

Augenblicklich gehorchte das Steuer dem Ruf, und mit möglichst wenig Leinwand an den Rahen legte sich der ›l'Horrible‹ herum, um auf die ›Swallow‹ zu warten.

Auch von ihrem Bord krachte ein Schuß. Mit beinahe fabelhafter Geschwindigkeit kam sie herbeigeflogen. Unter ihrem Spriet breitete eine aus Holz gehauene blaue Schwalbe ihre vergoldeten, spitzen Flügel aus. Die Namensinschrift am Stern war jetzt nicht zu bemerken. Die flotte Brise lag voll in ihrem schweren Segelwerk. Zur Seite geneigt, so daß die Spitzen ihrer Stangen fast das Wasser berührten, schoß sie mit einer Sicherheit und Zierlichkeit heran, die ihrem Namen alle Ehre machte. Jetzt war ihr Klüversegel fast in gleicher Breite mit dem Sternwimpel des ›l'Horrible‹, da erscholl die Stimme ihres Befehlshabers, der vorn auf dem Deck seines Schoners stand: »Hallo, die Reffs!«

Im Nu schlappten die Segel hernieder, das Fahrzeug stieg vorn in die Höhe, erhob sich aus seiner geneigten Lage, schwankte einmal kurz auf die andere Seite und richtete sich dann stolz und kräftig über die gebändigten Wogen.

»Ahoi, was für ein Schiff?« fragte, mit der Hand vor dem Mund, der Befehlshaber des »l'Horrible«, er wußte gar wohl, was für ein Fahrzeug er vor sich hatte, mußte aber der gebräuchlichen Form genügen.

»Die ›Swallow‹, Leutnant Parker, von New York, direkt von New Orleans um Kap Horn herum. Und Ihr?«

»Der ›l'Horrible‹, Leutnant Jenner aus Boston, zum Kreuzen in diesen Gewässern, Sir!«

»Sir! Habe Euch etwas zu übergeben. Soll ich per Schaluppe hinüberkommen, oder darf ich mich Dahlbord an Dahlbord an Eure Langseite legen?«

»Versucht's, wenn Ihr's zuwege bringt, Leutnant!«

»Pah, die ›Swallow‹ bringt noch Schwereres fertig!«

Er trat zurück und gab den Seinen einen Wink. Die »Swallow« warf sich leicht herum, beschrieb einen kurzen Bogen und legte sich so nahe an das andere Fahrzeug, daß ihre Mannschaft die Wanten zu erfassen vermochte, ein Manöver, das bei solchem Wind und mit dieser Sicherheit nur ein Amerikaner auszuführen den Mut hat.

Während die beiden Schiffe sich auf einem nachbarlichen

Wellenpaar wiegten, stand Max Parker mit einem gewandten Sprung neben dem Leutnant Jenner.

»Habe den Auftrag, Euch diese versiegelte Depesche zu überreichen, Sir!« meinte er, indem sie sich freundschaftlich die Hände schüttelten.

»Ah! Wollt Ihr mit hinab in die Kajüte? Müßt doch einen Trunk an Bord des ›l'Horrible‹ nehmen!«

»Hab' nicht gut Zeit, Leutnant. Laßt einen Schluck heraufbringen!«

Jenner gab den dazu nötigen Befehl und öffnete dann, nachdem er respektvoll salutiert hatte, das Kuvert.

»Wißt Ihr, was die Depesche enthält?«

»Nein, kann mir's aber denken!«

»Ich muß sofort nach San Franzisko, wohin ich übrigens schon den Kurs genommen hatte. Ich soll Euch dies mitteilen.«

»Well, so habe ich Euch diese Depeschen an die dort stationierten Unionskapitäne zu überreichen. Ihr wißt wohl, daß der Süden revoltiert?«

»Habe davon gehört, obgleich ich schon längere Zeit in dieser Breite kreuze. Werden sich aber wohl verrechnet haben, die Rebellen, was?«

»Meine es auch, doch ist der Süden stark und im Besitz fester Häfen und ungeheurer Hilfsquellen. Kampf wird es geben, schweren, harten Kampf, und ungewöhnlicher Anstrengung wird es bedürfen, um ihn niederzuringen. Ich wünsche, daß wir uns wiedersehen, Sir, Seite an Seite, dem Feind gegenüber!«

»Sollte mich freuen, Master, herzlich freuen, mit einem

Schiff, wie Eure ›Swallow‹ eines ist, den Gegner packen zu können. Wohin seid Ihr jetzt bestimmt?«

»Auch nach San Franzisko, wo ich neue Ordres empfange. Vorher jedoch muß ich ein wenig auf der japanischen Route streifen. Fare well, ›l'Horrible‹!«

»Fare well, ›Swallow‹!«

Die beiden Männer leerten ihre Gläser, dann sprang Parker auf das Deck seines Fahrzeuges zurück. Die »Swallow« stieß vom »l'Horrible« ab, warf ihre Segel wieder an die Rahen, nahm den Wind voll in die Leinwand und schoß unter einem lauten Abschieds-Hallo der beiderseitigen Mannschaften davon. So schnell, wie sie vom südwestlichen Gesichtskreis her erschienen war, so schnell verschwand sie wieder an dem in rote Glut getauchten westlichen Horizont.

Es war, als sei eine graziöse Fee aus den Fluten aufgetaucht, um den einsamen Schiffer zu begrüßen und dann unerbittlich wieder in ihr nasses, geheimnisvolles Reich zurückzukehren.

Auch der »l'Horrible« setzte jetzt alle Segel bei, um die unterbrochene Fahrt mit vergrößerter Geschwindigkeit wieder aufzunehmen. Zwar währte die Fahrt noch einige Tage, dann aber mehrte sich die Zahl der ihm begegnenden oder zu gleichem Ziel mit ihm zusammentreffenden Fahrzeuge, und endlich ging er auf der Reede der »Goldkönigin« vor Anker.

Hier überließ Jenner das Ordnen der polizeilichen und hafenbehördlichen Angelegenheiten seinem Steuermann und begab sich sofort an Bord eines neben ihm liegenden

Panzerschiffes, an dessen Kapitän eine der ihm anvertrauten Depeschen adressiert war. Die anderen der ihm bezeichneten Fahrzeuge mußten erst noch aufgesucht werden oder befanden sich auf kurzem Ausflug zur See.

Der Kapitän nahm die Depesche in Empfang und führte ihn in die Kajüte hinab, wo sich ein kameradschaftliches Gespräch entwickelte.

»Ihr werdet einige Zeit hier zu verweilen haben«, meinte am Schluß des Gesprächs der Kommandant des Panzerungeheuers. »Habt Ihr Bekanntschaften in der Stadt?«

»Leider nicht. Ich werde in gesellschaftlicher Beziehung nur auf die Restaurationen und Hotels angewiesen sein.«

»Dann erlaubt mir, Euch meine Verbindungen zur Verfügung zu stellen!«

»Wird mit Dank und Vergnügen akzeptiert.«

»Ich kenne da zum Beispiel eine exquisite Dame, die sich die ganze Etage eines der feinsten Häuser gemietet hat. Sie ist eine Pflanzerswitwe aus Martinique, nennt sich de Voulettre und gehört zu denjenigen Frauen, die ewig jugendlich bleiben, deren Alter nie bestimmt werden kann, weil Bildung, Geist und Liebenswürdigkeit die Macht der Jahre paralysieren. Sie macht ein großes Haus, scheint unerschöpflich vermögend, sieht bei sich nur die Vertreter der Aristokratie des Geistes, des Geldes und der politischen Macht und ist gerade mir ganz außerordentlich interessant, weil sie große Seereisen gemacht und sich Kenntnisse über unseren Beruf angeeignet hat, über die sie mancher wackere Seebär beneiden möchte.«

»Dann bin ich wirklich begierig, sie kennenzulernen.«

»Ich werde Euch schon heute die Gelegenheit dazu bieten. Ich bin heute abend zu ihr geladen, wollt Ihr mit?«

»Sicher, Kapitän.«

»Gut. Ich werde Euch vorstellen, und dann dürft Ihr Euch so frei bewegen, als befändet Ihr Euch an Bord Eures ›l'Horrible‹. Ist übrigens ein prächtiges Fahrzeug, Leutnant, und ich kann Euch zu diesem Kommando aufrichtig Glück wünschen. Das war so nett, so sauber, so adrett, als Ihr herbeigestrichen kamt und ruckzuck die Segel und der Anker fielen. Kam er nicht von den Inglishmen in den Besitz der Vereinigten-Staaten-Flotte?«

»Ja. Vorher aber war er das gefürchtetste Fahrzeug zwischen Grönland und den beiden südlichen Kaps. Oder habt Ihr nie von dem ›schwarzen Kapitän‹ gehört?«

»Wie sollte ich nicht? Vielleicht mehr noch als Ihr. Ich wußte nur nicht gleich, wohin ich den Namen ›l'Horrible‹ tun sollte, jetzt aber besinne ich mich. Das Fahrzeug wurde auf einer Ebenholzfahrt getroffen und daher weggenommen. Die Bemannung hing man an die Rahen und den ›schwarzen Kapitän‹ — ah, wie war es nur mit ihm?«

»Er befand sich nicht an Bord, dafür aber eine Dame, die man beim Überfall eines Kauffahrers verschont und mitgenommen hatte, um ein Lösegeld zu erpressen.«

»Wer war sie?«

»Weiß es nicht. Seit jener Zeit hat man nie mehr wieder etwas über den Piraten gehört. Entweder hat die Lektion gefruchtet, oder er ist doch mit an Bord gewesen und im Kampf getötet oder als gewöhnlicher Vormastgast mit gehenkt worden.«

»Wäre ihm recht geschehen! Also heut abend bei Frau de Voulettre, ich werde Euch abholen, Leutnant, ja?«

»Ich werde diese Ehre ...«

»Pshaw, ich bitte nur, mir Euer braves Fahrzeug einmal ansehen zu dürfen, ehe wir an Land rudern. Im übrigen aber dürft Ihr Euch wahren, die Witwe ist eine Frau, der eine einmal beabsichtigte Eroberung nicht schwerzufallen scheint!«

Während dieses Gesprächs kam ein Mann langsam und gemächlich am Kai herabgeschlendert, ganz in der Haltung eines Menschen, der über sich und seine Zeit vollständig Herr ist. Von kaum mittlerer Statur und dabei schlank gebaut, trug er die Kleidung eines Diggers, der von den Minen kommt, um von der anstrengenden Arbeit auszuruhen und sich ein wenig in der Stadt umzusehen. Ein breitkrempiger, vielfach zerknitterter Hut hing ihm in das Gesicht hernieder, doch vermochte er nicht, das große, häßliche Feuermal zu verdecken, das sich von dem einen Ohr quer über die ganze Wange bis zur Nase zog.

Wer ihn sah, wandte sich mit Abscheu von dem abstoßenden Anblick weg. Der Mann bemerkte es sehr wohl, schien sich aber nicht sehr darüber zu grämen und ließ sich sogar durch gelegentliche laute Äußerungen in seiner offenbaren Seelenruhe nicht stören.

Da blieb er stehen und ließ sein Auge hinaus auf die Reede schweifen.

»Wieder einer vor Anker«, murmelte er, »ein Segelschiff und, wie es scheint, nicht schlecht gebaut. Wenn nur ...« Er hielt plötzlich in seinem Selbstgespräch inne und beschattete das Auge mit der Hand, um schärfer sehen zu können. »Das ist — ja, das ist er, das ist der ›l'Horrible‹, dessentwegen ich nun schon seit einem Monat hier vor Anker liege. Endlich, endlich sehe ich ihn wieder und … doch, er liegt zu weit vom Land, und ich könnte mich täuschen. Ich werde mich überzeugen, ob ich mich irre oder nicht!«

Er schritt die Stufen hinab, vor denen mehrere Boote lagen, und sprang in eines von ihnen.

»Wohin?« fragte der Besitzer, der sich auf der Ruderbank sonnte.

Der Mann deutete leicht nach der Reede hinaus.

»Spazieren.«

»Wie lange?«

»So lange es mir gefällt.«

»Könnt Ihr bezahlen?«

Der Frager musterte seinen Fahrgast mit nicht sehr vertrauensvollen Blicken.

»Nach der Fahrt mit gutem Geld, vor der Fahrt mit guten Fäusten. Wähle also!«

»Hm, hm«, brummte der Schiffer, offenbar eingeschüchtert durch den drohenden Blitz, welcher aus dem dunklen Auge des Fremden leuchtete, »steckt Eure zehn Finger, wohin es Euch beliebt, nur nicht in mein Gesicht. Könnt Ihr das Steuer führen?«

Ein kurzes Nicken war die Antwort, dann wurde der Kahn gelöst und suchte durch das Gewirr der umherliegenden Fahrzeuge aller Gattungen seinen Weg hinaus ins freie Wasser.

Der Fremde verstand zu steuern wie nur irgendeiner, das

hatte der Schiffer schon nach den ersten Ruderschlägen bemerkt. Er ließ kein eigentliches Ziel erraten, umkreiste in weitem Bogen das Panzerschiff und den »l'Horrible« und führte dann das Boot an seinen Platz zurück, wo er die Fahrt auf eine Weise bezahlte, die seine äußere Erscheinung allerdings nicht hatte vermuten lassen.

»Er ist's«, seufzte er erleichtert, indem er die Stufen emporstieg, »nun soll die Frau de Voulettre bald so spurlos verschwinden, wie Clairon und die Miß Admiral in New York vor dem Herrn Vicomte de Latour mit dem Geld Wallersteins spurlos verschwunden ist. Jetzt aber in die Taverne!«

Er lenkte seine Schritte einer Gegend der Stadt zu, wo die obskuren Existenzen ihr elendes und oft auch verbrecherisches Leben fristen. Er mußte durch ein Gewirr enger Gassen und Gäßchen schreiten, deren Häuser kaum diese Bezeichnung verdienten. Der wüste, holprige Boden bildete ein besonders für die Nacht halsbrecherisch zu nennendes Terrain, und die Hütten, Baracken und Zelte glichen eher einem wilden Zigeunerlager als dem Teil eines wohlgeordneten Stadthaushaltes, wo die mächtige Hand einer kräftigen Sicherheits- und Wohlfahrtspolizei jeden schädlichen oder auch nur verdächtigen Stoff auszuscheiden oder wenigstens unter scharfer Bewachung zu halten verpflichtet ist.

Endlich hielt er vor einer langgestreckten Bretterbude, über deren Tür mit Kreide die Inschrift »Taverne of fine brandy« angebracht war. Vor und hinter diesen Buchstaben war auch mit Kreide je eine Schnapsflasche auf das rissige Holz gemalt.

Er trat ein.

Der lange Raum war mit Gästen gefüllt, denen man es ansah, daß sie nicht zu den Kreisen der Gesellschaft gehörten, die die Bezeichnung gentlemanlike für sich in Anspruch nehmen. Ein unbeschreiblicher Schnapsdunst und Tabaksqualm warf den Eintretenden förmlich zurück, und der Lärm, der hier herrschte, schien eher tierischen als menschlichen Kehlen zu entstammen.

Der Mann mit dem Feuermal kehrte sich nicht im mindesten an diese Unannehmlichkeiten. Er trat an den Schanktisch und wandte sich zu dem dahinter paradierenden Wirt.

»Ist der lange Tom hier, Master?«

Der Gefragte musterte ihn mit einem mißtrauischen Blick.

»Warum?«

»Weil ich mit ihm zu sprechen habe.«

»Wer ist der lange Tom, he?«

»Pah! Spielt nicht Verstecken! Ich kenne den Mann ebensogut wie Ihr und bin von ihm hierher bestellt worden.«

»Wer seid Ihr?«

»Das geht Euch den Teufel an. Hab Euch auch noch nicht nach der Geburtsliste gefragt, auf der Euer Name verzeichnet sein mag!«

»Hoho, wenn Ihr so kommt, so könnt Ihr lange fragen, ehe Ihr die Antwort bekommt, die Ihr haben wollt. Eher ist es möglich, daß Ihr einen guten Faustschlag oder zwei von hier mit fortnehmt!«

»Darüber ließe sich vielleicht auch noch sprechen. Aber ich will Euch wenigstens soviel sagen, daß es Euch der lange

Tom verteufelt anrechnen wird, wenn Ihr mich nicht mit ihm sprechen laßt.«

»So? Nun, ich will einmal so tun, als ob ich ihn kenne, versteht Ihr, Sir? Wenn er Euch wirklich bestellt hat, so hat er Euch jedenfalls ein Wort gesagt, ein kleines Wörtchen, ohne das man nicht zu ihm kommt.«

»Das hat er. Hört einmal!«

Er neigte sich über den Tisch hinüber und raunte dem Wirt einige leise Silben zu. Dieser nickte zustimmend mit dem Kopf.

»Richtig! Jetzt darf ich Euch trauen. Tom ist noch nicht hier, es ist eben jetzt die Zeit, wo gewöhnlich die Polizei kommt, um sich ein wenig unter meinen Gästen umzusehen. Ist sie fort, so gebe ich ein Zeichen, und in fünf Minuten ist er da. Setzt Euch bis dahin nieder!«

»Hier nicht, Master. Tom sagte mir, daß es bei Euch einen kleinen Raum gibt, wo man nicht von jedermanns Auge belästigt wird.«

»Den gibt es, aber er ist eben auch nicht für jedermann da.«

»Nicht für jedermann. Aber für wen denn?«

»Wenn ich Euch das erst sagen muß, so scheint es unter Eurem Hut ganz niederträchtig finster zu sein!«

»So sehr doch nicht, wie Ihr denkt!«

Er zog ein Goldstück hervor und schob es dem Mann zu.

»Gut! Es steht mit Euch doch nicht ganz so schlimm, wie ich dachte. Aber wißt Ihr, wenn man jemandem den Gefallen tut, die Spürnasen von ihm abzuhalten, so ist ganz natürlich eine Liebe der anderen wert. Wollt Ihr etwas trinken?«

»Ein Glas Wein.«

»Wein? Seid Ihr verrückt? Was soll ich hier mit diesem albernen Getränk machen? Ihr bekommt eine Flasche Brandy, wie es hier Sitte und Gewohnheit ist. Hier, und auch ein Glas dabei. Jetzt setzt Ihr Euch an den Tisch dort hinter dem breiten Ofen. Gleich daneben ist eine Tür, die niemand sehen kann. Ich werde sie aufstoßen, dann paßt Ihr auf, und beim ersten Augenblick, wo es kein anderer bemerkt, schlüpft Ihr schnell hinein.«

»Soll geschehen.«

»Es ist jetzt leer in der Stube. Aber es werden bald Gäste kommen, und ich rate Euch, sie nicht zu inkommodieren. Es sind rasche Burschen, bei denen Wort und Klinge nicht weit voneinander liegen!«

Es geschah, wie er gesagt hatte, und bald saß der Fremde in dem verborgenen Raum. Dieser faßte nur zwei Tische mit vielleicht einem Dutzend Stühlen, die jetzt leer standen. Aber, wie der Wirt gesagt hatte, kamen bald Gäste herbeigeschlüpft, einer nach dem anderen, und nahmen in einer Weise Platz, die erraten ließ, daß sie gewohnt waren, hier in dieser Abgeschlossenheit zu verkehren.

Die Notiz, die sie von dem bereits Anwesenden nahmen, bestand nur in einem kurzen, musternden Blick, sonst aber ließen sie sich nicht im mindesten stören und führten ihr halblautes Gespräch so ungeniert, als ob kein Fremder zugegen sei. Sämtliche Männer schienen Seeleute zu sein, wenigstens zeigten sie sich während ihrer Unterhaltung im Schiffswesen sehr bewandert und in allen nautischen Vorkommnissen der jüngeren Vergangenheit außerordentlich gut unterrichtet. Auch die im Hafen und auf der Reede liegenden Fahrzeuge wurden besprochen.

»Wißt Ihr«, fragte einer, »daß der ›l'Horrible‹ draußen vor Anker gegangen ist?«

»Der ›l'Horrible‹, das Kaperschiff?«

»Ja, Befehlshaber Leutnant Jenner. Ein prächtiges Schiff, ganz unvergleichlich in Bau und Ausrüstung, der ›schwarze Kapitän‹ hat es bewiesen.«

»Schade um den armen Kerl, daß er den Strick hat schmecken müssen! Oder nicht, he?«

»Jammerschade, er wußte etwas aus sich und seinen Jungens zu machen.«

»Er vielleicht weniger, aber er soll einen ausgezeichneten Segelmeister gehabt haben, der das eigentliche Kommando führte.«

»Hab auch davon gehört. Der Kerl soll gar nicht einmal ein Mann, sondern ein Weib gewesen sein, ein wahrer Satan. Will's auch gern glauben, denn wenn sich der Teufel ein Extrapläsier machen will, so fährt er in ein Frauenzimmer.«

»Richtig«, meinte ein Dritter, »ein Frauenzimmer ist es gewesen, und Miß Admiral hat sie geheißen, ich weiß es genau. Und wer noch mehr erfahren will, der mag nur den langen Tom fragen, der weiß Bescheid. Ich glaube, der Halunke ist schon einmal mit dem schwarzen Kapitän gefahren und kennt den ›l'Horrible‹ besser, als er gestehen will.«

»Möglich, zuzutrauen ist es ihm. Und wenn es wirklich so gewesen ist, so fällt mir gar nicht ein, es ihm übelzunehmen, denn so ein Hundeleben wie auf einem elenden Kauffahrer gibt es natürlich auf einem wackeren Kaper nicht. Ich will nicht weiter reden, aber, na, ihr wißt schon, was ich meine!«

»Papperlapapp, heraus damit! Oder wenn du dich fürchtest, so will ich es sagen: Wenn der schwarze Kapitän noch lebte und den ›l'Horrible‹ noch hätte, ich ginge auf der Stelle zu ihm an Bord. Da hört ihr's, und ich meine, daß ihr mir recht gebt!«

In diesem Augenblick öffnete sich die Tür von neuem, und ein Mann trat in gebückter Stellung ein, den alle als alten Bekannten begrüßten.

»Der lange Tom! Komm her, alter Swalker und verteie dich hier auf diesem Stuhl. Weißt du, daß wir soeben von dir gesprochen haben?«

»Ja, von dir und dem ›l'Horrible‹!«

»Laßt den ›l'Horrible‹ nur immer draußen auf dem Wasser, ihr alten Schwatzratten«, antwortete er, sich niedersetzend und dem Mann mit dem Feuermal unbemerkt zublinzelnd. »Was geht euch das Fahrzeug an, he?«

»Uns nichts, aber dich desto mehr. Wir meinen, daß du es besser kennst als wir, oder bist du nicht einmal auf seinen Planken herumgelaufen?«

»Ich sage nicht ja und nicht nein, aber möglich wäre es. Es sind wohl einige hübsche Dutzend guter Schiffe, die den Tom gesehen haben, und wer kann da etwas dagegen haben, wenn der ›l'Horrible‹ mit dabei gewesen ist?«

»Niemand. Doch sag: Ist es wirklich wahr, daß der Segelmeister des Kapers ein Weibsbild gewesen ist?«

»Wie ich gehört habe, ja.«

»Hm, da muß doch trotz alledem eine miserable Wirtschaft auf dem Fahrzeug geherrscht haben.«

»Wieso?«

»Na, wenn ein Frauenzimmer das Kommando eines Schiffes führt, so möchte ich nicht dabei sein. Ich meine, daß gerade das und nichts anderes daran schuld ist, daß der ›l'Horrible‹ genommen worden ist.«

»Meint Ihr?« ließ sich da mit gedehnt fragender Stimme der Fremde mit dem Feuermal vernehmen.

»Ja, ich meine es. Oder habt Ihr vielleicht etwas dagegen?«

»Geht Euch nichts an, wollte bloß wissen, ob Ihr das wirklich meint!«

»Geht mich nichts an, he? Wenn sich ein Fremder in das mengt, was ich sage, so geht es mich nichts an, nehmt Eure Zunge etwas fester hinter die Zähne, sonst schlage ich Euch eins auf das Maul, daß sie Euch hinunter bis auf die Zehen fährt!«

»Seht ganz danach aus!«

»Wie – was? Da – da habt Ihr, was Euch gehört!«

Mit einem raschen Schritt stand er vor dem schmächtigen, um Kopfeshöhe kürzeren Mann und holte zu einem Schlag aus, der sicher keine wohltuende Liebkosung sein konnte. Der Bedrohte aber hatte ihn im Nu gefaßt, hob ihn in die Höhe und schmetterte ihn mit solcher Wucht zu Boden, daß er sich kaum aufzuraffen vermochte.

Sofort sprang der ihm am nächsten Sitzende herbei, um die schmähliche Niederlage seines Kameraden zu rächen. Es wurde ihm ganz dasselbe Schicksal: Mit wahrhaft katzenartiger Geschwindigkeit wich der Gegner seinen Streichen aus, unterlief ihn und warf ihn zur Erde nieder, daß es dröhnte.

Schon wollte der dritte seinem Beispiel folgen, als der lange Tom sich in das Mittel legte.

»Stop!« meinte er, ihn beim Arm packend und zurückhaltend. »Mach keine Dummheiten, alter Bursche. Mit dem dort nimmst du es nicht auf und noch zehn andere ebenso!«

»Oh, das will ich sehen!«

»Versuch's, wenn du durchaus nicht anders willst, aber ich meine, daß Ihr einen Offizier vom ›l'Horrible‹ respektieren werdet.«

»Vom ›l'Horrible‹!«

Auch die beiden anderen, die sich jetzt vom Boden erhoben hatten und Miene machten, den Angriff von neuem zu beginnen, stimmten überrascht in die Frage ein.

»Vom früheren oder jetzigen?«

»Vom früheren natürlich, oder glaubt Ihr etwa, daß sich so ein Schwachkopf von Marineoffizier hier in unsere Kabine wagen möchte?«

»Ist's wahr?«

Der Mann mit dem Feuermal nickte leichthin mit dem Kopf.

»Wird wohl wahr sein, Ihr Männer. Der lange Tom kennt mich ein wenig von früher her, wo wir einige Zeit lang auf denselben Planken herumgestiegen sind und manchen guten Coup ausgeführt haben.«

»So ist das etwas anderes! Wenn es so steht, so seid Ihr sicher bei uns, und wir werden Euch unsere Fäuste nicht weiter zu schmecken geben.«

»Pah«, klang die geringschätzige Antwort, »vor Euren Fäusten ist mir ganz verteufelt wenig bange, wie Ihr gesehen habt. Doch seid Ihr keine üblen Maaten, denke ich, und so will ich die Sache nicht nur gut sein lassen, sondern mich sogar auch ein wenig bei Euch auf den Stuhl verteien.«

»Gut sein lassen? Ich denke, der Streit ist nicht von uns, sondern von Euch ausgegangen. Als Fremder ging Euch das, was wir sprachen, nichts an!«

»Hm, Ihr mögt nicht so ganz unrecht haben, aber ich bin gewohnt, meine Leute auf die Probe zu stellen, ehe ich den Handschlag von ihnen nehme.«

»Eure Leute?« meinte der eine.

»Auf die Probe stellen?« der andere.

»Den Handschlag nehmen?« der dritte.

»So ist's! Habt Ihr nicht vorhin gesagt, daß Ihr auf den ›l'Horrible‹ möchtet?«

»Das war so eine Rede. Ihr werdet Euch wohl die Beifügung gemerkt haben: Wenn der ›schwarze Kapitän‹ noch lebte und ihn befehligte.«

»Wißt Ihr denn so genau, daß er tot ist?«

»Alle Wetter! Wollt Ihr damit etwa sagen, daß er noch lebt?«

»Er lebt noch.«

»Wißt Ihr das gewiß?«

»Gewiß.«

»Wo steckt er, he?«

»Das ist nicht Eure, sondern meine Sache!«

»Auf dem ›l'Horrible‹ jedenfalls nicht!«

»Nein, da habt Ihr recht. Aber er... hm, wenn er ihn nun wiederbekäme?«

»Wiederbekäme? Holla, Sir, das wäre ja ein verdammt guter Streich von ihm!«

»Und von Euch!«

»Von uns? Wieso?«

»Weil Ihr mit dabeisein könnt, wenn Ihr wollt«, klang es leise und vorsichtig.

»Was wollt Ihr damit sagen, Master?«

»Ich will damit sagen, daß man Männern, die der lange Tom seine Freunde nennt, wohl ein wenig Vertrauen schenken darf. Oder nicht, he?«

»Bei allen Teufeln, da habt Ihr recht und geht nicht fehl! Wir sind überall gern dabei, wo es ein gutes Stück Geld oder einen hübschen Sold zu verdienen gibt. Tom mag uns Euch empfehlen!«

»Ist schon geschehen«, antwortete der Seemann. »Dieser Sir kennt Euch so wie ich, und ich hatte ihn herbestellt, damit er Euch einmal sehen und mit Euch sprechen könne. Wißt Ihr etwas Neues?«

»Nun?«

»Ich werde Bootsmann auf dem ›l'Horrible‹.«

»Bootsmann? Willst du uns kalfatern?«

»Fällt mir gar nicht ein! Auch Ihr könntet eine gute Stelle finden, wenn Ihr wolltet.«

»Ob wir wollen! Aber das Schiff gehört ja den Buntjacken.«

»Jetzt, aber lange nicht mehr, das ist sicher.«

»Wieso?«

Er neigte sich über den Tisch herüber und flüsterte: »Weil wir es ihnen nehmen werden.«

»Donnerwetter, das wäre ja ein Streich, wie er noch gar niemals dagewesen ist. Man würde in den ganzen Staaten und wohl auch noch weiter darüber hinaus davon sprechen.«

»Fürchtet Ihr Euch davor?«

»Fürchten? Pah! Was kann uns das Gerede schaden? Mit dem ›l'Horrible‹ unter den Füßen braucht man sich vor der ganzen Welt nicht zu scheuen!«

»Ja, und könnte ein Leben führen wie der große Mogul oder wie der Kerl heißt, der so viel Dollars besitzt, daß die See voll würde, wenn er einmal so dumm sein wollte, sie hineinzuwerfen.«

»Es liegt nur an Euch, es so zu haben!«

»An uns? Sprecht weiter, Sir!«

Der Rotmalige langte in die Tasche, zog ein wohlgefülltes Portefeuille hervor, entnahm diesem einige Banknoten und legte jedem eine davon hin.

»Wollt Ihr diese Wische haben?«

»Werden nicht so albern sein, sie zurückzuweisen! Aber was sollen wir dafür tun?«

»Nichts, ich schenke sie Euch. Aber wenn Ihr die Richtigen seid, so könnt Ihr morgen oder übermorgen fünfmal soviel haben!«

»Inwiefern?«

»Wollt Ihr eine Spazierfahrt hinaus auf die Reede mitmachen?«

»Warum nicht?«

»Um den Buntjacken einen Besuch abzustatten?«

»Warum nicht?«

»Es wird wohl einige Hiebe oder Messerstiche dabei geben.«

»Tut nichts!«

»Doch ist es möglich, daß es auch glatt abgeht.«

»Desto besser.«

»Ihr bleibt dann natürlich auf dem Schiff.«

»Versteht sich! Aber wer wird uns befehligen?«

»Wer anders als der Kapitän?«

»Der schwarze?«

»Der schwarze!«

»So lebt er wirklich noch?«

»Er lebt noch, und Ihr sollt mit ihm zufrieden sein, wenn Ihr das Eurige tut.«

»Wird an nichts fehlen, Sir, darauf könnt Ihr Euch verlassen!«

»Gut, so hört, was ich Euch sage!«

Sie rückten erwartungsvoll zusammen.

»Ihr kauft Euch bessere Kleider, denn so wie jetzt darf Euch niemand sehen!«

»Soll geschehen.«

»Ihr geht abends nicht aus, sondern bleibt hier, um auf mich oder meinen Boten zu warten!«

»Ist uns lieb. Die Spürnasen machen uns ja draußen genug zu schaffen.«

»Sobald ich schicke, kommt Ihr mit Tom zu – zu – in die Wohnung der Frau de Voulettre.«

»Alle Teufel, das ist eine verdammt vornehme, reiche und schöne Miß*. Ich habe von ihr sprechen hören. Was haben wir mit ihr zu schaffen?«

---

* Miß: Eigentlich Mistress (Frau), nicht Miß (Fräulein).

»Die Offiziere des ›l'Horrible‹ werden bei ihr zu finden sein.«

»Ah!«

»Ihr wollt Heuer auf dem Schiff nehmen, und sie wird Euch den Herren empfehlen.«

»Donnerwetter — uns empfehlen — die reiche, vornehme Miß? Seid Ihr klug, Sir?«

»Ich denke es!«

Die Männer sahen ihn halb zweifelnd, halb respektvoll forschend an.

»Dann seid Ihr wohl gut mit ihr bekannt?«

»Möglich! Ihr werdet jedenfalls angeheuert werden und geht sofort an Bord.«

»Ganz wie Ihr befehlt, Sir.«

»Es wird dann dafür gesorgt werden, daß die Offiziere und Subalternen an Land gehen. Der ›schwarze Kapitän‹ wird dann mit seinen Leuten bei Euch anlegen und — na, das übrige ist nicht meine Sache, ich bin bloß sein Agent. Was Ihr noch zu wissen braucht, das wird Euch Tom schon sagen.«

Die Männer nickten zustimmend. Der Plan des scheinbaren Agenten nahm ihre Köpfe so sehr in Anspruch, daß sie keine Zeit zu langen Reden hatten.

»Und nun noch eins: Tom ist Bootsmann, und Ihr habt ihm von diesem Augenblick an in allen Stücken Gehorsam zu leisten, versteht Ihr?«

»Yes, Sir!«

»Seid Ihr treu und verschwiegen, so könnt Ihr auf den Kapitän rechnen, bei dem geringsten Zeichen von Verrat aber seid Ihr verloren, dafür ist gesorgt. Also nehmt Euch zusammen!«

»Keine Sorge, Master! Wir wissen, was wir vorhaben, es ist so etwas schon längst unser Wunsch gewesen, und da er nun so schön in Erfüllung geht, werden wir uns das Vergnügen doch nicht selbst verderben.«

»Schön! Hier habt Ihr noch ein paar Dollar für Brandy, ich muß nun fort. Adieu!«

Während die anderen sich in achtungsvolle Stellung erhoben, reichte er Tom wie herablassend die Hand und verschwand dann durch die Tür.

»Alle Teufel, konnte der Kerl zugreifen!« bemerkte der eine.

»Und was die Hauptsache ist, mit diesen kleinen Händen«, fügte der andere hinzu. »Man sieht es ihm nicht an, aber er hat wahrhaftig den Satan im Leib!«

»Setzt Euch«, mahnte Tom, »ich habe Euch noch mancherlei zu erklären.«

Die Männer saßen noch lange beisammen und lauschten den Reden ihres Kameraden. Er war ein erfahrener und gewiegter Maat und verstand es, sie vollständig für das beabsichtigte Unternehmen zu gewinnen, so daß an einen Verrat ihrerseits nicht zu denken war.

*

Die Gemächer der Frau de Voulettre waren am Abend nach dieser Unterredung hell erleuchtet. Sie hatte große Soiree. Im Salon wurde zum Piano getanzt, an den Bufetts nahm man die feinsten Delikatessen und Erfrischungen zu sich, die älteren Herren hatten sich in die Nebenzimmer zurückgezogen, wo man allerlei diskutierte oder sich einem »kleinen« Spielchen hingab, bei dem die Dollars zu Hunderten gesetzt, gewonnen oder verloren wurden.

Selbst der Neid mußte gestehen, daß unter allen anwesenden Damen der Herrin des Hauses die Krone gebühre. Sie war eine wahrhaft hinreißende Schönheit und verstand es, jedes Wort so auszusprechen und jede, auch die kleinste Bewegung so auszuführen, daß der Beobachter selbst gegen seinen Willen angezogen und dann dauernd gefesselt wurde.

Jetzt eben ruhte sie in nachlässiger, aber wohlberechneter Stellung auf dem samtenen Diwan und wehte sich mit dem perlenbesetzten Fächer Kühlung zu. Ihr dunkles, glühendes Auge ruhte mit sichtbarem Interesse auf dem Gesicht des Marineleutnants Jenner, der ihr von dem Kapitän des Orlogschiffes vorgestellt worden war.

»Sie kommen um Kap Horn, Leutnant?«

»Direkt nicht. Ich kreuze schon längere Zeit vis à vis dem Isthmus.«

»Ah, ein langweiliges Geschäft, nicht? Hatten Sie nicht Zeit, schon längst einmal hier anzulegen?«

»Leider nicht. Der Dienst zur See ist streng. Hätte ich aber ahnen können, welcher Stern mir weiter nördlich leuchten könne, so wäre ganz sicher der mir gewordenen Instruktion eine weitere Ausdehnung geworden.«

»Schmeichler! Hat es im Süden oder Osten keinen Stern für Sie gegeben?«

»Keinen, Miß!«

»Sie Ärmster! Sehen Sie zu, daß der gegenwärtige Ihnen hell und lang genug leuchten möge!«

»Will er das?« fragte er, fast verwirrt von der Schönheit der reizenden Frau. Sie senkte den Fächer zum Busen und antwortete nicht. Aber diese Bewegung ebenso wie der Blick, der ihm aus ihrem Auge entgegenstrahlte, sagten ihm ganz dasselbe, was deutliche Worte hätten sagen können. Eine kleine Befriedigung aber gewährte sie ihm doch: »Wissen Sie, Leutnant, daß ich mich außerordentlich für das Seewesen interessiere?«

»Ah! Die See hat allerdings etwas Anziehendes selbst für Damen, aber das, was man unter ›Seewesen‹ gewöhnlich zu verstehen pflegt, ist so trocken und gefährlich, daß ich kaum einer Lady im Ernst zumuten möchte, sich ...«

»Pah«, fiel sie ihm in die Rede, »nicht jede Dame fürchtet die Gefahr; ebenso wie nicht jeder Herr ein Herkules ist. Meine Heimat ist eine Insel, rings vom Wasser umgeben, ich habe zahlreiche Verwandte drüben auf dem Kontinent, bin viel hin- und hergefahren, oft droben in New York oder Boston gewesen, habe sogar einmal das Kap der guten Hoffnung besucht und mir dabei eine Teilnahme für die See angeeignet, die sich auf alles erstreckt, was damit in Beziehung steht. Sogar den nautischen Wissenschaften, die für den Laien allerdings so schwer und trocken sind, wie Sie sagen, habe ich einige Teilnahme schenken dürfen, und wenn Sie mein Arbeitskabinett betreten wollten, so könnte ich Ihnen den sichersten Beweis für diese Behauptung liefern.«

»Für ein solches Heiligtum dürfte mein Fuß doch vielleicht zu profan sein.«

»Meinen Sie? Man lebt hier so ungeniert und unabhängig von den sonstigen Regeln der Etikette und Dehors, daß ich meinen Gästen gegenüber sicherlich keinen Fauxpas begehe, wenn ich Sie ersuche, mir Ihren Arm zu geben!«

Sie legte ihren Arm in den seinen und schritt mit ihm durch mehrere Gemächer bis in ein Zimmer, das allerdings die Bezeichnung »Arbeitskabinett« wenig oder gar nicht verdiente. Es war das Boudoir der Dame und mit einem Luxus ausgestattet, der geradezu raffiniert genannt werden mußte.

Hier trat sie an ein kostbares Schreibmöbel, öffnete einen Kasten und entnahm demselben eine vollständige Sammlung der zuverlässigsten und wertvollsten Seekarten. Die anderen Kästen enthielten alle nautischen Instrumente, die zur Führung eines Schiffes erforderlich sind.

Jenner konnte seine Bewunderung über diesen unerwarteten Schatz nicht verbergen.

»Ich muß gestehen, Miß, daß ich auch in meiner Kajüte keine besseren Karten und Instrumente besitze!«

»Möglich, ich pflege nie etwas Unbrauchbares zu meinem Eigentum zu machen.«

»Aber diese Gegenstände sind nur nach tiefen Studien und nur in der Praxis zu verwenden!«

»Und diese Studien trauen Sie einer Dame nicht zu?«

»Ich fand noch keine, die mich zu einer anderen Überzeugung bekehrt hätte.«

»So bitte ich, mich zu examinieren!«

Ihr Auge hing mit einem belustigten Blick, in dem ein aufmerksamer Beobachter jedenfalls etwas wie Hohn oder

Verachtung bemerkt hätte, in seinen offenen, ehrlichen Zügen.

»Examinieren?« lachte er. »Wer vermöchte es, hier Ihnen gegenüber die zu einem solchen Vorhaben nötige Ruhe zu bewahren! Ich glaube, Miß, wenn Sie es wären, die mich examinierte, ich vermöchte Ihnen nur mit Anstrengung Rede und Antwort zu stehen!«

»Sind die Herren von der Marine stets so befangen?«

»Nie, als nur unter dem Auge derjenigen, in deren Herzen man Anker werfen möchte für jetzt und immerdar.«

»Sehnen Sie sich so sehr nach einem sicheren Hafen?«

»Jetzt zum ersten Mal.«

Er versuchte, den Arm um ihre verführerische Taille zu legen. Sie litt es ohne Widerstreben.

»Und wie lange wollen Sie da liegen bleiben?«

»Ewig!«

Er zog sie an sich. Der Duft, von dem das Zimmer erfüllt war, berauschte ihn, er wußte kaum, wie verwegen er war, der hier zum erstenmal stand, eigentlich handelte, er beachtete auch die Bereitwilligkeit nicht, mit der das herrliche Weib sich seinen Liebkosungen hingab, er hielt sie fest umschlungen und drückte Kuß um Kuß auf ihre schwellenden Korallenlippen.

Endlich richtete sie sich in seinen Armen aus ihrer hintenübergebeugten Lage empor.

»Sie haben eine etwas eigentümliche Art, mich von Ihrer Befangenheit zu überzeugen, Herr Leutnant!«

»Eigentümlich vielleicht, Miß, zugleich aber auch unendlich köstlich und beseligend!«

»So köstlich wie unter dem Äquator eine Sternennacht an Bord des ›l'Horrible‹. Es ist ein prächtiges Schiff, Sir, das prächtigste, das ich kenne, aber wissen Sie, daß ich Sie dieses Fahrzeuges wegen hassen sollte?«

»Hassen? Weshalb?«

»Weil ich auf ihm die schlimmsten und bittersten Stunden meines Lebens durchlitten und durchjammert habe.«

»Sie waren auf dem ›l'Horrible‹?« fragte er erstaunt.

»Ja. Sie kennen die Geschichte dieses berühmten oder vielmehr berüchtigten Fahrzeuges?«

»So ziemlich.«

»So hörten Sie auch von einer Dame, die sich an Bord befand, als es genommen wurde?«

»Gewiß.«

»Sie war mit einem Kauffahrer vom Kap gekommen und in die Hände des ›schwarzen Kapitäns‹ geraten?«

»So ist es!«

»Nun, diese Frau war ich!«

»Waren Sie? Welch ein Zusammentreffen, Miß? Sie müssen mir später von diesem außerordentlichen Abenteuer erzählen! Aber, soll ich das Verbrechen des Seeräubers büßen?«

»Wer könnte Sie dazu verurteilen wollen?«

»Nur diejenige, die soeben sagte, daß sie mich eigentlich dieses Fahrzeuges wegen hassen sollte.«

»Ist der Fluch, der darauf ruhte, hinweggenommen?«

»Ich denke es.«

»Darf ich mich davon überzeugen?«

»Das heißt?«

»Das heißt, darf — darf — aber Sie werden mir ob meiner Frage, ob meiner Bitte vielleicht zürnen!«

»Sprechen Sie, ich zürne nicht!«

»Darf ich den ›l'Horrible‹ sehen, darf ich ihn nochmals besteigen, um die Stätte, an der ich so viel verlor, durch meine Gegenwart zu — zu — entsündigen?«

»Sie dürfen!« erwiderte er, beglückt von dem Gedanken, das herrliche Wesen in seinem kleinen, wohlgeordneten Reich umherführen zu können.

»Und wann?«

»Wann Sie befehlen!«

»Dann morgen, Sir, morgen am Vormittag!«

»Gern, sehr gern, Miß, Ihr Fuß soll die Stätte heiligen, die meine gegenwärtige Heimat ist!«

»Dann sollen Sie Gelegenheit finden, das Examen anzustellen«, lächelte sie schalkhaft. »Doch wünsche ich, Leutnant, daß mein Besuch Ihnen keinerlei Unbequemlichkeit veranlasse. Ich bin weder Admiral noch Kommodore und habe nicht das mindeste Recht, einen seemännischen Eklat zu beanspruchen.«

»Keine Sorge, Miß! Selbst wenn ich wollte und es mir überhaupt gestattet wäre, den ›l'Horrible‹ im Paradekleid auf Sie warten zu lassen, würde ich mit einigen kleinen Schwierigkeiten zu kämpfen haben. Gerade morgen früh gehen einige meiner Männer auf Abschied von Bord, und ich muß, um wieder vollzählig zu sein, mich nach Ergänzung umsehen.«

»Ah! Darf ich Ihnen dabei dienen, Sir?«

»Ich würde eine solche Liebenswürdigkeit mit Dank anzuerkennen wissen!«

»O bitte, nein! Zum Dank würde dann nur ich verpflichtet sein! Ihre Bemerkung erinnert mich an einige brave Männer, die in meinen Diensten standen und auf ein gutes Schiff zu kommen wünschen. Sie sind sämtlich sehr wohlbefahrene Seeleute, denen ich das beste Lob erteilen kann. Darf ich sie Ihnen empfehlen?«

»Ihre Empfehlung überhebt mich der Mühe, mich nach passenden Persönlichkeiten umzusehen. Darf ich um das Nähere bitten?«

»Sie wohnen in der Nähe. Ich werde sie in das Vorzimmer rufen lassen, wo Sie die Prüfung vornehmen können.«

»Ihre Güte drückt mich förmlich nieder, Miß. Ich bin überzeugt, daß keiner Ihrer Schützlinge zurückgewiesen wird!«

»Ich danke! Gestatten Sie mir, den betreffenden Befehl zu erteilen!«

Erst jetzt entzog sie ihm ihre Hände, die er bisher festgehalten hatte, und kehrte mit ihm in die Gesellschaftsräume zurück.

Jenner war vollständig bezaubert von der Schönheit und Liebenswürdigkeit der herrlichen Frau, die ihm eine Freundlichkeit und Teilnahme erwies, nach der die anderen wohl vergebens gestrebt hatten. Der einfache, in gesellschaftlicher Beziehung anspruchslose und in puncto Frauen noch vollständig unerfahrene Seemann konnte sich unmöglich einem Argwohn hingeben. Als ihm gemeldet wurde, daß die Betreffenden im Vorzimmer harrten, trat er am Arm der Gastgeberin hinaus, warf Tom mit seinen Gefährten einige leichte Fragen hin, gab ihnen das gebräuchliche Angeld und gebot ihnen, schon am nächsten Morgen an Bord des »l'Horrible« einzutreffen.

Er blieb auch für den Verlauf des ganzen Abends der Favorit der fleißig umworbenen Gastgeberin und nahm, als man sich zum Aufbruch rüstete, ein bisher noch nie gekanntes und noch weniger empfundenes Entzücken mit hinweg.

»Nun, Leutnant«, fragte der Kapitän, der ihn begleitete, »wie gefällt Ihnen dieses Weib?«

»Über alle Beschreibung!«

»Hm, jedenfalls habe ich Ihnen nicht zuviel gesagt. Aber ich glaube, daß das Wohlgefallen nicht einseitig, sondern gegenseitig ist.«

»Sie will den ›l'Horrible‹ sehen«, antwortete Jenner ausweichend.

»Ah! Und wann?«

»Schon morgen am Vormittag.«

»Hm, gratuliere zu einer so schnellen Eroberung, Leutnant! Der Empfang wird jedenfalls gebührend sein.«

»Höflich, nicht mehr!«

»Soll ich mich dazu einladen?«

»Darf ich Sie ersuchen, Kapitän?«

»Nein, nein«, lachte dieser, »ich will ein rücksichtsvoller Kamerad sein und Sie in Ihrer Herrlichkeit nicht stören, allerdings nur unter einer gewissen Bedingung!«

»Sie lautet?«

»Sie bringen mir Ihren Besuch auf eine Viertelstunde herüber zu mir!«

»Zugestanden!«

»Topp?«

»Topp!«

Die beiden Offiziere bestiegen das wartende Boot, um sich nach ihren Fahrzeugen zu begeben.

Am anderen Morgen herrschte an Bord des »l'Horrible« ein regeres Leben als gewöhnlich. Die Mannschaft war unterrichtet worden, daß eine hochgestellte Dame das Schiff zu besichtigen wünsche. Die peinliche Ordnung und Reinlichkeit, die auf einem Kriegsschiff zu herrschen pflegt, ließ zwar alle Vorbereitungen in dieser Richtung als überflüssig erscheinen, dennoch unterwarf Jenner sein Fahrzeug einer sorgfältigen Prüfung und verordnete hier und da einen Handgriff oder befahl ein kleines Arrangement, um seine schwankende Wohnung in einem möglichst vorteilhaften Licht erscheinen zu lassen.

Er hatte diese Tätigkeit eben erst beendet, als die neu angeworbenen Matrosen an Bord erschienen und sich ihm vorstellten. Er nahm sie in die Pflicht, ließ ihnen ihren Raum anweisen und bekümmerte sich dann nicht weiter um sie. Die spezielle Beaufsichtigung der Leute war ja nicht seine, sondern die Sache des Maats.

Als dann später Frau de Voulettre erschien, empfing er sie mit wirklich ausgesuchter Artigkeit. Die Kleidung, die sie trug, war der südlichen Zone angemessen, weich und luftig, hob ihre Reize vorteilhaft hervor und schien ganz gewählt zu sein, ihn mit seiner schönen Eroberung im höchsten Grad zufriedenzustellen.

Auch die Mannschaft war vollständig entzückt von ihr, und jeder beeilte sich, ihr die ausgesuchteste Aufmerksamkeit zu erweisen.

»Ein prächtiges Schiff!« meinte sie, als sie von der Besichtigung mit Jenner unter das auf dem Deck errichtete Zeltdach zurückgekehrt war, wo der Koch mit den erwähltesten Leckerbissen auf sie wartete. »Ich muß gestehen, Sir, daß es sich sehr zu seinem Vorteil verändert hat. Die gegenwärtige Takelung ist ausgezeichnet, so daß ich glaube, seine Geschwindigkeit habe um ein Beträchtliches gewonnen, seit es in die Hand der Marine gelangt ist.«

»Ich kenne die Zahl der Knoten nicht, die es früher zurückgelegt hat, aber ich bin dennoch in der Lage, mich Ihrer Meinung anzuschließen, wenn auch nicht aus dem Grund, um dabei mir ein Verdienst beizulegen. Die Verwaltung der Marine besitzt eben mehr als ein Privatmann die intellektuellen und pekuniären Mittel, die die Ausrüstung eines Schiffes erfordert.«

»Es will mir scheinen, als ob der ›l'Horrible‹ einen Vergleich mit jedem anderen Schiff getrost aufnehmen könne.«

»Auch hier stimme ich bei, obgleich ich eine Ausnahme kenne, allerdings nur eine einzige.«

»Und diese wäre?«

»Die ›Swallow‹, Leutnant Max Parker.«

»Die ›Swallow‹? Mir ist, als hätte ich von ihr gehört. Was für ein Schiff?«

»Klipper mit Schonertakelage.«

»Wo stationiert?«

»Mit Depeschen unterwegs nach hier. Ich stieß einige Grad südlich von hier auf sie, wo ich von Parker Instruktionen in Empfang nahm. Er legte nach der japanischen Linie hinüber, wird aber bald hier vor Anker gehen.«

»Es soll mich verlangen, dieses ausgezeichnete Fahrzeug zu sehen. Parker ist ein amerikanischer Name, doch der Vorname klingt deutsch?«

»Der Leutnant ist, soviel ich weiß, kein Nordamerikaner, sondern ein Deutscher.«

»Ah! Woher?«

»Kann es nicht sagen, doch, bitte, nehmen Sie von dem kleinen Imbiß, der Ihrem Geschmack allerdings nicht angemessen sein dürfte. Der Koch eines Kriegsschiffes ist nur selten auf ein Menü für Damen vorbereitet.«

»Aber eine Dame auf ein Menü für brave Seegasten. Darf ich eine Einladung aussprechen, Herr Leutnant?«

»Ich füge mich dankbar Ihren Bestimmungen.«

»Dann darf ich Sie heute abend bei mir sehen und auch erwarten, daß Sie die übrigen Chargen mitbringen?«

»Soweit der Dienst es gestattet, ja.«

»Ich danke. Es wird ein Souper entre nous*, bei dem ich mich bestreben werde, Ihren freundlichen Empfang nach Kräften zu erwidern.«

»Dieser Empfang ist der Frau de Voulettre überall gesichert. So habe ich zum Beispiel den Auftrag, Ihnen, wenn auch nur für einen Aufenthalt von wenigen Minuten, eine Einladung hinüber nach der Panzerfregatte auszusprechen. Der Kapitän würde sich Ihnen für diese Aufmerksamkeit außerordentlich verbunden fühlen.«

»Ich sage zu, doch nur unter einer Bedingung.«

»Welche ist dies?«

---

* Entre nous: Unter uns.

»Ihre Begleitung, Herr Leutnant.«

»Zugestanden, und zwar von Herzen gern!«

Er senkte den Blick tief in ihr leuchtendes Auge. Sie schlug erglühend die Wimpern nieder, während ihre kleinen, weißen Händchen leise zitterten. Der wackere Offizier fühlte sich gefangen, aber die Fesseln, die ihn umschlangen, waren zu süß, zu verführerisch, als daß er sich hätte sträuben mögen.

Entkommen

Die erregten Lüfte, die heulend über die Ebene jagten, sie fangen sich an den Felsenmauern der Gebirge und gehen — zur Ruhe. Die Wolken, die entweder majestätisch langsam am Himmel hinzogen oder vom Sturm gepeitscht wie wilde, wirre Gespensterscharen am Firmament sich auf- und niederwälzten, sie gießen ihr wärmeloses Blut zur Erde nieder und gehen — zur Ruhe. Der Bach, der Fluß, der rauschende Strom, der ohne Rast und Aufenthalt von dem unerbittlichen Gesetz zwischen seinen Ufern fortgetrieben wird, er wälzt sich endlich in das Meer und geht — zur Ruhe.

Bewegung und Ruhe sind der Inhalt des ganzen, des besonderen wie allgemeinen Lebens, auch des menschlichen.

Die wilde Prärie kennt keine Heimat, keinen häuslichen Herd, an dem die Familie ihr Glück zu genießen und zu feiern vermag. Wie das Wild, vorsichtig, scheu und heimlich, jagt oder schleicht der Jäger sich über die weiten Savannen, vor, neben, hinter und um sich die Gefahr und den immerfort drohenden Tod. Aber dies darf nicht immer währen, sonst würden seine riesige Körperkraft, seine mutige Ausdauer, seine unbeugsame Energie endlich doch erliegen. Auch er bedarf der Erneuerung seiner Kräfte, der Erholung und Ruhe. Und dies findet er an den sorgfältig ausgesuchten Orten, die er teils zu diesem Zweck, teils auch zur Aufstapelung seiner Jagdbeute herzustellen pflegt, in den sogenannten Hiding-holes oder Hide-spots.

Es war einige Tage nach dem abenteuerlichen Zusammentreffen der Truppe Treskows mit Sam Fire-gun, als drei Männer durch die Prärie ritten, die einige Maultiere an der Koppelleine führten. Dieser Umstand ließ erraten, daß sie ausgezogen waren, um »Fleisch zu machen«, das heißt nach dem Jägerausdruck, um auf die Jagd zu gehen und die Ihrigen mit der notwendigen Nahrung zu versorgen.

Der eine war kurz und dick, der andere unendlich lang und hager, und der dritte hing auf seinem Pferd, als erwarte er alle Augenblicke einen heftigen Choleraanfall.

»Zounds«, meinte dieser letztere, indem er einen Versuch machte, sich in gerade Stellung emporzurichten, »ich wollte, ich wäre in unserem Loch zurückgeblieben und hätte mich nicht vom Teufel reiten lassen, mit euch hier auf der traurigen Wiese herumzuschlingern wie ein Fahrzeug, das Kompaß und Steuer verloren hat. Machen mir da die verteufelten Jungens weis, daß die Büffel hier herumlaufen wie die Ameisen, und nun sind wir bereits zwei Tage auf dem Kurs, haben aber weder Ochse noch Kuh, ja nicht einmal ein armseliges Kalb zu Gesicht bekommen. Und dabei schüttelt mich mein Gaul wie eine Medizinflasche auf und nieder, daß ich gewiß noch aus allen Fugen gehe und zuletzt nicht einmal mehr meinen Namen weiß. Macht, daß wir bald wieder vor Anker gehen. Wer Fleisch haben will, mag sich welches holen: Ich brauche keins!«

»Ob du Fleisch brauchst oder nicht, Peter, das bleibt sich

gleich«, antwortete der Dicke; »aber was willst du essen, wenn wir keines bekommen?«

»Wen denn anders als dich, den fetten Hammerdull, he! Oder denkst du etwa, daß ich mich da an Pitt Holbers machen werde, an dem nichts zu finden ist als Knochenzeug und ungegerbte Schwarte?«

»Was sagst du dazu, Pitt Holbers, altes Coon?« lachte Dick Hammerdull.

»Wenn du meinst, daß sich der alte Seefisch um sich selber zu bekümmern hat, Dick, so gebe ich dir vollkommen recht. Ich habe nicht den mindesten Appetit, ihn anzubeißen.«

»Das wollte ich mir auch verboten haben! Wer den Steuermann Peter Polter aus Langendorf anbeißen will, der muß ein anderer Kerl sein als ... — Donner und Doria, guckt doch einmal hier zur Erde. Hier ist irgendwer gelaufen, ob Mensch oder Tier, das weiß ich nicht, aber wenn ihr das Gras untersuchen wollt, so wird es sich wohl zeigen, was für eine Kreatur es gewesen ist.«

»Egad, Pitt Holbers«, meinte Hammerdull, »es ist wahr, hier ist das Gras zerstampft. Laßt uns absteigen!«

Die beiden Jäger verließen ihre Pferde und untersuchten den Boden mit einer Sorgfalt, als hinge ihr Leben daran.

»Hm, alter Pitt, was meinst du dazu?«

»Was ich meine? Wenn du denkst, daß es Rothäute gewesen sind, Dick, so gebe ich dir vollständig recht.«

»Ob es welche gewesen sind oder nicht, das bleibt sich gleich, aber daß es keine anderen waren, das ist sicher. Peter Polter, steig ab, daß man dich nicht soweit erkennen kann.«

»Gott sei Dank, ihr Leute, daß wir auf die roten Halunken stoßen, denn auf diese Weise komme ich von meiner Bestie herab!« erwiderte dieser, indem er sich mit einer Miene, als sei er einer fürchterlichen Gefahr entronnen, von dem Gaul herabbalancierte. »Wie viele sind es denn gewesen?«

»Fünf, das ist sicher. Und daß sie zu den Oglala gehören, daran ist auch kein Zweifel.«

»Woran erkennst du das?«

»Weil vier von ihnen neu eingefangene Pferde haben. Das Tier des fünften ist uns entgangen, als wir sie überrumpelten, und zum Fang der anderen benutzt worden. Macht euch kampfbereit. Wir müssen ihnen nach, um zu sehen, was sie wollen!«

Die drei Männer sahen nach ihren Büchsen, machten ihre Waffen gebrauchsfertig und folgten dann den Spuren, aus deren Richtung ein näherer Zweck des Rittes allerdings nicht zu erkennen war. Sie führte endlich direkt auf ein schmales, aber tiefes Flüßchen zu, das die Indianer durchschwommen haben mußten, da man ihre Spur am jenseitigen Ufer erkennen konnte.

Hammerdull musterte, vorsichtig zwischen dem Gesträuch haltend, das drüben sich ausbreitende, hügelige Terrain.

»Wir müssen ihnen auch dort nach. Sie führen nichts Gutes im Schild, und wenn ich berechne, daß wir ihnen vor ...«

Er konnte nicht weitersprechen; ein Lasso zischte durch die Luft, schlang sich um seinen Hals und riß ihn zur Erde. So erging es auch den beiden anderen; ehe sie an Gegenwehr denken konnten, waren sie von den fürchterlichen

Riemen umschlungen. Indianer stürzten von allen Seiten auf sie zu. Sie wurden ihrer Waffen beraubt und gefesselt.

Mit wahrhaft gigantischen Anstrengungen sträubte sich der Steuermann gegen die Umschlingung; es half ihm nichts, die Büffellederriemen waren zu fest; er erreichte nichts als ein verächtliches Knurren von seiten der Indianer. Dick Hammerdull und Pitt Holbers dagegen nahmen die Sache gelassener. Sie schwiegen und ergaben sich regungslos in ihr Geschick.

Der jüngste der Wilden trat vor sie hin. Drei Adlerfedern schmückten sein hochgeflochtenes Haupthaar, und das Fell eines Jaguars hing ihm von den Schultern hernieder. Er musterte sie mit drohendem Blick und begann dann mit einer verächtlichen Handbewegung: »Die weißen Männer sind schwach wie die Brut des Präriehundes; sie vermögen nicht, ihre Fesseln zu zersprengen!«

»Was sagt der Halunke?« fragte Peter Polter, der das Idiom des Wilden nicht verstand, die beiden Leidensgefährten. Er erhielt keine Antwort.

»Die weißen Männer sind keine Jäger. Sie sehen nicht, sie hören nicht und haben keine Klugheit. Der rote Mann sah sie hinter sich herkommen. Er ging durch das Wasser, um sie zu täuschen, und kehrte zurück. Sie haben keine List gelernt und liegen nun auf der Erde wie Kröten, die man mit einem Stock erschlägt.«

»Mille tonnerre, wollt ihr mir wohl endlich sagen, was der Kerl zu schwatzen hat, he?« schrie der Steuermann, sich erfolglos unter seinen Fesseln emporbäumend.

Die Angeredeten schwiegen auch jetzt.

»Die weißen Männer sind feig wie die Mäuse. Sie wagen nicht, mit dem roten Mann zu sprechen; sie schämen sich, vor ihm zu liegen als . . .«

»Heiliges Graupelwetter, was er sagt, frage ich euch, ihr Schufte!« brüllte Peter, jetzt über ihr Schweigen noch wütender als über die Lage, in die sie durch ihre Unvorsichtigkeit geraten waren.

»Ob er etwas sagt oder nicht, das bleibt sich gleich«, meinte Hammerdull; »aber er schimpft dich eine dumme, feige Kröte, weil du so unvorsichtig gewesen bist, dich fangen zu lassen!«

»Dumm — feig — Kröte — mich schimpft er —, mich bloß? Habt ihr euch etwa nicht auch fangen lassen? Wartet, ihr Schlingel, er soll den Peter Polter aus Langendorf kennenlernen, und ihr dazu! Mich allein hat er geschimpft, mich allein, hahaha! Na warte, so werde ich ihm auch beweisen, daß nur ich allein mich nicht vor ihm zu fürchten brauche!«

Er zog die sehnigen Glieder langsam zusammen. Die Indianer waren seitwärts getreten, um sich leise zu beraten, und bemerkten diese Bewegung nicht.

»Eins — zwei — drei — adjes Dick Hammerdull, adjes Pitt Holbers — kommt recht bald hinterdrein gesegelt!«

Das Vertrauen auf seine Riesenkraft hatte ihn bei dieser fast übermenschlichen Anstrengung nicht im Stich gelassen. Die Riemen sprangen; er schnellte empor, stürzte zum Pferd und flog davon.

Die Wilden hatten das Entkommen eines ihrer Gefangenen für unmöglich gehalten, und die Bewegungen des

Steuermanns waren so blitzschnell gewesen, daß er schon eine ziemliche Strecke zurückgelegt hatte, ehe sie nach den Schießwaffen griffen. Die Kugeln trafen ihn nicht; aber zwei der Indianer saßen auf, um ihn zu verfolgen. Die anderen blieben bei den beiden Gefangenen zurück.

Während des ganzen Zwischenfalls war kein Wort, kein Ruf zu hören gewesen; jetzt trat der junge Wilde, der vorhin gesprochen hatte, wieder zu den beiden Gefangenen heran.

»Kennt ihr Sam Fire-gun, den weißen Jäger?«

Die Jäger würdigten ihn keiner Antwort.

»Ihr kennt ihn, denn er ist euer Häuptling. Aber ihr habt auch gekannt Riccarroh, die Bärentatze, dessen Blut geflossen ist von euern Händen. Er weilt jetzt in den ewigen Jagdgründen. Nun steht sein Sohn vor euch, um seinen Tod zu rächen an den weißen Männern. Er ist mit den Jünglingen den alten Kriegern nachgezogen, die das Feuerroß fangen wollten, und hat zweimal gefunden die Leichen seiner Brüder. Den Entkommenen hat er neue Pferde gefangen und wird nun die Mörder an den Feuerpfahl liefern.«

Er trat zurück. Die beiden Jäger wurden, ohne daß sie sich dagegen wehrten, auf ihre Pferde gebunden. Dann ging es über das Flüßchen hinüber dem Wald zu, der sich längs des hügeligen Horizontes hinzog. Die drei Wilden wußten, daß sie wegen der zwei übrigen keine Sorge zu haben brauchten.

*

Es war am Abend. Ein kleines, gedämpftes Feuer brannte unter dem dichten Laubdach inmitten eines Kreises von Indianern, die aufmerksam dem Bericht des jungen Häuptlings lauschten, der, hochaufgerichtet unter ihnen stehend, ihnen die Gefangennahme der Weißen erzählte und daran seine weiteren Vorschläge schloß. Seine Worte schienen Beifall zu finden, wie ein oft eingeschaltetes »Uff!« seiner Zuhörer zeigte. Dann trat der einzige Weiße, der sich unter ihnen befand, hervor und begann: »Der große Geist öffne die Ohren meiner roten Brüder, damit sie verstehen das, was ich ihnen jetzt zu sagen habe!«

Nach einigem Räuspern fuhr er fort: »Sam Fire-gun ist ein großer Jäger; er ist stark wie der Bär des Gebirges und klug wie die Katze hinter dem Stamm des Sykomore. Aber er ist ein Feind des roten Mannes und hat ihm mehr als hundert Skalpe genommen. Er hat getötet Riccarroh, den berühmten Häuptling der Oglala, hat die Hälfte des Stammes niedergeschlagen und sich wieder frei gemacht, als er in unsere Hände fiel. Sam Fire-gun hat das Gold der Berge in seinem Wigwam aufgestapelt, und niemand durfte wissen, wo er wohnte. Er ist mein Feind, und darum nahm ich meine Männer, um sein Wigwam zu finden und ihm das Gold zu nehmen. Da trafen wir auf unsere roten Brüder, verbanden uns mit ihnen und wurden einig: sie das Blut und wir das Gold der Feinde. Aber am Himmel stand für uns kein günstiges Gestirn; die weißen Männer wurden außer mir alle getötet, und von den roten Brüdern behielten nur wenige das Leben. Wir waren ohne Waffen und Pferde, und die Not hätte uns ergriffen, wenn wir nicht auf die jungen Krieger des Stammes getroffen wären, die ausgezogen waren, um zu zeigen, daß sie würdig sind, in den Reihen der Tapfersten zu kämpfen. Sie werden die Getöteten rächen und die Skalpe ihrer Feinde nehmen, aber anders, als der junge Häuptling will.«

Ein Ruf der Spannung ging durch den Kreis der Zuhörer.

»Wir haben entdeckt den Zugang zu dem Wigwam des Feindes. Er wohnt in einer Höhle, in die das Wasser führt, das die Spur seines Fußes und seiner Pferde verdeckt. Meine Brüder wollen da eindringen in der Dunkelheit der Nacht und ihn im Schlaf töten. Aber die roten Männer mögen erwägen, daß er nicht ohne Wächter ist und heute einer seiner Leute ihnen entkommen ist, der ihm ihre Anwesenheit verraten wird. Ich weiß einen besseren Weg zu ihm.«

»Der weiße Mann spreche!« ertönte es.

»Das Wasser, das in den Wigwam fließt, bleibt sicher nicht in diesem, sondern fließt wieder ab. Ich habe den Ort gefunden und will jetzt den jungen Häuptling hinführen, um zu entdecken, ob man durch die Erde gelangen kann. Man frage die beiden Gefangenen, ob sie davon wissen!«

Der Vorschlag wurde mit allgemeinem Beifall aufgenommen; der Kreis teilte sich, und der Anführer trat auf Pitt Holbers und Dick Hammerdull zu, die gefesselt und geknebelt in der Nähe lagen.

Sie hatten jedes Wort vernommen. Der Gedanke des feindlichen Trappers hatte jedenfalls seine Berechtigung, doch wußten sie von einem zweiten Eingang zu dem Hide-spot nicht das geringste.

Das Versteck Sam Fire-guns bestand in der Tat aus einer

Höhle, die die Natur im Innern eines kalkfelsigen Berges gebildet hatte. Der Zugang war durch das Wasser eines Baches gebrochen worden, der sich im Hintergrund der Höhle brausend in die dunkle Tiefe des Bergesinnern stürzte und nach der Meinung der Jäger dort verschwand. Sam Fire-gun hatte diese Höhle selbst entdeckt, sie als Versteck eingerichtet und über ihre Beschaffenheit nie anders gesprochen, als daß sie nur bis an den Rand des Sturzbaches zu betreten sei.

Es wurde den Gefangenen der Knebel aus dem Mund genommen, dann führte man sie in den Kreis, wo der weiße Trapper das Verhör begann: »Ihr seid Leute von Sam Fire-gun?«

Hammerdull würdigte ihn keines Blickes, wandte sich aber zu seinem Freund: »Pitt Holbers, altes Coon, was meinst du, wollen wir dem verräterischen Halunken antworten?«

»Hm, wenn du denkst, Dick, daß wir uns nicht zu schämen und zu fürchten brauchen, so stopfe ihm doch einige Worte in den Mund!«

»Ob ich sie ihm hineinstopfe oder nicht, das bleibt sich gleich; aber er könnte wirklich denken, wir hätten aus Angst vor ihm und den Indsmen die Sprache verloren; also wollen wir ihm einiges zu hören geben!«

Der Trapper blieb zu dem »Halunken« ruhig. Er wiederholte seine Frage: »Ihr gehört zu Sam Fire-gun?«

»Ja, und ihr nicht, weil der Colonel nur ehrliche Männer bei sich haben mag.«

»Schimpft, wie ihr wollt, wenn ihr meint, daß für euch

etwas dabei herauskommt; für jetzt habe ich nichts dagegen. Wie nennt ihr euch?«

»Wäret ihr vor zwanzig Jahren über den Mississippi hinübergegangen und hättet vierzig Jahre lang gesucht, so wäre euch vielleicht jemand begegnet, der euch sagen könnte, wie ich heiße. Jetzt aber ist's zu spät.«

»Mir auch gleich. Ihr habt Gold im Hide-spot?«

»Viel, sehr viel, jedenfalls aber mehr, als ihr euch dort holen werdet.«

»Wo liegt es vergraben?«

»Wo es vergraben liegt, das bleibt sich gleich, ihr dürft es ja nur finden!«

»Wie stark ist eure Gesellschaft?«

»So stark, daß jeder einzelne euch heimleuchten wird.«

»Wer war der Indsman, der euern Colonel von den Banden half?«

»Das darf ich euch schon sagen, er heißt ungefähr Winnetou.«

»Der Apache?«

»Ob Apache oder nicht, das bleibt sich gleich; aber er wird es wohl sein.«

»Wieviel Ausgänge hat euer Versteck?«

»Gerade so viele, wie Männer da sind.«

»Das sind?«

»Für jeden ein- und denselben, nicht wahr, Pitt Holbers, altes Coon?«

»Wenn du denkst, Dick, ich habe nichts dagegen!«

»Beschreibt mir einmal die Höhle!«

»Seht sie euch an, das wird euch besser bekommen!«

»Gut, wie ihr wollt! Ihr hättet euch eure Lage erleichtern können, aber ihr wollt es nicht anders haben, als daß ihr gepfählt und verbrannt werdet. Ihr werdet natürlich mit in die Dörfer der Oglala genommen, und was dort geschieht, könnt ihr euch denken!«

»Pah! Ob gepfählt oder verbrannt, das bleibt sich gleich; für jetzt jedoch sind wir noch hier, und ihr mögt euch vorsehen, daß ich euch nicht ein wenig klopfe, damit ihr später schmort und bratet, wenn euch dieses Glück an unserer Stelle passiert!«

Der Trapper wandte sich ab.

»Meine roten Brüder mögen diesen weißen Männern noch strengere Fesseln geben als bisher; sie verdienen den Tod am Marterpfahl!«

Hammerdull und Holbers wurden schärfer geschnürt und wieder zur Erde geworfen. Das Feuer brannte, wurde aber so spärlich und langsam genährt, daß der Geruch des Rauches nur auf wenige Schritte zu bemerken war. Der abendliche Schimmer, der vor kurzer Zeit noch über dem Laubdach des Urwaldes gespielt und geschwebt hatte, war verschwunden; es wurde finster und immer finsterer, und unter der Blätterdecke herrschte eine so dichte Finsternis, daß das an die Dunkelheit gewöhnte Auge eines Indianers oder Westmannes dazu gehörte, die nächsten Gegenstände zu unterscheiden.

Da brach der Trapper mit dem jungen Anführer der Indianer auf. Dieser stand vor seiner ersten Waffentat, und wenn er nach dem Brauch seiner stoischen Rasse sich auch nichts davon merken ließ, so brannte er doch vor Begierde, den Beweis zu führen, daß er würdig sei, unter die Zahl der erwachsenen Krieger aufgenommen zu werden.

Er schritt lautlos hinter dem Weißen her. Der Weg, den der Trapper trotz der dichten Dunkelheit nicht verfehlte, führte in gerader Richtung durch den Wald, zwischen den Riesenstämmen tausendjähriger Eichen und Buchen hindurch, bis sie an den Lauf eines Wassers kamen, den sie mit verdoppelter Vorsicht aufwärts verfolgten.

Nach einiger Zeit gelangten sie an die Stelle, wo die Wellen aus dem Fuß des Berges traten. Dichtes Gesträuch bestand diesen Ort. Der Trapper langte in das Gestrüpp, schob es auseinander und verschwand hinter demselben. Der Indianer folgte ihm. Sie befanden sich in einem niedrigen natürlichen Stollen, dessen Sohle das Bett des Baches bildete, in dessen Wasser sie langsam vorwärtskrochen.

Es war ein mühevoller und beschwerlicher Weg, den sie zurücklegten. Auch der Trapper verfolgte ihn zum ersten Mal; er war heute bloß bis an den Eingang gekommen. Sie mochten wohl eine halbe Stunde lang dem durch das Innere des Berges in zahlreichen Windungen und kleinen Schnellen sich arbeitenden Wassers entgegengekrochen sein, als sie ein leises Brausen vernahmen, das von Sekunde zu Sekunde stärker wurde und endlich ein Getöse bildete, das auch den lautesten Schall der menschlichen Stimme unhörbar machte.

Sie standen vor dem senkrechten Fall des Baches. Oben über ihnen befand sich der Hide-spot Sam Fire-guns, und vor ihnen lag ein gewiß sehr tief von dem stürzenden Wasser ausgehöhltes Kesselloch, aus dem die Wellen an ihren

Füßen vorüberspülten. Wurde der Wasserlauf wirklich als geheimer Ausgang benutzt, so mußte es irgendeine Vorrichtung geben, die die Möglichkeit bot, neben dem stürzenden Bach von oben in die Tiefe zu gelangen.

Der Trapper suchte mit den tastenden Händen. Seine Erwartung hatte ihn nicht getäuscht; er ergriff ein Doppelseil, stark und haltbar aus Schlingpflanzenfaser gedreht und in zahlreiche Kurven geschlungen, so daß es keiner großen Anstrengung bedurfte, sich an ihm auf- oder niederwärts zu bewegen.

Er unterrichtete seinen Begleiter von diesem Fund und dem daraus hervorgehenden Unternehmen, da zu sprechen nicht möglich war, durch fühlbare Fingerzeige, probierte, ob das Seil oben auch genügend befestigt sei, und zog sich dann langsam an ihm in die Höhe.

Der Indianer folgte ihm.

Es war für den Uneingeweihten ein gefährlicher, ja beinahe fürchterlicher Weg, sich neben dem Wassersturz, dessen Sprühregen sie durchnäßte und dessen Schall in dem engen Raum sie fast betäubte, unter sich eine ungekannte Tiefe und über sich einen vielleicht nur allzu wachsamen Feind, mühsam emporzuturnen. Sie schreckten nicht vor ihm zurück, der eine aus Gier nach dem Gold, von dessen Menge man sich Wunderdinge erzählte, und der andere aus jugendlicher Tatenlust.

Sie legten ihn glücklich zurück und faßten im oberen Bett des Wassers festen Fuß. Das Getöse des Falles machte es ihnen unmöglich, irgendein Geräusch vor sich zu entdecken; sie tasteten sich langsam vorwärts, bis der Schall sich zu einem leisen Rauschen gemildert hatte. Da blieb der Trapper stehen; es war ihm, als habe er menschliche Laute vernommen. Das Messer ziehend und den wegen des Wassers bisher sorgsam verhüllten Revolver lockernd, schlich er, natürlich gefolgt von dem ebenso kampfbereiten Indianer, langsam und geräuschlos vorwärts. Die Stimmen wurden deutlicher: »Verdammt«, war zu hören, »mir schneiden die Riemen in das Fleisch, als seien sie aus Messerschneiden gedreht. Der Teufel hole diesen Sam Fire-gun und seine ganze Gesellschaft!«

»Klag nicht, sage ich dir; es wird ja nicht besser dadurch. Wir sind nur selbst an unserer Lage schuld! Hätten wir eine bessere Wacht gehalten, so wären wir nicht so schmählich überrumpelt worden. Dieser Winnetou ist ein wahrer Teufel, der Colonel ein Riese und die anderen alle sind Männer, die schon manchen guten Messerstich in ihrem Fleisch gefühlt haben. Aber einen Trost haben wir: Sie werden uns nicht töten, und das gibt Hoffnung. Ich habe bald die Hände frei und dann werde ich mit ihnen Abrechnung halten, denn wir werden ...«

»Sander – Master Sander, seid Ihr es?« klang da eine leise Frage aus dem Hintergrund des Raumes, in dem Latour und Letrier gebunden lagen.

»Wer ist da?« antwortete der Gefragte, aufs höchste überrascht.

»Sagt erst, wer Ihr seid!«

»Heinrich Sander und Peter Wolf. Wir liegen hier gefangen und gefesselt. Unsere Feinde sind weit vorn und können uns nicht hören. Wer aber seid Ihr?«

»Das sollt Ihr gleich erfahren. Gebt einmal Eure Fesseln her; wir wollen sie gleich herunterhaben!«

Einige Schnitte genügten, um die Gefangenen von ihren Banden zu befreien. Die vier Männer hatten einander nach wenigen Worten erkannt und verständigt.

»Wie kommt Ihr in die Höhle?« fragte Latour. »Sie geht ja nur bis zum Wasserfall!«

»Für einen Schwachkopf, der nicht nachdenken kann, ja; ich aber habe mir die Sache so prächtig zusammengereimt, daß ich diesem alten Fire-gun schnell hinter die Schliche gekommen bin. Das Wasser kann doch unmöglich hier im Berge verschwinden.«

»Ah!«

»Es muß einen Ausweg, einen Abfluß haben.«

»Natürlich. Daß ich doch an diesen Umstand nicht gedacht habe!«

»Diesen Ausweg habe ich gefunden und das andere dazu.«

»Weiter, weiter!« drängte Latour.

»An der Seite des Falles führt ein Seil hinab. Mit seiner Hilfe gelangt man wieder in den ruhigen Bach und von da in das Freie. Wollt Ihr mit?«

Latour überlegte einige Sekunden: »Herzlich gern; aber es geht nicht.«

»Warum nicht? Fürchtet Ihr Euch vor dem bißchen Klettern?«

»Pah! Wir haben vielleicht mit dergleichen Tauen oder Seilen mehr zu tun gehabt als Ihr. Aber wenn wir Euch folgen, verderben wir Euch und uns den ganzen Coup.«

»Wieso?«

»Es ist jedenfalls geratener, Ihr bindet uns wieder und laßt uns hier, bis Ihr mit den Indsmen wiederkommt.«

»Ich meine doch nicht, daß es Euch hier so sehr gefallen kann!«

»Wenn ich mich jemals vor irgendwem fürchten könnte, so würde ich mich hüten, hierzubleiben. Bedenkt, was für eine Menge Gold hier aufgestapelt liegt. Wenn unsere Flucht vor der Zeit entdeckt wird, so ist es für uns verloren, und wir bereiten uns einen Empfang, der uns den letzten Atem nimmt.«

»Beim Teufel, Ihr habt recht; das konnte ich mir eher denken! Wir brauchen einige Stunden Zeit, ehe wir wieder hier sein können, und während dieser Frist könnte alles verloren sein. Habt Ihr wirklich den Mut, bis dahin zu bleiben, wo Ihr seid?«

»Unnütze Frage! Nur setze ich voraus, daß Ihr uns nicht etwa im Stich laßt.«

»Fällt uns gar nicht ein! Die roten Gentlemen haben mit dieser Gesellschaft ein notwendiges Wörtchen zu sprechen, und ich bin auch nicht so dumm, das schöne Metall hier liegen zu lassen.«

»Gut, so bindet uns wieder!«

»Kommt her! Fest werde ich es nicht machen; und hier habt Ihr für den Notfall ein Messer, mit dem Ihr Euch helfen könnt! So, das ist getan, und nun fort!«

Die Männer verschwanden mit unhörbaren Schritten.

Die Gefangenen hatten ihre vorige Stellung wieder eingenommen; sie fühlten sich um vieles sicherer und leichter als noch vor wenigen Augenblicken.

*

Während dies im Innern des Hide-spot geschah, lehnte der kleine Bill Potter außerhalb desselben an einem Baumstamm und horchte aufmerksam auf jedes Geräusch, das die nächtliche Stille ihm zu Ohren brachte. Er hatte den Posten übernommen und für die Sicherheit der Gesellschaft zu sorgen.

Da vernahm er ein Plätschern, wie von eiligen Schritten, die sich im Bach fortbewegten. Er warf sich zur Erde nieder, um den Nahenden besser zu erkennen, ohne selbst bemerkt zu werden. Dieser blieb in seiner Nähe stehen, versuchte, die dichte Dunkelheit zu durchdringen, und sagte: »Have a care — attention — Achtung, ist denn hier kein Mann von der Wacht an Bord?«

»Peter Polter, du bist's?«

»Na, wer soll ich denn sein, wenn ich nicht der Peter Polter aus Langendorf bin, he? Wen hat der Colonel denn eigentlich hergestellt? Man kann ja nicht einmal sein eigenes Gesichtsbugspriet erkennen!«

»Wer ich bin? Hihihihi, kennt der Peter Polter den Bill Potter nicht und steht doch nur zwei Schuh vor ihm so lang da wie ein Hickorystamm! Wo sind denn die anderen?«

»Welche anderen denn, alter Swalker?«

»Nun, Hammerdull und Holbers! Und wie ist's mit dem Fleisch, das Ihr holen sollt?«

»Das Fleisch holt Euch nur selber und den Dicken dazu mitsamt dem Dünnen. Ihr findet alles bei den Indsmen draußen am Fluß, wenn sie nicht unterdessen um ein weniges weitergeritten sind!«

»Indsmen — am Fluß? Was soll das heißen?«

»Das soll heißen, daß ich keine Zeit habe, mit dir ein langes Garn abzuwickeln«, erwiderte Peter Polter dem kleinen Bill Potter. »Ich muß hinein zum Colonel; von ihm kannst du nachher alles hören.«

Er wandte sich dem Eingang der Höhle zu. Dort saßen die Jäger um das Feuer. Sam Fire-gun erkannte den Nahenden.

»Schon wieder hier, Steuermann? Die anderen sind wohl mit dem Fleisch noch zurück?«

»Ja, mit dem roten Fleisch, Sir! Sie sind gefangen und werden nun gehenkt oder erschossen.«

Die Männer sprangen empor.

»Gefangen? Von wem? Erzähle!«

»Das soll geschehen. Aber langt mir einmal einen Schluck und einige Bissen von dem Zeug dort her. Ich bin gesegelt wie ein Avisokutter und krache in allen Fugen wie ein Wrack, das den Kalfator verloren hat. Der Teufel soll mich holen, wenn ich jemals wieder in diese unselige Prärie komme und mich auf dem Rücken einer solchen Bestie verteie, die mit mir in die Lappen geht, so daß ich richtigen Kurs verliere und in alle Ewigkeit nicht wiederfinden kann. Hätte das Viehzeug nicht ganz von selbst den Hide-spot gewittert, so flöge ich noch in zehn Jahren draußen im Gras herum!«

Das Verlangte wurde ihm gegeben, und er begann seinen Bericht, der natürlich eine nicht geringe Aufregung hervorbrachte, obgleich sich diese bei den an Schweigsamkeit und Selbstbeherrschung gewöhnten Jägern nicht in der lauten und geräuschvollen Weise wie bei anderen zeigte.

»Hammerdull und Holbers gefangen?« fragte der Colonel. »Sie müssen befreit werden, und zwar so bald wie möglich, denn die Roten werden kurzen Prozeß mit ihnen machen.«

»Wir brechen sofort auf!« meinte Treskow, der die beiden originellen Trapper liebgewonnen hatte und ihnen daher die schleunigste Hilfe gönnte.

»Ja«, stimmte Wallerstein bei, »wir müssen sofort aufbrechen, sonst erhalten die Indsmen einen Vorsprung, den wir ihnen nicht wieder abgewinnen können!«

Sam Fire-gun lächelte.

»Ihr werdet doch warten müssen bis zum Anbruch des Morgens, da es in der Dunkelheit unmöglich ist, eine Spur zu erkennen. Ich glaube sogar kaum, daß uns der Steuermann an das Wasser zu führen vermag, wo er mit ihnen überrumpelt worden ist.«

»Ich? An das Wasser?« rief Peter Polter erbost. »Was geht mich das armselige Wasser an, wo wir einen so miserablen Schiffbruch erlitten haben? Ich lasse mich von oben bis unten durchsägen, wenn ich sagen kann, ob die Pfütze rechts oder links von hier liegt. Ich habe weder Kompaß noch Lockleine mitgehabt und bin von dem Dicken und Langen ins Schlepptau genommen worden, so daß ich mir nicht die geringste Mühe gegeben habe, auf den Kurs zu merken, den wir gesteuert sind. Und später ist die verteufelte Bestie mit mir davongestrichen, daß mir Hören und Sehen vergangen ist. Was soll ich da von eurem Wasser wissen? Laßt mich in Ruhe damit!«

»Hihihihi«, lachte der herbeigetretene kleine Bill Potter

in seiner gewöhnlichen Weise, »reitet der große Mensch draußen in der Prärie herum und weiß nicht, wo er gewesen ist! Nun werden wir erst seiner Fährte folgen müssen, ehe wir die Spuren der Redmen finden. Ist das nicht lustig, he?«

»Willst du wohl den Schnabel halten, du winziges Kreatürchen, du?« donnerte ihm der ob dieser Beleidigung ergrimmte Steuermann entgegen. »Wenn ich an Bord eines guten Schiffes stehe, so weiß ich auf die Linie, wo ich mich befinde, aber hier in der Savanne und noch dazu auf dem Rücken eines solchen Pestilenzviehzeuges ist es einem ja so fürchterlich schlimm zumute, daß man sich vor Herzeleid nicht einmal auf den eigenen Verstand besinnen kann. Willst du deine Redmen haben, die Halunken, so suche sie dir selber! Ich habe nichts dagegen.«

»Ich denke, wir brauchen weder der Spur des Steuermannes zu folgen, noch die Fährte der Indianer zu suchen«, unterbrach Fire-gun den komischen Streit. »Die jungen Leute der Oglala sind in kriegerischem Tatendurst den erfahrenen Männern gefolgt, haben deren Leichen gefunden und dürsten nun nach Rache. Ganz sicher haben sie sich einen verborgenen Lagerplatz ausgesucht, zu dem man die beiden Gefangenen schleppt. Dort wird man sie nach unserem Hide-spot ausforschen, aber Hammerdull und Holbers sterben lieber, als daß sie uns verraten. Darum würde es den Indsmen schwer werden, ihn zu entdecken; aber ich meine, daß ihre entkommenen Genossen zu ihnen gestoßen sind, und da diese unser Versteck so ziemlich wissen, so wird man einen Überfall beschließen, und zwar einen baldigen, damit uns der ihnen entflohene Steuermann nicht zeitig genug zu warnen vermag. Aus diesem Grund sind sie sicher schon unterwegs, und wir haben sie zu erwarten, ohne sie erst aufsuchen zu müssen. Der Posten mag daher wieder an seinen Platz gehen und wird verdoppelt. Wir anderen halten uns schlagfertig. Also, das Feuer aus, vor der Höhle, Kinder; die Kienfackeln im Innern können weiter brennen. Ich werde einmal nach unseren beiden Gefangenen sehen.«

»Ich gehe mit, Onkel«, meinte Wallerstein, »ich habe die meiste Veranlassung, mich zu überzeugen, daß wir sie festhaben.«

Er ergriff einen der brennenden Kienäste und leuchtete dem voranschreitenden Colonel.

Bei den Gefangenen angekommen, warf Fire-gun einen forschenden Blick auf sie. Sein Auge fiel dabei auf den feuchten und infolgedessen etwas weichen Kalkboden der Grotte. Über sein Gesicht zuckte ein gedankenschneller Blitz der Überraschung, der allerdings kaum zu bemerken war, da die düster rote Flamme nur von seitwärts auf ihn fiel.

»Alles sicher; kommt!« meinte er ruhig und verließ mit seinem Begleiter den Platz. Aber zu den Seinigen zurückgekehrt, genügte ein halblauter Ruf, sie schleunigst um sich zu versammeln.

»Hört, Leute, ich habe recht geraten. Die Indsmen sind nicht nur unterwegs, sondern sogar schon im Hide-spot gewesen!« Eine dem Schrecken nahe Verwunderung zeigte sich auf den Gesichtern der sofort nach Messer und Revolver greifenden Leute.

»Ich muß euch ein Geheimnis mitteilen, von dem ich bisher aus Rücksicht auf die allgemeine Sicherheit kein Wort verlauten ließ. Die Höhle hat nämlich einen verborgenen Ausgang.«

»Ah!« klang es leise rundum.

»Ich fand ihn am selben Tag, an dem ich die Höhle entdeckte. Das Wasser des Baches fällt hinten in die Tiefe und hat sich da einen Kessel gegraben, aus dem es durch das Innere des Berges seinen Ausweg findet. Ich befestigte an der Seite des Falles ein festgedrehtes Doppelseil, ließ mich hinab und fand, daß die Passage dem Wasser entlang und hinaus in das Freie ganz gut zu ermöglichen ist. Das Seil hängt noch und befindet sich in gutem Zustand. Als ich nun jetzt nach unseren Gefangenen sehe, bemerke ich fremde Fußstapfen im Boden; ein rascher Blick auf die beiden Männer überzeugte mich, daß ihre Bande gelockert sind.«

»Wie geht das zu?« fragte Treskow. »Ich habe sie selbst gefesselt, und zwar so, daß sie nur mit Hilfe anderer gelöst werden können.«

»Die Indianer haben einige Kundschafter ausgeschickt, denen die Entdeckung des Ausganges gelungen ist. Sie sind in diesen eingedrungen, an dem Seil emporgestiegen, haben die Gefangenen gefunden, ihnen die Banden gelockert und sie jedenfalls auch mit einigen Waffen versehen. Dann sind sie zurückgekehrt, um die Ihrigen zu holen.«

»Warum haben sie da Latour und Jean Letrier nicht mitgenommen?« fragte Wallerstein.

»Weil dann alles verraten wäre, wenn wir deren Abwesenheit vor der Zeit entdeckten. Vor allen Dingen müssen wir die zwei gefährlichen Burschen unschädlich machen, indem wir sie wieder binden. Vorwärts, Neffe, wir gehen voran, die anderen folgen leise nach, um sich, sobald der Widerstand, den sie leisten werden, beginnt, auf sie zu werfen. Wir müssen alles Blutvergießen zu vermeiden suchen!«

*

Während dieser Unterredung war in der Grotte auch ein leises Gespräch geführt worden.

»Jean, hast du den Blick gesehen?« fragte Latour flüsternd, als sich Sam Fire-gun und Wallerstein entfernt hatten.

»Welchen Blick?«

»Den der Colonel auf den Boden warf.«

»Nein; ich habe den Kerl gar nicht angesehen.«

»Er hat alles entdeckt.«

»Nicht möglich! Er ging ja vollständig beruhigt fort.«

»Nichts als schlaue Verstellung! Er sah die Fußspuren des Jägers und des Indianers; ich habe es ihm trotz des halben Lichtes augenblicklich angemerkt. Es zuckte ganz verdächtig über sein Gesicht. Dann warf er einen kurzen, aber dolchscharfen Blick auf unsere Fesseln, und der Klang, der sein ›Alles sicher‹ hatte, vervollständigte mir nur den Beweis, daß er alles durchschaut hat.«

»Teufel! Wenn er nur fort wäre, um die Leute zu holen und uns wieder binden zu lassen. Es wäre zum Verrücktwerden!«

»Er bringt sie sicher.«

»So wehre ich mich bis auf den letzten Blutstropfen. Denn wenn sie uns wieder fesseln, ist alles verloren. Sie werden uns in einen anderen Raum stecken und die Indsmen an unserer Stelle empfangen.«

»Sicher! Aber eine Gegenwehr ist gar nicht notwendig.«

»Wieso?«

»Sie wäre sogar vollständig zwecklos, da wir doch nur bezwungen würden. Der einfachste und zugleich der einzige Weg zu unserer Rettung ist der, daß wir sofort fliehen.«

»Aber wenn Ihr Euch irrt, Capitain, wenn der Alte gar nichts bemerkt hätte?«

»So wäre es ganz gleich. Sie kämen dann vor der Ankunft der Indianer ganz gewiß nicht wieder hierher, so daß unsere Flucht entdeckt und der Plan des Überfalls verraten würde. Ich mache mich davon; wir haben ja gehört, welcher Weg zu nehmen ist. Rasch, Jean, ehe es zu spät ist!«

Sie standen von der Erde auf und befreiten sich von den Riemen; dann folgten sie dem Rauschen des Falles, fanden allerdings erst nach einem längeren und hastigen Suchen das Seil, an dem sie sich hinunterließen. An der wallenden und brausenden Oberfläche des Beckens angelangt, untersuchte der vorangekletterte Latour, sich mit den Händen fest am Seil haltend, die engen Felsenwände mit den Füßen und fand die niedere Seitenöffnung, durch die sich die abfließenden Wellen drängten. Ein Schwung brachte ihn in diese hinein; er zog das Seil fest an sich, um seinem Begleiter die Richtung zu geben. Es war ein gefährlicher Augenblick für die beiden Flüchtlinge, die sich wegen des Tobens des Falles keine hörbare Mitteilung machen konnten; aber das mutige Unternehmen gelang, und in tief gebückter Stellung im Wasser fortwatend, gelangten sie in einigen Minuten zwar vollständig durchnäßt, aber sonst ganz wohlbehalten in das Freie.

Hier reckten sie sich in die Höhe und blieben, von der Anstrengung einen Moment ausruhend, mit keuchendem Atem halten.

»Hier müssen wir warten, bis die Indsmen kommen«, meinte Letrier.

»Das geht nicht. Der Colonel wird uns verfolgen lassen, sobald er unsere Flucht entdeckt. Wir müssen weiter fort.«

»Aber wir wissen ja das Lager der Indianer nicht!«

»Tut nichts! Wir brauchen uns ja nicht weit zu entfernen, sondern suchen ein Versteck hier in der Nähe und warten das Weitere ruhig ab.«

»Das Richtige ist es eigentlich, Capitain; denn wenn wir jetzt auf die Roten treffen, so müssen wir wieder zurück, und dazu habe ich verteufelt wenig Lust. Jedenfalls ist es geratener, wir schicken die guten Leute für uns in das Feuer und sehen dann zu, wie wir auf eine praktische Weise zu den Kastanien gelangen.«

»Ganz meine Meinung! Komm!«

Sie drangen einige Schritte weit in das Gesträuch ein und verbargen sich in dem wirren Dickicht desselben. Hier verhielten sie sich so regungslos wie möglich und lauschten mit angestrengter Aufmerksamkeit in die Nacht hinaus.

Da klang ein leises Geräusch, ähnlich dem Rascheln eines kleinen Insektes, an ihr Ohr.

»Die Indianer!« flüsterte Latour.

Er hatte sich nicht getäuscht. Mit dem weißen Jäger und dem Sohn des Häuptlings Riccarroh an der Spitze, nahten sie, einer hinter dem anderen in einer langen, mit außerordentlicher Behutsamkeit sich vorwärts bewegenden Linie.

An dem verborgenen Ausgang haltmachend, hielten sie eine kurze Beratung; dann verschwand einer nach dem anderen in der kleinen Öffnung des Wasserlaufes. Zwei aber blieben zurück, um Wache zu halten.

*

Es verging eine lange, lange Zeit. Der Himmel, den man in der Finsternis vorher nicht von dem Laubdach des Waldes zu unterscheiden vermochte, begann von diesem abzustechen; die einzelnen Stämme erst, sodann auch die Äste und Zweige ließen sich erkennen; hier und da erhob ein erwachender Vogel seinen noch schläfrigen Morgenruf – die Nacht begann dem Tag zu weichen, und die Dämmerung brach herein.

Die zwei Wache haltenden Indianer standen regungslos am Ufer des Baches, da wo dieser aus dem Berg trat. Sie erlitten gewiß nicht geringe Ungeduld über das unerwartet lange Verbleiben der Ihrigen, aber kein Zug ihrer jugendlichen, bronzenen Gesichter verriet dies. Sie waren schon als Knaben an die unbedingteste Selbstbeherrschung und die Überwältigung selbst der gewaltigsten Gefühle gewöhnt worden. Sie hatten ganz das Aussehen zweier auf den Lauf ihrer Büchsen gestützten und mit allen indianischen Waffen versehenen Statuen.

Da krachten plötzlich zwei Schüsse zu gleicher Zeit, so

daß sie wie ein einziger Schuß erklangen; die beiden Wachen stürzten, durch die Köpfe getroffen, zur Erde. Im nächsten Augenblick hoben sich neben ihnen zwei Gestalten empor, die von ihnen unbemerkt die enge Wasserpforte passiert hatten. Es waren Sam Fire-gun und der kleine Bill Potter, die, nachdem sie die Flucht der beiden Gefangenen entdeckt hatten, aus dem Versteck herausgekommen waren.

»Hihihihi«, lachte Bill Potter, »die beiden haben noch nicht gelernt, die Augen und Ohren aufzutun. Seht Ihr's, Colonel, daß ich recht hatte? Sie haben vergessen, ihre Spuren zu verwischen, und nun können wir den Lagerplatz suchen, wo der Dicke mit dem Dünnen angehobbelt liegt.«

»Getraust du dich allein wieder zur Höhle emporzuarbeiten, Bill, und die anderen zu holen?«

»Warum nicht? Glaubt Ihr etwa, Bill Potter fürchtet sich vor den zwei Tropfen Wasser, die er zu schlucken bekommt?«

»So kehre zurück und bringe die anderen um den Berg herum zu dieser Stelle. Es braucht nur die gewöhnliche Wache zurückzubleiben, denn der Platz ist vollständig gesäubert. Ich gehe euch voran, den Spuren nach. Sputet euch aber, mich halb einzuholen!«

Der kleine Trapper verschwand nach einer zustimmenden Gebärde in der Öffnung, und Sam Fire-gun begann, die Fährte aufzunehmen. Diese war so deutlich, daß er, wenigstens für den Beginn ihrer Verfolgung, keine übermäßige Aufmerksamkeit auf sie zu verwenden brauchte und er sie nur flüchtig nebst dem umherliegenden Terrain überblickte. Daher entgingen dem sonst so scharfsinnigen Mann die

Spuren, welche die beiden Flüchtlinge wegen des nächtlichen Dunkels notwendigerweise zurückgelassen hatten, und er verschwand, den Fußstapfen der Indianer folgend, bald zwischen den Bäumen des Waldes.

Wieder verging eine längere Zeit.

*

»Wäre es nicht besser, Capitain, wenn wir ihm heimlich folgten?« fragte Jean Letrier. »Wenn wir glücklich entkommen wollen, müssen wir unbedingt Pferde haben und können uns nur an die Tiere der Roten halten.«

»Das geht unmöglich. Die Jäger kommen nach und würden unsere Spur sofort entdecken.«

»Was hindert uns, den Alten für immer unschädlich zu machen? Wir haben ein Messer.«

»Jean, wir haben gar vieles und schweres möglich gemacht, aber Westmänner sind wir nicht. Der Colonel hat ein feines Gehör und ist uns mit seinen Waffen überlegen. Selbst wenn es uns gelänge, einen guten Stich anzubringen und zu den Pferden zu gelangen, so hätten wir kaum einige Minuten später die ganze wütende Horde im Rücken.«

»Wenn der Alte weg ist, brauchen wir die übrigen nicht zu fürchten. Der unsinnige Steuermann, der Juwelier, der veritable Polizeispion, die verstehen von der Prärie nichts und sind ...«

»Und Winnetou, der Apache?« fiel ihm Latour in die Rede.

»Teufel, ja, an den habe ich gar nicht gedacht. Der wäre ganz allein imstand, uns einzuholen und mit seinem verdammten Tomahawk zu zerschmettern. Aber, was tun? In Ewigkeit hier liegen bleiben können wir doch nicht.«

»Du bist ein Schwachkopf, Jean. Im Hide-spot liegt ein ganzer Reichtum an Gold aufgestapelt.«

»Nun?«

»Gold brauchen wir.«

»Wollen wir Sam Fire-gun schön bitten, es uns zu verehren?«

»Pah! Wir haben es.«

»Wenn?«

»Wenn die Trapper jetzt fort sind.«

»Und wie?«

»Das ist leicht. Oder fällt dir gar nichts ein, Jean?«

»Mir fällt jetzt weiter nichts ein, als daß wir in eine ganz armselige Klemme geraten sind.«

»Aus der wir bald heraus sein werden.«

»Inwiefern?«

»Wir warten, bis die Jäger fort sind.«

»Und dann?«

»Dann«, flüsterte Latour, obgleich kein Lauscher in der Nähe war, »dann kehren wir auf demselben Weg zurück, den wir gekommen sind.«

»Teufel! Zur Höhle?«

»Versteht sich!«

»Und lassen uns drin abschlachten.«

»Oder auch nicht. Du hast ja gehört, daß bloß ein einziger Jäger als Wache zurückbleiben soll. Er wird eine ganze Strecke von der Höhle am Bach stehen und uns gar nicht bemerken.«

»Ah – richtig! Der Colonel hat einen gewaltigen Fehler begangen, daß er hier am Bach keinen Posten aufstellte.«

»Natürlich. Also, wir kehren in die Höhle zurück.«

»In die Höhle zurück«, wiederholte der Diener eifrig, dem das neue Abenteuer zu gefallen begann.

»Suchen nach dem Gold...«

»Nach dem Gold?«

»Nehmen es fort und...«

»Und?«

»Bewaffnen uns, denn im Hide-spot gibt es allerlei Schieß- und Stechzeug.«

»Das ist wahr, eine ganze Rüstkammer voll.«

»Dann stechen wir den Posten nieder.«

»Das ist notwendig.«

»Nehmen uns jeder ein gutes Pferd.«

»Wo stecken die Tiere, Capitain?«

»Ich weiß es allerdings noch nicht! Sie werden aber schon zu finden sein. Die Jäger reiten im Bach empor; es muß in seiner Nähe irgendein Platz sein, wo man die Tiere anhobbelt. Wenn wir die Ufer aufmerksam untersuchen, so finden wir ihn ganz gewiß.«

»Und dann?« fragte Jean Letrier den Vicomte de Latour.

»Dann geht es fort. Wohin, das wird sich finden, jedenfalls aber in Richtung Mississippi. Die dortigen Ortschaften liegen uns am nächsten, und dort können wir das Metall in Geld umsetzen. Ich denke, wenn wir jetzt ein wenig Mut zeigen, so sind wir für immer...«

Er hielt mitten in seiner Rede inne. Ein knisterndes Geräusch, das von der Seite her an ihre Ohren drang, hatte ihn verstummen lassen.

Leise Schritte erklangen. Bill Potter drang durch die Büsche, hinter ihm außer dem zurückgelassenen Posten die sämtlichen Bewohner des Hide-spots. Auch Winnetou war dabei. Ohne Aufenthalt folgten sie den Spuren, die Sam Fire-gun ihnen mit Vorbedacht deutlich zurückgelassen hatte. Die beiden Versteckten hielten den Atem an; ein einziger Blick aus dem scharfen, geübten Auge des Apachen konnte die allerdings jetzt kaum bemerkbaren Eindrücke wahrnehmen, die sie zurückgelassen hatten. Die Gefahr ging glücklich vorüber, da Winnetou sich auf den vorangehenden Trapper verließ und den Boden nicht beachtete.

»Die Gefahr wäre vorbei«, meinte Letrier, als das Knistern der Zweige in der Ferne verklungen war. »Jetzt stand wahrhaftig alles auf dem Spiel, und obwohl ich naß bin bis auf die Haut, habe ich geschwitzt, als stäke ich im Bad.«

»Jetzt ist es Zeit; aber wir müssen nun vorsichtig sein und jede Spur hinter uns verwischen.«

Dies jedoch machte ihren ungeübten Händen so viel Mühe, daß eine bedeutende Weile verging, ehe sie in dem Bett des Baches verschwanden. Sie kannten den Weg, den sie schon einmal gemacht hatten, und gelangten trotz der Beschwerlichkeit desselben glücklich oben an. Der hinter seinem Herrn emporkletternde Letrier hatte eben das Seil verlassen und festen Fuß gefaßt, als er sich von Latour zurückgehalten fühlte. Sie standen vor einer ganzen Menge herumliegender menschlicher Körper. Durch Betasten überzeugten sie sich, daß es Indianer seien. Sie stiegen über die Leichen hinweg und kamen so an die Grotte, wo sie vorher gefesselt gelegen hatten. Hier konnten sie wieder miteinander sprechen.

Letrier schüttelte sich.

»Brr, Capitain, die armen Burschen sind einer nach dem anderen ruhig abgefangen und ausgelöscht worden, sobald sie in der Höhle ankamen. Ein Glück, daß wir uns verborgen hielten, sonst hätten wir mitgemußt und hätten ganz dasselbe Schicksal erlitten!«

»Wir haben jetzt keine Zeit zu solchen Betrachtungen. Vorwärts, und zwar zunächst zu den Waffen!«

In den Hauptraum der Höhle mündeten mehrere kleine Kammern. Eine derselben war ringsum mit allen möglichen Kriegswerkzeugen, die das Leben in der Prärie erfordert, behängt. Auch Pulver, Blei und Kugelformen waren in Menge vorhanden. Lebensmittel, wenn auch nicht in großem Vorrat, zeigten sich in einem Nebenraum.

Die beiden Männer versahen sich zunächst mit allem Nötigen; dann begannen sie, nach den verborgenen Reichtümern zu suchen. Alle ihre Bemühungen in dieser Beziehung waren vergebens. Die kostbare Zeit verging, und ihr Forschen wurde von Minute zu Minute hastiger, ohne daß sie etwas fanden.

»Es ist zu sorgfältig versteckt, Jean«, meinte endlich Latour, als sie vor der letzten Kammer anlangten, die ihnen noch übrigblieb. »Und selbst wenn wir es entdeckten, wie wollen wir es fortbringen? Das Gold ist schwer, und ich wußte mir keinen Rat.«

»Wir packen es auf Reservepferde.«

»Das wäre das einzige, würde aber unsere Flucht bedeutend verzögern und unseren Marsch sehr verlangsamen. Aber sieh, das muß die Extrawohnung des Colonels sein!«

Der Raum war an seinen Wänden mit ungegerbten Fellen behangen, um die Feuchtigkeit der Wände abzuhalten, und enthielt einige roh gearbeitete Sessel und Kästen, über die die Suchenden sofort begierig herfielen. Auch sie enthielten nichts von dem erhofften Gold, sondern nur einen Vorrat von Kleidungsstücken und allerlei sonstigen Gegenständen. Die Sachen wurden in der Eile rings auf den Boden umhergestreut. Da stieß Latour einen halblauten Ruf der Freude aus. Er hatte eine alte, abgerissene Brieftasche gefunden, die als letzter Gegenstand, sorgfältig eingewickelt, auf dem Boden eines der Kästen gelegen hatte.

»Kein Gold, aber vielleicht doch von Wert!«

Er trat in die Haupthöhle zurück, weil es da lichter war, und öffnete das Portefeuille.

»Was ist drin, Capitain?« fragte der Diener mit Spannung.

»Nichts, gar nichts; ich habe mich auch hier getäuscht«, antwortete Latour ruhig; aber in seinem Innern wogte es gewaltig auf und nieder. Der Inhalt bestand in mehreren höchst wertvollen Depositenscheinen. Sam Fire-gun hatte bedeutende Mengen Gold bei verschiedenen Bankhäusern des Ostens abgeliefert und sich über die umgerechneten Summen diese Scheine ausstellen lassen. Der gegenwärtige Besitzer konnte sie bei jeder Bank augenblicklich in Münze umsetzen. Doch das brauchte der Diener ja nicht zu wissen.

Während Latour einige mit vorgefundene Blätter und Zettel überflog, entfuhr ihm plötzlich ein Ausruf des Erstaunens.

»Was ist es, Capitain?«

»Ah – oh – nun ist mir alles klar!«

»Was?«

»Unsere Entdeckung und Gefangennahme durch die Trapper.«

»Wieso?«

»Clairon hat uns verraten.«

»Clairon – die Miß Admiral? Nicht möglich!«

»Und doch! Hier ist ein Zettel, den sie geschrieben und dem Colonel gegeben oder durch einen seiner Leute übermittelt hat.«

»Was steht darauf?«

»Daß – daß – nun, alles, was nötig war, um uns zu verderben.«

»Aber wann ist das geschehen?«

»Bei dem Überfall des Bahnzuges durch die Oglala jedenfalls, wenigstens kann ich mir eine andere Zeit und Gelegenheit nicht denken. Sie ist als Passagier in dem Zug gewesen und im Coupé geblieben, als alles ausstieg. Die Umstände waren ja so, daß keiner der Beamten Zeit oder Veranlassung gefunden hat, von der Reisenden zu sprechen. Da hat sie mich bemerkt und erkannt, den Zettel geschrieben, ihn abgegeben und ist dann davongedampft – alle Teufel, der Zug ging nach dem Westen; sie ist also mit dem Gold, das sie mir gestohlen hat, jedenfalls nach Kalifornien. Weißt du was?«

»Nun?«

»Wir müssen ihr nach!«

»Nach Kalifornien?«

»Ja.«

»Ich gehe mit. In unserer Lage ist es ganz gleichgültig, wohin wir — pst, Capitain, ich glaube, die Wache kommt herbei. Wir sind wohl ein wenig zu laut gewesen.«

»Kommt mir gerade recht. Zurück hinter die Ecke!«

Der Mann mochte wirklich ein verdächtiges Geräusch vernommen haben. Er trat in die Höhle, warf erst einen vorsichtigen Blick hinein und schritt dann der Richtung zu, in der die Leichen der Indianer lagen. Er kam nicht weit. Mit lautlosen Schritten trat Latour an ihn heran und stieß ihm das Bowiemesser von hinten so kräftig und sicher in das Herz, daß er mit einem röchelnden Atemzug zu Boden stürzte.

»Nun aber fort, rasch, rasch!«

Mit eiligen Schritten verließen sie die für sie so verhängnisvolle Höhle. Dem Bach folgend, kamen sie nach einiger Zeit zu einer Stelle, wo das Ufer sich von Pferdehufen zertreten zeigte, obgleich mitten aus den Hufspuren die Stämme eines dichten Buschwerks aus der Erde traten. Eine nähere Untersuchung des Buschwerkes zeigte ihnen, daß dieses eine Art Pforte bildete und nur künstlich eingesetzt sei. Es wich ihren Händen, und nun zeigte sich ein schmaler Weg, der zu einer kleinen, grasbewachsenen Lichtung führte, auf der sich die Pferde der Jäger befanden. Sie verloren nicht die mindeste Zeit, saßen schnell auf und setzten nun wohlberitten ihren Weg fort. Latour sorgte jetzt doppelt für seine Sicherheit. Er hatte nicht nur sein Leben zu retten, sondern auch den Reichtum zu bewahren, zu dem er so plötzlich gekommen war. Und zudem erfüllte ihn der Gedanke, Clairon zu ereilen, mit einer Energie, die ihn zu den äußersten Anstrengungen befähigte, den Trappern zu entkommen, die ihm jedenfalls nachgejagt kamen, sobald sie seine Flucht entdeckten.

Verfolgungsjagd

Da, wo die letzten Häuser von San Franzisko hinaus in das Freie blicken, kamen zwei Männer langsam die Straße dahergeritten. Ihre Pferde schienen von guter Rasse zu sein, obgleich sie fürchterlich abgetrieben aussahen und sich kaum noch von der Stelle bewegen konnten.

Auch die Reiter hatten ganz das Äußere von Leuten, die eine geraume Zeit lang nichts mit den Segnungen der Zivilisation zu tun gehabt haben. Der Bart hing ihnen lang und wirr bis auf die Brust herab; die breitrandigen Jägerhüte, weit und formlos geworden, ließen ihre Krempen bis tief in das Gesicht herunterschlappen; die ledernen Gewänder schienen aus vertrockneter, rissiger Baumrinde zusammengesetzt zu sein, und die ganze übrige Ausrüstung ließ auf fürchterliche Strapazen schließen, die die Männer überstanden haben mochten.

»Endlich!« atmete der eine auf. »Da sind wir, Jean, und ich denke, daß die Not nun nichts mehr mit uns zu schaffen haben wird.«

Der andere schüttelte fast trübselig den Kopf.

»Verzeiht, Capitain, daß ich nicht so zuversichtlich bin. Ich werde mich nur dann erst vollständig sicher fühlen, wenn ich auf einem festen Deck stehe, das einige Meilen von hier da draußen auf dem Wasser schwimmt. Der Teufel soll mich holen, wenn der Colonel mit seinem Volk uns nicht jetzt noch an den Fersen hängt!«

»Möglich, aber nicht wahrscheinlich. Wir haben ihn ja so in die Irre geführt, daß er glauben muß, wir haben uns nach dem Gebirgsübergang hinauf nach Britisch Columbien geschlagen. Wir haben diesen ungeheuren Umweg jedenfalls nicht umsonst gemacht.«

»Ich will wünschen, daß Ihr Euch nicht irrt, aber ich traue diesem verteufelten Trappervolk nicht zehn Schritte weit und halte es für das beste, uns möglichst bald an Bord eines Schiffes zu begeben, das von diesem unglückseligen Land nichts mehr wissen will.«

»Wird so schnell nicht gehen, Jean! Oder hast du die Miß Admiral ganz und gar vergessen?«

»Die sorgt schon dafür, daß man sie nicht vergißt. Aber glaubt Ihr wirklich, daß sie von New York nach San Franzisko gedampft ist, um hierzubleiben? Die ist sicher schon längst wieder abgesegelt.«

»Oder auch nicht. Ich habe so meine Meinung darüber, die mir unterwegs gekommen ist und nicht wieder von mir lassen will.«

»Darf man sie hören, Capitain?«

»Warum nicht? Weißt du, wo unser ›l'Horrible‹ jetzt steckt?«

»Natürlich. Wir haben uns in New York ja genug nach ihm erkundigt.«

»Nun?«

»Er kreuzt in den Gewässern des westlichen Isthmus.«

»Richtig! Glaubst du, daß wir uns allein nach ihm erkundigt haben?«

»Ah!« machte Jean, der die Gedanken seines Herrn zu begreifen begann.

»Verstehst du mich? Sie hängt an dem Schiff vielleicht noch mehr als ich selbst; ich würde meine linke Hand hingeben, wenn ich es wieder unter meine Füße bekommen könnte, und sie – nun, Jean, warum ist sie nach San Franzisko gegangen?«

»Teufel, es ist ihr wahrhaftig so ein Coup zuzutrauen. Aber Geld gehört dazu, viel Geld!«

»Das hat sie.«

»Hm!« brummte der Diener zweifelnd. »Möchte wissen, woher!«

»Ich weiß es, Jean, ich weiß es sehr genau«, knirschte Latour. »Aber das soll ihr nicht geschenkt bleiben, wenn ich sie treffe. Vor allen Dingen aber ist es nötig, uns wieder ein menschliches Aussehen zu geben.«

»Dazu gehört wieder Geld.«

»So viel muß werden, und zwar sofort. Schau da hinüber!« Er deutete mit der Rechten nach einer Baracke, über deren niederem Dach ein Brett mit der Inschrift »Jonathan Livingstone, Horse-haggler« angebracht war.

»Ein Pferdehändler?« meinte Jean. »Wird für unsere halb verhungerten Tiere auch viel bieten!«

»Müssen eben zusehen!«

Sie lenkten ihre Pferde dem angegebenen Ort zu. Ein Mann, dem der Pferdejude auf tausend Schritte Entfernung anzusehen war, trat aus der Tür, als sie abstiegen.

»Zu wem wollt Ihr, Gentlemen?«

»Zu dem ehrenwerten Master Livingstone, Sir.«

»Der bin ich selbst.«

»Ihr kauft Pferde?«

»Hm – ja – solche aber nicht«, antwortete er mit einem geringschätzigen, aber doch aufmerksamen Blick auf die angebotene Ware.

»Well, dann good-bye, Sir!«

Augenblicklich saß Latour wieder auf und machte Miene, sich zu entfernen.

»Slowly, Master, langsam, langsam; man wird sich die Tiere doch wohl einmal ansehen können!«

»Wenn Ihr ›solche‹ nicht kauft, so sind wir fertig. Ihr habt kein Greenhorn vor Euch!«

»So so! Da steigt einmal wieder herunter! Hm, elend, ungeheuer elend. Ihr kommt wohl aus der Savanne?«

»Yes!«

»Kann kaum etwas bieten; muß gewärtig sein, sie gehen mir doch drauf«, meinte er, die Tiere eingehend musternd. »Wieviel wollt Ihr haben?«

»Was bietet Ihr?«

»Für alle zwei?«

»Für beide!«

»Hm, dreißig Dollar, nicht mehr und auch nicht weniger.«

Sofort saß Latour wieder auf und ritt ohne eine Antwort davon.

»Stopp, Sir, wo wollt Ihr denn hin? Ich denke, Ihr wollt die Pferde verkaufen!«

»Ja, aber nicht an Euch.«

»So kommt doch zurück! Ich gebe vierzig.«

»Sechzig!«

»Fünfundvierzig.«

»Sechzig!«

»Fünfzig!«

»Sechzig!«

»Unmöglich! Fünfundfünfzig und keinen Cent mehr.«

»Sechzig und keinen Cent weniger. Adieu!«

»Sechzig? Nein, fällt mir gar nicht ein — doch halt, so wartet doch nur, he, bleibt doch da, Ihr sollt sie haben, die sechzig, obgleich das Viehzeug so ein Geld gar nicht wert ist!«

Lächelnd kehrte Latour zurück und stieg wieder vom Pferd. »Da nehmt sie, und zwar mit Zaum und Zeug!«

»Kommt herein, Master; der andere mag sie einstweilen halten.« Der Händler führte ihn in einen kleinen Verschlag, der durch einen alten, kattunenen Vorhang in zwei Teile geschieden war. Er verschwand dahinter und trat dann mit dem Geld wieder hervor.

»Hier sind die sechzig Dollar. Ihr habt ein Sündengeld bekommen!«

»Pah, macht Euch nicht lächerlich! Doch — hm — Ihr seid hier in der City bekannt?«

»Besser als mancher andere.«

»So könnt Ihr mir wohl eine Auskunft geben ...«

»Nach einem Boardinghouse wohl?«

»Nein, nach einem kulanten Bank- oder Lombardgeschäft.«

»Lombard — hm, was für einen Antrag habt Ihr dort?«

»Ist Nebensache!«

»Ist Hauptsache, Sir, wenn Ihr richtige Auskunft wünscht.«

»Will eine Deposite verkaufen.«

»Worüber?«

»Über Goldstaub und Nuggets.«

»Donnerwetter! Wie hoch lautet der Schein?«

»Ich habe deren mehrere.«

»So seid Ihr verdammt glücklich gewesen. Zeigt einmal her!«

»Hat keinen Zweck!«

»Warum nicht? Wenn das Papier gut ist, kaufe ich es selbst. Mache zuweilen auch diese Art von Geschäften, notabene, wenn etwas dabei zu verdienen ist.«

»Das ist's!«

Er zog die im Hide-spot gefundene Brieftasche hervor und wählte einen der Scheine aus, den er dem Händler überreichte. Dieser machte ein erstauntes Gesicht und warf einen höchst respektvollen Blick auf den zerrissenen und zerfetzten Mann, der sich im Besitz eines solchen Reichtums zeigte.

»Zwanzigtausend Dollar, auf den Inhaber lautend, deponiert bei Charles Brockmann, Omaha! Der Schein ist gut. Was wollt Ihr haben?«

»Wieviel gebt Ihr?«

»Die Hälfte.«

Latour nahm ihm das Papier aus der Hand und schritt nach dem Eingang.

»Adieu, Master Livingstone!«

»Halt! Wieviel wollt Ihr haben?«

»Achtzehntausend zahlt mir jeder Bankier sofort und

bar; aber ich bin einmal hier bei Euch und habe Eile. Gebt sechzehn und Ihr bekommt den Schein.«

»Unmöglich. Ich weiß nicht, ob Ihr der rechtmäßige...«

»Well, Sir, Ihr wollt nicht, und damit gut!«

Der Mann hielt ihn am Arm zurück; er stieg mit seinem Gebot höher und höher und brachte endlich die verlangte Summe hinter dem Vorhang hervor. Er gehörte zu jener Art von Geschäftsleuten für alles, denen es trotz ihres unscheinbaren Aussehens und ihrer absichtlich ärmlichen Einrichtung an den nötigen Barbeständen doch niemals mangelt.

»Hier habt Ihr das Geld; ich habe heut einmal meinen schwachen Tag. Verkauft Ihr die anderen Scheine auch?«

»Nein. Und nun noch eins: Mit Seeleuten habt Ihr keinen Verkehr?«

»Ein wenig doch. Diese Sorte von Menschen hört niemals auf, Dollar zu brauchen.«

»Kennt Ihr die Schiffe, die hier vor Anker liegen? Ich komme aus dem Landesinnern und war noch nicht im Hafen.«

»So ziemlich.«

»Ist der ›l'Horrible‹ unter ihnen?«

»Der ›l'Horrible‹, Leutnant Jenner, ja.«

»Danke, Sir. Adieu!«

Er ging. Livingstone begleitete ihn hinaus und nahm die Pferde in Empfang. Die beiden Fremden entfernten sich. Ein Gehilfe kam herbei, um die Tiere von Sattel und Zaum zu befreien.

*

»Gutes Geschäft gemacht«, brummte der Pferdehändler Livingstone; »prächtige Rasse, famos gebaut; haben viel ausgehalten und werden bei guter Pflege sich bald wieder erholen.« Noch war er um die eingehandelten Pferde beschäftigt, so ertönte lauter Hufschlag die enge Straße herauf. Zwei Reiter erschienen im Galopp. Der eine war ein Indianer, dessen aufgebundenes und mit Adlerfedern geschmücktes Haar ihn als Häuptling bezeichnete. Der andere war ein Weißer von herkulischer Gestalt mit weit über dem Nacken herabwallendem, weißem Haupthaar. Auch ihnen war eine ungewöhnliche Strapaze sehr wohl anzusehen, doch zeigten sie in ihrer Haltung ebenso wie ihre prachtvollen Tiere nicht die geringste Ermüdung.

Im Galopp vorübersprengend, warf der Indianer unwillkürlich einen Blick herüber nach dem Händler und riß im selben Moment sein Pferd herum.

»Mein weißer Bruder blicke diese Pferde an!«

Der andere war ihm ebenso schnell bis an die Baracke gefolgt. Ein kurzer Blick genügte, er sah das Schild und ritt bis hart an den Händler heran.

»Good day, Sir! Ihr habt soeben diese Pferde gekauft?«

»Yes, Master.«

»Von zwei Männern, die folgendermaßen aussahen?«

Er gab eine sehr genaue Beschreibung Latours und Letriers.

»Das stimmt, Master.«

»Sind die Männer noch hier?«

»Nein.«

»Wo sind sie hin?«

»Weiß nicht; geht mich auch gar nichts an!«

»Ihr müßt aber doch die Richtung wissen, in der sie davongegangen sind?«

»Sie bogen um die Ecke dort. Weiter kann ich nichts sagen.« Der Frager besann sich einen Augenblick, warf einen scharfen, forschenden Blick auf den Händler und fuhr dann fort: »Ihr kauft nur Pferde?«

»Pferde und manches andere.«

»Auch Nuggets?«

»Auch. Habt Ihr welche?«

»Nicht hier; sie kommen nach. Darf ich sie Euch anbieten?«

»Wenn es nicht gleich ist, ja. Habe soeben all mein Geld ausgegeben.«

»Den beiden Männern?«

»Dem einen.«

»Er verkaufte Euch Depositen?«

»Ja.«

»Wie hoch?«

»Zu zwanzigtausend Dollar.«

»Wollt Ihr so gut sein, Sir, und mir den Schein einmal zeigen?«

»Warum?«

»Um zu sehen, ob es der Gentleman gewesen ist, mit dem wir gern zusammentreffen wollen.«

»Hm, so! Den Schein sollt Ihr sehen; aber in die Hand bekommt Ihr ihn nicht.«

Er trat in die Baracke und kam nach kurzer Zeit mit dem Papier zurück. Der Fremde betrachtete es genau und nickte dann vor sich hin.

»Ihr habt bloß diesen Schein von ihm erhalten?«

»Nur diesen.«

»Hat er sich vielleicht nach irgendwem oder etwas erkundigt?«

»Ja. Er fragte nach einem Schiff, das da draußen auf der Reede liegt.«

»Nach welchem?«

»Nach dem ›l'Horrible‹.«

»Danke, Sir! Die Männer werden nicht wiederkommen; sollte es aber dennoch geschehen, so kauft ihnen nichts mehr ab, sondern laßt sie festnehmen. Die Depositen gehören mir und sind mir von ihnen gestohlen worden. Ich werde vielleicht wieder bei Euch vorsprechen!«

Er zog sein Pferd herum, der Indianer tat desgleichen, dann sprengten beide wie vorher im Galopp die Straße entlang.

Es wurde kein Wort zwischen ihnen gewechselt, bis sie am Kai des Hafens anlangten. Dort erkundigte sich der Colonel, denn dieser und kein anderer war der Weiße, welches von den beiden Schiffen der »l'Horrible« sei, und als ihm der Bescheid geworden war, wandte er sich an seinen Begleiter.

»Mein roter Bruder ist mir auf der Fährte der Räuber gefolgt über die weiten Länder der Savanne. Wird er bei mir bleiben, wenn ich gezwungen bin, ein Schiff zu besteigen?«

»Winnetou, der Häuptling der Apachen, geht mit Sam Fire-gun über die ganze Erde und auch auf das große Wasser. Hugh!«

»Die Räuber haben nach dem Schiff gefragt, das da drüben liegt. Sie wollen über das Meer entfliehen. Aber es ist ein Kriegs- und kein Passagierschiff, das man zu jeder Zeit besteigen kann. Sie sind noch an Land.«

»Soll ich meinem Bruder sagen, was er tut?«

»Mein Freund spreche!«

»Er bleibe hier am Wasser, um das große Kanu zu bewachen, nach dem sie gefragt haben, Winnetou aber wird zurückkehren vor die Hütten der großen Stadt, um die Jäger zu erwarten und herzuführen, die zurückgeblieben sind, weil ihre Pferde müde waren.«

Sam Fire-gun neigte zustimmend den Kopf.

»Mein Bruder ist klug, er tue, wie er gesagt hat!«

Er stieg vom Pferd, das er dem Hausknecht eines in der Nähe sich befindenden Gasthauses übergab. Der Apache aber kehrte allein den Weg zurück, den sie miteinander gekommen waren.

*

Während dies geschah, hatten Latour und Jean Letrier ihren Weg zwischen den Baracken und hölzernen Hütten des bereits früher erwähnten Stadtteils fortgesetzt. Langsam dahinschlendernd, bemerkten sie einen Mann, der aus einem engen Seitengäßchen hervortrat und, ihrer nicht achtend, in einiger Entfernung über die Straße schritt. Von kaum mittlerer Statur, und dabei schlank gebaut, trug er die Kleidung eines Diggers, der aus den Minen kommt, um von der anstrengenden Arbeit auszuruhen und dabei sich ein wenig in der Stadt umzusehen. Ein breitkrempiger und vielfach zerknitterter Strohhut hing ihm in das Gesicht hernieder, doch vermochte er nicht, das große, häßliche Feuermal zu verdecken, das sich von dem einen Ohr quer über die ganze Wange bis über die Nase zog.

Überrascht blieb Latour stehen und faßte seinen Begleiter am Arm.

»Jean, kennst du den?« fragte er hastig.

»Den? Nein, Capitain.«

»Wirklich nicht?«

»Nein.«

»Ich habe falsch gefragt. Es sollte heißen: Kennst du die?«

»Die? Alle Wetter, die Gestalt, die Haltung, der Gang, Capitain, es ist doch wohl kaum möglich!«

»Sie ist's, sage ich dir, Clairon und keine andere! Wir sind vollständig verwildert, aus dieser Entfernung erkennt sie uns nicht. Ein glücklicher Zufall führt sie uns vor die Augen, wir müssen ihr folgen!«

Sie schritten hinter dem Mann her, der nach kurzer Zeit in eine Bretterbude trat, über deren Tür mit einfachen Kreidezügen die Inschrift »Taverne of fine brandy« angebracht war. Vor und hinter diesen Buchstaben hatte man auch mit Kreide je eine Schnapsflasche auf das rissige Holz gemalt.

»Was tut sie in dieser Boutique? Sie hat genug Geld und wohnt jedenfalls anständig. Ihr jetziges Habit ist also eine Verkleidung, und ihr gegenwärtiger Gang hat irgendeinen geheimnisvollen Zweck.«

»Wir müssen ihr hinein folgen, Capitain.«

»Das geht nicht, Jean. Sie würde uns trotz unseres verwilderten Zustandes sofort erkennen, zumal sie uns in der Prärie als Jäger gesehen hat. Die Bude besteht aus einfachen Brettern, von vorn dürfen wir uns nicht nahen, vielleicht finde ich an ihrer Rückseite ein Astloch oder irgendeine Ritze oder Spalte, durch die es mir möglich ist, das Innere zu überblicken. Du bleibst zurück und beobachtest den Ausgang. Sollte sie den Ort verlassen, ehe ich zurückkehre, so kommst du schleunigst, um mich zu benachrichtigen.«

Er wandte sich zur Seite. Die Gelegenheit war günstig. Die Hütte hatte keinen Ausgang nach hinten und wurde durch einen kaum drei Fuß breiten Zwischenraum von einem ganz ähnlichen Bauwerk getrennt. Latour schob sich hinein und fand bald ein Astloch, durch das er einen großen Teil des Schankraumes, in dem zahlreiche Gäste saßen, zu überblicken vermochte.

Der Mann mit dem Feuermal hatte in der Nähe eines breiten Ofens Platz genommen, war dann aber plötzlich nach rückwärts verschwunden. Weiter nach dieser Seite hin, schloß Latour, befand sich vielleicht ein abgeschlossener Raum, der für private Zwecke dienen konnte. Er schob sich leise in dieser Richtung weiter, bis er hart hinter der dünnen Wand, an der er lehnte, mehrere Stimmen erklingen hörte. Er legte das Ohr an das Brett und lauschte.

»Wo treffen wir uns, Sir?«

»Nicht hier, das wäre unvorsichtig, auch nicht am Kai, sondern in der kleinen Bucht oberhalb der letzten Fischerhütte.«

»Und wann?«

»Wann ich kommen kann, ist noch unbestimmt, aber um

elf müßt Ihr versammelt sein, dürft jedoch vor meiner Anwesenheit nichts unternehmen.«

»Schön. Es wird einen tüchtigen Kampf geben, ehe das Fahrzeug unser ist.«

»Nicht so sehr, wie Ihr denkt. Die Offiziere und Subalternen sind heute abend an das Land geladen, und an Bord selbst wird ein Festgelage stattfinden, das uns bestimmt in die Hand arbeiten muß.«

»Das läßt sich hören. Gibt es keinen Freund an Bord?«

»Der lange Tom ist da mit noch einigen, die uns erwarten.«

»Alle Teufel, Ihr habt das Ding fein eingeleitet! Also, der ›schwarze Kapitän‹ wird wirklich mit dabei sein?«

»Sicher. Es werden die Anker sofort gelichtet; der Wind ist gut; die Ebbe fällt passend, und wenn nicht ein ganz und gar unvorhergesehenes Hindernis eintritt, so wird man von dem ›l'Horrible‹ bald dieselben Geschichten wie früher erzählen.«

»Auf uns könnt Ihr rechnen, Sir. Wir werden gegen dreißig Mann sein, und mit tüchtigen Offizieren und einem solchen Segler braucht man die ganze Marine der Welt nicht zu fürchten.«

»Das meine ich auch. Hier habt Ihr Euer Draufgeld und noch einiges darüber, um zu trinken. Aber haltet Euch nüchtern, damit der Handstreich uns nicht etwa mißlingt.«

Ein Stuhl wurde gerückt; der letzte Sprecher entfernte sich.

Latour hatte ihn auch an der Stimme erkannt, obgleich sie verstellt und in die tieferen Tonlagen hinabgedrückt war.

Das Gehörte war so außerordentlich, daß Latour eine ganze Weile vollständig bewegungslos stand und auch wohl noch länger so verblieben wäre, wenn ihn nicht ein leises »Pst!« aus seiner halben Erstarrung aufgeschreckt hätte. Jean Letrier stand vor dem Zwischenraum und winkte.

»Sie ist fort, wieder zurück; schnell, schnell!«

Der Capitain drängte sich aus der Enge hinaus, gerade noch zur rechten Zeit, um den Gegenstand seiner Beobachtung hinter der nächsten Ecke verschwinden zu sehen. Die beiden Männer eilten ihm nach und verfolgten ihn durch die schmutzigen Gäßchen der Vorstadt und die breiten Straßen der besseren Stadtteile bis an das Gitter eines einsam gelegenen Gartens. Hier blickte er sich prüfend um und schwang sich, als er nichts Verdächtiges bemerkte, mit einem katzenartigen Sprung hinüber. Hier hielten sie wohl gegen eine Stunde Wacht, aber vergebens; er kehrte nicht zurück.

»Sie muß hier wohnen, Jean. Laß uns das Haus suchen, zu dem dieser Garten gehört!«

Um dies zu tun, mußten sie eine Seitengasse durchschreiten. Als sie aus derselben traten, bemerkten sie eine glänzende Equipage, die vor der Tür eines Hauses hielt, das kein anderes als das gesuchte sein konnte. Eine Dame war soeben eingestiegen und gab dem Kutscher das Zeichen. Latour trat in die Gasse zurück; das elegante Fahrzeug rollte vorüber, so daß die Gesichtszüge der Insassin zweifellos zu erkennen waren.

»Sie ist's!« rief Jean.

»Ja, sie ist's; hier ist eine Täuschung ganz unmöglich. Ich

bleibe hier; du aber gehst an das Haus und suchst ihren jetzigen Namen zu erfahren.«

Der Diener gehorchte dem Gebot und kehrte schon in kurzer Zeit mit der gewünschten Auskunft zurück.

»Nun?«

»Frau de Voulettre.«

»Ah, wie unvorsichtig, nachdem sie sich bereits einmal Chevalier de Poulettre nannte! Wo wohnt sie?«

»Sie hat die vollständige erste Etage inne.«

»Komm zum Hafen; dort werde ich dir weitere Mitteilungen machen!«

Sie schritten der genannten Gegend zu und kehrten auf diesem Wege in einem »store of dressing« ein, den sie in Beziehung auf Wäsche, Kleidung und sonstige Ausstattung vollständig verändert verließen. Langsam durch das Menschengewühl des Kais schreitend, zuckte es plötzlich wie ein heftiger Schreck über das Gesicht Letriers; er faßte Latour und zog ihn hinter einen großen Haufen aufgestapelter Warenballen.

»Was gibt's?«

»Blickt geradeaus, Capitain, und seht, ob Ihr den Mann kennt, der unter dem großen Kran steht!«

»Ah — alle Teufel, der Colonel, Sam Fire-gun! Sie haben sich also nicht irreführen lassen und sind uns auf dem Fuß gefolgt. Wo mögen die anderen stecken?«

»Die hat der verdammte deutsche Polizist ganz sicher in der Stadt verteilt, um uns aufzulauern und unseren Aufenthalt zu erforschen.«

»Jedenfalls. Hat uns der Alte schon bemerkt?«

»Ich glaube nicht. Sein Gesicht war seitwärts gerichtet,

als ich ihn sah, und bei unserem jetzigen Habitus sollte es ihm auch schwer werden, uns zu erkennen, wenn wir ihm nicht allzu nahe kommen.«

»Richtig. Jetzt blick einmal da hinüber auf die Reede. Kennst du das Schiff, das in der Nähe des Panzerschiffes liegt?«

»Hm — ja — das — das ist — Donner und Wetter, das ist kein anderes als unser ›l'Horrible‹, den kenne ich sofort, und wenn sie noch so sehr an seinen Segeln und Stangen herumgemodelt haben!«

»So komm!«

Sie nahmen ihren Weg durch das dichteste Gewühl und suchten sich ein entfernt liegendes Schankhaus, wo sie sich ein separates Zimmer geben ließen. Hier konnten sie ungestört verhandeln.

»Also, du hast unseren ›l'Horrible‹ erkannt?«

»Sofort, Capitain.«

»Weißt du, wer ihn jetzt befehligt?«

»Nein.«

»Ein gewisser Leutnant Jenner, den ich nicht kenne.«

»Habe den Namen auch nie gehört.«

»Und weißt du, wer ihn morgen um diese Zeit befehligen wird?«

»Jedenfalls derselbe.«

»Nein.«

»So tritt ein Dienstwechsel ein?«

»Allerdings. Jenner muß ›aus der großen Tasse trinken‹*,

---

* Aus der großen Tasse trinken: Er wird ertränkt.

und an seine Stelle wird der Vicomte de Latour treten oder, wenn du lieber willst, der ›schwarze Capitain‹.«

»Hm, das ist kein übles Luftschloß, Capitain.«

»Luftschloß? Ich sage dir, daß es in Wirklichkeit so sein wird.«

Jean Letrier lächelte.

»Dann wird die Miß Admiral natürlich wieder Segelmeister?« meinte er, auf den mutmaßlichen Scherz eingehend.

»Gewiß.«

»Und fegt mit der neunschwänzigen Katze das Verdeck wie vor alten Zeiten?«

»Oder auch nicht. Dieser Panther wird gezähmt; darauf kannst du dich verlassen!«

»Und der treue Jean Letrier, welche Stelle wird der haben?«

»Wird sich schon etwas Passendes finden lassen.«

»Schade um das hübsche Kartenhaus!«

»Und wenn es nun kein Kartenhaus, sondern ein festes, sicheres und unumstößliches Gebäude wäre!«

Letrier war wirklich betroffen von dem ernsten, zuversichtlichen Ton seines Herrn.

»Hm, in der Welt ist manches Unmögliche möglich, wenigstens für unsereinen.«

»Allerdings. Höre, Jean, was ich dir sagen werde!«

Er erzählte ihm, was er an den Brettern der Branntweinbude erlauscht hatte, und fügte die Vermutungen und Schlüsse bei, zu denen ihn das gehörte Gespräch veranlaßt hatte. Jean staunte.

»Teufel! Diesem Frauenzimmer ist wahrhaftig so etwas zuzutrauen.«

»Sie wird es ausführen, darauf kannst du dich verlassen.«

»Und wir?«

»Sagte ich dir nicht, daß ich heute abend den ›l'Horrible‹ befehligen werde?«

»Gut! Sie wird sich aber wehren!«

»Pah! Die Zeiten, in denen sie ihrer Herrschaft sicher war, sind jetzt vorüber. Mein Plan ist einfach, aber sicher.«

*

Während sie in eifrigem Gespräch beieinander saßen, wurden in der Wohnung der Frau de Voulettre Anstalten zu einer glänzenden Soiree getroffen. Die Delikatessen aller Länder, die Weine aller Zonen waren angeboten, und die Dame des Hauses, die von ihrer Spazierfahrt schon längst zurückgekehrt war, machte sich persönlich sehr viel zu schaffen. Sie öffnete eine Anzahl der Flaschen, schüttete in jede von ihnen ein feines, weißes Pulver und versiegelte sie dann sorgfältig wieder.

Der Abend nahte heran; es wurde dunkel, und aus den Fenstern ihrer Wohnung glänzte eine Lichtflut, die den Schein der Straßenlaterne weit überstrahlte.

Die Gäste, auch der Kommandeur des Panzerschiffes nebst den geladenen Offizieren der anderen Fahrzeuge, hatten sich bei der schönen Frau eingefunden und schwelgten in den gebotenen Genüssen. Eine ganze Menge nobler Flaneurs* und gewöhnlicher Leute belagerte das Portal, um einen kleinen Blick in das geschmückte Innere zu werfen oder den Geruchssinn an den ausströmenden Wohlgerüchen zu ergötzen.

Unter ihnen befanden sich zwei Männer in Matrosentracht. Sie standen schweigend nebeneinander und warfen höchst gleichgültige Blicke auf die anderen. Ihr Augenmerk schien vorzugsweise auf eines der erleuchteten Fenster gerichtet zu sein. Lange, lange harrten sie aus. Da endlich wurde der Vorhang herabgelassen, der Schatten einer erhobenen Hand strich einige Male dahinter auf und nieder; dann verlöschte das Licht.

»Das ist das Zeichen«, flüsterte der eine.

»Komm!« antwortete der andere.

Sie schritten fort und bogen in das Gäßchen, das Latour und Jean am Tag betreten hatten. An der Gartenpforte stand ein Koffer, neben ihm eine männliche Gestalt. Es war hier so dunkel, daß man die Einzelheiten nicht genau zu erkennen vermochte, doch war soviel zu sehen, daß der Mann kaum die Mittelgröße erreichte und einen mächtigen, dunklen Vollbart trug.

»Ist der Wagen bestellt?« fragte der Mann mit dem dunklen Vollbart kurz.

»Ja.«

»Vorwärts!«

Seine Stimme klang befehlend, als sei er das Kommandieren von Jugend auf gewöhnt. Die Männer faßten den Koffer

---

* Flaneur: Müßiggänger.

und schritten voran. Er folgte ihnen. An der Ecke einer Straße stand ein Wagen. Der Koffer wurde auf den Bock gehoben; die drei stiegen ein, und das Gefährt rollte im Trab zur Stadt hinaus.

Im Freien angekommen, hielt es an. Die Fahrgäste stiegen aus, ergriffen den Koffer wieder und wandten sich, während der Wagen zurückkehrte, dem Strand zu.

Sie hatten diesen noch nicht erreicht, so ertönte hinter einem Busch eine Stimme.

»Halt, wer da!«

»Der ›schwarze Kapitän‹.«

»Willkommen!«

Eine Schar dunkler Gesellen eilte herbei und umringte ehrfurchtsvoll den bärtigen Mann.

»Die Boote in Ordnung?«

»Ja.«

»Die Waffen?«

»Alles recht.«

»Fehlt jemand?«

»Keiner.«

»Dann come on, ich nehme den ersten Kahn!«

Der Koffer wurde eingehoben, die mit Lappen sorgfältig umwickelten Ruder eingelegt, und die Fahrzeuge setzten sich geräuschlos in Bewegung.

Zunächst strebten sie gerade auf die Höhe hinaus, dann legten sie scharf nach Steuerbord über und näherten sich auf diese Weise von der Seeseite aus mit außerordentlicher Vorsicht dem in tiefer Dunkelheit liegenden ›l'Horrible‹, an dessen Spriet und Stern nur je eine einsame Schiffslaterne brannte.

Sie waren jetzt so nahe an das Fahrzeug herangekommen, daß man sie bei der gewöhnlichen Aufmerksamkeit ganz sicher bemerken mußte. Der, der sich Kapitän genannt hatte, stand aufrecht am Steuer und hielt sein scharfes Auge forschend auf die dunkle Gestalt des Schiffes gerichtet. Es war ein Moment, in dem sich alles entscheiden mußte und der seine ganze Aufmerksamkeit in Anspruch nahm.

Da ertönte der halblaute, heisere Schrei einer Möwe.

Die Leute in den Booten atmeten auf; es war das mit dem langen Tom verabredete Zeichen, daß an Bord alles gutgehe. Einige Taue hingen am Hinterteil herab.

»Legt an und dann hinauf!« ertönte das leise Kommando.

Einige Augenblicke später standen sämtliche Männer an Deck. Tom hatte sie erwartet.

»Wie steht es?«

»Gut. Ich und die Unsrigen haben die Wache. Die anderen schmausen unten in der Vormarskoje oder liegen schon betrunken am Boden.«

»Hinunter! Doch schont sie. Sie werden gefesselt und in den Raum geschlossen; später müssen sie uns schwören. Je mehr Arme wir bekommen, desto besser für uns.«

Dieser Befehl wurde schnell und ohne allen Lärm ausgeführt. Die nichtsahnende und vom Grog berauschte Mannschaft wurde leicht überwältigt, gebunden und im Kielraum geborgen. Dann zog man den Koffer empor, der in die Kapitänskajüte getragen wurde, und löste die Boote, die man mitgebracht hatte, von den Tauen. Sie konnten schwimmen — das Schiff befand sich vollständig in der Gewalt der Piraten.

Jetzt versammelte der Schwarzbärtige seine Leute um sich und wies jedem seine Stelle an.

»Wir stechen in See. Schmiert die Ankerwinde und die Tafelrollen mit Öl, damit kein unnötiges Geräusch entsteht. Kommandieren darf ich nicht, sonst hört man mich da drüben auf dem Panzerschiff, aber ich hoffe, daß jeder weiß, was er zu tun hat!«

Die Mannschaft verteilte sich. Der Kommandeur eilte von Ort zu Ort, um seine Befehle leise auszusprechen; der Anker hob sich; die Segel rollten empor, und der günstige Wind begann, sie zu blähen. Das prachtvolle Schiff gehorchte dem Steuer; es legte sich langsam herum, teilte die widerstrebenden Wogen und schoß der offenen See entgegen.

Da erst erscholl von dem Deck des Panzerschiffs ein Schuß – ein zweiter – ein dritter. Man wußte dort, daß die Offiziere des ›l'Horrible‹ an Land gegangen waren, hatte allerdings zu spät die Bewegung des Schiffes bemerkt, mußte natürlich sofort etwas Ungewöhnliches oder gar Gesetzwidriges vermuten und gab nun durch die drei Alarmschüsse das Zeichen zur allgemeinen Aufmerksamkeit.

Der jetzige Befehlshaber des ›l'Horrible‹ hatte sich auf das Quarterdeck begeben. Der lange Tom stand an seiner Seite.

»Horch, Tom, sie haben bemerkt, daß wir uns davonmachen!«

Der Angeredete warf einen forschenden Blick empor zu den sich vom Himmel hervorhebenden Segeltüchern.

»Wird ihnen nichts helfen. Sie haben die Augen zu spät aufgetan. Aber – Ihr kennt meinen Namen, Sir?«

»Ich dachte, der ›schwarze Kapitän‹ müßte ihn doch kennen; bist ja mit mir genug herumgesegelt.«

»Der schwarze Kapitän – mit Euch? Nichts für ungut, Sir, ein tüchtiger Offizier seid Ihr, das habe ich schon in der kurzen Zeit bemerkt, aber der Schwarze, der seid Ihr nicht, den kenne ich.«

»Pah, ich werde es aber sein.«

»Wird nicht gutgehen. Die Leute wollen nur unter ihm dienen, und der Rotmalige, ich meine den Agenten, der uns angeworben hat, versprach uns ja, daß er noch lebe und heute abend an Deck sein werde.«

»Der Rotmalige? Hast du ihn wirklich nicht erkannt?«

»Erkannt? Ihn? Habe den Kerl in meinem ganzen Leben noch nicht gesehen!«

»Tausendmal schon, Tom; tausendmal, sage ich, hast du ihn oder vielmehr sie gesehen. Besinne dich!«

»Ihn? Sie? Donnerwetter, sie – sie? Sollte – sollte es die Miß Admiral gewesen sein?«

»Sie war es. Und glaubst du nicht, daß sie ganz das Zeug hat, den ›schwarzen Kapitän‹ zu spielen?«

Der Lange trat überrascht einige Schritte zurück. Nun erst begriff er, wer vor ihm stand: »Alle Wetter, Sir – Miß, wollte ich sagen, das ist ja eine ganz außerordentliche Geschichte. Ich denke, Ihr seid aufgehangen worden, als die Rotjacken den ›l'Horrible‹ nahmen!«

»Nicht ganz. Aber höre: Du bist an Bord der einzige, der den Kapitän wirklich kennt; du verschweigst, daß ich und der Agent ein und dieselbe Person sind, und läßt sie dabei, daß ich der Schwarze bin. Verstehst du?«

»Vollständig.«

»Nun? Du sollst dich nicht schlecht dabei stehen.«

»Hm, mir ist es sehr egal, ob ein Sir oder eine Miß das Kommando führt, wenn es nur immer eine gute Prise* gibt. Ihr könnt Euch auf mich verlassen.«

»Gut. Doch schau, die Lichter im Hafen und auf der Reede werden lebendig. Man schickt sich zur Verfolgung an. Pah, in zwei Stunden sind wir ihnen, selbst bei hellem Tag, aus den Augen.«

Die Frau mit der Maske des Vollbartes ließ alle Leinwand aufziehen, so daß das auf der Seite liegende Schiff mit verdoppelter Geschwindigkeit die Wogen teilte, und hing sich mit dem Arm in die Wantensprossen, um die lange entbehrte Genugtuung, den famosen Segler unter den Füßen zu haben, in vollen Zügen zu genießen.

Erst als der Tag zu grauen begann und ihre Anwesenheit an Deck nicht mehr notwendig war, stieg sie herab und schritt zur Kajüte. Dort stand ein Koffer. Eine Lampe brannte.

»Hm«, meinte sie, sich mit sichtlicher Befriedigung in dem netten Raum umsehend, »der Jenner ist so übel nicht, wie ich dachte; er hat sich hier ganz prächtig eingerichtet. Doch ich muß vor allen Dingen sehen, ob mein geheimes Fach noch vorhanden ist, von dem selbst Latour nichts wußte.«

Sie schob einen Spiegel beiseite und drückte auf ein dahinter befindliches und kaum sichtbares Knöpfchen. Ein Dop-

---

* Prise: Ladung eines aufgebrachten Schiffes.

peltürchen sprang auf und ließ eine Vertiefung bemerken, in der allerlei Papiere aufgeschichtet lagen. Sie griff nach ihnen.

»Wahrhaftig, alles unberührt! Das Versteck ist gut; ich werde es sofort wieder benutzen.«

Sie zog einen Schlüssel hervor und öffnete den Koffer. Ein Fach desselben enthielt nichts als Geldrollen und Pakete von Banknoten.

»Das Geld der Herzogin von Oerstädt. Ha, jetzt sollte Latour hier stehen!«

Sie barg es in das Versteck, verschloß dieses dann und schob den Spiegel wieder vor. Dann entnahm sie dem Koffer allerlei Wäsche und Kleidungsstücke, die in dem Kajütenschrank Platz fanden, und zog dann dieselben kostbaren nautischen Instrumente hervor, die Leutnant Jenner bei Frau de Voulettre bewundert hatte.

»Wenn dieser Leutnant gewußt hätte, weshalb seine schöne Dame sich mit diesen ›langweiligen‹ Dingen befaßte! Wahrlich, es ist der beste Coup meines Lebens, den ich heute ausgeführt habe, und ich möchte nur wissen, was Latour dazu sagte, wenn er hier stände und ...«

»Er sagt ›Bravo‹, Clairon«, ertönte es plötzlich hinter ihr, während sich eine Hand auf ihre Schulter legte.

Entsetzt fuhr sie herum und starrte mit weit aufgerissenen Augen in das Gesicht des soeben Genannten.

»La — La — Latour!« stammelte sie, beinahe kreischend.

»Latour!« nickte dieser mit ruhigem, überlegenem Lächeln.

»Nicht möglich! Sein Geist — sein — sein ...«

»Papperlapapp! Glaubt der Segelmeister des ›l'Horrible‹ an Geister?«

»Aber wie — wo — wenn — wie kommst du nach Franzisko und wie hier an Bord?«

»Das Wie werde ich dir später erklären, mein Liebchen; das Warum aber weißt du wohl?«

»Nichts, gar nichts weiß ich!«

»Auch von meiner Kasse weißt du nichts, die verschwunden war, als du es vorzogst, mich als elendes Wrack in New York liegen zu lassen?«

»Nichts.«

»Auch von dem Brief nichts, mit dem du mich in der Prärie den Jägern Sam Fire-guns überliefern wolltest?«

»Nichts!«

»So! Leider bin ich in der glücklichen Lage, mit vollständigen Beweisen vor dir zu stehen. Aber zunächst wollen wir dem Augenblick Rechnung tragen. Du hast den ›l'Horrible‹ entführt.«

Sie schwieg.

»Und dir dazu Leute angeworben ...«

Sie schwieg auch jetzt.

»Denen du versprachst, daß der ›schwarze Kapitän‹ die Führung übernehmen werde.«

Sie rang sichtlich noch unter dem Schreck, den ihr sein Erscheinen verursacht hatte.

»Um dir Gelegenheit zu geben, dein Wort zu halten, bin ich schon vor euch zum Schiff geschwommen und habe mich versteckt, bis ich es an der Zeit fand, mich dir vorzustellen. Du bist wahrhaftig ein ganz verteufeltes Frauenzimmer, Clairon, wenn auch der rote Agent ein wenig häßlicher aussah als die schöne Frau de Voulettre. Weil du deine Sache so gut gemacht hast, werde ich dir, allerdings nur für einstweilen und bis wir abgerechnet haben, deine frühere Stellung als Segelmeister wieder einräumen. Tu also immerhin den Bart ab, er ist dir lästig, und den ›Schwarzen‹ kannst du ja doch nicht imitieren.«

Er hatte in einem ruhigen, überlegenen Ton gesprochen, der ihr das Blut in die Wangen trieb und ihre Augen katzenartig funkeln ließ.

»Segelmeister, ich? Und wenn ich dich nun nicht kenne?« zischte sie.

»So kennen mich der lange Tom und Jean Letrier. Sie hängen beide mehr an mir als an dem grausamen Panther, der sich Clairon nennt.«

»Jean Letrier? Wo ist er?«

»Hier an Bord. Er kam mit mir und spricht oben mit dem langen Tom, um ihm zu sagen, daß ich wirklich anwesend bin.«

»Es wird dir und ihm nichts helfen«, raunte sie ihm grimmig entgegen.

»Der ›l'Horrible‹ ist ein Piratenschiff, und ich bin sein Kapitän. Wer ohne meine Erlaubnis seine Planken betritt, der büßt es mit dem Tod.«

Sie riß den Revolver von der Seite und schlug auf ihn an. Ein blitzschneller Schlag Latours schleuderte ihr die Waffe aus der Hand, dann faßte er sie bei den Schultern und drückte ihre schlanke, geschmeidige Gestalt an die Wand, als sei sie daran angenagelt.

»Clairon, hör, was ich dir ein für allemal sage! Einst warst du mir gewachsen, jetzt aber nicht mehr. Das Wohlleben in San Franzisko hat dich entkräftet, die Savanne mich aber doppelt stark gemacht. Auch die Liebe zu dir vermag nichts mehr über mich. Ich werde mit dir abrechnen und hätte dich trotzdem bis auf weiteres in deiner einstigen Stellung als zweiter Offizier gelassen. Doch du hast meinen Tod gewollt, und mein Leben stand in Gefahr, solange ich dir vertraute. Ich bin Kapitän meines Schiffes, und du — du wirst unschädlich gemacht!«

Ein fürchterlicher Schlag seiner geballten Faust traf ihren Schädel, so daß sie, wie vom Blitz getroffen, augenblicklich leblos zusammenbrach. Er fesselte sie mit denselben Stricken, mit denen ihr Koffer eingeschnürt gewesen war, und stieg dann auf das Deck.

Der Morgen war jetzt vollständig hereingebrochen, so daß man mit einem Blick die Situation zu übersehen vermochte. Die Mannen hatten sich alle an Deck versammelt und einen Kreis um den langen Tom und Letrier gebildet, die ihnen zu erzählen schienen. Da fiel der Blick Letriers auf Latour. Er sprang vor und schwenkte den Südwester: »Das ist er, Ihr Leute. Vivat, der ›schwarze Kapitän‹!«

Die Hüte flogen in die Luft, der Ruf wurde von jeder Kehle wiederholt.

Latour winkte ihnen gnädig zu und trat mit stolzem Schritt in ihre Mitte. In kurzer Zeit war allen der Eid abgenommen und jeder erhielt ein hoch bemessenes Segelgeld. Die Waffen und Wachen wurden verteilt, die Schiffsordnung einstweilen mündlich bestimmt, und als das alles in Ordnung war, begab sich der Kapitän mit Letrier wieder in seine Kajüte, um nach Clairon zu sehen.

Die Besinnung war ihr wiedergekehrt, doch schloß sie sofort die Augen, als sie ihn eintreten sah. Er bog sich über sie.

»Wo ist das Geld, das du mir raubtest?«

Ihre Lider öffneten sich, ein haßerfüllter Strahl schoß zwischen ihnen hervor auf den Fragenden.

Er wiederholte seine Frage.

»Frag, so oft du willst, eine Antwort bekommst du nicht.«

»Ganz nach Belieben!« lächelte er. »Ein großer Teil ist natürlich fort, die Frau de Voulettre hat jedenfalls kostspielige Bedürfnisse gehabt, das übrige aber ist hier an Bord, ich kenne dich.«

»Such es.«

»Das werde ich tun. Und finde ich nichts, so gibt es Mittel, dich zum Sprechen zu bewegen.«

Zu Letrier gewandt sagte er dann: »Das Frauenzimmer bleibt gefesselt wie bisher und erhält ihren Platz in meiner eigenen Koje. Ihr Wärter bin nur ich, kein anderer hat bei ihr Zutritt, auch du nicht. Wer den kleinsten Versuch macht, mit ihr Kontakt aufzunehmen, bekommt die Kugel. Übrigens darf außer dir kein anderer wissen, wo sie sich befindet. – Jetzt bring die frühere Mannschaft des ›l'Horrible‹ einzeln an Deck. Ich werde sehen, was aus den Leuten zu machen ist!«

Jean ging. Latour zog seine Gefangene in die Nebenkoje und verdoppelte hier ihre Fesseln. Er wußte, daß er die Wahrheit gesagt hatte: Sie hatte keine Macht mehr über ihn.

»Swallow« und »l'Horrible«

Einige Stunden vorher, am Abend noch, war Sam Fire-gun längs des Kais auf und ab gegangen, um sich keines der abstoßenden Boote entgehen zu lassen. Diese Aufgabe war für eine einzelne Person schwierig, wenn nicht unmöglich, und in Wirklichkeit wurde auch gar mancher Kahn vom Land gerudert, ohne daß der aufmerksame Trapper die rechte Zeit fand, den oder die Insassen desselben zu mustern. Es herrschte ringsum tiefe Dunkelheit, die die Straßenlaternen und Schiffslichter nur spärlich zu durchdringen vermochten. Fire-gun stand am Ufer, um von dem anhaltenden Patrouillengang ein wenig zu verschnaufen, als gerade zu seinen Füßen ein Führer eines unbesetzten Bootes bei den zu dem Wasser führenden Stufen anlangte.

»Good evening, Mann, wo kommt Ihr her?« fragte er ihn.

»Von draußen.«

»Von welchem Schiff?«

»Von keinem.«

»Von keinem? Wart Ihr allein spazieren?«

»Fällt mir nicht ein!« antwortete der Schiffer, neben ihm stehen bleibend und seine vom Rudern angegriffenen Arme dehnend.

Der Trapper wurde aufmerksam.

»So habt Ihr jemand gefahren?«

»Wird wohl nicht anders sein, Master.«

»Aber Ihr habt bei keinem Schiff angelegt und kommt leer zurück. Habt Ihr ihn ersäuft?«

Der Schiffer lachte.

»So ähnlich. Aber wartet noch einige Stunden mit Euren Fragen, dann will ich sie Euch beantworten.«

»Warum nicht eher?«

»Weil ich nicht darf!«

»Und warum dürft Ihr nicht?«

»Weil ich's versprochen habe.«

Der Mann schien Wohlgefallen daran zu finden, sich nach etwas fragen zu lassen, worüber er nicht bereit war, Auskunft zu erteilen. Der Jäger aber wurde von einem unbestimmten Gefühl getrieben, weiter zu forschen.

»Und warum habt Ihr dies versprochen?«

»Weil, weil – hört, Mann, Ihr fragt verteufelt dringlich – weil sich ein jeder gern ein Trinkgeld geben läßt.«

»Ah so! Also eines Trinkgeldes wegen dürft Ihr nicht sagen, wen Ihr gefahren habt?«

»So ist's.«

»Und Ihr werdet es dennoch sagen, wenn ich Euch ein besseres Trinkgeld gebe?«

Der Schiffer warf einen ungläubigen Blick auf das zerfetzte, lederne Habit des anderen.

»Ein besseres? Wird Euch schwer werden!«

»Wieviel bekamt Ihr?«

»Meinen Lohn und einen Dollar obendrein.«

»Bloß?«

»Was, bloß! Euch fallen wohl die Dollar durch den zerrissenen Jagdrock in die Tasche?«

»Dollar? Nein. Geld habe ich nicht, aber Gold.«

»Wirklich? Das ist ja noch besser als Geld!«

Der Fischer wußte aus Erfahrung, daß mancher abgerissene Miner mehr bei sich trug, als hundert Stutzer zusammen besitzen.

»Meint Ihr? Da seht Euch einmal dieses Nugget an!«

Sam Fire-gun trat unter eine Laterne und zeigte dem Fischer ein Stück Waschgold, das er aus der Tasche gezogen hatte.

»Alle Teufel, Master, das Stück ist ja seine fünf Dollar unter Brüdern wert.«

»Richtig! Und Ihr sollt es haben, wenn Ihr mir sagt, was Ihr verschweigen sollt.«

»Ist's wahr?«

»Gewiß. Also, wen habt Ihr gefahren?«

»Gebt erst das Stück her!«

»Hier ist's! Also, wen habt Ihr gefahren?«

»Zwei Männer.«

»Ah! Wie waren sie gekleidet? Jäger?«

»Nein. Mehr wie Seeleute, ganz neues Habit.«

»Auch möglich. Wie sahen sie aus?«

Der Schiffer gab eine Beschreibung. Sie paßte ganz auf Latour und Letrier für den Fall, daß beide ihr Äußeres verbessert hatten.

»Wo wollten sie hin?«

»Da hinaus, in die Nähe des ›l'Horrible‹, der dort auf den Ankern reitet.«

»Des ›l'Horrible‹?« Sam Fire-gun wurde aufmerksamer.

»Was sprachen sie unter sich?«

»Konnte es nicht verstehen!«

»Warum?«

»Sie fragten mich, ob ich gelernt habe, französisch zu reden, und als ich nein sagte, sprachen sie ein Mischmasch, daß mir davon die Ohren klangen.«

»Sie sind's! Wo stiegen sie aus?«

»Draußen im Wasser.«

»Unmöglich.«

»Grad so und nicht anders. Sie sagten, sie gehörten zum Schiff und wären ein wenig durchgekniffen, um sich zu Lande einen Spaß zu machen. Nun wollten sie ihre Rückkehr nicht merken lassen und haben sich deshalb von mir heimlich an Bord bringen lassen.«

»Und vorher mußtet Ihr ihnen versprechen ...?«

»Einige Stunden nichts davon zu erzählen.«

Ehe Fire-gun eine weitere Frage tun konnte, fühlte er eine Hand auf seiner Schulter.

»Mein Bruder komme mit mir!«

Winnetou war's. Er führte ihn einige Schritte abseits und fragte dann: »Wie heißt das große Kanu, das da drüben im Wasser liegt?«

»Man nennt es ›l'Horrible‹.«

»Und wie heißt das Kanu, auf dem der Weiße, der sich Sander nannte, Häuptling gewesen ist?«

»Es ist ganz dasselbe.«

»Wird der Weiße nicht hinausrudern, um sein Kanu wieder zu besitzen?«

Sam Fire-gun stutzte.

»Wie kommt denn mein roter Bruder auf diesen Gedanken?«

»Winnetou lag da draußen vor den Hütten der Bleichgesichter an der Erde und erwartete seine Freunde, die noch immer nicht gekommen sind, da sah er viele weiße Männer im Wasser, die in ihre Kanus stiegen und den Namen nannten, den mein Freund jetzt ausgesprochen hat.«

»Hat mein Bruder alles gehört, was sie sprachen?«

»Sie wollten auf das große Kanu und die Männer desselben töten, weil der schwarze Häuptling kommen werde.«

»Der ›schwarze Kapitän‹?«

»Mein Bruder sagt das Wort, es ist zu schwer für die Zunge des Apachen.«

»Und sie sind hinaus auf das Wasser?«

»Ja. Sie hatten Messer und Beile im Gürtel.«

Sam Fire-gun überlegte.

»Mein Bruder gehe zurück an seinen Posten, die Jäger müssen kommen, noch ehe der Morgen hereinbricht.«

Der Apache folgte der Weisung: Auch der Schiffer hatte sich mit seinem Nugget entfernt, und so blieb der Colonel allein zurück.

Sollte, so überlegte er, wirklich etwas Ungewöhnliches auf dem ›l'Horrible‹ vorgehen? Winnetou dürfte sich nicht geirrt haben. Aber wenn das Schiff wirklich überfallen werden sollte, wie konnten diese Leute von der Auskunft des verfolgten Latour so genau unterrichtet sein?

Während er noch sann, ertönten draußen auf der Reede drei Schüsse nacheinander, und trotz der späten Stunde belebte sich der Kai innerhalb kurzer Zeit mit einer ganz beträchtlichen Menschenmenge, die begierig war, die Ursache der Alarmschüsse zu erfahren. Die Dunkelheit gestattete nicht, die im Hafen und auf der Reede liegenden Schiffe zu unterscheiden, aber die Beweglichkeit der auf ihnen herumgetragenen Laternen war ein sicheres Zeichen, daß irgend etwas Unerwartetes geschehen sei.

Ein von sechs Ruderern bemanntes und von einem Midshipman befehligten Kriegsboot landete ganz in der Nähe des Jägers.

»Was gibt's da draußen, Sir?« fragte Sam Fire-gun den Steuermann.

»Der ›l'Horrible‹ sticht mit vollen Segeln in See.«

»Nun, was ist's weiter?«

»Was weiter? Seine sämtlichen Offiziere befinden sich an Land, es ist jedenfalls irgendein Schurkenstreich geschehen! Und ich habe Ordre, die Offiziere zu benachrichtigen.«

»Wer hat die Schüsse abgefeuert?«

»Wir, auf dem Panzermonitor. Good night, Sir!«

Er eilte davon.

Sam Fire-gun folgte ihm unwillkürlich und gelangte so an das von Frau de Voulettre bewohnte Haus. Auch hier herrschte eine ganz bedeutende Aufregung. Die Herrin war seit längerer Zeit spurlos verschwunden, und fast sämtliche Gäste lagen betäubt und besinnungslos im Salon, infolge eines in den Wein gemischten Giftes, wie die schleunigst herbeigeholten Ärzte aussagten.

Mit der Frau de Voulettre war eine wertvolle Sammlung von Seekarten und nautischen Instrumenten verschwunden.

Dies alles hörte der Trapper erzählen. Ärzte, Polizisten und Seeleute flogen aus und ein, und ein riesiges Gedränge war vor dem Haus entstanden. Jetzt befand er sich selbst in Aufregung. Er konnte sich nicht erklären, in welcher Verbindung Latour mit dieser Frau de Voulettre stehe, daß aber beide mit der Entführung des ›l'Horrible‹ zu tun hatten, wurde ihm zur unumstößlichen Gewißheit, obgleich es ihm unmöglich war, die Einzelheiten klar zu durchschauen.

Sollte er die Beobachtung des Apachen der Polizei mitteilen? Das hätte zu Vernehmungen und Weitläufigkeiten geführt, die seinem Zweck nur schaden konnten. Es gab nur einen einzigen schnellen und sicheren Weg, den die Polizei jedenfalls ganz von selbst einschlug: Der »l'Horrible« mußte verfolgt werden. Sam Fire-gun beschloß, dies auch auf seine eigene Faust zu tun. Dazu gehörte aber vor allen Dingen Geld zur Miete eines Schnelldampfers, und um dies zu bekommen, mußte er das Eintreffen seiner zurückgebliebenen Leute abwarten, die den sämtlichen im Hide-spot verborgen gewesenen Goldreichtum mit sich führten. Seine Aufgabe am Kai hatte sich erledigt, er konnte zu Winnetou zurückkehren und sah sich gezwungen, seine Ungeduld zu bemeistern.

Ohne ein Wort der Erklärung nahm er draußen vor der Stadt neben dem Apachen Platz. Dieser wickelte sich in seine Decke, schloß die Augen und war bald in Schlaf versunken. Sam Fire-gun aber wachte. Der Gedanke, daß sein ärgster Feind, der Mörder seines Bruders, sich auf See vielleicht in Sicherheit befinde, während er selbst, der ihm durch die weite Savanne Schritt für Schritt und unter unsäglichen Anstrengungen und Entbehrungen bis hierher gefolgt war, an das Land gebannt blieb und ihn entwischen lassen mußte, folterte ihn, so daß er sich ruhelos im Gras wälzte und die Minuten zählte, die ihn noch von den Seinigen trennten.

Die Habe, die sie mit sich führten, hatte sie aufgehalten, und darum war er ihnen mit dem Apachen vorausgeeilt, um die Verfolgten nicht aus den Augen zu verlieren. Nach seiner Berechnung konnten sie am Morgen eintreffen, und so erwartete er mit fieberhafter Ungeduld den Anbruch des Tages.

Die Sterne kehrten sich nicht in die Wünsche des Menschenherzens, sie gehen ruhig ihren ihnen seit Jahrmillionen vorgeschriebenen Lauf, aber endlich gehen sie doch unter, und das siegreiche Licht des Tages wirft seine Strahlenflut über die weite Erde hin. Der Morgen war da. Sam Firegun beneidete den Apachen um seinen festen, ruhigen Schlaf und überlegte eben, ob es Zeit sei, ihn zu wecken, als Winnetou ganz von selbst in die Höhe sprang, mit munteren, scharfen Augen um sich blickte und dann sich wieder lauschend auf die Erde legte. Dann richtete er sich wieder empor.

»Mein Bruder lege sein Ohr an den Boden!«

Der Trapper tat es und vernahm ein allerdings kaum zu empfindendes Geräusch, das sich der Stadt näherte. Der Sohn der Savanne hatte es sogar im Schlaf gemerkt. Winnetou horchte nochmals.

»Es nahen Reiter auf müden Pferden. Vernimmt mein Bruder das Wiehern? Es ist das böse Pferd des fremden Mannes, der auf dem großen Wasser gefahren ist.«

Er meinte mit dieser Umschreibung den Dakotatraber, den der Steuermann Peter Polter ritt. Sam Fire-gun wunderte sich nicht über den außerordentlichen Scharfsinn des Indianers, er war Ähnliches und noch Erstaunlicheres längst von ihm gewohnt. Er sprang erwartungsvoll von der Erde auf und beobachtete die Ecke eines Gesträuches, das die Nahenden noch verbarg.

Nach einiger Zeit kamen sie zum Vorschein. Es war Treskow mit dem Neffen des Colonels. Hinter ihm ritt der Steuermann, der wie gewöhnlich außerordentlich viel mit seinem Pferd zu schaffen hatte. Dann kamen die Jäger, Dick Hammerdull, Pitt Holbers, Bill Potter und einige andere. Jeder von ihnen hatte ein oder mehrere Pferde oder Maultiere, die schwer beladen zu sein schienen, am Leitzügel.

»Seht ihr das Nest da vorn?« rief Peter Polter. »Ich glaube, es ist endlich dieses San Franzisko, das ich von hier aus nicht kenne, weil ich es nur von der See aus gesehen habe.«

»Ob wir es sehen oder nicht, das bleibt sich gleich«, meinte Hammerdull, »aber, Pitt Holbers, altes Coon, was meinst du denn dazu?«

»Wenn du denkst, daß es Franzisko ist, Dick, so habe ich nichts dagegen«, antwortete dieser in seiner gewohnten Weise. »Als uns dort am Wasser die Roten überrumpelten und in ihr Lager schleppten, hätte ich nicht gedacht, daß ich diese Gegend einmal zu sehen bekäme.«

»Ja, alte Segelstange«, bemerkte der Steuermann, »wenn damals Peter Polter aus Langendorf nicht gewesen wäre, so hätten sie euch die Haut heruntergeschunden, und ihr läget jetzt ohne Fell in Abrahams Schoß. Doch schaut einmal da nach

Luv hinüber! Ich lasse mich kielholen und dann mit Teer und Werg kalfatern, wenn das nicht der Colonel ist und ...«

»Und Winnetou, der Apache«, fiel Treskow ein, sein Pferd zu rascherem Lauf antreibend, so daß er bald neben den beiden Genannten hielt.

»Gott sei Dank, daß ihr endlich kommt«, rief Sam Firegun. »Wir haben auf euch gewartet wie der Büffel auf den Regen.«

»Es ging nicht schneller, Onkel«, antwortete Wallerstein. »Wir sind die ganze Nacht geritten. Sieh unsere armen Tiere an, sie können kaum noch stehen.«

»Wie ist's, Colonel«, fragte der Polizist, »habt Ihr sie erreicht?«

»Nur einen Augenblick kamen wir zu spät. Sie sind entwischt.«

»Entwischt?« Ein Zug unmutiger Enttäuschung glitt über das geistvolle und jetzt tief gebräunte Gesicht des jungen Mannes. »Wann, wie und wohin?«

Sam Fire-gun erzählte das Geschehene. Ein ärgerlicher Fluch entfuhr den Lippen der Trapper.

»Wart Ihr auf der Polizei?«

»Nein, das hätte uns nur Zeit geraubt.«

»Ganz richtig. Es gibt nur einen Weg. Wir mieten sofort einen guten Dampfer und gehen hinter ihnen her.«

»Das war auch meine Ansicht, und darum erwarte ich euch mit Ungeduld. Wir sind ja nicht im Besitz von Geld und müssen schleunigst unser Gold umsetzen.«

»Wird nicht viel helfen!« meinte der Steuermann, im höchsten Grad verdrießlich.

»Warum?«

»Ich mag keine Dampfer, diese Art von Fahrzeugen sind die miserabelsten, die es gibt. Ein guter Segler findet stets Wind, so eine Rauchschaluppe aber braucht Kohlen und findet sie nicht überall. Dann liegt man vor Anker oder gar faul auf offener See und kann weder vor noch rückwärts gehen.«

»So laden wir ein hinreichendes Quantum.«

»Mit Verlaub, Colonel, ein guter Jäger seid Ihr, das muß man sagen, aber zum Seemann taugt Ihr nicht. Erst müssen wir den Dampfer haben, und es fragt sich, ob gleich so ein Ding zur Hand liegt. Und, paßt auf, diese Yankees handeln und feilschen einen Tag lang mit euch, ehe Ihr das Fahrzeug bekommt.«

»Ich gebe, was man verlangt.«

»Meinetwegen! Dann wird Proviant, Munition und Kohle geladen, um eine lange Fahrt aushalten zu können. Das Schiff wird endlich besichtigt, ob es seetüchtig ist, und darüber vergehen Stunden und Tage, so daß der ›l'Horrible‹ einen großen Vorsprung hat, ehe wir nur zum Auslaufen kommen. Der Teufel hole ihn!«

Die anderen schwiegen. Sie mußten sich gestehen, daß die Worte des braven Seemannes nur zu wohl begründet seien.

»Ich kann das wohl kaum bezweifeln«, meinte Treskow endlich, »aber hier halten und das Meer angucken, das führt zu nichts. Jedenfalls hat er schon genug Verfolger auf der Ferse, das ist ein Trost für uns. Und nach müssen wir auf jeden Fall.«

»Aber wohin?«

Die übrigen sahen den Steuermann fragend an.

»Das ist nicht so leicht gesagt«, entschied dieser. »War der ›l'Horrible‹ gut mit Proviant versehen, so haben sie jedenfalls die Route nach Japan oder Australien eingeschlagen. Dahin ist die See frei und ein Entkommen leicht. War er aber schlecht verproviantiert, so sind sie nach dem Süden, um sich an irgendeinem Ort der Westküste mit dem Nötigen zu versehen.«

Die Wahrheit dieser Ansicht leuchtete allen ein.

»So werden wir die darauf bezügliche Erkundigung einziehen. Vorwärts!« ermunterte Treskow.

Er ritt mit Sam Fire-gun voran.

»Kennt Ihr ein Haus, das Nuggets kauft, Colonel?«

Dieser nickte.

»Bellhourst und Compagnie. Habe schon früher mit diesen Leuten zu tun gehabt, die mich wohl noch kennen werden.«

»Ist's weit zu ihnen?«

»Nein. Ihr Office liegt an unserem Weg nach dem Hafen.«

Sie erreichten das Gebäude. Der Colonel stieg ab und trat hinein. Nach einiger Zeit kam er zurück. Die ganze Gesellschaft verließ die Pferde und brachte den Goldvorrat, der bedeutend war, in das Comptoir. Er wurde untersucht und gewogen, und bald befand sich Sam Fire-gun im Besitz einer Summe, die einen wahren Reichtum repräsentierte.

»Das wäre abgemacht«, meinte er. »Nun soll zunächst jeder den ihm gehörigen Anteil erhalten!«

Da trat Hammerdull hervor.

»Ob wir ihn erhalten oder nicht, das bleibt sich gleich,

Colonel, aber was soll ich mit den alten Papieren tun? Ich brauche sie nicht, Ihr aber habt sie jetzt nötig. Pitt Holbers, altes Coon, was meinst du dazu?«

»Wenn du denkst, Dick, daß wir dem Colonel die Wische lassen, so habe ich nichts dagegen, ich mag sie nicht. Eine fette Bärentatze oder ein Stück saftige Büffellende ist mir lieber. Dir nicht auch, Bill Potter?«

»Bin einverstanden«, nickte dieser. »Ich esse kein Papier und mein Pferd auch nicht, hihihihi. Der Colonel wird es uns schon wiedergeben, wenn er es nicht mehr braucht.«

»Ich danke euch für euer aufopferndes Vertrauen«, antwortete der Genannte, »doch weiß man ja nicht, wie sich die Verhältnisse gestalten werden. Ich zahle euch aus, was ihr zu bekommen habt, mir bleibt mehr als genug übrig. Brauche ich dennoch mehr, so seid ihr ja immer noch da, wenigstens einige von euch, denn allen werde ich nicht zumuten, mir auf die See zu folgen.«

»Ob Ihr es uns zumutet oder nicht, das bleibt sich gleich, Colonel, ich gehe mit!«

»Ich auch!« fiel Holbers ein.

»Und ich!« rief der kleine Potter.

»Und ich — und ich!« schlossen sich die übrigen an.

»Das wird sich ja entscheiden«, drängte Sam Fire-gun die treuen Leute zurück. »Jetzt laßt uns zunächst teilen!«

Gleich noch im Comptoir erhielt jeder das ihm Gehörige, dann verließen sie das Haus, stiegen wieder auf und ritten dem Hafen zu.

Außer den hier vor Anker liegenden Segelschiffen waren nur einige schwerfällige Schlepp- oder Güterdampfer zu sehen. Alle leichter gebauten Steamer hatten den Hafen verlassen, um die von den anwesenden Kriegsfahrzeugen auf den »l'Horrible« unternommene Jagd ein Stück weit zu verfolgen. Von den Letzteren war nur das Panzerschiff zurückgeblieben, dessen Befehlshaber sich noch immer betäubt am Land befand.

Es war der rührigen Polizei bereits gelungen, einiges Licht in das Dunkel des nächtlichen Ereignisses zu bringen. Ein Bewohner des Parterres jenes Hauses, dessen erste Etage Frau de Voulettre innehatte, war zufälligerweise im Garten gewesen, als drei Männer mit einem Koffer denselben passiert hatten. Auch der Kutscher war ermittelt worden, der die drei bis vor die Stadt gefahren hatte. Der Besitzer der am weitesten abgelegenen Schifferhütte hatte sich freiwillig gemeldet, um auszusagen, daß in der vorigen Nacht mehrere Kähne in seiner Nähe gehalten hätten. Er hatte sie beobachtet und gegen vierzig Männer einsteigen sehen, deren Anführer, von noch zweien begleitet, mit einem Koffer eingetroffen war und auf den Zuruf der ausgestellten Wache mit »der schwarze Kapitän« geantwortet hatte. Der Schiffer oder Fischer war natürlich vorsichtig genug gewesen, seine Anwesenheit nicht kundzugeben.

Diese Aussagen, verbunden mit der allgemeinen Sage, daß der Segelmeister des »schwarzen Kapitäns« ein Frauenzimmer von außerordentlicher Schönheit gewesen sei, und endlich verschiedene in der Wohnung der Frau de Voulettre vorgefundene Papiere und sonstige Anzeichen gestatteten einen beinahe sicheren Einblick in den Zusammenhang des erst so undurchsichtigen Ereignisses. Dies alles erfuhren die

Jäger von der am Kai auf- und abwogenden Menschenmenge, die sich über die Nachricht, daß der einst so furchtbare Seeräuber mitten aus einem sicheren und außerordentlich belebten Hafen ein wohlbesetztes Kriegsfahrzeug geraubt habe, in außerordentlicher Aufregung befand.

Der Steuermann musterte die anwesenden Schiffe.

»Nun?« fragte der Colonel ungeduldig.

»Keins, was für uns paßt, lauter Salztonnen und Heringsfässer, die in zehn Monaten kaum zwei Knoten zurücklegen. Und da draußen...«

Er hielt inne. Jedenfalls hatte er sagen wollen, daß da draußen auf der Reede auch kein passendes Fahrzeug zu bemerken sei, aber sein scharfes Auge mußte bei dem Blick, den er hinauswarf, auf etwas gefallen sein, was ihm die begonnene Rede abschnitt.

»Da draußen — was ist da draußen?«

»Hm, ich will nicht Peter Polter heißen, wenn ganz da hinten nicht ein kleiner, weißer Punkt zu sehen ist, der nichts anderes als ein Segel sein kann.«

»Welchen Kurs nimmt es?«

»Müssen es ruhig abwarten. Vielleicht geht es vorüber, vielleicht kommt es herein.«

»Wieviel Zeit kann vergehen, ehe das Schiff einläuft?«

»Eine Stunde oder noch mehr, vielleicht gar zwei oder drei, je nachdem es gebaut ist und befehligt wird.«

»Vielleicht können wir mit diesem Schiff die Verfolgung aufnehmen. Wir haben jetzt Zeit, unsere Pferde einzustellen und ein Store aufzusuchen, um unsere abgerissenen Fetzen mit etwas Besserem zu vertauschen!«

Allerdings sahen sie alle mehr Strauchdieben als ehrlichen Männern ähnlich. Sie begaben sich in ein Gasthaus, wo sie ihre Tiere versorgten und ihren eigenen Durst und Hunger stillten, dann traten sie in ein Store, wo sie alles fanden, was sie brauchten.

Darüber war einige Zeit vergangen, so daß sie nach dem Hafen zurückkehrten, um nach dem Segel auszuschauen, das vorhin zu sehen gewesen war. Der Steuermann schritt voran. Als er an eine Stelle gelangte, die einen Blick auf den Hafen und die Reede bot, blieb er mit einem lauten Ausruf der Überraschung stehen.

»Behold, welch ein Segler! Da schießt er eben in den Hafen herein wie ein — mille tonnerre, ein Klipper mit Schonertakelage, es ist die ›Swallow‹, die ›Swallow‹, hurrrrjeh, juchheissassassa!«

Er schlug vor Freude die sehnigen Hände zusammen, daß es wie ein Böllerschuß knallte, packte mit dem einen Arm Hammerdull, den Dicken, mit dem anderen Pitt Holbers, den Dünnen, und tanzte mit ihnen im Kreis herum, daß die Menge aufmerksam wurde und die Gruppe der Jäger neugierig umringte.

»Ob juchheisassassassa oder nicht, das bleibt sich gleich«, brüllte der sich gegen den unfreiwilligen Tanz sträubende Hammerdull, »laß mich los, du unsinniges Seeungeheuer. Was haben wir mit deiner ›Swallow‹ zu schaffen!«

»Was Ihr damit zu schaffen habt? Alles, alles sage ich«, erklärte Peter Polter, die beiden Bedrängten freigebend. »Die ›Swallow‹ ist ein Kriegsschiff und noch dazu das einzige, das im Segeln dem ›l'Horrible‹ überlegen ist. Und wer ist sein

Kommandeur? Leutnant Parker, den wir suchen, der wegen des Mordes irrtümlich verurteilte Prinz aus Wildauen! Ich sage Euch, jetzt können uns die beiden Halunken nicht mehr entgehen, jetzt sind sie unser!«

Die Freude des Steuermannes teilte sich auch den anderen mit. Es war ja gar kein Irrtum möglich, denn unter dem Spriet des nahenden schmucken Fahrzeuges breitete eine aus Holz geschnitzte blaue Schwalbe ihre spitzen, vergoldeten Flügel aus. Leutnant Parker mußte ein kühner, außerordentlich gewandter Seemann sein und sich vollständig auf jeden einzelnen seiner gut geschulten Leute verlassen können, denn er hatte noch nicht ein einziges Reff geschlagen, obgleich er sich schon am Eingang des Hafens befand. Tief auf der Seite liegend, flog das scharf gebaute Fahrzeug unter der schweren Last seiner Segel wie vom Dampf getrieben herbei. Ein leichter Rauch stieg an seinem Vorderkastell empor, die üblichen Salutschüsse ertönten, vom Hafen aus wurde die Antwort gegeben. Dann hörte man die laute, klangvolle Stimme des Befehlshabers: »Mann am Steuer, nach Back fall ab!«

Das Schiff beschrieb einen kurzen, graziösen Bogen.

»Die Reffs, Jungens. Laßt los!«

Die Leinwand ließ den Wind fahren und fiel laut schwappend an die Masten. Das Schiff stieg vorn, dann hinten in die Höhe, legte sich tief auf die andere Seite, stand wieder auf und lag dann ruhig auf den breiten Ringen, die die hereingebrochene Flut gegen die mächtigen Quader des Kais spülte.

»Hurrah, die ›Swallow‹, hurrah!« klang es aus tausend

Kehlen. Man kannte das prächtige Schiff oder hatte wenigstens von ihm gehört und wußte, daß es die Jagd aufnehmen werde, auf die sich die Aufmerksamkeit von ganz San Franzisko richtete.

Zwei Männer in Seemannsuniform drängten sich durch die Menge. Sie sahen außerordentlich erregt und angegriffen aus. Der eine trug die Attribute eines Marineleutnants, der andere das Steuermannsabzeichen. Ohne erst zu fragen, sprangen sie in ein leeres Boot, lösten es von der Kette, legten die Ruder ein und schossen auf die »Swallow« zu. Deren Befehlshaber stand an der Reling und blickte den Nahenden entgegen. »Ahoi, Leutnant Jenner, seid Ihr es? Wo habt Ihr den ›l'Horrible‹?«

»Schnell ein Tau oder das Fallreep, Sir«, antwortete dieser, »ich muß zu Euch an Bord!«

Die Treppe fiel nieder, die beiden Männer legten an und stiegen empor.

»Perkins, mein Maat«, stellte Jenner seinen Begleiter vor. »Herr, Ihr müßt mir augenblicklich Euer Schiff geben«, setzte er atemlos und in höchster Aufregung hinzu.

»Mein Schiff geben? Wieso – warum?«

»Ich muß dem ›l'Horrible‹ nach.«

»Ihr müßt ... ich verstehe Euch nicht.«

»Er ist mir gestohlen, geraubt, entführt worden.«

Parker blickte ihm ins Gesicht, wie man einen Wahnsinnigen beobachtet.

»Ihr treibt sonderbaren Scherz, Leutnant!«

»Scherz? Der Teufel hole Euern Scherz! Mir ist es nicht nach Spaß. Vergiftet, vom Arzt gequält, von der Polizei gemartert und von der Hafenbehörde coujoniert*, ist es einem nicht wie Fastnacht spielen.«

»Ihr sprecht in Rätseln.«

»Laßt Euch erzählen!«

Mit fürchterlicher Wut, die ihn am ganzen Körper zittern ließ, trug er das Geschehene vor, er befand sich in einer Verfassung, die ihn zu der blutigsten Tat befähigt hätte, und schloß mit der Wiederholung: »Wie gesagt, Ihr müßt mir Euer Schiff geben!«

»Das ist nicht möglich, Sir.«

»Was, nicht möglich«, rief Jenner mit funkelnden Augen. »Warum?«

»Die ›Swallow‹, ist mir, dem Leutnant Parker, anvertraut, ich kann sie nur auf höheren Befehl einem anderen überlassen.«

»Das ist schändlich, das ist feig, das ist ...«

»Herr Leutnant ...!«

Jenner fuhr bei dem drohenden Klang dieser Stimme zurück. Er gab sich Mühe, seine Erregung zu bemeistern. Parker fuhr in ruhigerem Ton fort: »Ich will die Beleidigung als ungeschehen betrachten, der Zorn überlegt nicht, was er spricht. Ihr kennt die Gesetze und die Instruktionen ebensogut wie ich und wißt ganz genau, daß ich das Kommando meines Schiffes aus eigener Macht niemand anvertrauen darf. Doch will ich Euch beruhigen. Ich werde die Verfolgung des ›l'Horrible‹ schleunigst aufnehmen. Wollt Ihr mich begleiten?«

---

* Coujonieren: Schikanieren.

»Ob ich will? Ich muß ja mit, und wenn es durch tausend Höllen geht!«

»Gut! War der ›l'Horrible‹ gut verproviantiert?«

»Auf höchstens noch eine Woche.«

»So ist ihm nichts anderes übrig geblieben, als Acapulco anzulaufen, schon Guayaquil oder gar Lima kann er unmöglich erreichen.«

»So werden wir ihn bald haben. Ihr habt mir ja selbst den Beweis geliefert, daß die ›Swallow‹ dem ›l'Horrible‹ überlegen ist. Zieht die Anker wieder auf, Sir, vorwärts, fort, fort!«

»Nicht so hastig, Kamerad! Allzuviel Eile ist oft schlimmer als allzu langsam sein. Zunächst habe ich hier einige Geschäfte zu erledigen.«

»Geschäfte? Mein Gott, wer kann in solcher Lage an Geschäfte denken! Wir müssen augenblicklich in See stechen.«

»Nein, ich muß augenblicklich an Land, um meine Instruktionen in Einklang mit unserer Aufgabe zu bringen. Sodann habe ich nicht den nötigen Proviant, auch Wasser und Munition fehlt, ein Dampfer muß besorgt werden, der mich gegen die Flut aus dem Hafen bugsiert und – wieviel Kanonen hat der ›l'Horrible‹?«

»Acht auf jeder Seite, zwei im Stern und eine Drehbasse vorn.«

»So ist er mir im Gefecht überlegen. – Forster!«

»Ay, Sir!« antwortete, näher tretend, der Steuermann, dem von seinem bisherigen Platz aus kein Wort der Unterredung entgangen war.

»Ich gehe zur Meldung an Land und werde zum Kai bringen lassen, was wir brauchen. Schickt einen Mann dort nach dem Schlepper, er scheint Zeit zu haben und soll sich in einer Stunde vor uns legen. Länger werde ich nicht abwesend sein.«

»Well, Sir!«

»Fällt Euch vielleicht etwas ein, was nötig wäre?«

»Wüßte nicht, Capt'n. Weiß ganz genau, daß Ihr selbst an alles denkt.«

Parker wollte sich jetzt wieder an Jenner wenden, als einer der Leute meldete: »Ein Boot am Fallreep, Sir!«

»Was für eins?«

»Zivil, acht Personen, auch ein Indianer dabei, wie es scheint.«

Der Leutnant trat an die Reling und blickte hinab.

»Was soll's, Leute?«

Treskow erhob sich. Er kannte das Mittel, sich und seinen Begleitern sofort Zutritt am Deck zu verschaffen.

»Angelegenheit aus Wildauen, hängt mit dem ›l'Horrible‹ zusammen!«

Bei diesen deutsch gesprochenen Worten blitzte es über das Angesicht des Offiziers wie ein freudiger Schreck.

»Herauf, alle!«

Jenner und Perkins traten zurück. Die acht Personen waren der Colonel und sein Neffe, der Steuermann, Treskow, Holbers, Hammerdull, Potter und Winnetou. Die anderen hatten sich durch das Versprechen auf ein wahrscheinliches Wiedersehen bestimmen lassen zurückzubleiben, um die Tiere der acht Kameraden in Obhut zu nehmen. Treskow war der erste, der an Bord stieg. Er trat nahe an Parker heran und stellte sich halblaut in deutscher Sprache vor: »Polizeileutnant Richard von Treskow, Prinz.«

Parker trat zurück. Schreck und Freude stritten sich in seinen Zügen. »Ah — ich erkannte dich — Entschuldigung —, ich erkannte Sie nicht sofort, es sind Jahre vergangen, seit wir uns sahen. Welcher Angelegenheit habe ...?«

»Eine freundliche, nur freundliche. Zunächst tausend Grüße von Sr. Durchlaucht, dem Herrn Vater.«

»Danke, danke, Sie machen mich glücklich!«

Er hatte den Argwohn, zu dem er als Flüchtling dem deutschen Polizisten gegenüber sehr wohl berechtigt war, überwunden. Der Bruder der einstigen Geliebten konnte ihn unmöglich verraten.

»Ich muß kurz sein, die Umstände drängen. Ich befinde mich in den Staaten, um den wirklichen Mörder Wallersteins zu entdecken, ich weiß, wer er ist ...«

Mit einem raschen Griff hatte Parker seinen Arm erfaßt.

»Sie sind ... Sie wollen ... Sie haben ...?«

Er befand sich jetzt in einer Aufregung, die nicht geringer war als diejenige Leutnant Jenners vorhin.

»Ich weiß es«, wiederholte Treskow. »Es ist der ›schwarze Kapitän‹, der heute nacht den ›l'Horrible‹ entführt hat.«

Parker ließ einen beinahe unartikulierten Schrei hören. Die Mitteilung Treskows kam ihm so überraschend, so überwältigend, daß er sich an den Kopf griff. Der umsichtige Polizist, der mit einem raschen Blick das Deck überschaute, brachte ihn schnell zur Fassung zurück.

»Ich und diese Leute haben ihn durch den ganzen Westen bis nach San Franzisko gejagt. Er kam nur kurze Zeit vor uns an und benutzte den ›l'Horrible‹, sich uns zu entziehen. Ich sehe, daß Sie bereits Vorbereitung treffen, den Hafen wieder zu verlassen, und bitte Sie in unser aller Namen, Sie begleiten zu dürfen.«

»Wer sind diese Männer?«

»Der Sohn und Bruder Wallersteins, der Bruder von Heinz, dem Diener Ihres Herrn Vaters, dann noch ...«

»Gut, gut, das genügt! Herr von Treskow, Ihre Gegenwart engagiert alle Kräfte meines Geistes und Herzens und fällt in einen Augenblick, an dem mich die Pflicht vollständig und ganz außerordentlich in Anspruch nimmt. Auch ohne die von Ihnen ausgesprochene Bitte gibt es keinen anderen Weg, beiden Richtungen gerecht zu werden, als daß Sie die ›Swallow‹ als Ihre augenblickliche Heimat betrachten. Ich eile an Land und bin in höchstens einer Stunde zurück, um Ihnen dann trotz des Dienstes oder wenigstens neben diesem zur Verfügung zu stehen.«

Er wandte sich an Jenner.

»Ich gehe von Bord, Leutnant, doch keine Sorge, in einer Stunde lichten wir die Anker!«

»Nehmt mich mit!« bat dieser. »Ich kann Euch bei Euren Besorgungen unterstützen und würde hier vor Ungeduld vergehen!«

»So kommt!«

Beide stiegen in dasselbe Boot, das Jenner zum Schiff gebracht hatte, und ruderten dem Land zu. Sie waren kaum von dem Fahrzeug abgestoßen, als sich auf diesem eine possierlich rührende Szene abspielte.

Peter Polter war vor- und auf den Maat zugetreten.

»Forster, John Forster, alter Swalker, ich glaube gar, du bist Maat geworden!«

Der Angeredete sah dem schwarzgebrannten und jetzt vollbärtigen Mann verwundert in die Augen.

»John Forster? Alter Swalker? Du? Der nennt mich du und weiß meinen Namen, obgleich ich ihn nicht kenne. Wer bist du, he?«

»Heigh-day, kennt der Kerl seinen alten Steuermann nicht mehr, von dem er doch so manchen guten Hieb auf die Nase bekommen hat und — was der Teufel!«

Er trat auf Perkins zu, den er erst jetzt von Angesicht zu sehen bekam.

»Da ist ja auch Master Perkins, oder wie der Mann hieß, den ich damals in Hoboken auf der ›Swallow‹ herumgeführt habe, und der mich dann zum Lohn dafür bei Mutter Thick fast unter den Tisch getrunken hat!«

Auch dieser sah ihn staunend an. Es war kein Wunder, daß sie ihn nicht erkannten. Die ganze Schiffsmannschaft stand um die Gruppe, und Peter fuhr voll Freude von einem zum anderen.

»Da ist der Plowis, der Miller, der Oldstone, der krumme Baldings, der ...«

»Steuermann Polter!« rief da einer, der es endlich herausgebracht hatte, wer der riesenhafte Fremde sei.

»Polter — Polter — hurrah, Peter Polter — juche, in die Höhe mit dem alten Kerl, hoch, hoch, hurrah!«

So rief, schrie und brüllte es durcheinander, sechzig Arme streckten sich aus, er wurde gefaßt und hoch emporgehoben.

»Hol-la, hol-la, hol-la«, begann einer mit kräftiger Baßstimme, »hol-la, hol-la«, fielen die anderen im Marschtakt ein, der Zug setzte sich in Bewegung und »hol-la, hol-la« wurde der beliebte Mann mehrere Male rund um das Deck getragen.

Er fluchte, wetterte und schimpfte, er bat, ihn doch herabzulassen, es half nichts, bis endlich der Maat sich unter herzlichem Lachen in das Mittel legte und ihm zum freien Gebrauch seiner Arme und Beine verhalf.

»Steig herab vom Thron, Peter Polter, und komm vor zum Kastell. Du mußt erzählen, wo du herumgesegelt bist, du alter Haifisch!«

»Ja, ja, ich will, ich will ja erzählen, so gebt mich doch nur endlich frei, ihr verteufelten Jungens!« rief er und schlug mit den gewaltigen Armen um sich, daß die Leute wie schwache Kinder zur Seite flogen.

Unter lautem Lachen und Jubeln ward er von der lustigen Rotte Korah, Dathan und Abiram auf das Vorderdeck gestoßen, geschoben und gezogen und mußte dort wohl oder übel wenigstens in kurzen Umrissen seine Erlebnisse zum besten geben.

Dabei wurde natürlich der Dienst nicht im geringsten versäumt. Der Maat erfüllte den ihm gewordenen Auftrag, und die für die laufenden Arbeiten nötigen Männer sonderten sich von der fröhlichen Gruppe ab, obgleich sie gern bei dem fröhlichen »Tau« gewesen wären, das Polter abzuwickeln hatte.

Die Jäger waren stille Zeugen dieser Szene gewesen. Sie gönnten dem braven Seemann, den alle liebgewonnen hatten, diesen Triumph und machten es sich auf Deck so bequem, wie es die ihnen ungewohnten Umstände und Verhältnisse gestatteten.

Der Indianer war noch nie auf einem Schiff gewesen. Er hatte sich auf die Büchse gestützt und ließ sein Auge langsam und gleichgültig über die ihm fremde Umgebung gleiten. Aber wer ihn kannte, der wußte, daß diese Gleichgültigkeit ein tiefes Interesse verbergen sollte, dem selbst der kleinste Gegenstand nicht entgehen konnte.

Es war noch nicht die Hälfte der anberaumten Stunde vergangen, so wurden drüben am Kai die Proviant- und Munitionsvorräte aufgestapelt, die der Leutnant bestellt hatte. Sie wurden in Booten abgeholt und an Bord gewunden. Als Parker zurückkehrte, war man mit dieser Arbeit fertig, und der Dampfer rauschte auch bereits heran, um die »Swallow« in das Schlepptau zu nehmen.

Jetzt waren Kapitän und Mannschaft vollständig in Anspruch genommen, doch als die hohe Reede erreicht war, der Dampfer sich verabschiedet hatte und die Segel gehißt und gestellt worden waren, konnte man sich einer ungestörteren Unterhaltung hingeben.

Was die beiden Leutnants miteinander zu besprechen hatten, war schon während ihrer Abwesenheit vom Schiff erledigt worden. Jetzt rief Parker Treskow zu sich und schritt mit ihm zur Kajüte. Lange, lange währte es, da wurden auch der Colonel und sein Neffe gerufen. Als die vier wieder an Deck stiegen, lag eine Rührung, ein Ernst auf ihren Zügen, aus denen sich deutlich erkennen ließ, daß die Unterredung die tiefsten Saiten ihres Innern berührt hatte.

Parken trat zum Steuer, an dem Peter Polter neben Forster stand.

»Ihr seid Peter Polter?«

»Peter Polter aus Langendorf, Capt'n«, salutierte der Steuermann in strammer, dienstlicher Haltung. »Hochbootsmaat auf Ihrer englischen Majestät Kriegsschiff ›Nelson‹, dann Steuermann auf dem Vereinigten-Staaten-Klipper ›Swallow‹ ...«

»Und jetzt Steuermann per honneur auf demselben Schiff«, fügte der Leutnant hinzu.

»Capt'n!« rief Polter erfreut und schickte sich an, eine Dankesrede zu halten, der Kommandeur aber winkte abwehrend ihm zu.

»Schon gut, Steuermann, Ihr habt mir nicht zu danken, ich bin Euch mehr schuldig, als Ihr meint, und tue bloß meine Pflicht. Was meint Ihr zu dem Kurs, den der ›l'Horrible‹ eingeschlagen haben wird?«

Peter Polter merkte recht gut, daß der Leutnant diese Frage nur aussprach, um seine seemännische Umsicht einer kleinen Prüfung zu unterwerfen. Er fühlte sich vollständig in seinem Element und antwortete dafür kurz, wie es sich einem Offizier gegenüber schickt: »Wegen Mangels an Proviant nach Acapulco.«

»Werden wir ihn bis dahin erreichen?«

»Ja, der Wind ist günstig, und wir segeln mehr Knoten als er.«

»Wollt Ihr Euch mit Forster das Steuer teilen?«

»Gern.«

»So seht gut nach Kompaß und Karte, damit wir strikte Richtung haben!«

Er wollte sich abwenden, wurde aber durch eine ganz unerwartete Frage Peters davon abgehalten: »Nach Acapulco oder Guayaquil, Sir?«

»Warum Guayaquil?«

»Um ihn zu überholen und von vorn zu nehmen. Er ist uns dann sicherer, weil er die Verfolger nur hinter sich vermuten kann.«

Parkers Augen blitzten auf.

»Steuermann, Ihr seid kein übler Maat. Ihr habt recht, und ich werde Euch ohne Zögern folgen, obgleich er auf den Gedanken kommen kann, von Acapulco aus uns auf der Sandwich-Route zu entgehen.«

»So müssen wir zwischen dem Süd- und Westkurs kreuzen, bis wir ihn haben.«

»Richtig. Legt zwei Strich nach West hinüber, Forster. Ich werde alle Tücher hissen. Meine Instruktion lautet, ungesäumt nach New York zurück, und der Handel mit dem ›l'Horrible‹ kann bloß als kurzes Intermezzo gelten.«

Er sprach das so gelassen, als sei der Weg um Kap Horn bis New York und der Kampf mit Piraten ganz alltägliche Kleinigkeit. Dann trat er zu der Gruppe der Jäger, denen er sein Willkommen aussprach und dann ihre Plätze anweisen ließ. Der Indianer schien ihn sehr zu interessieren.

»Hat Winnetou nicht Sehnsucht nach der Heimat der Apachen?« fragte er ihn.

»Die Heimat des Apachen ist der Kampf«, lautete die stolze Antwort.

»Der Kampf zur See ist schlimmer als der Streit zu Lande.«

»Der Häuptling des großen Kanus wird Winnetou nicht zittern sehen!«

Parker nickte, er wußte, daß der Indianer die Wahrheit gesprochen habe. Die Aufregung, die der Tag mit sich gebracht hatte, legte sich allmählich, und das Leben an Bord kam gar bald wieder in das gewöhnliche ruhige Gleis. Tag verging um Tag, einer glich so vollständig dem anderen, daß die an die unbeschränkte Freiheit der Prärie gewöhnten Jäger nach und nach an der Langeweile zu leiden begannen.

Die Breite von Acapulco lag schon seit gestern hinter ihnen, und Parker befahl, herumzulegen, um beide Kurse, nach Guayaquil und zu den Sandwichinseln, im Auge behalten zu können.

Eine sehr stramme Brise hatte sich erhoben, und die Sonne sank zwischen kleinen, aber dunklen Wölkchen im Westen.

»Werden morgen eine ganze Handvoll Wind haben, Capt'n«, meinte Peter Polter zu Parker, als dieser auf einem Spaziergang über das Deck am Steuer vorbeikam.

»Wäre gut für uns, wenn uns dabei der Kaper in die Hände liefe. Er vermag im Sturm nicht zu manövrieren wie wir.«

»Segel in Sicht!« ertönte es da vom Masthead herab, wo einer auf dem Ausguck saß.

»Wo?«

»Nordost bei Nord.«

Im Nu war der Leutnant oben und nahm dem Mann das Glas aus der Hand, um das gemeldete Segel zu beobachten. Dann kletterte er in sichtbarer Hast herab und trat auf das Quarterdeck, wo Jenner ihn erwartete.

»Hand an die Brassen!« ertönte sein Befehl.

»Was ist's?« fragte Jenner.

»Ist nicht genau zu sehen, jedenfalls aber ein Dreimasterschiff wie der ›l'Horrible‹. Wir sind kleiner und unter dem Blendstrahl der Sonne, er hat uns also noch nicht gesehen. Ich werde die Segel tauschen.«

»Wie?«

Parker lächelte.

»Eine kleine Einrichtung, die ganz geeignet ist, ein Schiff auf größere Entfernung hin unsichtbar zu machen. Hinauf zu den Rahen!«

Wie die Katzen waren die bestens geschulten Matrosen sofort oben.

»Weg mit Klüver-, Stangen- und Vorstangensegel. Refft und beschlagt.«

Im Nu wurde das Kommando ausgeführt. Das Schiff lief nun mit halber Geschwindigkeit.

»Das schwarze Tuch. Gebt acht!«

Einige dunkle Segel wurden auf dem Deck parat gehalten.

»Tauscht um das Haupt-, Fock- und Bugsegel!«

In wenigen Minuten befand sich dunkle Leinwand anstelle der lichten. Die »Swallow« war jetzt für das nahende Schiff kaum zu sehen.

»Maat, leg um nach Südwest bei Süd!«

Die »Swallow« ging jetzt langsam vor dem anderen Fahrzeug her. Ihre sämtliche Besatzung hatte sich auf dem Deck versammelt. Parker aber stieg wieder empor, um zu beobachten. Es war über eine halbe Stunde vergangen, und die

Dunkelheit brach herein, als er wieder herabkam. Sein Gesicht drückte innige Befriedigung aus.

»Alle Mann an Deck!«

Dieses Kommando war eigentlich gar nicht nötig, die Leute standen schon alle um ihn herum.

»Jungens, es ist der ›l'Horrible‹. Paßt auf, was ich Euch sage!«

Mit gespannter Erwartung drängten sie sich näher.

»Ich will den Kampf Bord gegen Bord vermeiden. Ich weiß, daß keiner von Euch sich fürchtet, aber ich muß ihn unbeschädigt haben. Er hat sich außer Völkerrecht gestellt und soll als Räuber behandelt werden. Wir werden ihn mit List nehmen.«

»Ay, ay, Capt'n, so ist's recht!«

»Wir haben Neumond, und die See ist schwarz. Wir treiben bloß mit dem Hauptsegel vor ihm her, er muß uns für notleidend halten, wird beidrehen und uns als gute Beute betrachten.«

»So ist's!« klang es zustimmend.

»Ehe er uns ansegelt, setzen wir die Boote aus. Der Maat behält die ›Swallow‹ mit nur sechs Mann. Wir anderen gehen fertig zum Entern in die Boote und umkreisen unbemerkt den ›l'Horrible‹. Während sich dann die Leute vom ›l'Horrible‹ auf der Backbordseite mit dem Rest der Besatzung auf der ›Swallow‹ sprechen, greifen wir aus den Booten von Steuerbordseite aus an.«

Der Plan war kühn und riskant, aber Parker vertraute auf sein Glück. Die »Swallow« glitt langsam durch die Wogen, und der »l'Horrible« schoß mit seiner gewöhnlichen Geschwindigkeit vorwärts. Es war Nacht geworden, kein Segel zu erblicken gewesen, und die Besatzung fühlte sich vollständig sicher. Latour hatte soeben eine Unterredung mit seiner Gefangenen gehabt, resultatlos wie immer, und schickte sich nun an, die Ruhe zu suchen, als plötzlich aus ziemlicher Entfernung ein matter Schuß ertönte.

Schnell war er an Deck. Ein zweiter Schuß ließ sich hören, ein dritter folgte.

»Notschüsse, Capt'n«, meinte der lange Tom, der in seiner Nähe stand.

»Wär es hinter uns, so könnte es eine Kriegslist sein, vor uns aber ist das ganz unmöglich. Jedenfalls ist es ein verunglücktes Fahrzeug ohne Masten, sonst hätten wir vor Abend seine Segel sehen müssen. Constabel, eine Rakete und drei Schüsse!«

Die Rakete stieg empor, und die Schüsse krachten. Das Notzeichen des anderen Fahrzeuges wiederholte sich.

»Wir kommen näher, Tom. Das wird eine gute Beute.« Er zog das Nachtrohr an das Auge. »Schau, dort liegt es, es trägt nur ein altes Hauptsegel. Die Luft ist etwas steif, aber ich werde beidrehen, um mit ihm zu sprechen!«

Er gab die nötigen Befehle, die Segel fielen, das Schiff drehte sich herum und trieb dann in geringer Entfernung neben der »Swallow« her.

»Ahoi, welch ein Schiff?« tönte es herüber.

Fast die ganze Besatzung des »l'Horrible« hatte sich nach Backbord gedrängt.

»Vereinigte-Staaten-Kreuzer. Was drüben für eins?«

»Vereinigte-Staaten-Klipper ›Swallow‹, Leutnant Parker«,

ertönte es statt von drüben plötzlich an der Steuerbordseite des »l'Horrible«. Eine wohlgezielte Salve krachte mitten unter die Briganten hinein, und dann stürzte sich eine Schar dunkler Gestalten auf die Besatzung, die einen Überfall für unmöglich gehalten hatte und nicht einmal notdürftig bewaffnet war.

Nur eine einzige Person hatte das Nahen der Kähne bemerkt — Clairon. Kaum hatte der Kapitän die Tür hinter ihr verschlossen, so richtete sie sich trotz ihrer Fesseln unter unsäglicher Mühe empor und trat an die Wand der Koje, wo sie einen langen, scharfkantigen Nagel entdeckt hatte. Schon mehrere Nächte lang hatte sie gearbeitet, um daran ihre Banden zu durchreiben, und heute, soweit war es bereits gediehen, mußte sie frei von ihnen sein. Schon befand sie sich in voller Tätigkeit, als die drei Schüsse ertönten, dann vernahm sie das Rauschen nahender Ruderschläge.

Was gab es? Einen Überfall? Einen Kampf? Die Rettung Notleidender? Jeder dieser Fälle war geeignet, ihr Vorhaben zu unterstützen. Fünf Minuten fürchterlicher Anstrengung machten ihr die Hände frei, und schon fielen die Banden auch von ihren Füßen, als droben auf dem Verdeck Revolverschüsse krachten und sich das Getrampel eines entsetzlichen Faustkampfes erhob. Sie fragte sich nicht nach der Ursache desselben, sie wußte, daß Latour noch oben war. Mit einem kräftigen Tritt sprengte sie die Tür zur Kajüte auf und riß von den an der Wand hängenden Waffen so viele herunter, als sie brauchte, um für alle Fälle gerüstet zu sein. Dann warf sie einen forschenden Blick durch die Steuerbordluke hinaus auf das Wasser. Drei Boote hingen an einem Tau, das man unvorsichtigerweise bei Einbruch der Nacht nicht eingezogen hatte.

»Überfallen«, murmelte sie. »Von wem? Ha, das ist die Strafe! Der ›l'Horrible‹ ist wieder verloren, und ich werde diesen Latour selbst an das Messer liefern. Ich werde die reguläre Besatzung, die noch gefangen ist, befreien und dann fliehen. Wir befinden uns unter der Breite von Acapulco. Komme ich unbemerkt in ein Boot, so bin ich in zwei Tagen an Land!«

In einer Ecke der Kajüte stand ein kleiner Handkoffer, der einen Teller voll Bisquits und zwei Flaschen Limonade aufnahm, die auf dem Tisch standen, dann öffnete sie das geheime Fach und entnahm ihm seinen Schatz, den sie auch im Koffer verbarg. Nun schlich sie sich nach oben bis zur Luke, um zu rekognoszieren. Die Räuber waren überfallen und auf das Hinterdeck gedrängt, sie mußten unterliegen.

Rasch tauchte sie wieder unter das Deck, begab sich nach dem Kielraum und riß den Riegel von der Luke, die ihn verschloß.

»Seid Ihr wach?«

»Ja, ja. Was ist oben los?«

»Die Piraten sind überfallen. Seid Ihr gefesselt?«

»Nein.«

»So eilt nach oben und tut Eure Schuldigkeit. Doch, halt, wenn der ›schwarze Kapitän‹ diesen Abend überlebt, so sagt ihm, die Miß Admiral läßt ihn grüßen!«

Sie sprang voraus, eilte in die Kajüte zurück, ergriff den Koffer und stieg an Deck. Sie erreichte unbemerkt die Reling. Die eine Hand zwischen die Griffe des Koffers steckend, turnte sie sich an dem Tau hinab bis in das erste Boot. Es war zu groß, auch das zweite. Das dritte war kleiner und in seinem Innern lag eine Segelstange mit der nötigen Leinwand. Clairon jubelte beinahe laut auf, ein Segel zu finden, hatte sie nicht erwartet. Sie sah sich gerettet. Der Koffer wurde niedergesetzt, das Boot gelöst, die Ruder begannen ihr Spiel — das kühne Weib trieb auf offener See.

*

Latour war durch den Überfall in eine fürchterliche Überraschung versetzt worden, hatte sich jedoch bald gesammelt.

»Herbei zu mir!« schrie er, zum Hauptmast springend, um für sich und die Seinen eine feste Position zu gewinnen.

Die Untergebenen folgten seinem Ruf.

»Wer Waffen trägt, hält stand, die anderen durch die Hinterluke nach den Enterbeilen!«

Es war der einzige Rettungsweg, den diese Worte vorschrieben. Während die wenigen, die zufälligerweise mit Waffen versehen waren, sich dem andringenden Feind entgegenwarfen, eilten die übrigen nach unten und kehrten im Handumdrehen zurück, mit Dolch und Enterbeil bewaffnet. Obgleich der erste Angriff seine Opfer gefordert hatte, waren die Räuber der Besatzung der »Swallow« an Zahl noch weit überlegen, und es entspann sich ein Kampf, der um so fürchterlicher war, als seine Einzelheiten und das Terrain nicht zu überblicken waren.

»Fackeln herbei!« brüllte Latour.

Auch dieser Befehl wurde ausgeführt. Kaum aber verbreitete sich der Schein des Lichtes über die blutige Szene, so fuhr der Kapitän zurück, als habe er ein Gespenst erblickt. War's möglich? Gerade vor ihm, den Tomahawk in der Rechten, das Skalpmesser in der Linken, stand Winnetou, der Häuptling der Apachen, und an seiner Seite wehte das weiße, mähnenartige Haar von Sam Fire-gun.

»Die weiße Schlange wird ihr Gift hergeben!« rief der Apachenhäuptling, warf die im Wege Stehenden auf die Seite und faßte Latour an der Kehle. Dieser wollte den Feind abschütteln, es gelang ihm nicht, auch der Colonel hatte ihn ergriffen, er fühlte sich emporgehoben und zu Boden geschmettert, dann vergingen ihm die Sinne.

Die Überrumpelung war über die Räuber gekommen wie ein wirrer, angstvoller Traum, die Überraschung hielt ihre Kräfte gefangen, und der Fall ihres Anführers raubte ihnen sowohl den Zusammenhalt als auch den letzten Rest von Mut.

In diesem Augenblick öffnete sich die Luke und spie die von Clairon befreite Mannschaft des »l'Horrible« aus. Der erste, den der vorderste von diesen Leuten erblickte, war zufällig Leutnant Jenner.

»Hurrah, Leutnant Jenner, hurrah, drauf auf die Halunken!«

Jeder raffte von den umherliegenden Waffen auf, was ihm in die Hand kam, die Räuber gerieten zwischen zwei Fronten, sie waren verloren.

Zwei standen, Rücken an Rücken, mitten unter ihnen. Es waren Hammerdull und Holbers. Wer ihnen zu nahe kam, büßte mit dem Tod. Da drehte Holbers den Kopf zur Seite, damit er von dem Gefährten verstanden werde.

»Dick, wenn du denkst, daß dort der Schuft, der Peter Wolf steht, so habe ich nichts dagegen.«

»Der Peter — verdammter Name, ich bringe ihn niemals fertig. Wo denn?«

»Dort an dem Hickorybaum, den diese wunderlichen Leute Mast nennen.«

»Ob Mast oder nicht, das bleibt sich gleich. Komm, altes Coon, wir fangen ihn lebendig!«

Noch ein anderer hatte Letrier bemerkt, nämlich Peter Polter, der Steuermann. Dieser hatte Messer, Revolver und Enterbeil zur Seite getan und eine Handspeiche ergriffen, die ihm geläufiger war. Jeder Hieb darauf streckte einen Mann nieder. So hatte er sich eine Strecke in den dicht zusammengedrängten Haufen der Räuber hineingekämpft, als er Letrier erblickte. Im nächsten Augenblick stand er vor ihm.

»Mille tonnerre, der böse Jean! Kennst du mich, Spitzbube!«

Der Gefragte ließ den erhobenen Arm sinken und wurde leichenblaß, er hatte einen Gegner erkannt, dem er nicht zur Hälfte gewachsen war.

»Wo hast du meine Uhr, he? Komm her mein Junge, ich will dir sagen, was die Glocke geschlagen hat!«

Er faßte ihn beim Schopf und bei den Hüften, riß ihn empor und schleuderte ihn mit solcher Macht an den Besan, um den das Handgemenge jetzt tobte, daß es laut krachte und Letrier wie zerschmettert und zermalmt zur Erde stürzte. Die beiden Jäger kamen zu spät.

Nun endlich sahen die Piraten ein, daß nicht die leiseste Hoffnung mehr für sie vorhanden sei und streckten die Waffen, obgleich sie sich dadurch ein Anrecht auf Gnade nicht erlangen konnten.

Ein vielstimmiges Hurra scholl über das Deck, die »Swallow« antwortete mit drei Kanonenschüssen, sie hatte ihren Ruf gerechtfertigt und ihren bisherigen Ehren eine neue, größere hinzugefügt.

Eingeschifft

Wieder war es bei Mutter Thick in Hoboken. Die gute, brave Frau war noch immer die alte, hatte sich nicht verändert, so war es höchstens in der Weise, daß ihre volle, umfangreiche Gestalt noch einige Zoll im Durchmesser zugenommen hatte. Es war bereits am Spätnachmittag, und es hatte sich eine beträchtliche Anzahl der gewohnten Gäste eingefunden, so daß es für die Bedienung genug zu tun gab.

Die allgemeine Unterhaltung beschäftigte sich, wie beim ersten Mal, mit den politischen und kriegerischen Neuigkeiten des Tages. Der Aufstand der Südstaaten hatte von Tag zu Tag an Ausdehnung gewonnen, und das Glück war den Sklavenbaronen bis jetzt in auffälliger Weise treu und günstig gewesen. Nur sehr vereinzelte kleine Episoden von geringer Tragweite ließen ahnen, daß der Norden sich die Zuneigung der wetterwendischen Göttin wohl noch erobern werde, und je seltener diese Ereignisse waren, mit desto größerem Jubel wurde die Kunde von ihnen von denjenigen aufgenommen, deren Ansichten mit der Politik des Präsidenten Abraham Lincoln übereinstimmten.

Da öffnete sich die Tür, einige Seeleute traten ein, die sich ganz augenscheinlich in einer angenehmen Aufregung befanden.

»Holla, ihr Mannen, wollt ihr hören, was es für eine Neuigkeit gibt?« fragte einer von ihnen, indem er, um die Aufmerksamkeit auf sich zu lenken, mit der gewichtigen Faust auf den ihm am nächsten stehenden Tisch schlug, daß es krachte.

»Was ist's? Was soll es sein? Was gibt's? Heraus damit, erzähle!« rief es von allen Seiten.

»Was es gibt oder vielmehr, was es gegeben hat? Nun, was denn anderes als ein Seegefecht, ein Treffen, das seinesgleichen sucht.«

»Ein Seegefecht – ein Treffen? Wo – wie – wann – zwischen wem?«

»Wo? – Auf der Höhe von Charlestown. Wie? – Verteufelt wacker. Wann? – Den Tag weiß ich nicht, vor ganz kurzem jedenfalls. Und zwischen wem? – Ratet einmal!«

»Zwischen uns und den Rebellen!« rief einer.

Alles lachte. Der Angekommene lachte mit und rief: »Schau, was du für ein kluger und gescheiter Junge bist, so etwas Schwieriges sofort zu erraten! Daß es zwischen uns und dem Süden sein muß, das ist so flüssig wie Seewasser, aber wie die Schiffe heißen, he, das wird deine Weisheit wohl nicht so schnell finden!«

»Welche sind es? Wie heißen sie, und wer hat gesiegt?« klang rund umher die stürmische Aufforderung.

»Das Widderschiff ›Florida‹ ist...«

»Die ›Florida‹ ist's gewesen?« unterbrach ihn Mutter Thick, indem sie sich mit ihren dicken Armen durch die Gäste Bahn brach, um in die unmittelbare Nähe des Berichterstatters zu gelangen. »Die ›Florida‹ ist das neueste, größte und stärkste

Fahrzeug des Südens und soll mit seinem Teufelssporn vollständig unwiderstehlich sein. Es ist aus lauter Eisen gebaut. Wer hat es gewagt, diesen Leviathan anzugreifen?«

»Hm, wer? Ein kleiner Leutnant mit einem ebenso kleinen Schiff, der noch dazu nur ein Klipper ist und sich um Kap Horn müde gesegelt hat. Ich meine die ›Swallow‹, Leutnant Parker.«

»Die ›Swallow‹ – Leutnant Parker? Unmöglich! Gegen die ›Florida‹ können zehn Linienschiffe nichts ausrichten, wie soll es da einem Klipper in den Sinn kommen, ein solches Ungeheuer...?«

»Stop! Euch fahren ja die Fragen aus dem Mund, wie die Jodler dem Schiffsjungen, wenn er Prügel bekommt.«

»Ich werde euch meine Leine ganz nach der richtigen Ordnung abwickeln«, fuhr der Steuermann fort. »Ich bin der Peter Polter aus Langendorf, Hochbootsmannsmaat auf Ihrer englischen Majestät Kriegsschiff ›Nelson‹, dann Steuermann auf dem Vereinigten-Staaten-Klipper ›Swallow‹, dann deutscher Polizeileutnant in der Prärie, nachher wieder Steuermann, und zwar per honneur auf der ›Swallow‹, und bin nun jetzt...«

»Gut, gut, Peter«, fuhr ihm Mutter Thick dazwischen, »das hat nachher auch noch Zeit, vor allen Dingen aber komme ich mit meinen Fragen, die sind notwendiger als alles andere. Wie war es mit dem Wallerstein, dem Heinrich Sander und Peter Wolf? Habt ihr sie? Was ist's mit dem ›l'Horrible‹ und dem ›schwarzen Kapitän‹? Ich denke, ihr suchtet ihn im Westen, und doch hörte ich, daß ihn die ›Swallow‹ zur See gefangen hat! Habt ihr den Sam Fire-gun, oder wie er hieß, getroffen, und war es auch der richtige Onkel? Wie steht es mit dem deutschen Polizisten, der ein so hübscher, junger Mann war? Und in welcher Gegend habt ihr denn eigentlich ...?«

»Bist du bald fertig, Alte«, rief lachend der Steuermann, »oder hast du noch genug Atem, um in dieser Weise noch einige Stunden fort zu schwadronieren? Was hat dieses Frauenzimmer doch ein Schnatter- und Plapperwerk! Gib einen vollen Krug her, eher bekommst du keine Antwort! Vorher aber will ich diesen Gentlemen die Geschichte mit der ›Florida‹ erzählen. Das andere ist nicht für jedermann, das sollst du drin in der anderen Stube hören.«

»Nicht einen Tropfen bekommst du, bis ich wenigstens nur ein klein wenig weiß, woran ich bin!«

»Neugierde, die du bist! So frage noch einmal, aber einzeln und kurz!«

»Der Wallerstein?«

»Auf der ›Swallow‹.«

»Der Polizist?«

»Auf der ›Swallow‹.«

»Der ›schwarze Kapitän‹?«

»Auf der ›Swallow‹ gefangen.«

»Der ›böse Jean‹?«

»Auch.«

»Der Onkel Sam Fire-gun?«

»Auch der.«

»Leutnant Parker?«

»Natürlich auch, aber verwundet.«

»Verwundet? Mein Gott, ich hoffe doch nicht, daß ...«

»Papperlapapp! Ein paar Schrammen, weiter nichts, er wird für einige Zeit Urlaub nehmen müssen. Es ging ein wenig heiß her auf der ›Florida‹, aber wir haben da drinnen in der verdammten Prärie noch ganz andere Dinge durchmachen müssen. Zum Beispiel mein Pferd, der Racker, war ein wahrer Dämon von einem satanischen Drachen, und ich kann heute noch nicht sagen, ob ich mir nicht einige Schock Knochen aus dem Leib herausgeritten habe. Doch, du wolltest ja fragen!«

»Habt ihr den Mörder?«

»Ja.«

»Wer ist's?«

»Der Schwarze.«

»Was wird mit ihm?«

»Er wird gehenkt, erschossen, geköpft, gevierteilt oder — na, eins von dem allen wird's schon werden.«

»Und wo?«

»Hm, das ist eine heikle Sache. Als Pirat und Räuber des ›l'Horrible‹ ist er der Gerichtsbarkeit der Vereinigten Staaten verfallen, als Mörder Wallersteins aber wollen sie ihn über die See hinüber haben. Ich mag und darf auch nicht sagen, wer ihn bekommen wird.«

»Wo ist die ›Swallow‹?«

»Sie kreuzt bei widrigem Wind draußen vor dem Land, der Forster steht am Steuer. Unterdessen ging der Capt'n auf einem Dampfboot mit mir herein, um seine Meldung zu machen, während ich hier auf ihn warte.«

»Du wartest auf ihn? Hier bei mir? So wird er hier vorsprechen?«

»Versteht sich! Ein braver Seegast kehrt zuallererst bei Mutter Thick ein, wenn er in New York vor Anker geht. Und in einer guten Stunde ist die ›Swallow‹ im Hafen, da kommen auch noch andere herbei, der Pitt Holbers...«

»Pitt Holb...«

»Der Dick Hammerdull...«

»Dick Hammerd...«

»Der Colonel Fire-gun...«

»Colonel Fire-gun...«

»Der Wallerstein, Treskow, der kleine Bill Potter, Winnetou, der Häuptling der Apachen, und...«

»Winnetou, der Häuptl...«

Die Namen blieben der guten Mutter Thick im Mund stecken, so überrascht war sie, eine ganze Gesellschaft von Männern bei sich zu sehen, die zu dem interessanten Schicksal ihres einstigen Schützlings Wallerstein in näherer Beziehung standen. Plötzlich aber besann sie sich glücklicherweise auf ihre Pflicht als Wirtin.

»...ling der Apachen«, fuhr sie daher in ihrem Ausruf fort. »Aber da stehe ich und faulenze, und in einer Stunde habe ich die Gentlemen zu bedienen! Ich eile, ich fliege, ich gehe, Peter, um mich auf sie vorzubereiten. Erzähle einstweilen diesen Leuten hier die Geschichte von der ›Florida‹, die ihr auf den Grund gebohrt habt!«

»Ja, das werde ich, aber sorge dafür, daß ich immer etwas im Krug habe, denn ein Seegefecht muß auch in der Erzählung feucht gehalten werden!«

»Keine Angst, Steuermann«, wurde er von den anderen getröstet, »wir werden Euch schon mit begießen helfen!«

»Schön, gut! Also hört, ihr Mannen, wie es mit der ›Florida‹ zuging: Wir hatten den Äquator und nachher die Antillen längst hinter uns und näherten uns dann Charlestown. Natürlich hielten wir uns so weit wie möglich in die See hinaus, denn Charlestown gehört den Südstaaten, die ihre Kaper und Kreuzer weit hinausschicken, um jeden Nordländer wegzufangen.«

»War der ›l'Horrible‹ mit?«

»Versteht sich. Er war von Anfang an uns stets in unserem Kielwasser gefolgt, weshalb wir immer nur halbe Segel nehmen durften, da wir besser fuhren. So kamen wir glücklich und ungesehen vorwärts und hatten endlich auch Charlestown hinter uns, weshalb wir wieder mehr auf das Land zuhielten.«

»Da traft ihr nun auf die ›Florida‹?«

»Wart's ab, Grünschnabel! Da stehe ich eines Morgens am Steuer – ihr müßt nämlich wissen, daß ich vom Capt'n die Stelle eines Steuermanns per honneur bekam, wie ich euch schon vorhin sagte – und denke eben an Mutter Thick und was für Freude sie haben wird, wenn ich wieder einmal bei ihr sein darf, wir segeln ein wenig voraus, während der ›l'Horrible‹ uns mit voller Leinwand folgt, da ruft der Mann vom Ausguck: ›Rauch Nordost bei Ost!‹

Ihr könnt euch denken, daß wir sofort alle Mann auf Deck waren, denn mit einem Dampfer, wenn er die feindliche Flagge trägt, ist nicht gut zu spaßen.

Der Capt'n ist auch sofort oben am Masthead und zieht das Rohr, dann schüttelt er den Kopf, steigt wieder herab und läßt ein Reff legen, damit der ›l'Horrible‹ in Sprachweite an uns komme. Als dies geschehen ist, ruft er hinüber: ›Dampfer gesehen, Leutnant?‹

›Ay, Sir!‹

›Was wird's für einer sein?‹

›Weiß nicht‹, antwortet Leutnant Jenner, ›das Fahrzeug hat weder Mast noch Rumpf, es geht tief, sehr tief, Sir!‹

›Wird eins von den Widderschiffen der Südstaaten sein. Wollt Ihr ihm aus dem Weg gehen?‹

›Ich tue, was Ihr tut.‹

›Gut, sehen wir uns den Mann ein wenig an!‹

›Well, Sir, aber wir sind um das Zehnfache zu schwach.‹

›Schwächer, aber schneller. Wer kommandiert?‹

›Ihr.‹

›Danke! Wir lassen ihn heran, zieht er die feindliche Flagge, so flieht Ihr langsam vor ihm in die Lee, ich sorge dafür, daß er sich an mich hält und führe ihn auf den Sand. Dann kommt Ihr und laßt ihn Eure Kugeln schmecken!‹

›Well, well! Noch etwas?‹

›Nein!‹

Darauf ziehen wir die großen Segel auf, nehmen das kleine Werk samt Stangen und Spieren herab, so daß es aussieht, als hätten wir im Sturm Havarie erlitten und könnten nicht von der Stelle, und lassen den Mann auf Schußweite an uns herankommen. Er gibt das Signal zum Hissen der Flagge, wir ziehen die Sterne und Streifen, er aber läßt die südstaatlichen Fetzen sehen. Es war das neue Widderschiff ›Florida‹, mit Doppelpanzer und einem Spießhorn, mit dem es die beste Fregatte in Grund und Boden rennen kann.«

»Und an den habt Ihr Euch gewagt?«

»Pah, ich bin der Peter Polter aus Langendorf und habe mich mit den schuftigen Oglala herumgehauen. Weshalb sollte ich mich da vor so einer Blechkanne fürchten? Ein gutes Holzschiff ist besser als so ein Eisenkasten, von dem man sich nicht einmal einen elenden Zahnstocher herunterschnitzen kann. Unser Admiral Ferragut sagt auch so. Also, er fordert uns auf, uns zu ergeben, wir aber lachen und schießen unter seinen Kugeln vorüber. Er wendet, um uns nachzukommen und uns den Sporn in das Holz zu rennen, ich werfe das Steuer herum und weiche ihm aus, er wendet abermals, ich halte von ihm ab, so geht es unter Wenden und Ausweichen fort, bis er in die Hitze kommt und die Klugheit vergißt. Seine Kugeln haben uns nichts getan, sie gehen über uns hinweg, er aber ist uns unbesonnen bis in die Nähe der Küste gefolgt und läuft dort auf eine Sandbank, an der wir vorüberschlüpfen, weil wir nicht so tief in Wasser gehen.«

»Bravo, hallo, die ›Swallow‹ soll leben!«

»Ja, sie soll leben, Jungens, trinkt!«

Nachdem er selbst einen unvergleichlichen Zug getan hatte, der den Boden des Kruges zum Vorschein brachte, fuhr er fort: »Jetzt gehen wir an seinen Stern, und während seine Mannen sich alle im Raum unter dem Wasserspiegel befinden, schießen wir ihm das Steuer weg, so daß er vollständig verloren ist. Der ›l'Horrible‹ kommt auch herbei, die ›Florida‹ kann sich nicht verteidigen, die scheuert sich im Sande wund, das Wasser dringt ein, wir helfen nach — dann streicht sie die Flagge. Sie muß sich ergeben, wir nehmen ihre Leute an Bord, und kaum ist dies geschehen, so legt sie sich auf die Seite, die Wogen haben sie gefressen.«

»Hollah, so ist's recht. Dreimal hoch die ›Swallow‹!«

»Danke Euch, Jungens, aber vergeßt auch den ›l'Horrible‹ nicht, er hat das Seinige auch getan.«

»Schön. Ein Hoch dem ›l'Horrible‹. Stoßt an!«

Die Krüge klirrten zusammen. Da ertönten draußen einige Salutschüsse, ein Zeichen, daß ein Schiff in den Hafen laufe, und gleich darauf vernahm man ein vieltöniges Stimmengewirr und ein Rennen durch die Straße, als ob ein außerordentliches Ereignis bevorstehe. Peter Polter erhob sich, trat an das Fenster und öffnete es.

»Holla, Mann, was gibt's hier zu laufen?« fragte er, indem er einen Vorübereilenden beim Arme erfaßte.

»Eine frohe Botschaft, Master: Die ›Swallow‹ läuft soeben in den Hafen, die das famose Rencontre mit der ›Florida‹ gehabt hat. Alle Schiffe haben augenblicklich gewimpelt und geflaggt, um den tapferen Kapitän zu ehren, und jedermann eilt, die Ladung zu betrachten.«

»Danke, Master!«

Er schlug das Fenster zu und bemerkte im Umdrehen, daß sämtliche Gäste auf die erhaltene Auskunft hin sofort ihre Plätze verlassen hatten und sogar das Freibier vergaßen, um der Landung des berühmten Schoners beizuwohnen.

»Immer lauft«, lachte er, »werdet nicht gar viel zu sehen bekommen. Der Capt'n ist schon an Land, und die von Bord gehen, das sind keine echten Seegasten, obgleich sie mitgemacht haben, daß es gewettert hat. Ich bleib bei meiner Mutter Thick, wo ich den Parker erwarten muß.«

Es verging doch eine geraume Zeit, ehe der Genannte kam, und noch hatte er die Tür nicht geschlossen, so nahte sich ein lärmendes Rufen und Jauchzen dem Haus. Eine Menge Volkes nahte vom Hafen her, voran diejenigen Männer, die von der »Swallow« an Land gegangen waren. Sie traten gleich hinter Parker in die Stube, und das Volk drängte hinter den Helden des verwegenen Seegefechtes her, daß der Raum die Gäste gar nicht zu fassen vermochte. Die resolute Wirtin, die unterdessen mit ihren Vorbereitungen zu Ende gekommen war, wußte sich schnell zu helfen. Sie öffnete das Ehrenzimmer, schob sich mit den Erwarteten hinein und verschloß dann die Tür, die Bedienung der anderen ihrem Personal überlassend.

»Welcome, Sir!« lautete ihre freudige Anrede an Parker, der ihr als alter Bekannter freundlich die Hand reichte.

Auch die anderen, und vor allen Dingen Treskow und Wallerstein, wurden mit einem herzlichen Handschlag begrüßt. Sie mußten Platz nehmen und brauchten bloß zuzugreifen, so umsichtig war in der kurzen Zeit für alles Wünschenswerte gesorgt worden.

»Mutter Thick, du bist doch die trefflichste Brigantine, der ich jemals in die Arme gesegelt bin!« meinte der Steuermann. »In dieser armseligen Prärie gab's nichts als Fleisch, Pulver und Rothäute, auf der See ging es auch knapp her, da wir zu viel hungrige Mägen geladen hatten, bei dir aber ißt und trinkt sich's wie beim großen Mogul oder wie der Kerl heißen mag, und wenn ich nur eine Woche hier vor Anker liege, so lasse ich mich hängen, wenn ich nicht einen Schmerbauch habe wie da dieser fette Master Hammerdull.«

»Ob fett oder nicht, das bleibt sich gleich«, meinte dieser, wacker zulangend, »wenn man nur einen guten Bissen zwischen die Zähne bekommt. Ich hab's nötiger als Ihr andern alle, denn seit ich meine Mirjam in Franzisko lassen mußte, bin ich vor Sehnsucht nach dem lieben Viehzeug ganz vom Fleisch gefallen. Ist's nicht wahr, Pitt Holbers, altes Coon?«

»Wenn du denkst, Dick, daß dich die Stute dauert, so habe ich nichts dagegen. Es geht mir ja mit meinem Tier ganz genauso. Wie ist's bei dir, Bill Potter?«

»Bei mir? Wo mein Pferd steckt, ist mir sehr gleichgültig, hihihihi, die Hauptsache ist, daß mir's bei Mutter Thick gefällt.«

»So ist's recht«, stimmte die Wirtin bei, »greift zu, soviel und lang es euch beliebt. Aber vergiß dabei auch dein Versprechen nicht, Peter!«

»Welches?«

»Daß du erzählen wolltest.«

»Ach so! Na, wenn du tüchtig einschenkst, so soll es mir auf einige Worte mehr nicht ankommen, die ich zu reden habe.«

Während er kauend von den erlebten Abenteuern berichtete, saß Winnetou an seinem Platz und sprach den ihm ungewohnten Speisen der Bleichgesichter mit höchster Mäßigkeit zu. Bier und Wein rührte er gar nicht an. Er wußte, daß das »Feuerwasser« der schlimmste Feind seines Volkes war, darum haßte und verschmähte er es. Seine Aufmerksamkeit war auf die lebhafte Unterhaltung gerichtet, die die anderen in jenem halblauten Ton führten, der stets ein Zeichen von Wichtigkeit des Gegenstandes ist.

»Wie war es auf der Admiralität?« fragte Sam Fire-gun den Leutnant.

»Ganz nach Erwartung«, antwortete dieser, der den einen Arm in der Binde trug, wie auch die anderen verschiedene Zeichen von Verwundung aufzuweisen hatten. »Ernennung zum Captain und Beurlaubung bis nach vollendeter Genesung.«

»So dürfen Sie mit hinüber?«

»Ja, in Anbetracht der vorliegenden Verhältnisse, von denen ich Mitteilung machte, soweit es mir notwendig erschien.«

»Was wird mit der ›Swallow‹?«

»Sie hat gelitten und geht zur Reparatur in das Trockendock.«

»Und unsere Gefangenen?« fragte Treskow gespannt.

»Auch wie ich dachte.«

»Das heißt?«

»Müssen heut noch an die Kriminalabteilung der Admiralität ausgeliefert werden.«

»War nicht anders zu erwarten! Aber ich bin über die See herüber, quer durch ganz Amerika und zu Schiff um den Süden herum, um sie zu fangen und in die Heimat zu bringen, ich liefere sie nicht aus.«

»Geht nicht!«

»Geht nicht? Sollte es keinen Ausweg geben? Nach den Gesetzen müssen wir sie allerdings ausliefern, aber die Gesetze — pah! Wir haben manches Schwierige zustande gebracht, sollten wir hier wirklich auf eine Unmöglichkeit stoßen?«

Parker lächelte pfiffig.

»Ausliefern muß ich sie, aber — he, Mutter Thick, komm einmal her neben mich, der Steuermann kann seine Rede schon einmal unterbrechen.«

Die Wirtin setzte sich an seine Seite.

»Ich sah das Lloydschiff ›Alba‹ draußen liegen. Kennst du es?«

»Und ob! Lloyddampfer ›Alba‹, Kapitän Seiffert. Die Offiziere samt Mannschaft verkehren nur bei mir. Das Fahrzeug sticht am Abend mit der Ebbe in See.«

»Seiffert ist ein Deutscher?«

»Will es meinen.«

»Ist mit ihm zu reden?«

»Hm, wenn es in der rechten Weise und von der richtigen Person geschieht.«

Er neigte sich an ihr Ohr, so daß nur die Nächstsitzenden seine Frage vernehmen konnten: »Hast du dein Paßbüro noch?«

Sie nickte lächelnd.

»Pässe für jedes Individuum, von und nach allen Ländern, richtig gestempelt und unterschrieben in Zeit von einer Stunde.«

»Kann ich zwei bekommen?«

»Gern. Auf welche Signalements?«

»Werde sie notieren.«

Er zog das Notizbuch hervor, riß ein Blatt heraus und notierte auf den beiden Seiten zwei Signalements, die genau auf Latour und Letrier paßten.

»Hier, Mutter Thick.«

»Danke, Sir, wird gleich besorgt!«

Sie erhob sich und verließ das Zimmer.

In fast allen großen Hafenstädten gibt es heimliche Bureaus, in denen man sich für gutes Geld mit guten, freilich allerdings gefälschten Pässen versehen kann.

»Welchen Plan haben Sie, Prinz?« fragte Sam Fire-gun erwartungsvoll.

»Einen höchst einfachen. Wir nehmen uns Plätze auf dem ›Alba‹ und gehen nach Bremen. Kurz vor der Einschiffung liefere ich, meiner Schuldigkeit gemäß, die Gefangenen aus, sorge aber dafür, daß sie entkommen und ebenfalls den ›Alba‹ benutzen, um ihre Flucht zu bewerkstelligen.«

»Wird schwierig sein!«

»Nicht gar zu sehr, wenn es richtig angefangen wird und Kapitän Seiffert seine Zustimmung gibt.«

Er gab eine ausführliche Erklärung seines Vorhabens, das schließlich von den Anwesenden vollständig für gut und ausführbar erklärt wurde. Dann verließ er das Haus, um sich sofort zum »Alba« rudern zu lassen. Dort angekommen, gab er seine Karte ab und wurde in die Kajüte beschieden, wo er den Kapitän allein vorfand. Dieser erhob sich mit ausgesuchter Höflichkeit.

»Leutnant Parker?«

»Jetzt Captain«, klang es unter einem leisen Lächeln.

»Ah, eine Folge Ihres rühmlichst verbreiteten Abenteuers? Gratuliere! Was führt Sie an Deck zu mir?«

»Ich beabsichtige, mit einiger Begleitung auf dem ›Alba‹ nach Bremen zu gehen.«

»Sie haben Urlaub? Gewiß infolge Ihrer Verwundung.

Freut mich herzlich, einen so wackeren Kameraden bei mir sehen zu dürfen. Willkommen! Haben Sie persönliche Gründe, nach Deutschland zu gehen?«

»Ja. Ich will zum Vater.«

»Zum Vater? Ihr Name ist doch amerikanisch?«

»Der gegenwärtige, ja, doch derjenige, den ich für kurze Zeit abzulegen Ursache hatte, ist ein echt deutscher. Mein Vater ist der Kavallerieoberst a. D. Prinz Otto Victor von Schönberg-Wildauen.«

»Ich erstaune, Captain oder vielmehr Durchlaucht!«

»Bitte, lassen Sie sich erzählen!«

Es begann eine längere Unterhaltung. Am Schluß sprang Seiffert auf und streckte Parker seine beiden Hände entgegen.

»Herr Kamerad, ich stelle mich Ihnen vollständig zu Diensten. Ihre außerordentlichen Schicksale erregen meine Teilnahme in der Weise, daß ich Ihnen unbedingt meine Hilfe leisten werde.«

»Sie gehen also auf meinen Plan ein?«

»Vollständig. Er ist gut, und ich werde auf Ihr Zeichen hin eins meiner Boote mit einigen zuverlässigen Leuten in der Nähe der ›Swallow‹ halten lassen. Nur sorgen Sie dafür, daß die beiden Schurken nicht einen anderen Weg einschlagen!«

»Das soll ihnen vergehen. Der wackere Peter Polter wird sie in einem zweiten Boot bewachen und ihnen jede andere Tour verlegen.«

Nach einigen verabschiedenden Reden verließ er, von Seiffert bis an das Fallreep begleitet, das Schiff und kehrte zu Mutter Thick zurück, die ihn mit den unterdessen ausgestellten Pässen erwartete.

Die brave Wirtin hatte keine geringe Prüfung zu bestehen, als sie vernahm, daß die ganze Gesellschaft und mit derselben auch der Steuermann vielleicht auf Nimmerwiedersehen nach Deutschland gehen werde. Aber es war noch gar manches zu besorgen, und es mußte geschieden werden. Mit tränendem Auge hing sie sich an den Hals des Freundes, der selbst alle seine Beherrschung zusammennehmen mußte, um nicht nasse Augen zu bekommen.

»Fare well, Mutter Thick!« rief er endlich und war mit einem langen Satz zur Tür hinaus.

»Fare well, Mutter Thick!« riefen auch die anderen, reichten ihr zum Lebewohl die Hände und folgten ihm.

Sie aber sah ihnen nach, so lange sie vermochte, und schloß sich dann traurig in ihr Stübchen ein, aus dem sie erst spät wieder zum Vorschein kam.

*

Latour und Letrier lagen gefesselt in einem vollständig dunklen Verschlag des Schiffsraumes. Sie wußten, daß die ›Swallow‹ vor New York die Anker geworfen hatte und daß es nun keine Rettung mehr für sie gebe. Bei jedem Schritt, der sich im unteren Raum hören ließ, erwarteten sie, emporgeholt und an die Behörde ausgeliefert zu werden, und so auch jetzt, als sie das Geräusch eines nahenden Fußes vernahmen.

Aber die Schritte waren leise, vorsichtig und schleichend, als solle niemand sie hören. Die Tür des Verschlages wurde bedachtsam geöffnet, und dann fragte es flüsternd: »Seid Ihr munter, Captain?«

»Wer ist's?«

»Pst, nicht so laut! Kennt Ihr den langen Tom nicht mehr?«

»Den langen Tom? Teufel! Ich denke, du bist tot?«

»Fällt mir gar nicht ein! Wißt Ihr, Captain, in jener Nacht, als uns die Boote der ›Swallow‹ so hinterlistig überfielen und ich bemerkte, daß es aus mit uns sei, sprang ich über Bord und schwamm hier an Bord. Ich versteckte mich im Kielraum und fand glücklicherweise in dem Koch, der oft herunterkam, einen alten Bekannten, der sich meiner erbarmte. Ich habe die ganze Fahrt hinter den Wasserfässern mitgemacht – verdammt langweilig und ängstlich, habe von ihm den nötigen Proviant bekommen und werde heute oder morgen nacht von Bord schwimmen.«

»Ah! Konntest du nichts für uns tun?«

»Bisher nicht, es hätte nichts geholfen, aber er hat sich erbitten lassen und dafür gesorgt, daß Ihr entkommen könnt, wenn Ihr Mut habt.«

»Mut? Pah! Wie will er es anfangen?«

»In einer Stunde legt ein Boot hier an, das Euch abholen soll ...«

»Dann ist's zu spät!«

»Noch nicht! Sobald Ihr auf Deck seid, zerreißt Ihr Eure Banden ...«

»Das bringen wir nicht fertig, wir haben es schon monatelang vergeblich versucht.«

»Ich habe hier ein Messer und schneide sie zur Hälfte durch. Gebt her!«

Als dies getan war, fuhr er fort: »Dann springt Ihr in die

Kajüte, schließt die Tür hinter Euch zu, daß man Euch nicht sofort folgen kann, steigt durch das Außenfenster, unter dem sie leichtsinnigerweise ein Boot angehängt haben, und rudert davon.«

»Wohin? Sie werden uns verfolgen.«

»Es wird für alles gesorgt. Sobald Ihr geholt werdet, wirft der Koch zwei Anzüge in das Boot mit allem, was Ihr braucht. Drei Viertel der Mannschaft sind an Land gegangen, auch die Jäger, und überdies liegen wir so zwischen den verschiedensten Fahrzeugen, und es gibt so viele Kähne und Boote, daß man Euch gar nicht herausfinden kann. Draußen auf der Reede aber ankert das Lloydschiff ›Alba‹, das in zwei Stunden nach Bremen geht. Der Steuermann ist ein Bruder unseres Kochs und heißt Weber. Er weiß schon alles und wird Euch erwarten. Hier habt Ihr Geld, um die Überfahrt zu bezahlen.«

»Tom, ich weiß ...«

»Pah, von mir ist's nicht, und Euer Dank ...«

Er mußte sich zurückziehen, denn es ließen sich von obenher Schritte vernehmen. Er schloß den Raum wieder zu und entfernte sich. An der Deckstiege angekommen, traf er auf Parker.

»Nun?« fragte dieser.

»Gelungen! Sie kamen eben recht, um mich zu stören, wie es ausgemacht war, sonst hätten mich die Kerle nach Dingen gefragt, die uns verraten konnten.«

Es war Treskow, der den langen Tom gespielt hatte.

Unter den in der Nacht des Überfalls Verwundeten hatte sich auch der lange Tom befunden und war verhört worden. Er hatte vor seinem Tod alles erzählt, so daß Treskow die gegenwärtige Rolle nicht schwer geworden war. Die beiden Gefangenen legten nicht den mindesten Zweifel in das Gehörte und erwarteten mit Ungeduld den Augenblick, an dem sie geholt werden sollten. Die Stunde wurde ihnen fast zu einer Ewigkeit, endlich aber war sie doch vergangen, und der Maat Forster erschien mit zwei Leuten, um sie nach oben zu führen.

Parker stand an Deck bei einigen Polizisten, die die Gefangenen erwarteten, sonst waren nur wenige Köpfe zu sehen. Es mußte wahr sein, daß sich drei Viertel der Mannschaft an Land befanden. Auch das besprochene Boot bemerkte Latour, als er an der Reling hingeführt wurde.

»Mesch'schurs, ich übergebe Ihnen hiermit diese beiden Männer, die betreffenden Beweisstücke haben Sie schon. Wollen Sie nach den Fesseln sehen, der Verantwortung wegen!« meinte Parker.

»Fesseln? Pah!« antwortete der eine der Polizisten. »Uns entgeht niemand. Hier ist die Empfangsbescheinigung, Sir!«

Mit befriedigter Miene nahm Parker das Dokument in Empfang, er hatte nun für das zu Geschehende keine Verantwortung mehr zu leisten.

»Vorwärts, Männer«, meinte jetzt der Constabel, »hinunter in das Boot!«

Im selben Augenblick rissen die beiden Gefangenen die Stricke auseinander, sprangen über das Deck hin nach der Luke und in die Kajüte hinab, verriegelten die Tür und befanden sich in der nächsten Minute in dem Boot. Sofort zu den Rudern greifend und das Tau lösend, stießen sie ab und befanden sich in kurzer Zeit in einem Gewühl von Kähnen, aus dem sie nur schwer herauszufinden waren.

»Da draußen liegt der ›Alba‹, drauf los!« gebot Latour, vor Anstrengung atemlos.

Sie waren schon weit aus dem Hafen hinaus, als ein Schuß, ein zweiter und ein dritter fiel, die ihrer Flucht galten.

»Sie sind verdammt langsam auf der ›Swallow‹«, meinte Letrier. »Ich glaube, sie bekommen uns wohl nicht wieder!«

»Möglich, wenn alles klappt. Holla, ein Boot hinter uns! Was will es?«

Ein schnellgehendes Schmalboot kam ihnen näher und näher.

»Boot ahoi!« rief der Mann am Steuer. »Wir sind vom ›Alba‹ geschickt. Seid Ihr die beiden Gentlemen, die zu dem Steuermann Weber wollen?«

»Ja.«

»So laßt Euer Fahrzeug schwimmen, es könnte Euch verraten. Kommt zu uns herüber!«

Die beiden Flüchtlinge waren froh überrascht, der Koch hatte noch besser für sie gesorgt, als sie es erwartet hatten. Sie stiegen über und befanden sich bald an Bord des »Alba«, wo der Steuermann sie empfing, ohne mit der Miene seine Mitwisserschaft zu verraten. Er wies ihnen einen Platz im Zwischendeck an, den sie erst am anderen Morgen verließen, als das Schiff sich längst auf hoher See befand.

Sie hatten ihre Anzüge gewechselt und stiegen nach dem Frühstück hinauf, um an Deck einen Spaziergang zu machen.

Unter einem Zelt des für die Passagiere der ersten Kajüte eingerichteten Hinterdecks saß eine Dame. Latour blieb erschrocken stehen.

»Jean«, rief er mit bebenden Lippen, »kennst du sie?«

»Alle tausend Teufel, die Miß Admiral!«

»Sie ist's, und — und — Himmel, lehnt dort nicht der verdammte Apache und neben ihm der Colonel?«

»Ja, und da drüben die drei Trapper, Hammerdull, Holbers und Polter. Ich glaube ...«

»Ah«, tönte es da hinter ihnen, »was für ein unerwartetes Wiedersehen! Willkommen auf dem ›Alba‹, Herr de Latour!«

Sie drehten sich um und erblickten Parker, Peter Polter, Wallerstein und Treskow, in deren Nähe ein halbes Dutzend Matrosen mit bereitgehaltenen Handschellen standen.

»Was ist — was — was soll ...?« stammelte Latour erbleichend.

»Was es ist?« fragte Treskow. »Ich verhafte Sie auf deutschem Boden im Namen des Gesetzes als Raubmörder!«

Er gab den Matrosen einen Wink. Sie ergriffen die beiden und legten sie trotz ihres wütenden Sträubens in Fesseln. Dem »schwarzen Kapitän« stand vor Anstrengung und Wut der Schaum vor dem Mund.

»Wenn ich verloren bin, so soll sie auch mit verloren sein!« rief er. »Verhaftet dort das Weib unter dem Zelt, sie ist die Miß Admiral vom Piratenschiff ›l'Horrible‹, hat es in Franzisko als Frau de Voulettre entführt und einst als Chevalier de Poulettre den Juwelier Wallerstein ermorden helfen!«

»Ah!« klang es in höchster Überraschung aus aller Munde.

»Hinab mit ihnen in die Zellenkoje!« befahl Treskow.

Dann schritt er nach dem Hinterdeck und trat zu der Dame.

»Madame, ich nenne mich von Treskow, Polizeileutnant. Ihr Name?«

Da trat Pitt Holbers hinzu.

»Wenn das nicht das Weibsbild ist, das mir in der Prärie den Zettel an den Colonel übergab, so will ich gelyncht werden!«

Die Dame erbleichte.

»Ich bin ...« stammelte sie.

»Der Chevalier de Poulettre, Frau de Voulettre, Miß Admiral und wer weiß was noch alles. Die Worte dieses Mannes sind mir Grund genug. Ich verhafte Sie!«

Er streckte die Hand nach ihr aus. Mit einem unartikulierten Schrei sprang sie zurück, schnellte bis zur Reling und wollte sich von da hinab in die Wogen stürzen, da aber faßten sie zwei gewaltige Hände. Winnetou hatte sie ergriffen und hielt sie fest, bis sie gebunden war.

»Hinab auch mit ihr!« gebot Treskow. »Ein Verhör wird das Dunkel aufklären, und ich vermute, daß wir hier einen Fang gemacht haben, der ebenso wichtig ist wie die Ergreifung der anderen beiden. Sie sollen uns nicht mehr entgehen!«

In der Heimat

Ein schriller Pfiff ertönte, die Glocke gab das Zeichen, und der Kurierzug kam mit abnehmender Geschwindigkeit in den Bahnhof hereingerollt. Er gab nur einen einzigen Passagier ab, eine Dame, die mit Hilfe des dienstbeflissenen Kondukteurs ein Coupé erster Klasse verließ und dann nach dem Ankleidezimmer des Wartesaales schritt, um eine ordnende Hand an ihre Toilette zu legen, die einige von der Reise leicht derangierte Einzelheiten zeigte. Sie stand nicht mehr in den ersten Mädchenjahren, aber es war über ihr feingezeichnetes Gesicht jener gewinnende Zug von Lieblichkeit ausgebreitet, dem die Jahre nichts anhaben können und der dem Weiblichen den Ton einer unzerstörbaren Jugendlichkeit verleiht. Ein Menschenkenner hätte vielleicht bald erraten, daß dieser Zug weniger dem Alter – denn die Dame zählte noch nicht dreißig – als vielmehr mit inneren, seelischen Mächten zu kämpfen gehabt hatte, die feindlich an das Leben, die Ruhe und den Frieden des schönen Wesens getreten waren.

Sie gehörte keinesfalls den niederen Ständen an, ein Umstand, der sich nicht bloß aus Coupé und Warteklasse erraten ließ. Ihre Gestalt, ihre Haltung, ihre Bewegungen, die ganze Art, sich zu kleiden und zu tragen, gaben Zeugnis, daß sie in den besseren Kreisen zu Hause sei und die geachtetsten Ansprüche auf innerliche Bildung erheben könne.

»Garçon!« gebot sie, aus dem Toilettezimmer kommend.

Der Kellner nahte sich mit tiefer Verbeugung.

»Wie weit ist es von hier bis Schloß Wildauen?«

»Zwanzig Minuten, meine Gnädigste.«

»Seine Durchlaucht, der Prinz, sind dort anwesend?«

»Gewiß.«

»Sie kennen Fräulein von Czernowska?«

»Ich habe die Ehre, die Dame öfters zu bedienen. Der Bahnhof ist öfters das Ziel von Spaziergängen oder Fahrten von Sr. Durchlaucht und dem Fräulein.«

»Besorgen Sie mir ein Billett zu der Dame!«

Sie zog Couvert und Karte aus dem Reisenecessaire, schrieb einige Worte auf diese und übergab ihm dann den verschlossenen und mit der Aufschrift versehenen Umschlag. Dann nahm sie, eine kleine Erfrischung begehrend und nach einem daliegenden Journal greifend, Platz.

Der Bote hatte den Auftrag schleunigst besorgt und, zurückgekehrt, kaum die Meldung überbracht, so rollte ein leichter Wagen vor das Stationsgebäude und hielt an dem Portal. Wanda von Czernowska stieg aus und begab sich in sichtbar freudiger Eile in das Wartezimmer. Die Fremde erhob sich bei dem Anblick des jungen Mädchens.

»Ich muß sehr um Entschuldigung bitten, Fräulein von Czernowska, daß ich, die Sie nur infolge eines kurzen Briefwechsels kennen, Veranlassung nehme, Sie hierher bitten zu lassen. Ich wußte nicht, ob meine Gegenwart Sr. Durchlaucht genehm sein werde, habe aber doch mit dem Prinzen zu sprechen und wage es daher, mich zunächst Ihnen persönlich vorzustellen.«

Wanda fixierte mit liebevoll forschendem Blick die Züge der Sprecherin, dann reichte sie ihr mit herzlichem Ausdruck beide Hände entgegen.

»Fräulein von Treskow, es ist mir immer ein Bedürfnis gewesen, mich Ihnen anschließen zu dürfen. Wir sind ja Verbündete und kennen die gegenseitigen Gefühle und Bedürfnisse unserer Herzen. Ihre Gegenwart ist mir hochwillkommen, obgleich ich die Veranlassung Ihres so unerwarteten Besuches auf Wildauen nicht kenne.«

»Es ist ein freudiger Anlaß, meine liebe Freundin.«

»Ein freudiger?«

Die Augen der Fragerin leuchteten in lebhafter Erwartung auf.

»Ja, der freudigste, den es für Sie und — auch für mich geben kann.«

»Für Sie und mich zugleich? Das kann — das kann nur eines sein: Sie haben Nachricht von Richard und Max, von ihrem Bruder und dem Prinzen aus Amerika!«

»So ist's! Eine Nachricht, die ich mich veranlaßt sehe, Durchlaucht persönlich mitzuteilen. Würden Sie die Freundlichkeit haben, mir eine Audienz zu erwirken?« Und zögernd setzte sie hinzu: »Sie wissen ja, Durchlaucht sind mir nicht gerade mit ausgezeichneter Gewogenheit zugetan.«

»Gern, herzlich gern, doch nur unter der Bedingung, daß Sie mir zuvor diese Mitteilung machen.«

»Zugestanden. Doch hier ist der Ort zu solcher Unterredung nicht, ich bitte daher ...«

»Brechen wir auf, meine Liebe! Ihr Billett fand mich gerade im Begriff auszufahren, ich kam also per Wagen und ersuche Sie, mit mir zu fahren!«

Sie verließen den Bahnhof.

Während sie dem Städtchen und dem Schloß zurollten, stand der Reiteroberst a. D., Prinz Otto Victor von Schönberg-Wildauen, am Fenster, gehüllt in eine undurchdringliche Tabakswolke, die das ganze Zimmer erfüllte. Durch diese Rauchmasse ertönte plötzlich der laute Ruf: »Heinz!«

Der Gerufene erschien.

»Was denn, Dorchlaucht?«

»Den Kaffee!«

»Zu Befehl, Dorchlaucht! Ich war seinetwegen schon bei der Krakehline, aber sie hatte ihn noch nicht fertig. Diese Weibsen können sich nie an Ordnung und Pünktlichkeit gewöhnen, so wie ...«

Er wurde unterbrochen, Jungfer Adeline rauschte mit wehendem Morgenkleid und fliegenden Haubenbändern herein, das wohlgeordnete Kaffeebrett in den fetten Händen.

»Guten Morgen, gnädiger Herr! Darf ich den Kaffee servieren?«

»Gnädiger Herr? Sie ist nun über zehn Jahre in meinem Dienst, aber zu den nötigen Meriten wird Sie es Ihr Leben lang nicht bringen. Ich muß mir doch noch eine andere Wirtschafterin engagieren. Weiß Sie, was ich bin, he?«

»Zu Befehl, Herr Oberst!«

»Na, endlich! Wann hat Sie den Kaffee zu bringen?«

»Um acht Uhr, Herr Oberst.«

»Es sind ja schon volle fünf Minuten darüber, Sie hat ihn

mir Punkt acht Uhr zu bringen, verstanden. Jetzt kann Sie gehen.«

Die Wirtschafterin ging. Heinz blieb, er war ja noch nicht verabschiedet worden. Der alte Herr befand sich augenscheinlich heute nicht in der besten Stimmung, und das hatte seinen Grund. Die Tasse klirrte stärker als gewöhnlich, der Qualm wurde dichter und dichter, und endlich brummte es: »Heinz!«

»Was denn, Dorchlaucht?«

»Weißt du, was wir heute für einen Tag haben?«

»Für einen Tag? Hm, nein. Ich habe mich niemals gern mit den Tagen abgegeben.«

»Aber den heutigen Tag solltest du doch kennen!«

»Warum?«

»Heut ist's ein Jahr, daß der Peter kam.«

»Der Peter? Donnerwetter, Dorchlaucht, ist das wahr?«

»Der Peter und der Polizeileutnant, es war gerade an dem Tag, der für mich — na, du weißt's ja, Heinz!«

»Ja, jetzt weiß ich es, Dorchlaucht. Nachher sind sie fort, haben einmal geschrieben, und seit der Zeit sind wir ohne Nachricht geblieben. Wer weiß, wo sie stecken, wer weiß, ob sie überhaupt noch stecken.«

Die tiefe Baßstimme des Dieners hatte plötzlich einen ganz melancholischen Klang erhalten.

»Ich hatte große Hoffnung auf sie gesetzt. Sollte ich auch hier getäuscht werden?«

»Hm, Dorchlaucht, der Peter ist ein tüchtiger Kerl, und der Treskow hat mir auch gleich ganz gefallen, wenn ihnen nichts passiert ist, werden sie gewiß alles Mögliche tun.«

»Sie haben ein ganzes Jahr lang nichts von sich hören lassen, wenn sie noch lebten, würden sie doch wohl einmal geschrieben haben.«

»Das ist nicht allemal der Fall, Dorchlaucht, denn ...«

»Guten Morgen, Onkel!« wurde er unterbrochen.

Wanda trat, wie gewöhnlich, ohne vorherige Anmeldung herein, umarmte den Oberst, gab ihm den gewohnten Morgenkuß und fuhr dann fort: »Weißt du, was ich bringe?«

»Nun?«

»Die Zeitung.«

»Meine Journale liegen bereits hier auf dem Tisch.«

»Oh, keines von diesen meine ich, es ist ein anderes. Hier, lies, Onkel!«

»Ich habe die Brille nicht hier. Warte bis nachher.«

»So werde ich dir vorlesen. Höre!«

Sie nahm das Blatt wieder an sich und begann:

»Ein polizeiliches Ereignis.

Jedermann wird sich des außerordentlichen Aufsehens erinnern, das seinerzeit die Ermordung und Beraubung des hiesigen Juweliers Wallerstein hervorbrachte. Ein junger, tüchtiger Offizier aus einer der reichsten und angesehensten Familien des Landes wurde der Tat für schuldig befunden und trotz der Versicherung seiner Unschuld und all seinen Connexionen auf den Indizien-Beweis hin zum Tod verurteilt. Seine Majestät begnadigte ihn zu lebenslanger Haft, aus der er eines Tages verschwunden war. Einer*

* Connexionen: Beziehungen.

seiner Freunde, ein ebenfalls junger Polizist, stellte sich die dankenswerte und schwierige Aufgabe, die Unschuld des Verurteilten an das Tageslicht zu ziehen und den wirklichen Täter an das Gericht zu liefern. Er verfolgte die Spuren des Verbrechers ganz aus eigenem Antrieb über den Ozean hinüber, und seinen rastlosen Bemühungen und unbeschreiblichen Anstrengungen ist es gelungen, des Raubmörders habhaft zu werden und ihn, oder vielmehr sie, da es ihrer zwei sind, mit …«

»Halt!« unterbrach sie hier die donnernde Stimme des Prinzen. »Heinz!«

»Was denn, Dorchlaucht?«

»Meine Brille!«

Er riß ihr das Blatt aus den Händen, schob die Gläser vor die Augen, begann mit bebenden Lippen das bereits Gelesene zu wiederholen und fuhr dann fort:

»… da es ihrer zwei sind, mit List und Gewalt dingfest zu machen und der strafenden Justiz zu übergeben. Auch die nötigen Zeugen hat er sofort gestellt, Präriejäger und Fallensteller, ein Indianer, Seeleute usw., eine ganze Gesellschaft von Männern, die bei ihrem Erscheinen hier ein ganz außerordentliches Aufsehen hervorbrachten. Wie verlautet, soll auch jener unschuldig verurteilte Offizier sich in seiner Begleitung befinden. Es steht zu erwarten, daß dieser Fall als neuer und eklatanter Beweis, daß selbst die wohlgeordnetste und bestgeführte Justiz nicht infallibel sei, in den Annalen unserer Rechtspflege verzeichnet werde.

Die Aufregung ist schon jetzt, auf die bloße Benachrichtigung hin, in den betreffenden Kreisen unbeschreiblich, und das unbeteiligte Publikum sieht den zu erwartenden Verhandlungen mit gespanntester Erwartung entgegen.«

Die Pfeife war schon längst seiner Hand entfallen und klirrend am Boden zerbrochen. Er hatte geendet, aber noch immer starrte er das Blatt an, als müsse es ihm weitere Aufschlüsse geben, tiefe Stille herrschte im Zimmer, dann brach der alte, starke Mann in den Sessel nieder, so daß Wanda sich besorgt über ihn warf und Heinz eiligst herbeigestampft kam, um ihn zu unterstützen.

»Dorchlaucht, Donnerwetter, jetzt gilt es, fest zu stehen wie damals anno Vierzehn. Die Freude ist gerade so gefährlich wie eine Kartätsche, die aus der blauen Luft herniederplatzt!«

»Laßt mich!« wehrte der Oberst ab. Er hatte sich bereits wieder erholt und erhob sich. »Wer hat dir dieses Blatt gegeben?«

»Eine Dame, Onkel!«

»Welche?«

»Darf ich ihren Namen nennen, ohne daß du mir zürnst?«

»Schnell, sage ich. Wer eine solche Nachricht bringt, kann unmöglich Zorn empfangen.«

»Sie nennt sich Adele von Treskow und läßt dich um eine Unterredung bitten.«

»Adele — von — Tres-kow«, zerriß er langsam den verhaßten Namen. »Sie also, sie! Doch, ich gab ihrem Bruder mein Wort, er hat seine Aufgabe gelöst, sie mag kommen!«

Wanda ging, Heinz folgte ihr. Nach einigen Augenblicken trat Adele ein. Sie blieb am Eingang stehen, ihr halbverschleiertes Auge in ängstlicher Erwartung auf den Prinzen gerichtet. Hoch emporgereckt stand er ihr gegenüber, doch sein erst so finsteres Angesicht, sein drohendes Auge wurde beim Anblick des schönen und demütigen Wesens heller und milder.

»Ich danke Ihnen innig für die Kunde, die Sie mir überbrachten, mein Fräulein. Warum wünschten Sie eine persönliche Rücksprache?«

»Um Ew. Durchlaucht dieses Schreiben überreichen zu können!« klang es mit leiser, zitternder Stimme.

Sie zog einen Brief hervor. Der Prinz warf einen Blick auf die Adresse.

»Von Max! Haben Sie ihn gesehen, haben Sie ihn vielleicht gar gesprochen?« fragte er hastig.

»Beides, gesehen und gesprochen, Durchlaucht.«

»Ah«, machte er, halb froh, halb erzürnt, »zu Ihnen ging er zuerst, an den Vater dachte er nicht!«

»Verzeihung, Durchlaucht, dem Vater galt und gilt noch heute sein erster und vornehmster Gedanke, für die scheinbare Vernachlässigung werden diese Zeilen jedenfalls eine genügende Erklärung bringen.«

Er öffnete und las:

»Mein teurer Vater!
Endlich, endlich ist mein heißester Wunsch erfüllt, ich darf offen und ohne Scheu den heimatlichen Boden wieder betreten. Voll Dank gegen Gott und diejenigen, die so Großes und Schweres für mich taten, möchte ich zunächst und

vor allen Dingen in Deine Arme eilen, aber nein, noch liegt die Schuld auf mir, und Du sollst den Sohn nur dann umarmen, wenn er Dir frei und gerechtfertigt in das Auge zu blicken vermag. Ich lege mir freiwillig die Fesseln wieder an, die ich einst gewaltsam sprengte, und bin überzeugt, daß ich sie nur kurze Zeit zu tragen haben werde, dann komme ich zu Dir. Ich habe gefehlt, mein Vater, aber auch viel gebüßt und schwer gelitten. Verzeihst Du mir, so sei auch gütig gegen diejenige, die Dir die frohste Botschaft überbringt. Ich habe gefehlt, nicht sie, sie ist gut, treu und rein, sie hat geharrt und still geduldet, die Tränen haben ihr Herz überflutet und ihre Augen verdunkelt, ihr Bruder rettete mich aus der Verbannung, sei mir, Deinem einzigen Sohn, ein gnädiger Vater, indem Du ihr einen Platz in Deinem Herzen gönnst!

Dein Max.«

Das Blatt zitterte in den Händen des ergriffenen Lesers, und in dem langen, langen Blick, der auf dem Mädchen ruhte, sprach sich der kurze, aber entscheidende Kampf aus, den der alte Zorn mit der Vaterliebe in seinem Innern zu bestehen hatte. Die Vaterliebe siegte. Sein Auge wurde freundlicher und wärmer. Er reichte ihr die Hand entgegen und führte sie zu einem der Sessel.

»Sie haben stets an seine Unschuld geglaubt?«

»Stets.«

»Und sind ihm immer treu gewesen?«

»Ich habe ihn nie vergessen und stets für ihn gewacht und gebetet.«

»Wann kam er?«

»Vorgestern.«

»Wie sieht er aus?«

»Oh, sehr gut«, erwiderte sie errötend, »stärker, kräftiger und männlicher als ehedem.«

»Wo befindet er sich?«

»Er begleitete mich zum Bahnhof und wollte sich dann zur Polizei begeben, um sich freiwillig zu stellen.«

»Er soll frei sein! Ich werde sofort aufbrechen, um jede Kaution für ihn zu stellen. Heinz!«

Der Diener hatte sich in der Nähe gehalten und erschien.

»Was denn, Dorchlaucht?«

»Anziehen — einpacken — anspannen! Wir fahren nach der Residenz. Der Max ist da, ich werde ...«

»Durchlaucht«, fiel ihm Adele bittend in das Wort, »vielleicht ist diese Reise nicht so nötig, wie es scheint. Die Beweise seiner Unschuld sind so klar, und der Einfluß meines Bruders ist so glänzend, daß der Prinz vielleicht früher auf Wildauen eintreffen kann, als wir es vermuten.«

»Darauf kann ich mich nicht verlassen!« meinte der Oberst, den die väterliche Ungeduld im Zimmer auf- und niedertrieb. »Er soll keine Stunde — keine Minute — keine Sekunde in Gewahrsam bleiben, er ist unschuldig, ich will ihn haben — ich — ich, der Reiteroberst Prinz Otto Victor von Schönberg-Wildauen!«

»Dann darf ich nicht länger zögern. Durchlaucht, ich habe Sie auf ein glückliches Ereignis vorzubereiten.«

»Ereignis? Vorbereiten? Ah, Sie wollen vorsichtig verfahren mit mir altem Mann! Er kommt, er ist unterwegs – ist's so oder nicht?«

»Es ist so. Wir fuhren zusammen, er, ich, seine sämtlichen Gefährten, die Bürgschaft meines Bruders hat vollständig gereicht, ihm die Freiheit zu erhalten. Sie stiegen eine Station früher aus und kommen zu Pferd. Ich sollte vorausfahren, um den etwaigen Folgen der plötzlichen Überraschung vorzubeugen.«

Er hatte keine Zeit, ihr zu antworten, sondern drehte sich nach dem Diener um. »Heinz!«

Der Gerufene war verschwunden.

»Heeeeeiiiiinz!«

Auch auf diesen dringenden Ruf erschien er nicht, draußen aber wurde die Hofglocke gerissen, als stehe das ganze Schloß in Flammen. Der Oberst eilte hinaus, Adele ihm nach. Sämtliches Gesinde und Dienstpersonal war auf das Alarmzeichen herbeigeeilt, Heinz hielt den Glockenstrang noch in der Hand und schrie aus Leibeskräften unter die Horchenden hinein: »Der Prinz kommt, der junge, gnädige Leutnant. Lauft, rennt, sputet euch, bürstet, kehrt, putzt, wascht, steckt Flaggen auf, macht Girlanden und Kränze, backt, kocht, bratet, springt in die Stadt, Ehrenpforten, Fahnen, Illumination, Reden halten, Hurra rufen, Vivat schreien, Bürgergarde, Turner, Feuerwehr, der Bürgermeister mit den Stadtverordneten, der Pfarrer, die Lehrer mit den Schulkindern, Transparente anfertigen lassen beim Buchbinder, Freudensalven, Böllerschüsse, mit allen Glocken läuten, der Stadtpfeifer vom Turm blasen – na, so macht doch, so lauft doch, was steht ihr denn da und haltet

Maulaffen feil! Wenn ihr nicht bald Beine bekommt, so werde ich unter euch hineinfahren wie damals anno Vierzehn unter den Franzosen, als ich bei der jungen Wittfrau im Quartier lag. Da gab es nämlich auch einmal eine frohe Botschaft, an die ich noch heut gedenken muß. Ich stand nämlich eines schönen Tages unter der Tür und putzte gerade mein Lederzeug, da kam sie die Treppe herunter und stellte sich mit einer Miene vor mich hin, daß...«

»Was ist denn das für ein Mordsspektakel?« unterbrach ihn hier der Oberst. »Was hast du denn für einen Tagesbefehl zu verlesen, Heinz?«

»Ich gebe meine Ordonnanzen aus, Dorchlaucht, von wegen dem Einzugsjubiläum und dem Einzugsschmaus. Die Krakehline mag rasch zum Fleischer schicken und zum Bäcker und Konditor, damit...«

»Das braucht doch Er mir nicht etwa erst zu sagen!« wurde er wieder unterbrochen, indem die dicke Wirtschafterin mit geschäftig gerötetem Gesicht und hinter ihr Wanda aus der Küche traten. »Daß der junge Herr kommt, habe ich noch eher gewußt als Er, Er alter Isegrimm, und was ich da zu tun habe, das ist meine Sache!«

»Sehen Sie, Dorchlaucht, daß sie schon wieder Krakehl anfangen will? Es ist am besten, wir stecken sie ein paar Tage lang hinter Schloß und Riegel, damit...«

Er wurde zum dritten Mal unterbrochen, es trat ein Ereignis ein, welches den Fluß seiner Strafrede sofort ins Stocken brachte. Den steilen Schloßberg herauf kam nämlich in rasendem Galopp ein Pferd gelaufen, das in den Hof einbog und in der Mitte desselben vor den hier versammelten Menschen scheute, so daß es mit einem plötzlichen Ruck zur Seite flog und den Reiter, der sich mit Armen und Beinen an seinen Hals und Leib geklammert hatte, auf das harte Pflaster schleuderte.

Einen Augenblick lang lag er wie geprellt am Boden, dann begann er sich zu regen und rappelte sich langsam von der Erde auf. Es war eine sonderbare Gestalt. Von hoher, breiter und außerordentlich muskulöser Figur, trug er auf dem glattgeschorenen Kopf einen Hut, dessen ungeheure Krempe hinten weit über den Nacken herunterschlappte, während ihr vorderer Teil einfach über dem Gesicht weggeschnitten war. Den Leib bedeckte ein kurzer, weiter Sackrock, dessen Ärmel kaum bis über die Ellbogen reichten und erst die Ärmelteile eines sauber gewaschenen Hemdes, dann die braungebrannten Vorderarme und endlich zwei Hände sehen ließen, die einem vorsintflutlichen Riesentier anzugehören schienen. Die Beinkleider staken in einer weiten Hose von leichtem Zeug, unter der zwei Stiefel sichtbar wurden, deren Leder aus dem Rücken eines Elefanten herausgeschnitten zu sein schien. Der Mann sah in dem alten Hut, dem moosgrünen Rock und den gelben Nankinghosen einer Maskenballfigur ähnlich, die sich vom Saal heraus auf die Straße verirrt hat, und schnitt infolge des durch den Sturz verursachten Schmerzes und des rundum schallenden Gelächters ein Gesicht, als wolle er vor Ärger das jetzt ruhig dastehende Pferd samt der ganzen lustigen Gesellschaft verschlingen.

»Zounds, mille tonnerre, was gibt es denn zu lachen und zu schreien, Ihr Sappermenter, wenn ein ehrlicher Steuermann etwas schneller als gewöhnlich von dieser verdammten Bestie steigt? Macht es mir doch nach, Ihr Laffen, wenn Ihr es fertigbringt, ohne Eure Mondscheinknochen zu brechen. Aber, halte — là — heigh-day — heda, da ist ja der Herr Durchlaucht oder wie er heißt und auch die schöne junge Miß, die mich damals so hoch gehalten hat! Und — by god — huzza, prächtig, da ist ja auch der Heinz, am crutch, an der Krücke, der alte Swalker! Kennst du mich noch, Bruder Humpelfuß?«

»Der Peter, Dorchlaucht, weiß Gott, der Peter. Nun ist es erst ganz und gar gewiß, daß sie wirklich kommen!«

Er stelzte auf den Bruder zu, um ihn herzlich zu umarmen.

»Freilich bin ich es, der Peter Polter aus Langendorf, Hochbootsmannsmaat auf Ihrer englischen Majestät Kriegsschiff ›Nelson‹, dann Steuermann per honneur auf dem Vereinigten-Staaten-Klipper ›Swallow‹, auch Präriejäger, Trapper, Squatter und Polizeikommissar, jetzt aber abgetakelt von diesem verteufelten Viehzeug und Avisodampfer von all den stattlichen Fahrzeugen, die hinter mir hergesegelt kommen. Willkommen, Heinz. Komm, schieb den Schnurrbart beiseite, damit ich den Ort finde, wo man nach Regel und Sitte die Lippen hinzudrücken hat!«

»Willkommen Peter!«

Er umarmte und küßte ihn herzlich.

»Willkommen, Peter!« rief auch der Oberst, ihm die Hand entgegenstreckend.

»Willkommen, Peter!« schloß sich Wanda freundlich an.

»Willkommen!« rief die ganze Dienerschaft, die bei seinem unfreiwilligen Eintritt im Begriff gestanden hatte, den Anweisungen Heinzens nachzukommen.

Nur eine schwieg. Peter bemerkte es.

»Nun, kann Sie mir nicht auch die Hand reichen, Sie alte, griesgrämige Flattuse, Sie? Da ist Mutter Thick in Hoboken doch ein anderes Weibsbild wie Sie! Die hat Haare auf den Zähnen und eine ganze Schiffsladung Ambition, aber wenn der Peter Polter kommt, da weiß sie, was sich schickt und ziemt! Good day auch Ihnen, Miß Treskow! Schon eingetroffen hier? Wir ritten so vergnügt beisammen, und es ging auch eine Weile ganz hübsch und gut, bis es meinem Rappen einfiel, sich gegen das Steuer zu empören, ich gab ihm einige gute Hiebe und — hopp, hopp, ging's fort wie im Sturm, so daß ich mir alle Mühe geben mußte, nur den richtigen Kurs einzuhalten. Führt den Racker in den Stall. Er hat es zwar nicht um mich verdient, aber er kommt mir dann wenigstens aus den Augen!«

»Also, mein Sohn kommt wirklich?« fragte der Oberst, ihn zu sich winkend und nach seinem Zimmer schreitend, gefolgt von Wanda, Adele und Heinz.

»Euer Sohn — freilich kommt er und die anderen alle auch.«

»Wer noch?«

»Nun alle: der Polizeileutnant, der Master Wallerstein, der Colonel, der Apache, Dick Hammerdull, Pitt Holbers, Bill Potter und so weiter. Der ›schwarze Kapitän‹ aber und der ›böse Jean‹, der mir damals mit meiner Uhr durchgekniffen ist, sie liegen in Eisen und werden den ›l'Horrible‹ so bald nicht wiedersehen.«

»Wann sind sie da?«

»Hm, in einer Viertelstunde. Wir haben Pferde genommen, und das Getier hat so rasche Beine, daß es wie auf Dampfschaluppen vorwärtsgeht.«

»Mein Gott, so schnell«, rief Wanda. »Da muß ich mich mit meinen Küchenvorbereitungen sputen!«

»Ich schließe mich Ihnen an, wenn Sie gestatten«, meinte Adele, verabschiedete sich von dem Obersten und folgte der Freundin.

Der Prinz befand sich in einer fieberhaften Aufregung, er mußte so schnell wie möglich alles wissen.

»Also, Herr von Treskow kommt auch mit?«

»Ja, Herr Fürst.«

»Wer ist jener Wallerstein?«

»Das ist, hm, das ist der Neffe vom Colonel.«

»Und wer ist der Colonel?«

»Sam Fire-gun, der Bruder von dem ermordeten Juwelier Wallerstein, den der ›schwarze Kapitän‹ mit der Miß Admiral ermordet hat.«

»Miß Admiral, wer ist das?«

»Das ist die Geliebte des ›schwarzen Kapitäns‹ und zugleich Segelmeister auf dem ›l'Horrible‹, ein ganz höllisches Frauenzimmer, Master Prinz, hat sich aber doch noch festgefahren.«

»Ich scheine mich da auf ganz romantische Berichte gefaßt machen zu müssen. Und die anderen?«

»Dick Hammerdull, Pitt Holbers und Bill Potter, das sind Präriejäger und Fallensteller, die zur Compagnie des Colonels gehörten.«

»Und dann noch einer?«

»Ah, der Apache! Der heißt Winnetou, der Häuptling der Apachen.«

»Also gar ein Indianer!«

»Yes, Herr Lord von Schönberg, und was für einer! An ihn kommt keiner heran, selbst der Colonel kaum.«

»Aber wie seid Ihr denn mit diesen Männern allen zusammengekommen?«

»Ja, das ist eine lange Geschichte, und wenn ich sie regelrecht abwickeln soll, so muß ich mich setzen.«

Er nahm ganz ungeniert Platz, zupfte sich den breiten Hemdenkragen zurecht und begann dann zu erzählen. Trotz der Ungeduld, mit der der Oberst die Ankunft des geliebten und so lange vermißten Sohnes erwartete, lauschte er doch mit Spannung dem interessanten Bericht des Seemannes, der sich so in seine Erzählung vertiefte, daß er erst dann eine aufhorchende Pause machte, als vom Städtchen her ein jubelndes Rufen und Singen durch das Fenster hereintönte.

»Sie kommen!« rief der Prinz. »Vorwärts, hinunter, ihnen entgegen!«

Er eilte hinaus und die Treppe hinab. Im Schloßhof sah er das ganze männliche und weibliche Dienstpersonal in Reih und Glied aufgestellt. Heinz, in seiner Staatsuniform von anno Vierzehn, die er nur bei ganz besonders feierlichen Veranlassungen anzulegen pflegte, kommandierte: »Achtung! Augen rechts, richt't Euch! Augen gerade aus, gerade auf das Tor hin! August, paß auf!«

Einer der Knechte stand seitwärts bei einem alten Böller und hatte die Lunte in der Hand.

Da ließ sich scharfes Pferdegetrappel vernehmen, und im nächsten Augenblick sprengten die Erwarteten zum Tor herein.

»August, Feuer!«

Der Böllerschuß krachte.

»Laden, immer rasch wieder laden, August! Schreit Vivat, Ihr Leute!«

Von den Böllerschüssen und den Hochrufen der Schloßbewohner wurden die Pferde scheu, und während die Jäger absprangen und sie bei den Zügeln nahmen, lagen sich Vater und Sohn in den Armen, lange, lange Zeit. Es war ein tief ergreifendes Wiedersehen nach so schweren, traurigen Schicksalen, und als sie endlich voneinander ließen, rollten den beiden starken Männern die hellen Zähren über die Wangen.

»Max, mein Sohn, mein lieber, lieber Sohn, willkommen bei deinem alten Vater! Komm herauf, kommt mit, alle, alle, Ihr sollt Euch auf Wildauen ausruhen von dem, was Ihr für mich und mein Kind getan, überstanden und erlitten habt!«

Droben angekommen, übernahm Max die Vorstellung. Es war eine wunderbare Gesellschaft, die der Prinz jetzt bei sich sah, und in dieser Zusammenstellung war sie hier und im ganzen Land wohl noch nie gesehen worden, aber jeder einzelne wurde trotz seines unscheinbaren Äußeren aufgenommen, als sei er eine fürstliche Persönlichkeit.

Dann ging es an das Erzählen und Berichten, das so viel Zeit in Anspruch nahm, daß es selbst während der Tafel nicht ausgesetzt wurde. Und darauf gab es Tausenderlei zu fragen und zu ergänzen, bis der Prinz ein vollständig klares Bild von allem Geschehenen hatte.

»Und die drei Gefangenen?« fragte er.

»Um jede Versäumnis zu verhüten«, antwortete Treskow, »gab ich die bereits während der Seefahrt aufgenommenen Protokolle zur augenblicklichen Durchsicht und ließ dann sofort das erste Verhör vornehmen. Das Weib ist ein wahrer Teufel. Der Kapitän ist von der Hoffnungslosigkeit auf nochmalige Rettung kleinlaut geworden. Sie hassen sich gegenseitig jetzt ebenso grimmig wie sie sich früher schrankenlos geliebt haben, und suchen einander durch die gravierendsten Aussagen gegenseitig zu verderben. So haben sie den Raubmord bereits gestanden, an dem beide gleich schuldig sind. Der größte Teil der Summe ist gerettet, den die Miß Admiral bei sich führte, sie hatte ihren Verbündeten darum bestohlen. Auch die im Hide-spot geraubten Depositenscheine sind außer dem einzigen noch vorhanden, der ›schwarze Kapitän‹ hat keine Zeit gehabt, sie zu verwerten. Der Henkerstod erwartet sie sicher, vielleicht auch Jean Letrier. Unter solchen Umständen kostete es mich natürlich bloß ein Wort, um Max selbst vor dem kürzesten gefänglichen Einziehen zu bewahren.«

»Ich danke Ihnen, Herr Leutnant. Sie haben Ihre Aufgabe gelöst, und ich werde mein Ihnen gegebenes Wort nun auch halten!«

Er erhob sich, nahm Adele bei der Hand und führte sie seinem Sohn zu.

»Hier, meine Kinder, seid vereinigt nach so langer Trennung und nehmt meinen Segen als besten Beweis, daß ich die Vergangenheit vergessen habe und Euch und mir das Glück gönne, das uns bisher gemieden hat.«

Und sich an Treskow wendend, fuhr er fort: »Ihnen aber, Herr Leutnant, bin ich einen Dank schuldig, dessen Größe mich verlegen macht, ich werde ihn niemals abtragen können. Doch will ich Ihnen versichern, daß...«

»Daß sich jemand hier befindet, der dich in der Erfüllung dieser Verpflichtung unterstützen wird, lieber Onkel«, fiel ihm Wanda in die Rede.

Das kluge und resolute Mädchen sah das Eisen warm und nahm sich vor, es schleunigst zu schmieden.

»Ja, tu das, mein Kind«, stimmte er zu. »Steh mir bei, soviel du kannst!«

»Ich habe bei der letzten Anwesenheit des Herrn von Treskow ihm einen Preis versprochen, wenn es ihm gelänge, seine Aufgabe zu lösen. Soll er ihn erhalten, Onkelchen?«

»Sicher, denn ich nehme an, daß du nichts versprochen hast, was zu halten nicht in deiner Macht steht!«

»Es steht in meiner Macht, Richard, bitte!«

Sie ergriff die Hand des Geliebten und trat mit ihm vor den Prinzen.

»Weißt du, welches der versprochene Preis ist?«

»Nun?«

»Ich selbst, Onkel. Darf er ihn haben?«

Mit überraschter Miene blickte der Oberst die beiden an.

»Was? Die Sache ist zu ernst, als daß sie für Scherz genommen werden könnte. Ich weiß nur, daß ihr euch schon in der Residenz gesehen hattet.«

»So ist es, Durchlaucht«, nahm jetzt Treskow das Wort, »aber nicht allein gesehen, sondern auch herzlich liebgewonnen. Ich allerdings würde diese Mitteilung bis zu einem anderen Zeitpunkt, bis dahin aufgeschoben haben, wo ich mir sagen kann, von Ihnen gekannt und mit dem nötigen Vertrauen beehrt zu sein, da aber Fräulein Czernowska Sturm zu laufen beginnt, so muß ich mich schon tapfer an ihrer Seite halten.«

»Was mein Vertrauen betrifft, so bedarf es nicht erst einer bestimmten Zeit, um dasselbe zu erlangen, Sie besitzen es ja bereits in einem Maß, das mich mit Freuden einwilligen läßt. Seid glücklich, Kinder, so glücklich, wie es hoffentlich die beiden anderen werden. Später aber sollt ihr mir beichten, wie ihr euch zusammengefunden habt!«

Es folgte nun eine Szene voll Glück und Dankbarkeit. Die beiden jungen Paare überschütteten den alten Oberst mit ihren Zärtlichkeiten, daß es ihm endlich doch zuviel wurde und er sie mit spaßhafter Strenge zurückweisen mußte.

»Genug, genug für jetzt! Hier sitzen noch andere, die wir nicht vergessen dürfen und die vor allen Dingen mit uns auf euer Wohl anstoßen müssen.«

Dies geschah, und als die Reihe der Toaste ihr Ende erreicht hatte, wandte sich der Oberst an den Juwelier.

»Sie werden jedenfalls in der Residenz ein neues Geschäft errichten?«

»Sicher. Ich hoffe, daß die Kunden meines Vaters mir ihre Teilnahme zuwenden werden, sobald sie hören, daß der Sohn des Ermordeten sich etabliert hat.«

»Lassen Sie mich für einen Teil damit sorgen, daß dies geschehe. Ihre erste Arbeit aber wird für mich sein. Unsere beiden Damen werden mancherlei bedürfen, was in Ihr Fach schlägt. Und Sie«, wandte er sich an den Colonel, »werden wohl von nun an im Vaterland bleiben?«

Der Trapper schüttelte langsam den Kopf.

»Wen die Prärie einmal gepackt hat, Durchlaucht, den läßt sie nicht wieder los. Ich werde hierbleiben, bis der Prozeß beendet ist, und dann mit den Meinigen wieder zurückkehren. Die Savanne bietet uns den unendlichen Raum zum freien Leben, sie hat auch Platz genug für uns im Tod.«

»Und du, Peter?«

»Ich? Hm, Herr Durchlaucht, ich weiß noch gar nicht, in welches Fahrwasser ich geraten werde. Mutter Thick und die ›Swallow‹, die möchte ich wiedersehen, ja, vor der Hand aber bin ich bei meinem Humpelheinz und werde mich wegen der Zukunft noch nicht mit Grillen plagen. Soviel aber ist gewiß, daß ich niemals wieder in diese miserable Prärie zu bringen bin. Ich habe genug von ihr!«

»Glaub's!« lachte der Oberst. »Jetzt aber, Ihr Leute, laßt Euch Eure Zimmer anweisen. Ihr bedürft aller der Ruhe und seid hier auf Wildauen vollständig zu Hause.«

Es geschah; die zahlreichen Gastzimmer des Schlosses wurden fast sämtlich mit Beschlag belegt. Jeder erhielt einen oder mehrere der prächtigen Räume angewiesen, und ganz besonders waren es die Trapper, die sich über den Komfort, der sie umgab, nicht genug wundern konnten.

Nachdem man ein wenig ausgeruht hatte, saßen Hammerdull, Holbers und Potter zusammen auf einem kostbaren Samtdivan und rauchten aus den bekannten holländischen Pfeifen des Obersten ihren Tabak.

»Pitt Holbers, altes Coon«, meinte der erste, »was sagst du denn zu diesem Hide-spot, he?«

»Hm, wenn du denkst, Dick, daß es einem hier gefallen kann, so hast du recht. Der alte Prinz ist ein famoser Kerl.«

»Ob famos oder nicht, das bleibt sich gleich, aber er hat ein delikates Essen, kostbares Zeug in den Flaschen und einen Tabak, der in den Staaten drüben nicht besser sein kann. Die Mary habe ich mit, nun fehlt mir nur noch meine alte, treue Mirjam, die ich in Franzisko gelassen habe. Was könnte die sich hier pflegen! Oder nicht, Bill Potter?«

»Deine Mirjam? Was geht mich die Stute an! Die Hauptsache ist, daß ich mich wohl befinde, und das, hihihihi, das ist ganz gehörig der Fall. Wir haben alles, was das Herz begehrt, und ein wenig in Wald und Feld herumpirschen, das werden wir wohl auch dürfen. Ich gehe nicht sogleich wieder fort von hier!«

Einer der Glücklichsten und zugleich der Geschäftigsten war Heinz. Er hatte seinen lieben jungen Herrn wieder, seinen Peter bei sich und konnte nun endlich die berühmte Geschichte von anno Vierzehn gehörig an den Mann bringen.

Der Prinz war mit einem Mal wieder jung geworden, er konnte sich von den vier Verlobten kaum trennen und ging noch am späten Abend, als alles sich zur Ruhe begeben hatte, mit ihnen im Park promenieren. Trotz der Ausführlichkeit der heutigen Erzählung gab es noch genug zu fragen, zu beantworten und zu ergänzen, so daß die Unterhaltung fast kein Ende nehmen wollte.

Eben waren sie an einen freien Platz gekommen, der ringsum von hohen, dicht belaubten Linden umgeben war, als sie eine dunkle Gestalt bemerkten, die ausgestreckt im hohen Gras lag.

»Wer ist das?« fragte der Oberst. »Sollte sich ein Landstreicher herein in den Park gemacht haben?«

Sie traten näher.

»Wer ist hier?« klang die barsche Frage des Schloßherrn.

Die Gestalt wickelte sich aus der sie umhüllenden Decke und erhob sich. Es war der Indianer.

»Das große Wigwam meines weißen Bruders ist schöner als die Wohnung Manitous«, sagte Winnetou, »aber der Sohn der Prärie liebt die freie Luft und den Glanz der Sterne. Winnetou, der Häuptling der Apachen, wird schlafen in den Halmen des Grases und sich bedecken mit den Wolken des Himmels, wie es tun die Kinder seines Volkes von Jugend auf. Howgh!«

Der Stifter und Patronatsherr des Waldenburger Lehrerseminars, Fürst Otto Victor von Schönburg-Waldenburg (1785—1859)

Nachwort

Als Karl May am 25. Februar 1842 zur Welt kam, war er genaugenommen kein Untertan des Königs von Sachsen, sondern des Grafen Heinrich von Schönburg-Glauchau (1794–1881). Sein Geburtsort Ernstthal – 1898 mit dem Nachbarstädtchen Hohenstein zu Hohenstein-Ernstthal vereinigt – gehörte zu den fürstlich und gräflich Schönburgischen Rezeßherrschaften, die ursprünglich reichsunmittelbare Gebiete waren, im achtzehnten Jahrhundert unter sächsische Landeshoheit kamen, aber noch einige Sonderrechte behalten durften, die erst 1878 aufgehoben wurden. Im Revolutionsjahr 1848 stürmten empörte Untertanen des Fürsten das Schloß Waldenburg und setzten es in Brand, nachdem Fürst Otto Victor von Schönburg-Waldenburg (1785–1859) geflohen war und sich unter den Schutz des Militärs begeben hatte.

Obgleich sich der Fürst offenbar nicht gerade ungeteilter Beliebtheit erfreute, setzte ihm Karl May in seinem 1878 erschienenen Roman »Auf der See gefangen«, der hier unter dem Titel »Winnetou und der Detektiv« vorgelegt wird, ein literarisches Denkmal. Otto Victor von Schönberg-Wildauen, der »alte Knaster«, trägt unverkennbar Züge des einstigen Landesherrn, wobei May den Namen des im Jahre

1700 von Kaiser Leopold I. in den Reichsgrafenstand erhobenen Hauses nur leicht verfremdet hat. Eine Hauptrolle spielt Otto Victor auch in der erst Anfang der neunziger Jahre von dem Dresdener May-Forscher Peter Richter in einem alten Kalender wieder aufgefundenen frühen May-Erzählung »Ziege oder Bock«. Es scheint, als hätte der Schriftsteller vorgehabt, einen Kranz von Erzählungen um den »alten Knaster« zu schreiben, so wie er ihn dann um die Figur Fürst Leopolds von Anhalt-Dessau, des »alten Dessauers«, angefertigt hat.

Was konnte May bewogen haben, ausgerechnet Fürst Otto Victor literarisch zu verewigen? Ein Blick in die Autobiographie »Mein Leben und Streben« gibt hier einen wichtigen Hinweis:

> »Der Herr Pastor legte ein gutes Wort für mich bei unserem Kirchenpatron, dem Grafen von Hinterglauchau, [gemeint ist Heinrich von Schönburg-Glauchau] ein, und dieser gewährte mir eine Unterstützung von fünfzehn Talern pro Jahr, eine Summe, die man für mich für hinreichend hielt, das Seminar zu besuchen.«

Zu Ostern 1856 hatte May die Volksschule absolviert. Der Besuch eines Gymnasiums und ein nachfolgendes Studium lagen außerhalb der finanziellen Möglichkeiten der Familie May, obgleich der Vater, der Webermeister Heinrich August May, überzeugt war, daß sein Sohn zu Höherem befähigt sei, als lediglich Weber zu werden. Unter großen finanziellen Opfern wurde Karl May auf das 1844 von

Fürst Otto Victor gegründete Lehrerseminar nach Waldenburg geschickt. Am 29. September 1856 bestand er die Aufnahmeprüfung und wurde Zögling dieses Internats. Nach einem Jahr Proseminar stieg er 1857 in die IV. Klasse des eigentlichen Seminars auf.

Friedrich Wilhelm Schütze (1807–1888), der Direktor des Seminars, setzte sich sehr für die bedürftigen Schüler ein und erreichte, daß auch Karl May eine finanzielle Förderung erfuhr. Im Jahr darauf schrieb Schütze an Graf Heinrich von Schönburg-Glauchau (1794–1881), den Ernstthaler Patronatsherrn, sowie an Fürst Otto Victor und verwendete sich für May. Die beiden, im folgenden erstmals veröffentlichten Briefe wurden vom Hohenstein-Ernstthaler May-Forscher Ekkehard Fröde aufgefunden und freundlicherweise zum Abdruck zur Verfügung gestellt. Sie beweisen, daß die mehrfach bezweifelten Angaben Mays in seiner Autobiographie bezüglich einer Förderung der Wahrheit entsprechen. Schütze schrieb an den Stifter des Waldenburgischen Seminars:

An
Seine Hochfürstliche Durchlaucht,
Herrn Baron Otto Victor,
Fürsten u. Baron von Schönburg-Waldenburg.

Ew. Durchlaucht haben in Gnaden zu befehlen geruht, daß ich mich über Bedürftigkeit und Würdigkeit der diesmaligen Freistellenbewerber gutachtlich äußern und wegen ferner weiter Verleihung der zur Erledigung gekommenen halben Freistellen unterthänigste Vorschläge thun solle.

Von den 9 Bewerbern sind:
Gottlieb Anton Schaller aus Langenchursdorf, Oskar Seidel aus Rothendorf, Christian Gottlieb Keller aus Thalheim, Jacob Mahn aus Frohnsdorf, Richard Friedrich Wienhold aus Schönberg, Carl May aus Ernstthal u. Gottlob Louis Scherbel aus Schrebitz sämtlich einer gnädigen Berücksichtigung sehr würdig und ebenso bedürftig. Leider sind nur drei halbe Freistellen vacant geworden.
Ich wage die unterthänigste Bitte:
Ew. Durchlaucht möchten in Gnaden geruhen, die drei zur Erledigung gekommenen halben Freistellen den armen Zöglingen Schaller, Seidel u. Keller gewähren zu wollen. (...)
Mai ist bedürftig. Im vorigen Jahr haben seine Erlaucht der Herr Graf Heinrich von Schönburg-Glauchau geruht, ihm eine gnädige Unterstützung zu gewähren. Dafür will ich mich nun bei Ew. Durchlaucht nicht mit zu vielen Bitten beschwerlich werden, für ihn (aber) unterthänigst verwenden, zumal er ein hintergräflich Schönburgscher Unterthan ist.
Auch diesmal wage ich Ew. Durchlaucht unterthänigst bemerklich zu machen wie die 13 halben Freistellen ursprünglich zur Verteilung unter 30 Zöglinge gestiftet, jetzt wo die Anstalt 55 Zöglinge, also fast noch ein Mal so viel hat, wo noch dazu das Kostgeld von 40 auf 50 Thaler erhöht worden mit der Zahl der bedürftigen Schüler nicht mehr im Verhältnis steht. Dieser Umstand ließ mich die unterthänigsten Bitten wagen, daß Ew. Durchlaucht gnädigst geruhen möchten zumal diesmal, wo so wenig Frei-

stellen vacant sind, aus der Zentralunterstützungskasse Unterstützungen gewähren zu wollen.

Die 9 Bittgesuche nebst Zeugnissen gehen anbei wieder zurück.
In tiefster Ehrerbietung beharrt.

Fr. W. Schütze

Fürstlich Schöburgsches Schullehrer-Seminar
zu Waldenburg den 23. October 1858.

Am selben Tag richtete er auch ein Schreiben an den in »Mein Leben und Streben« genannten »Grafen von Hinterglauchau«:

An
Seine Erlaucht, Herrn
Baron Heinrich,
Grafen und Herrn von
Schönburg-Glauchau
Ew. Erlaucht wage ich, der unterthänigst Unterzeichnete folgende Bitte ehrerbietigst vorzutragen. Auf hiesigem Seminar befindet sich der Zögling Carl May aus Ernstthal, ein Unterthan Ew. Erlaucht. Wegen großer Armuth hat sich derselbe um Verleihung einer halben Freistelle bei Sr. Durchlaucht, unserm gnädigen Herrn Fürsten mit beworben. Leider waren aber nur 3 halbe Freistellen vacant geworden, und unter den zahlreichen Bewerbern eine Anzahl, die wegen großer Bedürftigkeit nicht mehr zurückge-

schrieben werden konnten. Es ging darum der arme Zögling May noch einmal leer aus, was ich sehr bedaure.
Nun haben Ihr. Erlaucht in hohen und besonderen Gnaden geruht, gedachtem Zögling May auf das vorige Jahr ein gnädiges Benefiz zu gewähren. Ich wage daher die ganz unterthänigste Bitte: Ew. Erlaucht möchten in hohen und besonderen Gnaden geruhen wollen, dem Seminarist Carl May auf das Schuljahr 1858/59 ein Benefiz von unmaßgeblich 20 Th., vielleicht in zwei Raten von je 10 Th. auszahlbar, gnädigst zu gewähren. Der Herr sei Ew. Erlaucht ein reicher Vergelter für das, was hochdieselben dem armen May schon gethan und noch zu thun geruhen werden. In tiefster Ehrerbietung beharrt.
Ew. Erlaucht *unterthänigster Diener*
Fr. W. Schütze
Waldenburg den 23. October 1858.

Das Gesuch war erfolgreich, um so größer mußte die Enttäuschung Schützes gewesen sein, als May wegen vorübergehender Aneignung von sechs Talgkerzen ins Zwielicht geriet. Schütze berichtete diesen Fall an das Generalkonsistorium nach Glauchau und setzte hinzu, daß »die Lehrer ... bei diesem Schüler hie und da über arge Lügenhaftigkeit und über rüdes Wesen Klage zu führen gehabt« hätten und daß sein religiöses Gefühl schwach sei. Letztlich entschied das Kultusministerium, daß über May die schärfste Strafe zu verhängen sei, die »gänzliche Entfernung aus dem Seminar«. Sie wurde am 28. Januar 1860 »vor versammeltem Lehrercollegio« vollzogen.

Auf ein Gnadengesuch hin, das auch der Ernstthaler Pfarrer Carl Hermann Schmidt (1826–1901), ein sehr angesehener Mann, unterstützte, wurde es Karl May ermöglicht, seine Studien am Lehrerseminar in Plauen fortzusetzen. Im Oktober 1861 begann er seine Lehrertätigkeit als Hilfslehrer an einer Armenschule in Glauchau. Wegen einer Affäre mit der Frau seines Vermieters, der er Klavierunterricht erteilte, wurde er auf die Beschwerde ihres Mannes hin vom Dienst suspendiert. Zwölf Tage hatte sein erster beruflicher Einsatz nur gedauert.

In seiner nächsten Stelle, an der Fabrikschule in Altchemnitz, passierte jene folgenschwere Angelegenheit mit der Uhr seines Zimmergenossen, die er in die Weihnachtsferien mitgenommen hatte. Für den Zimmergenossen, der May die Uhr täglich lieh, war dies die ideale Gelegenheit, sich des lästigen Mitbewohners zu entledigen — er zeigte ihn wegen Diebstahls an. Karl wurde wegen widerrechtlicher Benutzung fremden Eigentums zu sechs Wochen Gefängnis verurteilt und — was noch weit schlimmer war — am 20. Juni 1863 aus der Liste der sächsischen Lehramtskandidaten gestrichen, bekam also Berufsverbot.

May hielt sich notdürftig mit Privatunterricht, durch Gelegenheitskompositionen und Rezitationen über Wasser. Immer tiefer bohrte in ihm der Gedanke, ungerecht bestraft worden zu sein. Er fühlte sich ausgestoßen und geächtet. Seine labile seelische Verfassung verleitete ihn dazu, sich durch Betrügereien und Hochstapeleien an eben dieser »Gesellschaft« zu rächen.

1865 wurde der nun Dreiundzwanzigjährige gefaßt und

zu vier Jahren Arbeitshaus verurteilt. Die Strafe verbüßte er in Schloß Osterstein in Zwickau. Dort machte sich May erstmals ernsthafte Gedanken über seine berufliche Zukunft. Der Gedanke, Schriftsteller zu werden, nahm greifbare Formen an. In dieser Zeit entstand das erhalten gebliebene »Repertorium C. May«, das mehr als 200 Stichworte und einige kurze Entwürfe enthält. Unter Nr. 59 findet sich beispielsweise »Il Capitano noro« (richtig wohl »moro«, also »schwarz«), unter Nr. 69 »Wanda« und unter Nr. 131 »Der schwarze Capitain«.

Auf Grund eines Gnadenaktes des sächsischen Königs wurde May Anfang November 1868, also acht Monate früher, entlassen. Doch das Gefühl, ungerecht behandelt worden zu sein, erwachte neuerlich. May wurde rückfällig. Die unbewußte Sehnsucht, auf der Seite von Recht und Ordnung zu stehen, zeigte sich auf sonderbare Weise. So gab er sich beispielsweise am 29. 3. 1869 als Polizeileutnant (!) von Wolframsdorf aus Leipzig aus, um bei Geschäftsleuten nach Falschgeld zu forschen. Bereits im Juli 1869 wurde er wieder verhaftet. Auf einem Transport zu einem Lokalaugenschein gelang es May, »unter Zerbrechung der Fessel« zu fliehen — so wie seine Romanfigur Peter Polter aus der Gewalt der Oglala.

Ein halbes Jahr später wurde in Niederalgersdorf bei Tetschen in Österreich-Ungarn ein etwas heruntergekommener Fremder festgenommen, der »unter verdächtigen Umständen auf einem Dachboden« übernachtet hatte. Der Fremde gab sich als Albin Wadenbach aus, Plantagenbesitzer aus Martinique, der mit seinem Bruder Europa bereise, um Verwandte zu besuchen. Als die österreichischen Behörden der sächsischen Polizei alle Einzelheiten mitteilten und ein Foto des »Plantagenbesitzers« beifügten, flog der Schwindel auf: Es war Karl May. Er wurde ausgeliefert und zu vier Jahren Zuchthaus verurteilt. Er verbüßte diese Strafe in Waldheim und wurde als gereifter und gefestigter Mensch am 2. Mai 1874 entlassen.

1875 trat May als Redakteur bei dem Zeitschriften- und Kolportageverlag Heinrich Gotthold Münchmeyer in Dresden ein. Er gründete und redigierte mehrere Zeitschriften, verließ jedoch zu Beginn des Jahres 1877 den Verlag und fand um die Jahreswende 1877/78 eine neue Anstellung als Redakteur im Verlag Bruno Radelli, Leipzig und Dresden. Ihm oblag es, die Zeitschrift »Frohe Stunden — Unterhaltungsblätter für Jedermann« zu betreuen. Wie bei Münchmeyer nützte er auch hier die Gelegenheit, eigene Arbeiten unterzubringen. Neben einer Reihe kürzerer Erzählungen konnte er seinen ersten eigenständig konzipierten und von ihm vollendeten Roman publizieren, der den Titel »Auf der See gefangen« trug und der als »Criminalroman« deklariert war.

Dieser Roman ist in mehrfacher Hinsicht von Bedeutung: Natürlich wollte der angehende Schriftsteller, der ja diese Tätigkeit als Existenzgrundlage auf- und ausbauen wollte, eine Art literarischen Kürlauf hinlegen und zeigen, was er alles konnte. Es ist überdies der erste Winnetou-Roman — bisher war der Apatschenhäuptling nur in der Erzählung »Old Firehand« (1875) und in der im gleichen Jahr wie »Auf der See gefangen« erschienenen kurzen Erzählung »Winnetou« aufgetreten.

Gerade weil May hier seiner Phantasie freien Lauf ließ, enthält dieses Werk zahlreiche autobiographische Bezüge.

Das Grundthema des Romans ist die Rehabilitation des zu Unrecht verurteilten Max von Schönberg-Wildauen. May gab den Romangestalten, mit denen er sich identifizierte, besonders gern den Vornamen Max, machte also aus dem »y« einfach ein »x«. Dies gilt für Max Brandauer in Mays frühem Roman »Scepter und Hammer« (1879) und für den Lehrer Max Walther im König-Ludwig-II.-Roman »Der Weg zum Glück« (1886/87) ebenso wie für den seltsamen Trapper Max Pappermann in Karl Mays spätem Roman »Winnetou IV« (1909/10).

Max von Schönberg-Wildauen war nach Amerika geflüchtet, hatte sich dort emporgearbeitet und konnte nach Entlarvung des wahren Täters zu seinem Vater zurückkehren. Dieses Motiv des »verlorenen Sohnes« verarbeitete May sehr gern, am ausführlichsten in seinem Roman »Der verlorne Sohn«.

Gegenspieler des unglücklichen Max ist der »schwarze Capitain« Latour. Dieser »Nom de guerre« faszinierte May nicht nur in seinem Repertorium, sondern auch in später erschienenen Werken. Ebenfalls in »Scepter und Hammer« tritt ein »Schwarzer Kapitän« — allerdings kein Pirat — auf. Der Seeräuber Henrico Landola in dem 1882/83 erschienenen 2600-Seiten-Roman »Waldröschen oder Die Verfolgung rund um die Erde« trägt den Beinamen »Der schwarze Kapitän«. Kapitänsrang legte sich May auch in dem Pseudonym zu, unter dem er das »Waldröschen« erscheinen ließ: »Capitain Ramon Diaz de la Escosura«.

Bemerkenswert ist auch, daß May das folgenschwere Ereignis mit der Uhr gleich zweimal in den Roman »Auf der See gefangen« eingeflochten hat: Einmal ist es die kostbare Uhr des Bankiers Wallerstein, die der Polizeileutnant von Treskow bei dem unangenehmen, im Grunde aber harmlosen Aufschneider Latour findet, der sie allerdings selbst gar nicht gestohlen, sondern von seinem Bruder, dem Seeräuber, geschenkt bekommen hat. Karl May selbst neigte zeit seines Lebens zum Aufschneiden und Renommieren, so daß der Franzose im Bahnhof von Wildauen durchaus einige autobiographische Züge trägt. Die zweite Uhr ist diejenige Peter Polters, des Mannes, der seine Fesseln zerrissen hatte. Sie wurde ihm von Jean Letrier gestohlen. Hier zeigt der Autor das Motiv also von einer anderen Seite.

Ein Frauentyp, für den May in seinen frühen Schaffensjahren eine gewisse Vorliebe zu entwickeln schien, war in seiner positiven Ausprägung derjenige der resoluten Amazone, in seiner negativen Ausprägung derjenige der Femme fatale. 1875 schrieb May eine Kriminalnovelle mit dem Titel »Wanda«, die 1880 unter dem bezeichnenden Titel »Die wilde Polin« in einer anderen Zeitschrift wiederabgedruckt wurde. Die Wanda in »Auf der See gefangen« ist gleichsam eine Schwester jener wilden Polin. Clairon, als Miß Admiral Segelmeister des »l'Horrible«, vor der den rauhesten Seeräubern die Knie zittern, als Madame de Voulettre, Pflanzerswitwe aus Martinique, verführerische Schönheit, ist eine Figur, wie sie für Mays Schaffen einzigartig ist. Ihr kommt allenfalls noch die schöne Bäuerin aus dem »Weg zum Glück« nahe, die als »Samiel« berüchtigter Anführer einer Schmugglerbande ist.

In der Geschichte der Seeräuberei gab es übrigens tatsächlich weibliche Piraten, beispielsweise Mary Read und Anne Bonny.

Winnetou ist vom Idealbild des Indianers, vom »roten Gentleman« noch weit entfernt. In »Auf der See gefangen« ist er noch aus weit gröberem Holz geschnitzt.

Obgleich er mehrfach den Osten bereist hat, den US-Präsidenten besucht hat und bedingungslos auf seiten der Bleichgesichter steht, nimmt er Skalpe auch von einem Feind, den er nicht selbst besiegt hat. Obwohl er mit dröhnender Stimme und in tiefem Gutturalton spricht, fehlen ihm blumenreiche Worte nicht. Daß er sich nicht perfekt auszudrücken vermag, versucht May durch die Wortstellung innerhalb der Sätze deutlich zu machen. Winnetous Einfluß ist es jedoch zuzuschreiben, daß aus den früheren »feigen und hinterlistigen« Apachen kühne Krieger geworden sind. Dieser Winnetou hat allerdings noch keine Silberbüchse; auch benützt er die Anwesenheit in Deutschland nicht dazu, seinen Blutsbruder Old Shatterhand in Dresden zu besuchen Dieser erblickt erst 1879 das Licht der literarischen Welt und war die wichtigste Identifikationsgestalt für Karl May überhaupt. »Stellvertreter« Old Shatterhands ist hier der Polizeileutnant von Treskow, der viele Züge von Mays eigenem Wunschbild trägt.

Parallel zum vorliegenden Roman verfaßte May eine kurze Kriminal-Erzählung mit dem Titel »Nach Sibirien«, in der ebenfalls ein Juwelier überfallen wird, der einer Gräfin Schmuck liefert. In der 1880 erschienenen Erzählung »Der

Brodnik« taucht dieses Motiv nochmals auf. Das Gaunerpärchen heißt hier Adele Treskow und Max Lengefeld!

Es würde zu weit führen, auch nur annähernd alle Parallelen und Querbeziehungen zu anderen Werken Mays aufzuzählen. Nur noch zwei Hinweise:

Der »Schwarze Kapitän« und Hauptgegenspieler Max von Schönberg-Wildauen nennt sich im Wilden Westen Heinrich Sander, trägt also – zumal wenn man Karl Mays sächsische Aussprache berücksichtigt – fast denselben Namen wie der Mörder von Winnetous Vater und Schwester in der Winnetou-Tetralogie: Santer. In der Buchausgabe von »Winnetou IV« heißt es sogar durchwegs Sander.

Eine besondere Vorliebe hatte May auch für den Typus der beleibten, resoluten Wirtin. Seine Mutter Thick in Hoboken betrieb in Mays erstem, allerdings unvollendeten Roman »Der beiden Quitzows letzte Fahrten« als Mutter Quail eine Seemannskneipe in London und übersiedelte in Old Surehand II in den Wilden Westen nach Jefferson.

Es ist bemerkenswert, daß May keinen seiner frühen Romane in seine Gesammelten Werke bei Fehsenfeld aufgenommen hat, obwohl er bei der Verwertung eigener früherer Werke recht geschickt und umsatzorientiert war. Ein Kriminalroman paßte wohl nicht mehr so recht zu dem Image, das sich May in den neunziger Jahren aufbaute. Als er unter starkem zeitlichem Druck, mit privaten und gesundheitlichen Problemen kämpfend, 1894/95 seinen zweiten Band der »Old Surehand«-Trilogie verfaßte, da schrieb er lediglich eine kleine Rahmenhandlung, die im Boardinghouse der Mutter Thick in Jefferson spielt. In einem endlos langen Wirtshausabend erzählen Gäste verschiedenste Abenteuer aus dem Wilden Westen. Dazu gehört auch ein Abenteuer mit Winnetou und Sam Fire-gun, das ein ehemaliger Indianeragent zum besten gibt. Später stößt der Detektiv Treskow zu den Gästen, unter denen sich auch Old Shatterhand befindet, und erzählt, wie es mit Fire-gun, dem »Schwarzen Kapitän« und Miß Admiral weiterging. Die in Deutschland spielende Rahmenhandlung, die Geschichte um die Rehabilitierung des Sohnes von Otto Victor von Schönberg-Wildauen und die eigentliche Kriminalgeschichte fehlen gänzlich.

Ziemlich sorglos ist Karl May mit dem historischen Hintergrund umgegangen. Daß er in Sachen Bürgerkrieg auf seiten der Union steht, ist angesichts der intensiven Propaganda der siegreichen Nordstaaten, die nur ein verzerrtes Bild nach Europa kommen ließ, nicht zu verwundern. Daß May aber zu Beginn des Bürgerkriegs, also etwa 1861, schon eine Eisenbahn von Omaha nach San Franzisko fahren läßt, ist ein schwerer Anachronismus, denn diese Bahnlinie wurde erst 1869 eröffnet.

»Auf der See gefangen« — in Nachdrucken der »Frohen Stunden« findet sich auch der Titel »Auf hoher See gefangen« — wurde in den Nummern 21—52 dieser Zeitschrift abgedruckt, was einem Zeitraum von Ende Mai bis Jahresende 1878 entspricht. Wenig später brachte der als Raubdruckverlag bekannte Verlag Morwitz & Co., Philadelphia, in seiner Reihe »Heimat und Fremde« den Roman unter dem Titel »Auf hoher See gefangen« (in deutscher Sprache) als Band 50 heraus. In dieser Reihe erschienen auch Romane Armands und Möllhausens. In der bei W. Kohlmann, Berlin, erscheinenden Zeitschrift »Deutsche Gartenlaube« (die nicht mit der bei Ernst Keil, Leipzig, erscheinenden »Gartenlaube« zu verwechseln ist), wurde der Roman unten dem neuen Titel »Schloß Wildauen« zwischen Juni und Oktober 1888 nachgedruckt.

Ein weiterer Abdruck findet sich 1895/96 in der nunmehr bei Bartels, Neu-Weißensee, erscheinenden »Deutschen Gartenlaube«.

S. C. A.

Portland
Columbia
Missouri
Bighorn Rv.
Bighorn Mo.
Black Hills
Gr. Salzsee
Salt Lake City
V E R E I
San Franzisko
Smoky Hill
Colorado
S T A A
Los Angeles
Canadian River
San Diego
El Paso
Pecos
San A
MEXIKO
Chihuahua
Rio Grande
Tar
Mexiko
Ac
DIE VEREINIGTEN STAATEN UM 1865
Mit geplanter Eisenbahnlinie
0
500
1000
km